광해의 연인

2

광해의 연인 2

1판 1쇄 발행 | 2015년 05월 10일
1판 9쇄 발행 | 2023년 11월 10일

지은이 | 유오디아
펴낸이 | 김경배
펴낸곳 | 시간여행
편　집 | 이진의 · 박정민
홍　보 | 강민정
표지 일러스트 | 하이진
본문 디자인 | 서진원

등　록 | 제313-210-125호 (2010년 4월 28일)
주　소 | 경기도 고양시 덕양구 지도로 84, 5층 506호(토당동, 영빌딩)
전　화 | 070-4350-2269
이메일 | sigan_pub@naver.com
종　이 | 엔페이퍼
인　쇄 | 한영문화사

ISBN 979-11-85346-14-4　(04810)
　　　979-11-85346-12-0　(세트)

이 도서의 국립중앙도서관 출판예정 도서목록(CIP)은 서지정보유통지원시스템 홈페이지(http://seoji.nl.go.kr)와 국가자료 공동목록시스템(http://www.nl.go.kr/kolisnet)에서 이용하실 수 있습니다. (CIP 제어번호 : CIP2015012185)

* 이 도서는 국제친환경 인증을 받은 천연펄프지(Norbrite 95#)로 제작되었습니다.

광해의 연인

2

유오디아 장편소설

시간여행

차례

선조의 가계도

- 선조
  - 의인왕후
  - 인목왕후
    - 영창대군
    - 정명공주
  - 공빈 김 씨
    - 임해군
    - 광해군
      - 폐세자 이질*
  - 인빈 김 씨
    - 의안군
    - 신성군
    - 정원군(원종)
      - 능양군 이종(인조)
      - 능원군
      - 능창군
    - 의창군
    - 정신옹주
    - 정혜옹주
    - 정숙옹주
    - 정안옹주
    - 정휘옹주
  - 순빈 김 씨
    - 순화군
  - 정빈 민 씨
    - 인성군
    - 인흥군
    - 정인옹주
    - 정선옹주
    - 정근옹주
  - 정빈 홍 씨
    - 경창군
    - 정정옹주
  - 온빈 한 씨
    - 흥안군
    - 경평군
    - 영성군
    - 정화옹주

*광해군의 장남 이질(李侄)은 초명이 수(脩)였다가 세자로 책봉된 1609년 지(祗)로 개명하였으며 휘는 질(侄)이나, 혼동을 피하기 위해 작중에서는 이지(李祗)로 표기를 통일하였음을 알려드립니다.

2권 인물소개

김경민

이야기의 주인공. 가문 대대로 전해지는 시간여행 능력에 얽혀 광해군 이혼과 첫 만남을 한다. 시간여행 도중 목숨을 잃은 아버지를 만날 방법을 찾아 조선에 왔다가 정원군의 도움으로 궁녀 신분을 얻어 궐에서 살아가게 된다. 2년여의 고된 궐 생활 끝에 혼과 재회한다.

광해군 이혼

조선의 왕세자. 오랜 기간 세자의 직무를 충실하게 수행해왔으나 아버지 선조의 무관심과 변덕으로 지위가 불안정하다. 18세 때 단 한 번 가봤던 미래 세상과 그곳에서 만난 경민을 줄곧 마음속에 간직해왔다. 9년 만에 경민과 만나 그동안 품어온 마음을 전하려고 한다.

김영찬

경민의 아버지. 가문 대대로 전해지는 시간여행 능력을 이용하여 역사학을 연구하고 있으며 외동딸 경민을 깊이 사랑한다. 시간여행 중에 임진왜란에 휘말려 목숨을 잃는 운명이다.

정원군 이부

선조와 인빈 사이의 아들. 훗날 인조가 되는 이종의 아버지이기도 하다. 조선에 온 경민이 궁녀가 될 수 있게 해주고 여러모로 도움을 준다. 줄곧 숨겨온 경민에 대한 마음을 고백하지만 거절당한다. 이후 묵묵히 경민을 지켜본다.

이종

정원군의 장남. 어릴 적 보모상궁이었던 경민을 누나라 부르며 무척 따랐으나, 자라서는 경민을 알아보지 못한다. 훗날의 인조.

연주군부인 구 씨

정원군의 부인이자 이종의 어머니. 남편과 오랫동안 냉전을 겪고 있으며, 경민에 대한 태도도 매몰차다.

인빈 김 씨

선조의 후궁이자 정원군의 어머니. 왕의 총애를 받아 궁에서 막강한 권력을 휘둘러왔으나, 선조가 인목왕후를 비로 맞으면서 입지가 불안해졌다. 아들 신성군이 죽고 대신 세자 자리를 차지한 광해군을 미워하여 흠을 잡을 기회를 노리고 있다.

중전 김 씨

인목왕후. 19세의 나이로 고령의 선조와 혼인하여 입궐했다. 당돌함과 총기를 지녔으며 경민에게 호의적이다. 광해군 혼에게 무언가 사연을 품은 듯한 태도를 보인다.

선조

조선의 14대 왕. 임진왜란이 일어나자 광해군을 세자로 삼았지만, 전쟁이 끝난 후 아들을 냉대하고 있다.

이미영

임해군 처소의 나인. 경민의 친구. 혼을 짝사랑하고 있다.

운영

경민을 시중드는 무수리. 사화에 휘말려 멸문을 당한 집안 출신이다. 몰래 정원군의 명을 받고 경민을 보살펴 왔지만 경민을 위하는 마음은 진심이다.

최 내관

혼을 모시는 동궁전 내관. 배려가 깊고 신뢰할 수 있는 인물이다.

세자빈 유 씨

혼의 부인. 세자로서 혼의 입지가 불안한 상황에서 조용하고 눈에 띄지 않게 처신하며 동궁전을 돌보고 있다. 혼과의 사이에 아들 이지를 두고 있다.

메밀꽃 필 무렵

국혼이 끝나고 여름이 지나갔다.

그간 양화당에 별다른 일은 없었지만 국혼 후 중요한 변화가 한 가지 있었다. 선조의 발길이 뚝 끊어진 것이다. 덕분에 인빈의 신경질적인 태도는 습관처럼 굳어졌다. 인빈을 곁에서 모시는 지밀나인들이 종종 그녀가 던진 장신구에 맞아 부은 얼굴로 전각을 나서는 걸 보면, 퇴선간에 박혀 지내는 내 신세가 훨씬 낫다는 생각마저 들었다.

쌀쌀한 가을 기운이 찾아온, 이른 아침부터 선조가 정원군과 함께 창덕궁 공사 현장을 방문하겠다며 행궁을 나섰다는 소식이 들려온 어느 날이었다. 인빈의 아침수라가 형식적으로 양화당 퇴선간에 도착했다. 인빈은 평소처럼 수라를 받지 않겠다며 고집 아닌 고집을 부렸고, 아침수라는 계속 퇴선간에 머물러야 했다. 나는 인빈의 아침수라가 늘 그런 것처럼 다시 수라간으로 돌아갈 것이라고 여기고는 신경 쓰지 않았다.

사실 내 온 신경은 어젯밤 내 처소를 찾아온 미영이가 던진 말에 가 있었다. 혼이 후궁을 들이라는 선조의 청을 거절했다는 이야기였다. 미영이는 그것을 세자와 세자빈의 사이가 매우 좋기 때문이라고 해석했다.

혼은 세자빈과 사이가 좋은 모양이다. 그러고 보니 세자빈은 국혼 날도 혼이 어디에 있는지 안다는 듯 후원에 나타났었다. 그때 세자빈이 입은 옷은 내 것과 달리 화려했고 그녀는 여자인 내가 보기에도 참으로 예뻤다.

다 쓸데없는 생각들이다. 난 왜 자꾸 이런 쓸데없는 생각만 하게 되는 걸까.

혼은 국혼 날 후원에서 마주친 이후로 전혀 소식이 없다. 그에게 묻고 싶은 말도 하고 싶은 말도 아주 많았다. 우리가 친구라면, 적어도 그가 날 친구로서라도 받아들여 준다면 말이다. 그러나 같은 행궁 안에 있으면서도 그를 만나지 못하며 지나가는 날들이 길어질수록 난 그저 평범한 나인이고 그는 이 조선의 세자라는 걸 절실하게 깨닫는다. 그리고 그만큼 그와 멀어지는 것 같아서 마음이 아프다.

지금은 그를 볼 수만 있어도 좋을 것 같다. 미영이처럼 담을 사이에 두고 훔쳐보는 것이 아니라 혼과 눈을 맞추고 바라보고 싶다. 하지만 나는 안다. 눈을 마주하고 바라보게 된다면 말을 나누고 싶을 것이다. 그렇게 욕심은 더 늘어날 것이다.

이런 건 대체 무슨 마음일까? 좋아하는 것 이상으로 내 마음을 아프고 힘들게 만드는 이 마음은.

한참 혼자만의 생각에 잠겨 있는데 갑자기 닫혀 있던 퇴선간의 문이 열리며 정 상궁과 양화당 지밀나인들이 들어섰다.

"어서 나르거라."

"예, 마마님."

정 상궁의 명령에 따라 지밀나인들이 일사불란하게 퇴선간에 있던 수라상들을 옮기기 시작했다. 나는 깜짝 놀라며 자리에서 일어섰다.

"정 상궁마마님!"

수라상을 든 나인들을 뒤따라가려던 정 상궁이 걸음을 멈추고 날 돌아본다.

"왜 그러느냐?"

"인빈마마께서 오늘 아침수라를 드신대요?"

"드실지 안 드실지야 가져가 보면 알겠지."

당황한 나를 두고 정 상궁은 인빈의 처소로 발길을 옮겼다.

나는 불안한 마음을 감출 수가 없었다. 늘 그렇듯 인빈이 수저 한 번 까딱하지 않고 도로 수라상을 물리기만을 간절히 바랄 뿐이었다. 차갑게 식은 국과 반찬들을 맛본다면, 가뜩이나 신경질적으로 변한 인빈이 진짜 '마녀'로 돌변할 수도 있기 때문이었다.

나의 그런 불안은 그대로 적중하고 말았다.

수라상이 들어간 지 얼마 되지 않아서 인빈의 처소 쪽에서 그릇이 나는 소리와 나인들의 비명이 밖에까지 흘러나왔다. 곧바로 지밀나인들이 내가 있는 퇴선간으로 몰려오기 시작했다. 그 뒤에는 무시무시한 얼굴을 한 정 상궁이 서 있었다.

"김 나인을 끌어내라!"

오늘 마녀 인빈의 제물로 선택된 것은 다름 아닌 나인 것 같다. 지밀 나인들도 폭발하는 인빈의 분화를 모두 받아낼 사람으로 내가 선택된 것이 다행이라고 여기는 눈치다. 나인들에게 이끌려 전각 앞마당으로 끌려왔다. 그곳에는 기다리고 있었다는 듯이 멍석까지 깔려 있었다. 난 그 멍석 위에 꿇어앉혀졌다.

조금 뒤 인빈이 나와 신을 신고 마루 아래로 내려왔다. 전각으로 올라가는 돌계단 위에 선 인빈은 잔뜩 성난 표정으로 나를 쳐다보며 말했다.

"아주 국에 빙과(氷菓)라도 띄우지 그랬느냐?"

잘못했다고 해야 할까? 아니면 억울하다고 한마디라도 해야 할까? 분명한 것은 내가 오늘 인빈에게 딱 걸렸다는 것이었다. 국혼을 전후해서 인빈에게 거의 매일같이 깨지던 양화당 지밀나인들은 아주 작정하고 인빈에게 나를 떠밀었다.

"퇴선간에만 있더니 제 주제를 잊은 모양입니다."

"이번 기회에 따끔히 혼을 내시어 본보기를 보여주셔야 합니다."

기껏해야 물건 몇 개가 날아오는 게 다일 거라고 생각하지만 나를 벌주라고 조잘대는 나인들 사이에서 정 상궁만 표정이 어둡다. 아니 심각하다.

"멍석말이를 해야겠다."

인빈의 입에서 나온 말에 나는 입이 떡 벌어지고 말았다. 말 그대로 흠씬 두들겨 패겠다는 말이다. 주변 나인들도 놀란 얼굴이다. 그때 정 상궁이 구세주처럼 나섰다.

"마마. 아뢰옵기 황송하오나, 나인을 벌주는 일은 내명부를 맡고 계신 중전마마의 소관이신지라, 허락이 필요하옵니다."

사실 잔뜩 성질난 인빈을 막겠다고 나서는 건 모험이나 다름없었다. 그러나 정 상궁은 정말로 인빈에게 충정이 있는 모양이다. 괜히 궁궐의 법도를 어겨 인빈이 해를 입을까 진심으로 나선 것이다. 그러나 지금 인빈에게 정 상궁의 진심 어린 충고는 귀찮은 방해로만 느껴지는 모양이다.

"중전? 네 지금 중전이라 하였느냐? 내가 내 전각의 퇴선간 나인 하나 벌을 주는 데에도 중전의 허락이 필요하다? 하! 정 상궁, 자네 잊었는가? 중전이 오기 전까지 십여 년간 내명부는 내가 맡았네. 돌아가신 의인왕후께서도 나에게 모든 것을 일임하셨지. 그런데 이제 와서 아무것도 모르는 어린 중전이 양화당 일에 관여하게 만들겠다는 건가?"

"마마. 소인, 마마의 심정은 충분히 이해하오나, 누가 들을까 무섭습니다. 중전마마 아닙니까?"

"들으려면 들으라지. 오늘 내가 저 계집을 죽을 때까지 친다는 말을 듣고도 어린 중전이 가만있는지 봐야겠다. 뭐 하느냐? 어서 멍석말이를 하지 않고."

"마마!"

정 상궁이 인빈의 발치에 엎드렸다. 그러자 그 전까지 입을 놀리던 나인들도 모두 인빈의 앞에 무릎을 꿇었다.

"전하께서 창덕궁에서 돌아오시면 어떤 사단이 날지 모르옵니다. 아시지 않습니까?"

지금 왕의 총애는 온통 어린 중전을 향해 있다. 인빈도 그것을 알기 때문에 매일같이 신경질을 부리는 것이다. 인빈도 자신의 곁에서 수십 년간 함께한 정 상궁이 무릎까지 꿇자 생각하는 바가 있는지 흥분을 가라앉히려 애썼다. 그러나 일단 입으로 신나게 떠들어놓고 그대로 돌아서기는 아쉬웠던 모양이다.

"그럼 벌 축에도 들지 않는 벌을 내려주지. 영심아."

"예, 마마."

양화당에서 가장 덩치가 좋은 나인 영심이가 인빈의 부름을 받고 내 옆으로 섰다.

"저 계집의 입술이 부르트도록 뺨을 쳐라."

"예, 마마."

뺨을 치겠다는 것 정도는 정 상궁도 막을 생각이 없는 모양이다. 조용히 다시 일어서서 인빈의 옆으로 서는 것을 보니 말이다.

영심이가 두터운 한 손으로 내 작은 턱을 움켜잡더니 다른 한 손으로 내 뺨을 사정없이 내려쳤다. 그 순간 나는 두 눈을 질끈 감았다.

짝!

볼기짝을 두들겨 맞을 때나 날 법한 소리가 내 한쪽 뺨에서 났다. 이어 맞은 뺨에서부터 짜릿한 전류와 같은 느낌이 얼굴 전체로 퍼져나갔다. 영심이도 그렇게 치고서는 자기 손이 아픈지, 한 대만 치고 망설인다. 그러자 인빈의 호통이 날아든다.

"내가 뭐라고 하였느냐? 입술이 부르트도록 치라고 하지 않았느냐? 고작 한 대 갖고 입술이 부르트겠냔 말이다."

"예엣! 마마!"

쫙!

두 번째 뺨을 쳤을 때는 턱뼈에서 통증이 느껴질 정도로 아파왔다. 고개가 옆으로 돌아갈 정도였다.

"어허! 묶어놓고 때리게 해주랴?"

"아, 아니옵니다."

영심이가 기어들어가는 목소리로 인빈에게 대답하고는 내 상체를 일으켜 세우며 속삭였다.

"빨리 사죄드려. 내 손도 아프다고."

나는 고개를 저었다. 어차피 인빈은 날 쉽게 놔줄 생각도 없을 터였고, 사죄한다면 더욱 기고만장해서 한 대 더 때리고도 남을 것이다. 게다가 괜히 비굴하게 빌고 싶은 마음도 없었다. 무슨 자존심에서인지 난 쓸데없는 고집을 부리기로 작정한 것이다.

쫙!

세 번째 맞았을 때는 더 이상 뺨에서 통증이 느껴지지 않았다. 그러나 입술 끝이 찢겨 붉은 핏방울이 뚝뚝 떨어졌다. 언제 소식을 들었는지 양화당 주변으로 다른 전각 나인들이 하나둘씩 몰려들기 시작했다. 정 상궁이 이를 보고 인빈을 말렸다.

"마마, 이쯤 하시지요. 김 나인도 정신을 차렸을 것이옵니다."

그러나 인빈은 새 중전이 들어오기 전에 자신이 내명부를 주관하던 과거를 당당히 되새기고 싶었던 모양이었다. 사실 그녀가 지금 중전의 권한을 범하더라도 왕은 그녀를 함부로 꾸짖지는 못할 것이다. 어쨌든 그녀는 선조에게 9명의 자녀를 낳아준 여인이었으니.

"정신을 차려? 이 계집이? 주제도 모르는 계집이다. 오늘 내 분이 풀릴 때까지 이 년이 맞는 것을 보아야겠다. 어서 더 치거라!"

"예에, 마마님."

내가 안돼서인지, 아니면 자신의 손이 아파서인지 영심이는 인빈이 모르게 한숨을 내쉬고는 다시 내 턱을 한 손으로 쥐었다. 나는 그때 이미 눈도 뜨지 못하고 있었다. 터졌는지 찢어졌는지 모를 입술은 심하게 아파왔고, 비릿한 피 냄새도 코끝에서 느껴지고 있었다.

쫙!

네 번째로 맞았을 때, 눈가에 눈물이 핑 돌았다. 세 번째까지는 자존심으로 아픈 소리도 사죄의 말도 참고 있었다. 그러나 그럴수록 더욱 비참한 기분과 함께 정체성에 혼란까지 느껴졌다. 미래의 사람으로서 과거에서 살아간다는 것, 신분을 초월한 우정도 나보다 우위에 있는 사람이 받아들여줘야만 가능하다는 현실 등등이 머릿속을 채운다.

혼이 그 적절한 예가 되는 것임에는 틀림없다. 그를 좋아하는 마음이라니 우스운 일이다. 난 미영이와 다름없다. 담 하나를 사이에 두고 멀리서 그를 바라봐야만 하는 위치. 그가 나를 찾지 않는다고 해서, 그가 나를 잊는다고 해서 아쉬움을 느낄 자격조차도 없는 신분이다.

'나는 왜 조선으로 온 것일까…….'

아빠.

아빠를 위해서였다. 그러나 아빠를 만날 때까지 이곳에서 버텨나갈 수 없을 것 같다. 내가 진짜 이 시대의 사람이 되기 전까지는, 머릿속도 생각도 바뀌고 미래의 삶을 모두 잊어버리기 전까지는 말이다.

고모가 한 말도 그런 말이 아니었을까? 완전히 역사의 일부가 된다는 것. 그것은 미래에서 살았던 기억은 물론, 그 정체성까지도 모두 잃어버려야만 한다는 뜻이 아니었을까?

긍정적인 마음가짐으로 하루하루를 버텨나갔다. 이 조선에서 적응하려고 애를 썼다. 나름 조선 사람으로서 다시 태어났다고 여겼다. 그러나 혼과 함께 있을 때면, 그가 내 이름을 부르고 내가 세자인 그의 이름을 부르는 순간만큼은 내가 특별하다고 느꼈다.

그런 특별함이 그를 좋아하는 마음을 주었는지도 모른다. 처음에는 단순히 나와 같은 시대를 공유한 사람으로서 그에게 친근감을 느꼈었는데…….

혼이 보고 싶다.

그의 목소리가 듣고 싶다.

그의 얼굴이 보고 싶다.

내가 이 시대를 살아가는 힘을 얻을 수 있도록.

"마마, 이제 그만하시지요."

"흥!"

날 둘러싸고 있는 주변의 웅성거림이 커졌다. 아마도 내가 인빈에게 벌을 받고 있다는 소식을 뒤늦게 접한 궁궐 사람들이 계속해서 몰려드는 모양이었다.

영심이도 주저한다. 정 상궁이 계속 말리고 있는 데다가 그녀 자신도 괜한 인빈의 심술풀이에 걸려든 내게 동정심이 생기는 모양이었다. 그러나 인빈은 전혀 분이 안 풀린 게 분명하다.

"뭐 하느냐?"

영심이의 입에서 다시 긴 한숨이 나왔다. 그녀가 다시 내 턱을 감싸쥐자 끝까지 참아보려던 내 눈에서 눈물이 흘렀다. 바로 그때였다.

"멈춰라!"

나는 감고 있던 두 눈을 번쩍 떴다. 그것은 분명 혼의 목소리였다. 혼의 목소리가 들리자마자 양화당은 물론이고 몰려들었던 행궁의 나인들도 모두 고개를 숙였다. 고개를 숙이지 않고 있는 것은 오로지 인빈뿐이었다. 그녀는 갑작스럽게 등장한 혼을 매우 불쾌한 눈으로 쳐다보았지만, 곧 계단 아래로 내려와 세자와 마주 섰다.

"세자."

"인빈마마."

그는 인빈에게 인사를 하자마자 곧바로 멍석 위에 주저앉은 나를 보았다. 그러나 난 그와 눈이 마주치자마자 고개부터 숙였다. 피가 떨어지는 입술에 헝클어진 머리. 게다가 막 터진 눈물 때문에 엉망이 되었을 내 얼굴을 보이고 싶은 마음은 없었다.

"이 양화당까지 어인 일이십니까?"

인빈이 아주 교만한 투로 혼에게 말을 건넨다.

"후원으로 가는 길에 보니 양화당에 많은 나인들이 몰려있더군요."

"주제도 모르는 퇴선간 나인 하나를 벌주고 있던 참입니다. 그런데 그것이 세자에게 폐를 끼치게 되었군요."

"벌을 말입니까? 어떤 이유인지 소자가 알아도 되겠습니까?"

인빈이 당황한다. 후궁인 그녀에게 세자가 그 스스로를 낮추는 '소자'라는 말을 쓸 이유가 없기 때문이었다. 그로 인해 인빈은 이유를 말해야 하는 상황에서 벗어날 수 없게 되어버렸지만.

"찬 음식을 올렸더군요."

"그것이 이리도 엄하게 벌을 주셔야 하는 이유였사옵니까?"

"엄하다니요? 누가 들을까 겁납니다, 세자. 그리고 무엇보다, 세자께서 어떤 동정심으로 이 주제도 모르는 나인을 도와주시려는지 모르겠지만, 이는 어디까지나 내명부의 소관입니다. 세자께서 관여하실 수 없단 말입니다."

인빈의 입에서 '내명부'라는 말이 나오자 옆에 있던 정 상궁이 당황한다. 인빈의 말대로 궁궐의 나인들에 관한 것은 내명부의 소관이 맞다. 또한 의인왕후가 병석에 누운 뒤로, 새 중전이 들어오기 전까지 내명부를 주관한 것은 인빈이었다. 그러니 충분히 버릇처럼 나올 수 있는 말이기는 하다. 그러나 지금은 사정이 다르다. 중궁전에 진짜 내명부의 주인이 새로 들어앉았기 때문이다.

"지금 내명부의 소관이라고 말씀하셨사옵니까, 인빈마마."

혼이 내명부를 강조하고 나오자, 뒤늦게 자신의 말실수를 알아챈 인빈의 얼굴이 굳어졌다. 그러나 인빈도 평소 그리 사이가 좋지 않던 세자에게 지고 싶진 않았던 모양이다. 그것도 양화당 나인들뿐만 아니라 혼이 데려온 동궁전 나인들, 더 나아가 양화당 담벼락에 다닥다닥 몰려있는 나인들 앞에서는 더더욱.

"세자, 고작 양화당의 나인 하나 때문에 지금 저 계집의 역성이라도 들겠다는 것입니까?"

이번에는 인빈이, 혼이 감히 대꾸하지 못할 부분을 지적하고 나온다. 인빈의 말에 혼이 입을 굳게 다물어버리며 양화당에 찬 기운이 돌았다. 숨을 가다듬은 듯 잠시 말문을 닫았던 혼이 다시 입을 열었다.

"내명부는 중전마마의 소관입니다. 중전마마께서도 이를 알고 계시는지요?"

그러자 인빈이 코웃음을 치며 목소리를 높였다.

"중전마마요? 중전마마께서는 내명부를 이끄시기에는 아직 궐 생활도 낯설으실 겝니다. 이런 하찮은 일로 귀찮게 해드릴 수야 없지요."

말이 중전이 귀찮을까 봐 그랬다는 것이지, 사실상 인빈의 말은 누가 듣더라도 어린 중전을 깔보는 말이나 다름없었다.

"그러니 세자, 그만 물러가세요!"

인빈이 단호하게 혼을 물리치려고 할 때였다.

"그렇다면 인빈마마께서 본궁께 가르침을 주시면 되겠군요."

그 순간 중전 김 씨가 아주 빠른 걸음으로 양화당으로 들어섰다. 한 발 늦게 내관이 중전 김 씨의 등장을 알렸다.

"중전마마 납시오!"

인빈은 예상치 못한 중전의 등장에 당황하며 한 걸음 물러섰다가 곧 자세를 잡고는 간단히 인사를 올렸다. 중전은 화려하게 꾸민 인빈의 가체와는 달리, 예를 지킨 장신구만 달린 가체를 하고 있었다. 그리고 그것은 더욱 그녀를 단아하게 보이게 했다.

여유로운 미소까지 띤 채 양화당으로 들어서는 중전을 보며 혼이 인빈에 이어 인사를 올렸다. 중전은 혼의 인사만 웃으며 받아주었을 뿐, 인빈을 돌아보았을 때는 더 이상 웃고 있지 않았다. 그러나 인사를 올린 인빈과 눈이 마주치자, 중전의 얼굴에 다시 미소가 지어졌다.

"중전마마."

"인빈마마."

"마마라니요, 말씀을 낮추십시오."

인빈도 세자인 혼에 중전까지 나타나자 기세가 한풀 꺾인 듯 보였다.

"그러지요."

주저 없이 말을 낮추겠다며 나오는 중전. 어린 중전도 보통내기가 아닌 듯싶었다. 고개를 숙이던 인빈의 인상이 찌푸려진 것이 내 눈에도 들어왔다.

"전하께서 창덕궁에 가신 지 얼마 되지도 않아 양화당이 이리 시끄러워질 줄은 몰랐습니다. 무슨 일인지요?"

어린 중전의 입에서 왕이 거론되고 있었다. 그것은 왕을 끌어들여 인빈을 꾸짖는 것이었다. 인빈의 얼굴이 더 굳어졌다.

"양화당의 나인 하나를 벌주고 있었사옵니다."

"아아? 벌을요? 무슨 큰 죄를 지었기에 세자도 물리치고 벌을 주시려는 겁니까? 그런 큰 죄를 지었다면 응당 본궁에게 알리셨어야지요."

"그것이……."

"얼마나 큰 죄입니까? 본궁이 그 죄를 다시 한 번 확인하고 벌을 내리겠습니다."

"중전마마……."

"말씀해보세요, 인빈."

똑 부러지는 중전의 말에 인빈은 입도 벙긋하지 못했다. 자신이 너무 일을 크게 벌였다고 후회라도 하는 것일까? 결국 옆에 있던 정 상궁이 상전을 대신해서 나섰다.

"중전마마. 소인이 감히 아뢰옵건대, 이 아이는 양화당 퇴선간의 나인이옵니다. 평소 품행이 방자하고 버릇이 없었는데, 오늘 인빈마마의 수라에 장난질을 하였사옵니다."

"양화당의 퇴선간 나인?"

중전이 중얼거리며 반문한다. 어디선가 한번은 나에 대해 들었는지 기억을 되짚는 듯한 말투다.

"예, 중전마마."

"퇴선간 나인이 감히 수라에 장난질이라?"

상전의 수라에 장난질을 했다는 건 따로 설명이 필요 없이 혼날 만한 일이다. 나는 이제 내게 어떤 벌을 내릴지가 중전의 소관이 될 분위기를 느꼈다. 그때 혼이 나섰다.

"중전마마."

중전은 한 손을 들어 혼을 제지했다. 그러더니 인빈을 향해 중전이 입을 열었다.

"그런 큰 죄를 짓다니요. 벌을 내리시려는 인빈의 마음이 충분히 헤

아려집니다. 허나 나인의 일은 내명부의 소관이니 본궁이 이 아이를 데려가 직접 벌을 내리겠습니다."

"그것이!"

정 상궁은 당황하는 인빈을 위해 대신 나서려 했다. 그러나 중전의 주변에 서 있던 상궁이 정 상궁의 앞을 막아섰다. 중전은 더 이상 할 말이 없다는 듯 양화당을 빠져나갔다. 그 후 중전을 따르던 상궁과 나인이 내게로 다가오더니 서둘러 따라오라고 손짓했다.

인빈은 아니더라도 이제는 중전에게 벌을 받을 생각을 하니 온몸에 힘이 빠지는 기분이었다. 그 때문일까. 앉은 자리에서 일어서다가 그만 비틀거리고 말았다. 바로 그때였다. 옆에서 그런 나를 바라보던 혼의 손이 내게로 향한 것은.

다행인 것은 내가 쓰러질 것을 예감한 중궁전 나인이 먼저 나를 부축했다는 것이다. 혼의 손은 다시 제자리를 찾아갔지만, 혼 다음으로 나와 가까운 곳에 서 있던 인빈과 정 상궁이 그런 혼의 행동을 보지 않았을 리가 없었다.

"어서 가자."

중궁전 상궁의 말에 나인들이 나를 이끌었다. 나는 그대로 양화당 밖으로 끌려나가며 혼의 얼굴을 한번 쳐다보았다. 그의 얼굴에는 근심이 가득해 보였다.

중궁전.

의인왕후 살아생전에 온통 한약 냄새가 진동하던 이곳은 이제 꽃다운 소녀가 거하는 느낌이 물씬 풍기는, 새콤하면서도 향기로운 향으로 가득 차 있었다. 나는 중전과 작은 상을 하나 두고 마주 앉았다.

중전 앞에서는 인빈보다도 더 깊게 고개를 숙여야 한다는 걸 나는 알고 있었다. 그러나 몇 대 맞아서인지 고개를 숙이려고 하니 어지럼증이 몰려왔다. 결국 난 고개를 숙이는 대신 시선을 아래로 내리고 앉을 수밖에 없었다. 그래서 중전의 얼굴을 바라보지는 못했다.

중전은 나를 두고 한참을 살펴보는지 말이 없었다.

"변 상궁."

"예, 중전마마."

중전이 자신의 옆으로 물러나 앉은 중궁전 상궁을 불렀다.

"이 아이가 피가 덜 멎은 듯하니, 지혈할 만한 것을 내어주게."

"예."

변 상궁이 자리에서 일어서서 나가자마자 나도 모르게 시선을 들었다. 따뜻한 마음씨가 묻어나는 목소리였다. 마녀 인빈의 기를 죽일 때 나오던 단호하고 차가운 기운은 전혀 느껴지지 않았다. 나와 시선을 마주친 중전이 웃음을 터트렸다. 소녀다운 웃음소리였다.

"고개를 빳빳하게 들고 있더니, 이제는 아예 거리낌없이 본궁을 보는구나?"

웃고 있지만 내 행동을 꾸짖는 말투였다. 나는 바로 고개를 숙이려다가 어지럼증이 느껴지자 결국 포기하고 말했다.

"송구하옵니다. 맞아서 그런지 머리가 아파서 고개를 숙일 수가 없사옵니다."

"어허, 무엄하구나. 네 지금 여기가 어느 안전이라고 말을 그리 쉽게 하느냐?"

여전히 웃는데 말은 꾸짖는 말이다. 그래도 십대 소녀의 입에서 나오는 어른스러운 말투라서 그런지 무섭지도 않다. 내가 인빈에게 몇 대 맞더니 겁이라도 상실한 모양이다.

"황공하옵니다."

"송구하다더니, 이번엔 황공하다라? 네 말대로 맞아서 머리가 아프긴 아픈 모양이구나."

지금 이 어린 중전은 날 놀리고 있는 걸까?

"소인에게 벌을 주시려면 어서 주시옵소서. 맞은 빰이 아직 아플 때 맞아야 통증이 덜하옵니다."

"내가 널 벌주려고 중궁전으로 데려왔는지 아느냐?"

"인빈마마 앞에서 그리 말씀하지 않으셨사옵니까?"

"맞다. 그랬지."

중전이 다시 소리 내어 웃는다. 그때 나갔던 변 상궁이 다시 들어왔다. 나는 그녀가 건네는 천을 받아 입가를 닦았다. 여전히 붉은 피가 묻어나온다. 입술이 터진 건가? 약간 부르튼 느낌도 있긴 하다. 인빈의 소원대로 입술이 터진 모양이다.

"닦지 말고 누르고 있거라. 그래야 피가 멈출 것 아니냐."

천을 입에 계속 대고 있는 사이 나는 초승달 모양처럼 눈을 구부린 채 선하게 웃는 중전을 똑바로 바라보았다. 그녀에게 악의는 없어보였다. 적어도 인빈만큼은. 아니, 인빈과는 비교할 수 없을 정도로 착해 보이기는 한다.

"네 이름이 김경민이냐?"

갑자기 중전의 입에서 내 이름이 나오자, 나는 놀란 눈을 크게 떴다. 중전도 내 놀란 눈을 보았는지 이렇게 말한다.

"그리 놀랄 것 없다. 이미 너에 대해서는 다 알고 있으니."

"소인을 아시옵니까?"

"양화당의 퇴선간 나인인 것도 알고, 인빈이 널 싫어해서 퇴선간이나 지키게 만들었다는 것도 안다. 그리고……."

중전이 옆에 있는 변 상궁과 눈을 맞추더니 까르륵 웃으며 말한다.

"정원군의 첩실이 되는 것도 거절했다지?"

중전의 말에 놀란 내가 두 눈을 크게 떴다. 중전이 그런 나를 보며 말을 이었다.

"놀라운 아이구나. 궁녀의 신분보다야 종친의 첩실 신분이 더 나을 것인데, 어찌 거절한 것이냐? 본궁은 그 연유가 자못 궁금하다."

소녀다운 궁금증이다. 사실 어리다고 계속 표현하기가 뭐하다. 분명 새 중전은 나와 비슷한 또래였다.

마음에도 없는 사람과는 당연히 그럴 수 없다고 말하려던 나는 불현듯 무언가 떠올라서 말을 바꾸었다.

"그걸 어찌 아셨사옵니까?"

"후훗. 그래서 내가 말하지 않았느냐? 너에 대해서는 이미 알고 있다고. 그나저나 혹시나 하여 물어본 것인데, 네가 그리 나오는 걸 보니 참말이었구나. 정원군의 첩실이 되지 않은 것이 말이다."

"그 사실을 아는 사람은 인빈마마뿐이신데요."

"아마도 그렇겠지. 그러나 궐에는 벽에도 귀가 있다더구나. 난 그 벽에게서 들었다."

그제야 나는 중전이 나에게 장난을 치고 있다는 것을 깨달았다. 그러나 기분이 나쁘지는 않았다. 그녀에게서 악의가 느껴지지 않았기 때문이었다.

그나저나 그녀는 2년 전에 혼의 앞에서 떨리는 목소리로 겨우 말을 꺼내던 때와는 완전히 달라져 있었다. 자리가 사람을 만든다고 중전이 되어서 바뀐 모양이다.

"벽에게서 들으셨다면 소인의 입에서 나올 답도 그 벽에게서 들으시지요."

"어허, 변 상궁, 들었는가? 본궁이 그랬지. 이 아이는 분명 재미있는 아이일 거라고 말이다."

"중전마마의 말씀이 옳았습니다."

변 상궁이 웃으며 중전에게 대답하자 중전이 나를 보며 말했다.

"이제 보니 고집이 센 아이구나. 그러니 인빈에게 그리 맞으면서도 소리 한 번 내지 않았겠지."

그때 밖에서 목소리가 들렸다.

"중전마마. 전하께서 환궁하셨다 하옵니다."

"알았다."

밖을 향해 답을 준 중전이 다시 나를 보며 말했다.

"본궁은 이제 편전으로 가야 한다. 다음에 기회가 되면 이야기를 더 나누자꾸나. 그리고 네 처소로 의녀를 보내주마. 그 입술을 빨리 치료받거라."

의녀를 보내주겠다는 말에 중전이 참으로 마음씨가 고운 사람이라고 생각했을 때였다. 중전의 말이 이어졌다.

"정원군이 그 입술을 보면 마음이 아파서 어쩌누."

중전의 입에서 나온 말에 당황하며 그녀를 보았다. 중전은 웃음으로 답을 대신한다. 오해를 하고 있는 건지, 나에게 장난을 치는 건지 도무지 감을 잡을 수가 없는 새 중전마마였다. 좋게 보자면 소녀 같은 모습이 엿보이는 귀여운 중전마마였다. 이런 그녀의 모습에서는 훗날 혼과 같은 하늘을 이고는 절대 살 수 없다고 말했던 인목대비가 도무지 상상이 가지 않았다.

석어당으로 가려는 중전의 뒤를 따라 중궁전을 나왔을 때였다. 중궁전 전각 앞에서 초조한 얼굴로 서성이는 혼이 보인다. 중전 역시 혼을 보고는 그에게 먼저 말을 걸었다.

"세자."

중전의 뒤를 따라 나오는 날 발견한 혼의 얼굴에 당혹감이 어린다.

"중전마마."

"중궁전에는 무슨 일로 오셨습니까? 들어오시지 않고요."

어린 새어머니가 자신보다 나이가 많은 양아들에게 말을 거는 것 치고는 꽤나 다정한 목소리였다. 혼은 그런 중전의 다정함이 마음에 들지 않는 모양이다. 아니면 딴 생각을 하느라 중전의 이런 태도에 정중한 얼굴을 보여야 한다는 것을 잊은 것인지도 모른다.

"아바마마께서 환궁하셨다고 들었습니다."

"본궁도 들었습니다. 그래서 지금 석어당으로 갈까 합니다. 함께 가시렵니까?"

그때 혼이 나를 돌아본다. 나는 마치 죄인인 양 자동적으로 고개를 숙였다. 지금 내 몰골을 그에게 보여주고 싶지 않았기 때문이었다. 나와 시선 맞추기에 실패한 혼이 잠시 주저하더니 중전에게 말했다.

"저 아이는……."

"지금 막 돌려보내려던 참입니다. 인빈의 심술에 억울하게 당한 듯 싶더군요."

그제야 혼의 얼굴이 조금은 펴졌다.

"예, 중전마마."

혼의 대답에 중전이 그보다 한 발 앞서서 걸었다. 혼도 중전의 뒤를 쫓으려다가 아직 중궁전 앞에 서 있는 나를 잠시 돌아보았다. 그의 시선이 나를 향하자 이번에도 나는 바로 고개를 숙였다. 억울하게 맞은 건 나인데도 괜히 내가 부끄러웠다.

"아랫입술이 완전히 부어올랐어요."

운영이 속상한지 울먹인다. 그러나 나는 꽤나 태연한 표정일 터였다. 아직 의녀의 진찰이 다 끝나기 전이었기 때문이기도 했다.

"아얏."

의녀가 부은 내 입술에 침을 하나 찔러 넣는 순간, 송곳을 박아 넣는 것 같은 통증에 얼굴을 뒤로 뺐다. 그러자 의녀가 날 다그쳤다.

"움직이시면 안 됩니다."

두 번째 침이 입술에 꽂혔을 때는 차라리 뺨을 맞는 게 더 나을 것 같다는 생각이 들 정도로 아팠다. 하지만 그건 맞는 거고, 이건 치료받는 거니까.

"먹는 약이나 바르는 약은 없어요?"

침을 피하기 위한 나의 말에 의녀는 딱 잘라 말한다.

"말씀하시면 안 됩니다."

결국 침을 모두 세 번이나 맞았다. 십 분 정도 지나고 입술에서 침이 뽑혀나갔다. 다행인 것은 통증이 덜해졌다는 사실이다.

"오늘 안으로 붓기는 가라앉을 겁니다. 그러나 입술 주변에 난 상처는 열흘은 지나야 완전히 사라질 듯합니다."

"약은요?"

내 문제에서만큼은 성질 급한 운영이 의녀에게 묻는다. 의녀는 들고 온 작은 상자에서 조그만 나무상자를 꺼냈다. 그 상자의 뚜껑을 의녀가 여는 순간 생전 맡아본 적도 없는 지독한 약 냄새가 좁은 내 처소 안을 가득 채웠다. 쓰지 않는 오래된 구급상자 안에 들어 있던 호랑이 연고 냄새와 비슷했다.

"자주 바르시면 조금 더 빨리 나으실 겁니다."

운영이 약을 받자 의녀가 자리에서 일어섰다. 나도 의녀를 따라 자리에서 일어서며 먼저 운영에게 손짓해 그 약상자부터 닫으라고 했다. 운영은 기다렸다는 듯 내 말을 따랐다. 그녀가 맡기에도 냄새가 지독하긴 지독했던 모양이다.

"고맙습니다."

의녀에게 내가 감사의 인사를 하자, 의녀는 중궁전의 명이었을 뿐이라는 형식적인 답변을 하며 내의원으로 돌아갔다. 그녀가 나가자 운영이 베개 하나를 꺼내오더니 날 눕게 했다. 의녀가 주고 간 약을 발라주려는 모양이었다.

"그건 안 바르고 싶은데."

투정부리듯 말을 던지며 베개를 베고 자리에 누웠다. 운영이 한숨과 함께 다정하게 말했다.

"이 약을 바르면 인빈마마가 다시 벌을 주시려고 해도 냄새 때문에 안 주실 거예요."

"나보고 다시 벌을 받으란 소리야?"

"설마요."

운영이 약 뚜껑을 다시 열었다. 코가 매울 정도로 강한 향이다. 그러나 빨리 낫는다니 별수 없었다.

"아읏."

운영이 천천히 내 입술에 약을 펴 바르자, 마치 불에 덴 듯 화끈거렸다. 조금 지나니 조그마한 바늘 수십 개가 입술을 막 찌르는 듯한 느낌도 났다.

"아픈 건 둘째 치고 그 약 냄새 때문에 아무것도 못 먹을 것 같아."

"그렇다고 굶으시는 건 절대 안 돼요."

걱정하는 운영을 보니 문득 정원군이 생각났다.

"정원군마마께 말하진 않을 거지?"

정원군의 이름이 나오자 운영이 당황하더니 고개를 저었다.

"절대요. 절대 항아님의 허락 없인 안 그럴 거예요. 그렇지만 이번 일은 곧 정원군마마께서도 아실 거예요. 행궁에 소문이 쫙 퍼진 것 같으니까요."

"그 정도야?"

"중전마마와 세자저하께서 양화당에 납시셨는데, 행궁에 있는 사람치고 모르는 사람이 누가 있겠어요? 내명부 일에는 알아도 모르는 척 눈 감으시는 주상전하가 아닌 이상에야 내일이면 한 사람도 빠짐없이 알게 될 텐데요."

"나쁜 쪽으로 스타가 된다는 말이군."

내가 중얼거린 말을 들은 운영이 물었다.

"'스다'가 뭐예요?"

"유명해진다는 말이야."

내가 기운 없이 답했을 때였다. 닫힌 문밖에서 사람의 소리가 들렸다.

"크흠, 항아님. 항아님 계십니까?"

나는 놀라 벌떡 일어났다. 그 목소리의 주인공이 누구인지 알았기 때문이었다. 바로 동궁전 최 내관이었다. 지금 내 옆에는 운영이 있었다. 운영은 혼과 나의 사이를 미영이만큼이나 모른다. 게다가 동궁전 최 내관이 내게 개인적인 용무로 올 일은 없다. 분명 혼과 관계되었을 것이다. 그러니 서둘러 운영을 이곳에서 내보내야겠다는 생각뿐이었다.

"운영아, 잠시 자리 좀 비켜줄래?"

운영이 평소와는 조금 다른 내 태도에 이상하다는 듯 나를 쳐다보았다. 그러나 무수리인 그녀가 내 말을 어길 이유는 없었다. 운영은 조용히 일어서서 문을 열고 나갔다. 난 그녀 뒤를 따라 처소를 나섰다.

예상대로 동궁전 최 내관이 그곳에 서 있었다. 그는 이미 누가 안에 함께 있다는 것을 알았는지 무수리의 옷차림을 한 운영이 나와도 별다른 표정의 변화는 없었다. 대신 운영만은 달랐다. 운영은 내 처소를 떠나면서도 내가 걱정되는 건지, 아니면 동궁전 최 내관이 누구인지 기억해 내려는 것인지 몇 번씩 최 내관을 돌아보았다.

운영이 가버리자 최 내관이 조심성 있게 주변을 살핀 후 내게 말했다.

"항아님, 지금 퇴궐하셔야겠네."

"퇴궐이라니요?"

궁 밖으로 나가야 한다는 말에 내가 반문하자 최 내관이 목소리를 낮추며 말했다.

"퇴궐하신 저하께서 항아님을 기다리고 계시네."

"저하께서는 지금 행궁에 계신 것이 아닌가요?"

"조금 전 퇴궐하셨네."

혼이 날 기다린다는 것은 그가 날 만나고 싶어 한다는 말과 다름없었다. 그러나 지금은 해가 쨍쨍한 낮이다. 세자가 퇴궐하는 거야 그렇다 치더라도 양화당 나인인 내가 퇴궐한다는 것은 상황이 좀 다르다. 오늘은 더 이상 인빈이 날 찾지 않을 테지만 말이다.

"지금은 퇴궐하기 어려워요."

"조치는 다 취해 두었네. 그러니 근심일랑 말고 나를 따라오시게나."

걱정 말고 따라오라는 최 내관의 말을 모두 신용하는 것은 아니었다. 그러나 혼이 기다린다는 말이 내 마음을 움직였다.

"알았어요. 갈게요."

최 내관을 따라간 행궁의 뒷문 밖에는 가마꾼들과 가마가 기다리고 있었다. 최 내관은 날 가마에 타도록 인도하더니, 돌아올 때까지 자신이 이 문에서 기다리고 있을 것이라며 안심시켰다. 가마의 문이 내려지고 가마꾼들이 어디론가 가마를 메고 가기 시작했다.

불안하면서도 다른 한편으로는 가슴이 두근거렸다. 무엇보다도 혼이 날 찾고 있다는 사실이 두근거림을 더욱 부채질했다. 그렇다고 마냥 좋은 것이 아닌 게, 옷도 갈아입고 머리도 단정히 다시 빗었지만 얼굴은 끔찍했다. 아랫입술은 터지고 부르튼 채다. 그나마 다행인 건 의녀가 침을 놓아준 덕에 붓기는 조금 가라앉았다는 사실이다.

내가 탄 가마는 청계천을 건너고 도성 사대문을 나와서도 계속 남쪽으로 향했다. 그리고 마포나루에 도착했을 때는 두근거림보다는 불안함이 커졌다. 내가 탄 가마가 배를 타고 강을 건너려고 했기 때문이다.

막 나루로 들어서는 배를 기다리기 위해 가마꾼들이 잠시 가마를 내려놓은 사이, 가마의 창문을 열고 밖을 내다보며 물었다.

"어디로 가는 거죠?"

두 명의 가마꾼들은 서로를 바라보며 누가 대답할지를 잠시 고심하더니, 그중 한 명이 내게 정중히 답했다.

"압구정입니다요."

서울시 강남구 압구정동이라고 말하면 내가 살던 시대에야 모르는 사람이 없겠지만, 압구정은 원래 세조 때 공신이었던 '한명회'의 호다.

또 그가 압구정에 세웠던 정자의 이름이기도 했다. 세월이 흐르며 사람들은 그 정자의 이름을 따서 그 주변 동네를 압구정이라고 불렀다. 어쨌든 압구정에 간다는 말은 한강을 건넌다는 말이었다.

그제야 혼이 정말로 강 건너 압구정에 있는 건지 의심스러워졌다. 동궁전 최 내관이 직접 말했으니 거짓말은 아닐 것 같음에도 말이다. 왜 압구정이어야만 했을까? 굳이 만날 장소를 찾는다면 사대문 안에도 장소는 많았다. 그런데 다르게 생각해 보니, 사대문 안에는 관리들의 집이 많고 그 관리들 중 대부분은 세자인 혼의 얼굴을 알 것이다. 그러니 최대한 눈에 띄지 않으면서도 도성에서 크게 벗어나지 않은 곳이라면 강남이 좋긴 좋을 것이다.

내가 탄 가마가 배를 타고 강을 건넜다. 건너는 동안 나는 답답해서 가마 안에 가만히 앉아있을 수가 없었다. 더군다나 가마 안에서 흔들리는 배 위에 있자니 멀쩡한 속도 다 울렁거릴 것만 같았다. 결국 난 가마에서 나왔다.

밖으로 나오자 배를 탄 사람들의 시선이 모두 내게 쏠렸다. 아마도 내 옷차림 때문에 쳐다보는 것 같았다. 반가의 규수같이 보이는데도 머리는 혼인한 여성처럼 하고 있는 것이 신기한 듯싶었다.

쏟아지는 시선에 결국 별 생각 없이 들고 나왔던 장옷으로 머리부터 상체를 모두 가렸다. 그제야 나를 향한 사람들의 시선이 줄어들었다.

반가의 규수는 외출 시 얼굴을 드러내면 안 되는 시대다. 갑갑하지만 어쩔 수 없었다. 나는 눈을 비롯한 얼굴의 반만 장옷 밖으로 내놓은 채로 강 구경을 했다. 그러고 보니 궁궐 안에서는 그나마 여성들이 자유로운 편이라는 생각도 들었다. 궐 안 여성들은 얼굴을 가리지 않고 자유롭게 돌아다닌다. 상전을 만나면 고개를 숙여야 하는 단점은 있다. 그래도 밖에서 이 정도의 관심을 받느니 궁궐 안에서 자유롭게 얼굴을 드러내고 다니는 것이 훨씬 낫다.

이런 불편한 상황을 만든 혼을 속으로 원망하며 투덜대던 것도 잠시였다. 배가 강남 나루에 가까워지고 있었다. 자연히 내 눈에는 나루에 몰려든 사람들이 보였다. 그중 한 사람이 내 눈에 띈 순간 난 숨이 멎는 기분에 사로잡혔다.

혼이었다.

갈색 말과 함께 나루에 서 있는 그는 갓에 도포 차림이었다. 어지간한 당상관들도 소유하기 힘든 귀한 말과 함께 서 있는 그는 단번에 눈에 띌 수밖에 없었다. 그러나 배 위에 선 나는 아직 그의 눈에 띄지는 못한 것 같다. 그는 나루로 가까워지는 배를 물끄러미 바라보다가, 지루한 듯 움직이려는 말을 다독이듯 어루만졌다.

배가 나루에 들어서기 시작하자 가마꾼들이 내게 다가와 공손하게 말했다.

"가마에 오르시지요."

나는 고개를 저으며 거절했다.

"그럴 필요 없을 것 같아요."

배가 나루에 완전히 도달하자 난 홀로 배에서 내렸다. 내리는 사람들과 배에 타려는 사람들로 나루는 혼잡했다. 나는 장옷을 뒤집어써 좁아진 시야 탓에 그만 바쁘게 걸어가던 사람들과 부딪히며 주저앉고 말았다. 쓰고 있던 장옷을 놓친 나는 당황하며 나루를 벗어나 강물로 떨어진 장옷을 향해 손을 내밀었다. 그러나 다른 이의 손이 더 빨랐다. 그 손이 강 위로 떨어진 장옷을 들어 올리더니 다른 손을 내게 내밀었다.

그 손의 주인은 바로 혼이었다. 혼은 쿡쿡거리며 웃고 있었다.

나는 그가 내민 손을 잡고 자리에서 일어섰다.

"웃음이 나와?"

화끈거리는 얼굴로 얄밉다는 듯 쳐다보며 말하자 그는 어색한 헛기침으로 웃음을 거둔다. 그러나 이미 강 주변에 몰린 많은 이들의 시선이 우리를 향하고 있었다. 나는 그중 한 명이라도 혼을 알아보는 이가 있을까 봐 조바심이 났다.

그는 세자였다. 세자가 강남까지 와서 여자의 손을 잡은 것 때문에 혹시라도 좋지 않은 소문이 날까 봐 걱정되었다. 나는 그가 붙잡았던 손을 놓으려고 했다. 그러나 혼은 놔주지 않았다. 오히려 더욱 힘을 주어 내 손을 잡는다.

"뭐하는 거야? 사람들이 보잖아!"

정작 조심해야 할 사람은 혼일 텐데도 내가 더 난리였다. 혼도 주변에 몰린 시선 때문에 사색이 된 내 얼굴을 보았는지 날렵한 턱을 들어 올리며 주변을 한번 살폈다. 그리고는 다시 나를 돌아보며 주변 사람들이 다 들으라는 듯이 이렇게 말했다.

"부인. 그러기에 내가 뭐라고 했소? 나루는 혼잡한 곳이니, 내 조심하라고 이르지 않았소."

혼의 돌발 행동에 놀란 나는 큰 눈을 뜨고 그를 바라보았다. 그러나 그는 아무렇지도 않다는 듯 내 손을 잡고는 당당히 나루 밖으로 이끌었다. 난 당황해서 벌어진 입을 다물지도 못한 채 그의 손에 이끌려갔다. 그는 자신의 말을 묶어둔 곳까지 가더니 나를 번쩍 안아 들어 말 위에 가볍게 앉혀놓았다.

그는 가마를 들고 온 가마꾼들을 향해 말했다.

"최보인이 보낸 자들이냐?"

"예, 그렇습죠."

"나루에서 기다리고 있거라."

그들에게 명을 한 혼이 내 뒤로 올라타더니 말의 고삐를 잡았다.

"어디 가는데?"

불안한 기색으로 묻는 내게 그는 짓궂게 웃어 보일 뿐 대답을 하지 않은 채 말을 몰았다. 다행히 말을 천천히 몰고 있어서 나는 계속 그를 돌아보며 궁금증을 쏟아냈다.

"최보인은 또 누군데?"

"동궁전 최 내관이다."

이번에는 혼이 답을 주었다.

"그럼 저들은 네가 누구인지도 알아?"

"글쎄다……. 최 내관이 말했다면 알 것이다. 그래도 이 한 가지는 똑똑히 알게 되었겠지."

"한 가지?"

"네가 내 부인이라는 사실 말이다."

"자꾸 장난칠 거야!"

몸을 돌려 그를 쳐다보며 외쳤다. 순간 그의 시선이 내 입술을 향한 것이 눈에 들어왔다. 아마 상처를 보는 것 같았다. 그는 상처가 유독 심한 부분을 뚫어져라 바라보더니 갑자기 화가 난 듯 표정이 굳어졌다. 그의 장난에 화라도 내는 척하려던 나는 무섭게 변한 그의 표정에 기세가 한풀 꺾이고 말았다.

혼은 그 자리에 있었다. 그리고 막으려고 했다. 만약 중전이 나타나지 않았더라면 난 혼이 있는 곳에서도 계속 인빈에게 맞았을까?

"이랏!"

갑자기 혼이 말을 빠르게 몰기 시작했다. 나는 놀라 힘을 주어 그의 옷을 붙잡았다.

"빨리 달리지 말라구!"

혼은 말의 속력을 줄이지 않았다. 바람 때문에 눈을 뜰 수 없었다. 게다가 혼의 옷깃만 붙잡는 것으로는 균형을 잡는 것이 어려웠다. 결국 난 그의 품으로 고개를 파묻었다. 나무 사이를 비켜 지나가는 기척이 느껴지고, 길을 걷던 사람들이 놀라며 흩어지는 소리도 들려왔다.

얼마나 달렸을까. 언덕 위로 말이 곧장 올라가는 느낌이 들면서 속력도 줄어들었다. 마침내 말이 멈추자 혼은 재빨리 고삐를 잡아당겨 능숙하게 말을 세우고는 먼저 말 위에서 가뿐하게 뛰어내렸다.

"잡거라."

혼이 내게 두 손을 뻗었다. 그러나 나는 말 위에서 내리기 전 이미 주변에 시선을 빼앗기고 말았다.

한강이 내려다보이는 높은 언덕 위. '압구정(鴨鷗亭)'이라는 현판이 걸려 있는 정자가 제일 먼저 눈에 들어왔다. 그러나 나의 시선을 빼앗은 것은 정자가 아니었다. 그 정자 주변으로 언덕을 가득 채우고 있는 흰 메밀꽃들이었다. 압구정 주변은 온통 꽃밭이었던 것이다!

"여긴 어디야?"

"너를 데려오고 싶었던 곳이다."

그제야 나는 그의 손을 잡고 내려오려고 했다. 이번에도 훈은 가만있지 않았다. 손을 잡는 척하다가 내 허리를 잡아 번쩍 들어 올려 내려놓은 것이다.

"전보다는 가벼워진 것 같구나."

나도 모르는 사이에 훈이 몸무게라도 잰 것 같아 얼굴이 화끈거렸다. 붉어진 얼굴을 감추려 그를 지나쳐 빠르게 정자 쪽으로 걸어갔다.

압구정 정자 위에서는 한강이 내려다보이고 강북 전체가 보였다. 웅장한 도성의 사대문, 유독 높은 지붕 덕분에 행궁도 발견했다. 그러나 경복궁이 있었을 만한 자리에는 아무것도 없었다.

"경치 좋다!"

살랑살랑 가을바람이 압구정 위로 불어오고 있었다. 강 위에 떠 있는 배들까지 보니 서울에 이런 풍경이 있었나 싶고 모든 것이 신기했다. 내가 나고 자란 미래에는 한강에 철교를 비롯한 수많은 콘크리트 다리들이 생겨 이처럼 강 본연의 모습을 볼 수가 없기 때문이다.

한참을 구경하고 있는데도 훈이 오지 않는다. 나는 훈을 찾아 뒤를 돌아섰다. 말이 있는 곳에 훈은 없었다. 그는 메밀꽃밭 사이를 걸어 다니며 사색에 잠겨 있었다. 정자 위에서 그와 함께 경치를 구경할 생각으로 나도 메밀꽃밭 안으로 걸어 들어가며 그를 불렀다.

"혼아."

바로 그때였다. 어디선가 바람이 불어와 그의 갓에 장식으로 매달린 구슬 줄을 흔들었다. 혼이 그것을 붙잡으며 내게로 고개를 돌렸을 때, 나는 어디선가 이곳을 본 적이 있다는 생각이 들었다.

내게 고개를 돌린 혼이 나를 보며 부드러운 미소를 지었다. 그제야 나는 깨달았다. 내가 두창에 걸렸을 때 꿈속에서 보았던 그곳, 그 아름답던 흰 꽃밭이 다름 아닌 이 메밀꽃밭이란 사실을. 그리고 그 메밀꽃밭 사이에 서 있었던 사람, 그가 바로 혼이었다. 그래서 그때 난 혼의 이름을 불렀던 것이다.

언제부터였을까? 그가 내 마음 안으로 들어온 때가 말이다. 적어도 두창으로 아팠던 시기에 이미 그는 내 마음 속에 들어와 있었다. 내가 그것을 미처 깨닫지 못하고 있었을 뿐이다.

메밀꽃밭 안에서 혼이 나를 향해 손을 내밀었다. 자신의 손을 잡으라는 것인지, 아니면 가까이로 오라고 하는 것인지는 모른다. 그러나 지금 내게 웃으며 손을 내미는 그를 바라보고 서 있는 것만으로도 마음이 아파왔다.

앞으로 그에게 닥칠 광해군으로서의 운명. 정해진 역사의 굴레. 그리고 내가 선택한 나의 운명. 아빠를 만나고 그 대가로 이 조선에서 평생을 살아야 한다면 나는 그의 마지막도 보게 될까? 그가 왕이 되고, 인조가 될 종이에 의해 폐위되어 쫓겨나는 그 모든 것을 말이다.

아직 일어나지도 않은 먼 훗날의 일 때문에 가슴이 덜컥 내려앉는 느낌이 들었다. 난 걸음을 멈췄다. 혼은 갑자기 멈춰선 날 보며 까닭을 모르겠다는 표정으로 서 있다.

우리 사이로 어디서 불어오는지 모를 가을바람만이 지나고 있었다. 그 바람에 낯설게만 느껴지는 메밀꽃 향이 실려 있었다. 달달한 듯하면서도 씁쓸한 향이.

친구로서라도 좋았다. 친구로서 그의 곁에 함께할 수 있다면 난 그걸로 충분하다고 생각했다. 비록 그가 나를 언제까지 친구로 생각해 줄지는 모르지만 말이다. 언젠간 그가 더 이상 나를 친구로 여기지 않게 되고, 그의 이름을 함부로 부르지 못하게 되더라도 나는…….

혼이 내가 서 있는 곳으로 걸어오기 시작했다. 그는 나에게로 오고 있었다. 그에게서 멀어져야 한다는 느낌이 강하게 들었다. 그가 내 앞에 도착한다면, 내 앞에 선다면 나는 지금 결심한 마음과는 다른 말을 할 것만 같았다.

혼에게는 세자빈이 있다. 그리고 앞으로도 많은 후궁들이 생길 것이다. 그것은 왕으로서 당연한 것이다. 그런 그의 곁에 친구로서 있겠다면서, 그의 주변을 둘러싸고 있는 여인들을 애써 모른 척하며 그를 향해 언제까지 웃을 수 있을까?

후원에서 세자빈이 혼에게 건넨 말 한마디에도 눈물이 왈칵 쏟아질 것 같았던 나였다. 친구의 자리에 만족한다고 하더라도 우리 두 사람은 그 누구의 앞에서도 당당해질 수 없는 사이였다. 대체 나는 조선의 왕이 될 그에게 어떤 마음을 바라는 걸까. 친구가 아닌 여자로 대해주기를 바라는 걸까?

"이곳이 마음에 들지 않느냐?"

마주 선 혼이 내게 묻는다. 여기까지 나를 데려와 준 그에게 걱정을 끼치고 싶지 않았다. 난 억지로 미소를 지으며 고개를 저었다. 마음에 든다는 의미였다. 그러나 그 순간 나도 모르게 두 눈에서 눈물이 주르륵 흘러내렸다. 혼의 표정이 다시 어두워진다. 나는 서둘러 눈물을 훔쳐내려고 했다. 그러나 혼이 그런 내 손목을 잡으며 막았다.

"왜 우느냐?"

"너무 좋아서."

거짓말.

"답답한 궁궐에만 있다가 이런 데 오니까 너무 좋아. 고마워, 혼아."

그의 손을 밀어내고 돌아서서 다시 눈물을 닦으려고 했다. 하지만 내 손목을 붙잡은 그의 손에 힘이 들어간다.

"거짓을 말하고 있구나."

"혼아?"

"오늘……."

그가 무언가를 말하려다가 잠시 주저한다. 뭔가 말하기 싫은 것을 억지로 말하려는 듯했다. 나는 흐르는 눈물도 닦지 못한 채 그의 시선을 쫓았다.

"오늘 양화당에서의 일이 너를 이리도 힘들게 만들었던 것이겠지?"

걱정 끼치고 싶지 않다. 그런데 눈물이 멈추지 않아.

"아니야. 절대 그건 아니야. 인빈마마가 요즘 기분이 안 좋아서 종종 나인들을 잡아. 아무나 잡는데 하필 오늘 내가 딱 걸린 거야. 내가 양화당 생활이 벌써 한 해가 다 되어 가는데 설마 그것 갖고……."

내 말이 끝나기도 전에 혼이 자신의 품 안으로 나를 끌어안았다. 이상했다. 말에 탔을 때도 그의 품에 안겨 있었는데 지금은 마치 그와 하나가 된 느낌이었다. 그만큼 혼은 나를 힘주어 안고 있었다.

"너를 지켜주겠다 마음먹었던 자신이 이토록 미울 수가 없구나."

"혼아?"

"내 몸 하나 건사하지 못하는 궐에서 어찌 너를 지켜주겠다는 마음을 먹었던 것인지!"

울고 있는 건 나인데, 분명 눈물이 흐르고 있는 건 나인데…….

나는 내 아버지 묘소에서 내려오던 길에 혼이 했던 말을 떠올렸다. 그때 그는 궐을 '숨조차 쉬기 어려운 곳'이라고 내게 말했었다. 늦게나마 나는 그 의미를 깨달았다.

역사에서는 '고작' 16년이라고 말한다. 광해군은 16년간 세자의 자리에 있었다. 그러나 그는 그 16년 동안 명나라에서 인정해주지 않는다는 이유로 공공연히 아버지 선조의 비난을 받아야 했다. 또 자신보다 어린 새어머니의 등장과 적통인 영창대군의 탄생으로 세자의 자리를 위협받았다.

책에서는 불과 한 줄로 끝날 이 이야기들이 그에게는 자그마치 16년이라는 긴 세월 동안 일어났던 일들이었다. 지금까지 그가 이겨내 왔던, 그리고 앞으로도 이겨내야만 하는 세월을 생각하면 내가 겪는 어려움 따위는 아무것도 아닌 것처럼 느껴졌다.

나는 결심했다. 친구가 필요한 그에게 친구가 되어주자고. 시간이 흐르면 그를 좋아하는 내 마음도 자연히 사라질 테니까. 그 마음이 사라진 뒤에는 정말로 친구의 마음이 되어서 그의 곁에 있어주자고.

나는 그의 품 안에서 한 걸음 물러서며 그의 두 눈을 바라보았다.

"네가 날 왜 지켜."

어쩌면 나보다도 눈물을 흘리고 싶어 했을 그를 위로해야 한다고 마음먹었다. 앞으로도 친구로서 그에게 힘이 되어주기 위해.

"앞으로 그런 말 하지 마."

나는 아무렇지도 않은 듯 내 눈에 남아있는 눈물을 훔쳐내며 활짝 웃어주었다.

"나도 고작 나인이라 널 지켜줄 순 없겠지만, 대신 네가 기쁠 때도 슬플 때도 언제나 네 옆에 있어줄게. 너의 친구……."

'……로서.'

나는 말을 다 끝마치지 못했다. 혼의 얼굴이 점점 내게 가까워진다는 생각까지는 들었다. 그런데 어느새 깜빡거리던 내 눈앞을 그의 갓이 덮어버렸다.

그의 입술이 내 입술에 닿아 있었다.

내가 그 감촉을 제대로 느낄 새도 없이 혼의 얼굴은 다시 내게서 멀어졌다. 나는 정말로 아무런 생각도 들지 않았다. 과연 지금 내 입술에 닿았던 것이 혼의 입술이 맞기나 한 것일까?

"지금 무어라 말했느냐?"

혼이 묻는다. 완전히 경직되어버린 나를 태평하게 바라보는 혼은 조금 전과 다를 바 없는 얼굴이다. 나는 두 눈만 깜빡거리며 방금 했던 말을 자동적으로 다시 꺼냈다.

"너의 친구로서……."

그 다음 말을 생각해 내기 위해 고민해야 한다는 것을 깨달았을 때, 혼의 입술이 다시 한 번 내 입술을 찾아왔다. 그러나 이번에는 믿기지가 않았던 첫 번째의 짧은 입맞춤과는 달랐다. 달콤함을 넘어 짜릿함이 느껴질 정도로 긴 입맞춤이었다.

두 번째로 그의 입술이 내게서 떨어지자 나의 얼굴은 화끈거림을 넘어서 불에 덴 듯 뜨겁게 느껴졌다. 혼도 이런 내 얼굴을 보고는 스스로도 부끄러운 모양이다. 그는 자신의 한 손을 입가로 가져가 헛기침을 하며 퉁명스럽게 말한다.

"어디 다시 한 번 그 친구라는 소리를 해 보거라. 다시는 그 말을 하지 못하도록 해 줄 터이니."

그가 지금 내게 무슨 말을 하는 걸까? 그날 밤 후원에서 혼이 말했던 친구가 아닌 다른 관계라는 것이 혹시…….

"하지만 우린 친……."

내 말이 끝나기도 전에 혼이 장난스레 되묻는다.

"무어라?"

나는 그가 다시 또 내게 입을 맞출까, 서둘러 두 손으로 입을 가렸다. 혼은 그런 나를 보더니 큭큭거리며 웃었다. 나는 너무 부끄러워 새침스럽게 돌아서려고 했다. 그러나 혼이 더 빨랐다. 내가 돌아서기 전에 내 손을 잡은 것이다. 내 손은 마치 어른의 손에 잡힌 어린아이의 손처럼 그의 손에 부드럽게 감싸 쥐어졌다.

"경민아."

혼이 날 불렀다. 나는 고개를 반쯤 숙인 채, 시선만 겨우 들어 그를 바라보았다. 혼은 미소 짓고 있었다.

"내가 왕이 된 후에 너를 내 빈으로 맞을 것이다."

빈(嬪). 후궁 최고의 품계인 정1품을 말하는 것이다.

나는 거절의 말도, 그와 비슷한 그 어떠한 말도 꺼낼 수가 없었다. 그의 일방적인 고백이 내 마음을 사정없이 방망이질하게 만들었기 때문만은 아니었다.

더 이상 친구가 아닌 사이. 난 그것이 불가능하다면서도 남몰래 마음속 깊은 곳에서부터 간절히 바라고 있었던 게 틀림없다. 그의 사랑을 받을 수 있는 여자로서의 자리를.

"그리고 이것이 내가 말했던 너와 나의 새로운 관계이다."

그는 요구했다.

그리고 통보했다.

나는 아무런 답도 하지 않음으로써 암묵적으로 그의 마음을 받아들였다.

혹시라도 내가 거절할까 조금 불안한 기색을 보이던 혼도, 시간이 지나도 내 입에서 아무런 말이 나오지 않자 점점 얼굴에 미소가 번져나갔다. 나는 여전히 그가 나에게 한 행동과 말들이 믿겨지지 않았다. 그저 지금 이 순간 느껴지는 건 우리 두 사람 주변을 가득 채우고 있는 메밀꽃 향뿐이었다.

달콤하면서도 씁쓸한 메밀꽃 향이…….

나루로 돌아가는 길에 우리는 말을 타지 않고 나란히 걸었다.

"이 옷은 쓸모가 없어졌구나."

상당히 시간이 흘렀음에도 강에 빠졌던 장옷은 마르지 않았다. 혼은 말 등을 건조대 삼아 올려놓은 장옷을 한번 보더니 다시 나를 돌아보고 물음을 던졌다.

"경민아. 네 입에서 나던 그 고약한 향은 무엇이었느냐?"

"향?"

늦어도 한참 늦었지만 손가락으로 서둘러 내 입술을 훑었다. 미세하지만 분명 약이 남아있는 느낌이 있었다. 그런데 그와 입을 맞추는 동안 난 그걸 느끼지 못했다. 뒤늦게 떠오른 생각에 나는 혼을 똑바로 쳐다볼 수가 없었다. 그는 분명 나와 입을 맞췄을 때 약 맛을 느낀 게 틀림없었다. 그런데도 두 번씩이나!

"아프니까 당연히 약을 발랐지."

뾰로통한 표정으로 말하는 날 돌아보며 혼이 소리 내어 웃는다. 대체 그는 내가 뭘 말하기만 하면 웃는 것 같다.

"웃지 마. 민망하니까."

시원스럽게 웃던 그의 웃음이 거짓말처럼 뚝 그친다. 그에게 또다시 놀림받았다는 것을 알게 되자, 이번엔 심통난 내가 그를 공격했다.

"정월 초하루에 '초심'을 되찾기 전까지 나를 만나지 않겠다는 말의 의미는 뭐였어? 그 '초심'은 되찾은 거야?"

이제 와서 이런 질문은 우습다. 그때는 깨닫지 못했지만 나는 혼을 좋아하고 있었고 혼도 분명 나를 좋아하고 있었다. 아마도 그가 말했던 '초심'은 나를 더 이상 좋아하지 않게 된다는 것을 의미했을 것이다. 이건 어디까지나 내 추측이지만 아까의 일을 떠올리면 그는 그 '초심'을 어딘가에 던져놓고 온 게 틀림없다.

"그건 말이다."

그가 헛기침을 두어 번 하더니 이야기를 시작한다. 내가 생각한 반응과는 전혀 달랐다. 나는 그가 당황해하거나 그 말을 한 것을 미안해하길 바랐다. 아니면 다시 어색하게 웃으며 그 말을 농담으로 돌린다고 해도 상관없었다. 지금의 우리는 같은 생각을 공유하고 있으니까.

"그날 네게 말했듯 처음에는 널 다시 만나 지켜주고 싶은 마음이었다. 네 아버지 묘소를 회령에서 경기로 옮긴 이유도 그것이었지. 널 다시 만났을 때 내가 품었던 마음을 보여주기 위해서."

나는 고개를 들어 그를 바라보았다. 그는 앞을 보며 걷다가 내 시선을 느꼈는지 내가 있는 쪽으로 고개를 돌렸다. 그리고 눈이 마주치자 미소를 지었는데 나는 왠지 그 미소만으로도 가슴이 두근거려서 시선을 땅바닥으로 돌리고 말았다.

"널 다시 만난 후 네가 없는 곳에서도 널 떠올리면 웃음이 나더구나. 처음이었다. 한 여인이 계속해서 내 생각과 마음속에 머무르는 일은 말이다."

혼의 말을 듣는 순간 세자빈 유 씨의 존재가 내 머릿속에 떠올랐다. 그녀는 정략결혼으로 혼과 맺어졌지만 궐의 소문에 의하면 두 사람의 사이가 좋은 듯하다. 생각은 이런데 나오는 말은 전혀 딴 소리다.

"그때부터였어?"

'나를 좋아한 건?'

그는 쑥스러운지 아니면 굳이 말로 하지 않아도 내가 안다고 생각했는지 미소로 답을 대신하더니 말을 이었다.

"정월 초하룻날, 넌 내가 널 그리워하는 것만큼 날 그리워하지 않는 것 같더구나. 그래서 내 마음을 접어야 한다고 생각했다."

그러나 그는 나와 마찬가지로 그러지 못한 것이다.

그때 나란히 걷던 나와 그의 두 손등이 살짝 맞닿았다. 그 순간 내 시선이 그의 손으로 쏠렸다. 내 손은 그의 손에 비해서 무척 작은 느낌이었다. 1592년의 혼이 미래에 왔을 때는 그의 손이 이렇게 크다는 느낌을 받지 못했다고 생각하니 특별한 기분이다.

그때 혼은 나와 동갑이던 18살이었다. 그 이후로 그에겐 10년이라는 시간이 흘렀으니, 정말 당연한 일이겠지만 그때의 그와 지금의 그는 다르다. 이제 혼은 내가 좋아하는 사람이 되었다. 함께 있고 싶은 사람이 되었다.

난 맞닿은 그의 손가락 하나를 장난스럽게 잡아당겼다. 그 장난에 그가 날 돌아보며 내 손을 잡는다. 갑자기 잠잠하던 가슴이 두근거리며 빠르게 뛰기 시작했다.

"사람들이 본다니까."

나루가 가까워지고 있었지만 아직까지 길에는 지나가는 사람이 없었다. 그럼에도 불구하고 나는 저만치 앞에 보이는 사람을 가리키며 그에게 잡힌 손을 빼내려고 했다. 그런데 혼은 도무지 잡은 내 손을 놓아주려는 기미가 보이지 않는다. 오히려 당황하는 나를 보며 여유로운 미소까지 보인다. 장난치려다가 당하고 만 것이다.

"놓으라니까."

"네가 먼저 잡지 않았느냐? 내 손을 잡아보는 것이 그리 소원이라면, 내 원 없이 잡아보게 해주마."

"안 잡았다니까."

그때 어린아이들 여럿이 서로 장난을 치면서 우리의 곁을 뛰어서 지나갔다. 아이들의 등장에 혼도 찔끔했는지 그제야 잡았던 내 손을 놓아주었다. 우리는 잠시 걸음을 멈췄다.

"경민아."

방금 전까지 장난을 치던 혼의 목소리에 무게가 실린다. 그제야 난 다시 고개를 들어 그를 바라보았다.

"궁궐로 돌아가고 나면 너를 만나 이렇게 말을 주고받는 것이 어려워지겠지?"

아쉬움이 가득 담긴 그의 목소리가 내 가슴을 파고든다.

"네가 보고 싶어질 때마다, 나는 어찌해야 하겠느냐?"

대답을 줄 수 없는 것을 그가 묻는다. 나 역시 그의 마음과 같다. 최내관 같은 믿을 만한 연락책이 우리들 중간에 있어야 하고, 지금처럼 낮에, 그것도 궁궐 밖으로 나와 만나는 건 사실상 불가능하다. 오늘도 중전마마가 날 중궁전으로 부르셨으니 망정이지 아니었다면 양화당 퇴선간이나 지키고 있어야 했었을 테니까.

혼이 왕이 되는 건 지금으로부터 6년 뒤.

난 정말 그가 오늘 내게 약속한 대로 그의 후궁이 될까?

만약 그것이 역사에 반하는 일이라면 그런 일은 일어나지 않을 것이다. 그러나 6년 뒤라면, 이미 역사의 한 부분이 된 나에게는 일어날 수도 있는 일이다. 그러니 아직 일어나지 않은 일들로 불안함을 주는 생각들은 하지 말자. 아직 우리에게는 행복해야 할 많은 시간이 남아있다. 그때까지는 즐거운 생각만 하는 거다. 혼의 곁에서 그의 힘이 되어줄 수 있도록.

난 혼을 바라보며 생긋 웃었다.

"내가 가면 되지. 방법이야 생각하다 보면 무슨 뾰족한 수가 나오지 않을까?"

혼도 내 미소를 따라 웃는다.

마냥 답이 없이 느껴지던 우리의 사이가 결국 이처럼 답을 찾았듯이, 함께하는 방법도 분명 찾을 수 있을 것이라고. 난 그렇게 생각했다.

첫눈이 내릴 때

"언니."

처소 밖에서 미영이의 소리가 들렸다. 문을 열어 주자 미영이가 방 안으로 들어왔다.

"왜 불을 끄고 있어요? 벌써 어두워진 지 오래인데."

촛불을 켠 미영이가 내 부은 얼굴을 보고 마냥 안쓰러워하며 인상을 찌푸린다.

"듣고서도 아니길 바랐는데."

"그래서 확인하러 온 거야?"

애써 아무렇지도 않은 듯 미영이에게 웃으며 물었다. 그러자 미영이가 고개를 저으며 한숨을 내쉰다.

"확인은요. 우리 같은 나인 신세가 다 그렇죠. 상전의 기분이 나쁘면

온갖 험한 꼴은 다 당해야 하니까요. 그래도 전 언니가 퇴선간에 있으니까, 인빈마마와 마주칠 일은 없겠다 싶었거든요. 언니가 저처럼 지밀나인도 아니고."

"임해군마마는?"

"울다 주무시죠. 뭐."

"울어?"

"아참! 그게요, 언니 들었어요?"

"뭘?"

"중전마마께서 회임하셨대요."

미영이의 말에 난 놀라 눈을 치켜떴다. 중전 김 씨가 두 명의 아이를 낳게 된다는 것을 이미 알고 있었으면서도 말이다.

"중전마마께서? 오늘 낮에는 그런 말을 못 들었는데?"

"오늘 저녁에 석어당에서 전하와 함께 계실 때 기침을 좀 하셨나 봐요. 그래서 전하께서 염려되신다고 어의를 불러 진맥하게 하셨거든요. 그때 알게 된 거죠, 뭐."

"그렇구나. 근데 임해군마마가 우셨다니?"

"참 알다가도 모를 일이에요. 전하께서 새 중전마마를 맞이하셨을 때는 세자저하도 곧 자리에서 쫓겨날 거라며 연회를 열어야 한다고 난리를 피우셨거든요. 그런데 중전마마의 회임 소식을 들으시고는 웃다가 술을 드시다가, 결국 우시는 거예요. 군부인께서 그런 마마를 달래셔서 재우신 거죠, 뭐. 어쩜 같은 형제인데 그렇게 차이가 나는지."

임해군의 속마음을 모두 알 수는 없지만 어느 정도 이해할 수는 있을 것 같았다. 만약 공빈이 죽지 않고 살아있었다면 임해군이 세자가 되었을 수도 있다. 또 임해군이 세자가 되었다면 공빈이 중전이 되었을지도 모른다. 그러나 그런 일은 일어나지 않았다.

임해군이 들었다면 혼도 이미 중전의 회임 소식을 전해 들었을 것이다. 나야 해질 무렵 혼과 함께 행궁으로 돌아온 뒤로 내내 처소에만 머물렀으니 밖에서 무슨 일이 일어나는지는 전혀 몰랐다. 미영이가 와서 소식을 전해주어 뒤늦게 안 거다. 그러나 혼이 머무는 동궁전에는 일찌감치 회임 소식이 전해졌을 것이다.

나는 중전이 공주를 낳는다는 걸 안다. 그러나 이 시대 사람들은 그녀가 대군을 낳을지도 모른다는 생각을 할 것이다. 중전을 밀고 있는 사람들이야 세자가 바뀔 기회로 여길 테지만, 세자인 혼을 미는 사람들은 그렇지 않길 바랄 것이다.

다음날 아침, 중전의 회임 소식이 행궁 안에 파다하게 퍼졌을 그 시각에 양화당은 조용하기만 했다. 인빈 역시 중전의 회임 사실을 들었을 텐데 딱히 소란은 없다. 양화당 지밀나인들의 말로는 아침 일찍부터 축하의 예를 드리러 중궁전에 들른 후로 두통이 있어 약을 드신 후 잠자리에 드셨다고 한다. 난 어제의 일 때문이라도 조용히 퇴선간을 지키며 하루를 보내려고 했다. 그런데 중궁전에서 사람이 왔다. 중전이 날 찾는다는 것이다.

"왔느냐."

내 등장에 중전은 활짝 웃으며 날 맞았다. 나는 예를 올리고 자리에

앉으며 짧은 인사부터 건넸다.

"회임을 경하드리옵니다. 중전마마."

"네가 아니어도 이미 지겹게 들었다."

여전히 어색한 나와는 달리 오랜만에 친구를 만난 듯 거리낌 없이 말을 건네는 중전.

"뭘 좀 먹겠느냐? 그 다친 입은 어떠하냐?"

말이 끝나자마자 기다렸다는 듯이 밖에서 나인이 다과상을 가져온다. 중전이 먹는 다과는 확실히 인빈의 것과 다르다. 온갖 색깔의 궁중 다과들이 내 앞에 펼쳐졌다. 종이와 살 때도 보지 못한 것들이었다. 내가 다과에 시선을 빼앗긴 것을 본 중전은 킥킥거리며 웃었다.

"어서 들거라. 다과를 싫어하지는 않겠지?"

중전이 먼저 손을 뻗어 다과 하나를 덥석 집으려 하자, 옆에 조용히 앉아있던 변 상궁이 나섰다.

"중전마마. 다과를 손으로 드셔서는 아니 되십니다."

"알고 있다."

새침하게 대답하면서 아무렇지도 않게 작은 분홍빛 떡 하나를 입에 쏙 넣는 중전. 오히려 내가 그런 그녀의 태도에 당황하며 쳐다보자 중전이 입에 떡을 물고는 웃는다. 변 상궁도 일단 중전이 일을 벌이고 나자 더 이상 끼어들지는 않았다. 그 상황에서 나도 먹어도 되는지, 아니면 가만히 앉아있어야 할지 고민했다. 어쨌든 중전과 나 사이에 놓인 다과상은 하나뿐이었으니까.

"왜 안 먹느냐?"

이미 떡을 하나 삼킨 중전이 내게 묻는다.

"먹겠사옵니다."

중전이 손으로 먹은 마당에 나 역시 손으로 먹지 않을 이유가 없다. 나 역시 손으로 떡을 집어 입에 넣었다. 그러자 중전은 그런 날 보며 까르르 웃는다. 그러자 다시 변 상궁이 나선다.

"웃음소리가 너무 높으시옵니다."

"걱정하지 마라. 전하께서는 본궁이 웃으면 뱃속 아기씨도 웃는다 하셨다. 그러니 본궁이 웃을수록 좋은 것이 아니겠느냐?"

큰 나이 차이에도 불구하고 의외로 부부의 사이는 좋은 듯싶다. 새로운 사실을 되새기며 떡을 열심히 씹는데 중전이 내게 묻는다.

"그래, 어제 정원군은 만났느냐?"

"콜록! 콜록콜록!"

"어머나? 떡이 목에 걸린 것이냐?"

"콜록! 콜록!"

기침을 멈추지 않는 나를 보며 중전이 당황해했다. 그러자 변 상궁이 자리에서 일어서더니, 다과상에 놓여 있던 수정과를 내게 주었다. 나는 그것을 마신 뒤에야 한숨 돌릴 수 있었다.

"어찌 이리 애 같누. 들어본 적은 있느냐? 떡을 잘못 먹고 죽은 사람도 있다는구나."

아주 심각하고 비밀스러운 이야기를 하듯 목소리를 낮추며 이야기하는 중전. 어딘지 모르게 미영이와 닮은 분위기가 느껴진다.

"어서 말해 보거라. 어제 정원군을 만났느냐?"

"중전마마!"

중전의 질긴 추궁에 난 목소리를 높였다가 바로 후회했다. 일단 중전은 그렇다 치더라도 옆에 앉아있는 변 상궁이 내게 무엄하다고 호통이라도 칠까 싶어서였다. 그런데 내 목소리에 중전은 다시 까르륵 웃고 변 상궁도 함께 웃는다.

"보아라. 어울리지 않게 얌전을 떨더니, 결국 본색이 나오는구나."

하지만 난 더 이상 중전에게 휘둘릴 마음은 눈곱만치도 없었다.

"중전마마. 황공하오나 소인과 정원군마마는 절대 그렇고 그런 사이가 아니옵니다."

"그렇고 그런 사이가 무엇이냐?"

중전이 눈을 댕그랗게 뜨고는 호기심 어린 눈빛으로 나를 쳐다본다.

"그렇고 그런 사이라는 건 말이옵니다……."

"서로 마음에 두고 그리는 사이?"

"아니요! 아무런 사이도 아니라고요!"

"그렇다면 인빈이 어찌 널 그리 박대하느냐?"

난 중전의 앞에서 흥분한 감정을 억눌렀다. 이 행궁에서 지내면서 한 가지 배운 것이라고는 눈치껏 매사를 조심해야 한다는 것이었다.

"인빈마마는 종종 모든 나인에게 그러시옵니다."

"그럼 정원군의 첩 자리는 왜 거절했고?"

"중전마마. 대체 그 이야기를 어디서 들으셨사옵니까?"

"벽에게서 들었다 하지 않았느냐."

통명스럽게 말하며 자세를 고쳐 앉는 중전. 이제 와서 하는 소리지만 얄밉다. 나는 속으로 한숨을 쉬고는 입을 열었다.

"분명히 말씀드리지만요, 정원군마마와 소인은 아무 사이도 아니옵니다. 첩이 되라고 말씀하신 일은 있었사오나 소인은 분명히 거절했사옵니다."

"세상에나!"

갑자기 중전이 놀란 눈을 부릅뜬다.

"정원군이 직접 네게 첩이 되어달라 했느냐?"

아차하며 후회하기에는 이미 늦어버렸다.

"그것도 모자라 인빈이 너에게 또 그리 했고? 그런데 정원군을 보고 직접 거절했느냐?"

"그게 그러니까요……."

"이리 애석한 일이 있느냐? 그래그래. 본궁도 이해한다. 나인의 신분이란 그러한 것이지. 그나저나 변 상궁."

중전이 변 상궁을 돌아본다.

"놀랍지 않느냐? 이 행궁에서 '중'이라 불리는 정원군이 김 나인에게 첩이 되어달라 했단다. 정원군을 마음에 두었다는 나인들이 이 사실을 알면 꽤나 울겠구나."

"마마. 아니옵니다. 진짜요!"

"정녕 아니란 말이냐?"

내가 강하게 부정하자 중전이 순식간에 안색을 싸늘하게 바꾸며 날 돌아본다.

"본궁이 정원군을 안 지는 얼마 되지 않았다만, 아무 생각 없이 네게 그런 말을 꺼낼 위인 같지는 않구나. 그래도 본궁은 네가 스스로의 본분을 깨닫고 거절한 줄 알고 갸륵하게 여겼더니만, 본궁 앞에서 거짓만 고하다니."

"중전마마! 그런 말들을 도대체 어떻게 들으셨사옵니까?"

"넌 내명부 소속 나인이 아니냐? 내명부를 주관하는 본궁이 그런 일들이 벌어지는데도 몰라서는 아니 되지 않겠느냐. 그리고 무엇보다 재밌어서이다."

"재미요?"

"그렇다."

모든 원인이 심심한 중전의 소소한 재밋거리라는 것을 깨달은 내 표정이 천천히 굳어가기 시작할 때였다. 중전의 목소리가 낮게 깔렸다.

"그리고 무엇보다 넌 누군가를 향한 마음이야 자유롭게 품을 수 있지 않느냐? 본궁은 이제 그럴 수 없다. 그리해도 그 누구에게도 드러낼 수도 없고, 죽을 때까지 말해서도 아니 된다. 그러나 넌 다르지 않느냐? 듣자하니 너처럼 정원군을 마음에 품은 궁녀들이 많다더라. 어차피 이뤄지지 않더라도, 그리 마음을 품었다고 나인들끼리 당당히 이야기할 수는 있지 않겠느냐? 그러나 본궁이 마음에 누군가를 품었었다고 말하기라도 한다면…… 천지가 뒤집어지겠지."

일순간 엄청난 이야기를 들은 것 같은 기분에 사로잡혔다. 중전이 마음에 품을 수 있는 사람은 오직 전하뿐이다. 아니라면 중전의 말대로 천지가 뒤집어지는 일이었다.

중전이 꺼낸 엄청난 말에 난 걱정스러운 시선으로 변 상궁의 눈치를 살폈다. 이를 본 중전이 웃으며 말한다.

"변 상궁은 본방나인(친정에서 데리고 온 노비 출신의 나인)이다. 더욱이 본궁의 어린 시절부터 함께했지. 심지어 왜란 때도 본궁의 곁을 지킨 이다. 그 공로를 전하께 인정받아 특별히 상궁이 되었지."

"그렇지만 소인은 양화당 나인인데요?"

언제든지 중전과 나눈 대화가 양화당 인빈의 귀에 들어갈지도 모른다는 사실을 내가 짚어주자, 중전이 다시 까르르 웃으며 말한다.

"네가 입을 함부로 놀린다면, 나 역시 전하 앞에서 입을 함부로 놀릴 생각이다."

"네?"

"너와~ 정원군이~."

말을 늘이며 여유부리는 중전 앞에서 나는 바짝 엎드렸다.

"절대! 절대 인빈마마는 중궁전에서 소인과 마마가 나눈 모든 말들을 아실 일이 없으실 것이옵니다!"

"호호. 그래야지."

왜 나와 비슷한 또래인 중전에게 조련당하는 느낌이 드는 걸까?

중전에게 정오 시간을 다 뺏긴 난 웃으며 배웅하는 중전을 뒤로한 채 기진맥진한 몸을 이끌고 중궁전을 나섰다.

중전과 어울리는 건 정말 힘 빠지는 일이 아닐 수 없었다. 아무리 또래라지만 편하게 말을 놓을 수 있는 것도 아니었다. 한 마디로 중전만 즐거웠던 대화였다. 그런데 그 대화 속에서 그녀의 밝은 얼굴에 살짝 그늘이 졌을 때를 떠올려 보면, 그녀는 입궁 전에 누군가를 마음에 두고 있었던 걸까?

어느 정도 말이 되긴 한다. 조선시대의 다른 여인들처럼 아무것도 모를 십대 초반의 나이에 시집을 온 것도 아니었다. 그녀는 왜란 때문에 혼사를 못하고 있다가 중전으로 간택된 후, 의인왕후 삼년상이 끝나고서야 가례를 올렸다. 누군가는 꽃다운 열아홉 살이라고 말하는 나이. 담 너머로 우연히 잘생긴 남자 하나 지나가는 걸 보아도 설레는 마음을 품을 나이다.

그녀와 비슷한 또래인 나 역시 혼을 좋아한다. 더욱이 왕비가 되었다 하더라도 쉰한 살의 남편을 보고 첫눈에 반한다는 건 말도 안 되는 일이다. 그래서 그녀는 나와 정원군을 엮어서 위안을 삼으려는 걸까? 자신에게는 불가능한 것이 남에게는 가능하기를 바라며 응원하는 마음으로 말이다. 그렇게 본다면 중전도 나쁜 사람은 아닌 것 같다.

중전을 향한 남모를 동정심이 생겨나는 걸 느꼈을 때였다. 후원으로 들어서는 길을 혼이 급히 걸어가는 것이 눈에 들어왔다. 반가운 마음에 소리라도 쳐서 부르고 싶지만 여기서는 그럴 수 없다. 그나마 다행인 건 혼의 옆에 오로지 최 내관만 동행하고 있다는 것이다.

나는 그것을 기회로 보았다. 재빨리 후원 쪽으로 발을 옮기자 후원 깊숙이 들어가는 좁은 길 앞에 최 내관이 서서 망을 보고 있다. 혼이 그 안에 있다는 건 이제 확실한 사실이 되었다.

"최 내관 나으리."

반갑게 인사하며 다가갔는데, 최 내관의 표정이 어둡다.

"아, 항아님이신가."

"저하께서 지금 저기에 계세요?"

"그러네만."

"잠시만 저하를 뵈어도 될까요?"

혼과 나의 사이를 어느 정도 알고 있는 최 내관. 그에게라면 이런 부탁도 할 수 있었다. 그런데 내 부탁을 들은 최 내관이 망설인다. 혹시 혼이 지금 혼자 있고 싶다고 말했던 걸까? 중전의 회임 소식도 있고 마음이 뒤숭숭해서 후원을 찾았다면 말이다. 그렇다면 더더욱 그를 만나고 싶다. 마음도 위로해주고, 중전이 나에게 말장난치는 것도 말해줘야지. 그러나 그 말장난 중 하나인 정원군의 이야기까지는 할 수 없을 것 같다.

"그것이 지금은 좀 어렵네."

"걱정 마세요. 저하께서 저를 보신다고 절대 최 내관 나으리께 화내실 일은 없을 거예요."

무슨 자신감인지, 최 내관의 허락이 떨어지기도 전에 나는 후원으로 들어섰다. 막상 후원으로 들어서니 혼을 빨리 만나고 싶은 마음에 내 발걸음도 빨라졌다.

마치 날아갈 듯이 가벼운 걸음으로 후원 깊숙이 걸어 들어가던 그때, 저번에 혼을 발견했었던 그 대나무 숲 사이로 그가 서 있는 것이 눈에 들어왔다. 그러나 이번에는 그가 혼자가 아니었다. 붉은 관복을 입은 한 남자와 함께 서 있었다. 둘은 매우 심각한 표정으로 이야기를 나누고 있었다. 그제야 나는 최 내관이 내가 후원으로 들어가는 것을 막은 이유를 알 것 같았다.

사실 혼과 함께 있는 남자가 누군지는 크게 궁금하지 않았다. 최 내관에게 망을 보게 하고 후원에서 나누는 이야기가 궁금했을 뿐. 다행히 내가 멈춰선 자리에서는 어느 정도 그들의 대화가 들렸다.

"그게 사실인가?"

혼의 목소리.

"예. 저하의 말씀대로 신이 회령으로 직접 가서 확인하였습니다. 지금 변 상궁이라고 하는 그 여인이 피난길을 잘못 들어 중전과 회령에 머물렀다 합니다. 저하께서 회령에 계셨던 바로 그즈음입니다."

"그렇다면 정말로 그때 그 아이가?"

혼의 표정이 점점 더 어두워지고 있었다. 그때, 혼과 대화를 나누던 남자가 나를 발견하고는 소리쳤다.

"누구냐!"

그의 시선을 따라 혼도 내가 있는 곳을 돌아보았다. 날 발견한 혼이 반가운 미소를 지으며 그에게 말했다.

"내가 아는 아이네. 그만 가보게."

혼이 날 보증했음에도 그는 여전히 미심쩍은 얼굴로 나를 노려보며 후원을 빠져나갔다. 나는 서 있던 자리에서 움직이지 않고 후원 밖으로 빠져나가는 그 남자의 뒷모습만 계속 응시했다. 그사이 혼이 대나무 숲 사이를 빠져나와 내가 있는 길 쪽으로 나왔다.

"경민아."

혼이 나를 부르는 목소리를 듣고 나서야 나는 그 남자의 뒷모습을 쫓던 시선을 거뒀다.

"혼아."
"어찌 네가 여기에 있는 것이냐?"
혼이 웃으며 내게 묻는다.
"중궁전에서 양화당으로 가는 길에 널 봤어."
"중궁전?"
혼이 의아하다는 듯 되묻자, 나는 서둘러 둘러댔다.
"어제 중전마마께서 나를 인빈마마에게서 구해주셨잖아. 맞다, 의녀도 보내 주셨어. 정말 고마우신 분 같아."
"중전께서 말이냐?"
"응. 앞으로 자주 놀러 와서 말 상대를 해달라셔. 아무래도 나와 나이가 비슷해서 그런가 날 좋아하시는 것 같아. 좋은 일이지? 그치?"
처음 날 보고 웃었던 혼의 안색이 점점 굳어지는 것만 같아서 내가 조심스럽게 그에게 물었을 때였다. 혼이 내 두 손을 부드럽게 잡으며 진지한 어조로 말했다.
"경민아. 난 네가 중전의 곁에 가지 않았으면 좋겠구나."
나는 영문을 모르겠다는 얼굴로 혼을 바라봤다. 그는 그런 내 눈을 보더니 잠시 뒤 입을 열었다.
"아니다."
그러더니 내 손을 놓으며 돌아서려고 한다. 지금 바로 만났는데 가버리려는 걸까? 난 그가 내 손을 완전히 놓기 전 그의 손을 끌어당겨 잡았다. 그러자 그가 다시 나를 돌아보았다.
"무슨 일인데? 아까 그 사람과 이야기하던 것 때문에 그러는 거야?

중궁전 변 상궁의 이야기도 하는 것 같던데. 말해줘. 아까 그 이야기 때문에 그러는 거라면."

그러나 혼은 대답 대신 웃기만 한다. 신경 쓰지 말라는 웃음인지 아니면 걱정시키지 않으려는 웃음인지는 알 수 없다. 그러나 난 쉽게 넘어갈 생각이 전혀 없었다. 방금 전 혼과 그 남자의 대화 모습은 보기만 해도 심각해 보였으니까. 무엇보다 지금은 좋게만 보이는 중전이지만 훗날 그녀가 혼과 대립한다는 사실을 알고 있는 이상 난 혼의 말을 가볍게 넘기고 싶은 마음이 없었다.

"혼아."

또 한 번 단호하게 그에게서 대답을 요구했을 때였다. 혼의 시선이 그를 붙잡은 내 손으로 향했다. 그제야 내가 그의 손을 세게 잡고 있다는 것을 알아차리고는 서둘러 손을 놓았다. 그러나 이미 늦은 것 같았다. 혼이 내가 놓은 손을 다시 잡은 것이다.

"경민아."

그가 타이르듯이 이름을 부르며 내 눈동자를 응시한다.

"조금 전의 말을 어디까지 들었는지는 모르겠다만, 내가 중전의 곁에 가지 말라는 것은 그것과는 다른 의미였다."

"어떤 의미였는데?"

"중전은……."

그는 여기까지 말한 후 잠시 숨을 가다듬었다.

"……중전께서는 회임 중이시다. 그것은 너도 알고 있겠지?"

난 고개를 끄덕였다.

"무엇보다도 안정이 필요하실 테니 네가 곁에 가지 않는 것이 좋을 것 같아서 이리 말하는 것이다. 혹여 문제라도 생겼다가는 곁에 있던 네게 그 책임이 돌아올까 걱정이 되는구나."

'문제라니?'

나는 불안한 시선으로 혼을 바라보았다.

중전을 모시던 나인이 쓴 것으로 추정되는 궁중 문학 계축일기가 떠오른다. 그 내용은 오로지 중전 김 씨의 입장에서만 서술되었기 때문에 혼에 대해서는 상당히 부정적으로 기술되어 있다. 소설로 치부하는 사람들도 있다. 그러나 그 안에는 중전 김 씨가 임신하자 대군의 탄생을 우려한 광해군과 그의 장인 유자신이 아이를 유산시키기 위해 온갖 해를 끼치는 이야기도 나온다.

'아니지, 혼아. 아니지?'

미래의 일을 함부로 말할 수 없는 나는 속만 끓일 뿐이다. 이것저것 아는 대로 다 말해서 그의 머릿속에 든 생각을 알고 싶지만, 지금으로서는 그가 말하지 않으면 내가 알 수 있는 방법은 없다.

아빠도 내게 말했다. 과거로 가서 그 사람들의 곁에서 벌어지는 일들을 볼 수는 있어도, 그 사람들의 생각과 마음속은 시간여행자도 알 수가 없다고.

그는 내 두 눈에 서린 불안을 읽고 있다. 그래서 웃음으로 그것을 넘기려고 하는 것이다. 분명 그런 것이다. 그럼에도 내 눈에서 불안이 가시지 않는 것을 본 그가 깊은 한숨을 내쉬더니, 두 팔로 나를 끌어안았다. 나의 불안이 두근거림으로 바뀌었다.

"누가 보면 어쩌려고!"

"걱정 말거라. 그리되면 최 내관이 알릴 터이니."

그제야 나는 일단 안심하고 어깨에 들어간 힘을 풀었다. 그가 입은 부드러운 느낌의 용포가 내 뺨을 쓰다듬듯이 간질이고 있었다.

"너를 불안하게 하고 싶지 않구나. 걱정시키고 싶지도 않아."

그의 탄식이 내 가슴 깊숙한 곳으로 파고든다. 그 어느 때보다도 중요한 인생의 순간, 그는 자신만을 바라보기에도 벅찰 것이다. 그런데 나는 그런 그에게 짐이 되고 있는 것이 아닐까? 짐이 되고 싶진 않다. 오히려 도움이 되고 싶다. 하지만 내가 아는 지식은 쓸 수가 없다. 말할 수도 없다. 그에게 앞으로 닥칠 일들을 알면서도 난 한마디도 할 수가 없다. 이런 내가 대체 그에게 어떤 도움이 될 수 있을까? 그저 그의 말만 따르더라도 그에게 짐이 되는 것은 면할 수 있는 게 아닐까?

"그만 돌아가야겠구나."

그가 나를 품에서 놓아주었을 때, 내 마음은 한결 가벼워졌다.

"동궁전으로 가는 거야?"

내 물음에 혼이 고개를 끄덕이며 말한다.

"서연(書筵, 조선시대 왕세자에게 경서를 강론하던 자리)이 있다."

"서연……."

어색한 몇 마디가 오간다. 그러나 결론은 하나다. 두 사람 중 누구 한 명은 먼저 후원을 나서야 한다는 것. 그는 나를 먼저 보내어 배웅이라도 하려는 것인지 선 자리에 가만히 있었다. 나는 왠지 이대로 그와 헤어지고 싶지가 않았다.

'조금만 더 같이 있고 싶다.'

혼이 같이 있기 싫다고 날 보내려는 것도 아니다보니 가기 싫다는 말은 차마 입에서 나오지 않는다. 그저 혼의 눈치만 살피고 같은 자리만 맴돌게 된다. 지금 헤어지면 또 언제 보게 될지 모른다. 넘어지면 코 닿는 거리도 아니고 아예 한집에 같이 사는 꼴인데도 말이다. 이런 내 마음을 눈치챘는지, 혼이 날 부른다.

"경민아."

"응?"

"날이 추워지는 것 보니 곧 첫눈이 내릴 것 같구나."

그가 하늘을 한번 올려다보더니 다시 나를 돌아보며 말했다.

"첫눈이 내리는 날 밤. 이곳에서 널 기다리고 있으마."

참으로 이상한 약속이었다. 가슴을 두근거리게 만들면서도 다른 한편으로는 기약 없는 약속이었으니까. 조선시대에도 기상이변은 있다. 그러니 올해에 눈이 내리지 않는 겨울이 올 수도 있다.

이건 나의 억지 가정이다. 그만큼 언제 내릴지도 모르는 첫눈을 기다리며 그를 보지 못한다는 생각에 마냥 속상한 감정만 들었다.

그래도 머리로는 이해할 수 있다. 눈이 내릴 만큼 추워지면, 그런 날 밤에는 그 누구도 후원에 나타나지 않겠지. 누군가와 만나기로 약속을 하지 않은 이상.

"만약 눈이 내리지 않으면?"

나의 엉뚱한 말을 들은 혼이 소리 내어 웃기 시작한다. 그가 웃는 걸 보자마자 나는 내가 한 말을 후회했다. 그래봤자 이미 뱉은 말을 주워

담을 수는 없지만 말이다.

"그만 웃어."

그러나 그의 웃음은 쉽게 그치지 않았다. 결국 얼굴이 새빨개진 나는 에라 모르겠다며 일을 만들고야 말았다. 나보다 키가 큰 혼의 한쪽 어깨 위에 손을 올려놓고는 까치발로 그의 볼에 쪽, 입을 맞춘 것이다. 거짓말처럼 혼의 웃음이 멈췄다.

"지금 무엇을 한 것이냐?"

당황한 얼굴로 혼이 내게 묻는다. 일 낸 사람이 더 성낸다고 나는 목소리를 높였다.

"약속의 증표야."

"증표? 어떤 것이?"

"첫눈이 오는 날 밤. 내가 여기에 오겠다는 거라고."

내 설명을 들은 혼이 잠시 고민하더니 말했다.

"내가 서시(西施)에게 빈이 되어달라 청한 줄 알았더니, 이제 보니 달기(妲己)에게 청을 했던 것이로구나."

'서시? 달기?'

그게 누군지 묻는 표정을 짓는 나를 보며, 혼은 미소만 남긴 채 후원을 빠져나갔다.

"서시? 고사에 나오는 손꼽히는 미녀 아니에요?"

그날 저녁, 내 처소를 찾아온 미영이에게 난 서시와 달기의 이야기를 꺼냈다. 다행히도 미영이가 내 잃어버린 기억 속 서시를 떠올리는

데 도움을 주었다. 서시. 중국의 4대 미녀 중 한 명이었다.

"갑자기 서시는 왜요?"

"그러는 넌 서시를 어떻게 알고 있는데?"

"언니는 참. 미녀는 미녀를 경계해야 한다는 말도 모르세요?"

"미녀가 미녀를 경계해? 그게 무슨 말이야?"

"네. 죽었든 살았든 이 세상의 미녀들은 모두 제 적이라고요!"

잠자코 바느질만 하던 운영이 두 주먹 불끈 쥐는 미영이를 보며 소리 내어 웃는다. 미영이는 그런 운영을 획하니 흘겨보며 묻는다.

"왜? 내가 무슨 틀린 말했니?"

"아니요, 전혀요."

부정하면서도 계속 웃는 운영. 그래서인지 미영이도 흘긴 눈을 전혀 풀 기미가 없다. 결국 싸움으로 번질까 우려한 내가 급히 말을 돌렸다.

"그럼 달기는?"

"달기요?"

예상대로 미영이가 운영에게서 눈을 돌리며 내게 반문했다.

"응. 달기 말이야."

"글쎄요. 저도 잘 모르겠어요. 들어본 것 같기도 하고……."

그때 운영이 끼어들었다.

"달기는 요부예요."

"요부라니?"

나보다도 먼저 미영이가 운영에게 물었다.

"다른 말로는 요녀라고도 하죠. 민가에서는 '달기'가 누구인지도 모르고 종종 이 말 저 말에 빗대어서 말하곤 해요. 아마 미영 항아님은 궁궐에서만 고이 자라셔서 그런 말은 배우지 않으셨을 거예요."

"그러니까 그게 무슨 뜻인데?"

미영이가 더 궁금한지 운영을 졸라댄다. 운영은 기침으로 목소리를 가다듬더니, 점잖게 대답한다.

"사내들을 홀리는 계집을 뜻하는 말이죠."

"사내들을 홀리는? 그럼 나쁜 뜻이야?"

"나쁜 뜻이죠."

"사내들을 어떻게 홀리는데? 나도 그 방법 좀 알자고!"

"왜요? 그런 걸 배워서 어디에 쓰시게요?"

"그야 물론……."

미영이가 잔뜩 들뜬 얼굴로 말끝을 흐린다. 운영과 나는 서로의 눈치만 살피다가 킥킥거렸다. 그러자 미영이가 그런 우리들을 번갈아 쳐다보며 소리쳤다.

"왜? 그 방법 좀 배워서 내 오랜 염원을 이뤄보겠다는데?"

운영이 입을 가리며 어렵게 대답했다.

"사내를 홀리는 방법이야 많지요. 그러나 사내들도 여인들과 마찬가지랍니다. 마음에 둔 여인이 홀릴 때만 넘어오게 되어 있어요. 혹 마음에 두지 않은 여인이 홀려도 잠시만 그 여인 주변을 기웃거릴 뿐, 결국 자신의 정인을 찾아가게 되어 있답니다."

"그럼 운영은 내가 세자저하의 마음을 얻는 게 불가능하다는 거야?"

"불가능하다기보단, 일단 그나마 쉬워 보이는 걸 먼저 하시는 게 어떨까요?"

"쉬워 보이는 것이라니?"

"임해군마마의 마음부터 사로잡아보시는 거예요. 임해군마마께서 전각 지밀나인을 첩으로 들이신 적도 있다면서요?"

"뭐어? 운영!"

미영이가 운영에게 달려들더니 간지럼을 피우기 시작했다. 티격태격하며 장난치는 그녀들을 보며 나는 계속 소리 내어 웃었다. 한참을 웃다 보니 낮에 혼이 했던 말이 다시금 떠올랐다.

미녀 서시와 요녀 달기. 그럼 혼이 한 말의 의미는, 내가 서시라는 걸까? 달기라는 걸까? 뭐, 간단하게 생각하면 이렇다. 내가 서시가 되면 일단은 좋은 거고. 달기라고 하면…… 내가 그를 홀렸다는 말일까? 내가? 언제?

그때 지나가는 찬바람에 닫힌 방문이 덜컹거렸다. 잠시 그 쪽을 돌아본 난 나도 모르게 닫힌 문밖 너머를 멍하니 응시하며 중얼거렸다.

"빨리 눈이 왔으면 좋겠다."

중전 김 씨가 회임한 이후로 내명부의 실질적인 주인 역시 완전히 뒤바뀌게 되었다. 그 전까지 그 자리는 병약했던 의인왕후 시대부터 계속 마녀 인빈의 차지였다. 새로 들어온 중전도 거의 할머니뻘인 인빈을 쉽사리 건드리지 못하는 것 같았다. 그 때문에 행궁의 나인들은 모두 한입으로 어린 중전이 인빈에게 진 것이라고 수군댔다.

그러나 어린 중전이 보통이 아닌 건지, 그녀 주변에 있는 참모진인

상궁들이 뛰어나기 때문인지, 중전은 마치 잠자는 호랑이처럼 자신의 세력을 키워나가고 있었다. 나를 종종 놀려대는 데 써먹는 정원군과의 일도, 어쩌면 인빈의 약점을 찾아내기 위해 조사를 하던 중 발견한 것일지도 모른다는 생각이 들었다.

인빈에게 뺨을 맞았던 나를 중전 김 씨가 구해준 날, 그녀는 자신의 회임 사실을 알게 되었다. 행궁 나인들은 바로 그날이 어린 중전이 진짜 내명부의 주인이 된 날이라고 말한다. 어쩌다 보니 중전이 처음으로 인빈을 꺾은 계기가 바로 내가 되어버린 것이다. 좋든 싫든 난 이 일로 유명인사가 되었다.

그날 이후로 중전 김 씨를 모시는 상궁들에 대한 정보가 행궁을 떠돌아다녔다.

제일 먼저 변 상궁. 그녀는 중전 김 씨가 내게 말한 대로 본방나인 출신이었다. 어린 시절부터 중전을 모셨고 그 공로를 인정받아 선조의 특별한 명으로 중궁전 상궁이 된 인물이다. 내가 중전과 함께 있을 때는 마치 벽처럼 가만히 앉아서 몇 마디 툭툭 던지는 수준이었지만, 의외로 성격이 좋아 신분에 관계없이 나인들과 사이좋게 지낸다고 한다. 이 때문에 중궁전의 덕 좀 보려는 나인들이 행궁의 온갖 소문을 끌어모아 편하게 변 상궁에게 전하는 모양이었다. 아마도 중전이 말한 '벽'이 사람이라면 변 상궁이 아닐까라는 생각도 들었다. 변 상궁은 중전에게 도움이 될 만한 말이라면 다 끌어모았을 것이니. 특히 인빈에 관련한 소문을 모아오다가 나와 정원군에 대한 소문을 듣고 중전에게 말을 한 것 같다.

두 번째로 문 상궁. 행궁의 나인들은 그녀를 야심가라고 생각한다. 소문에 의하면 그녀는 원래 대전 지밀상궁 중 한 명으로 궁궐 최고의 상궁 자리인 제조상궁을 꿈꿨다고 한다. 그러나 중전 김 씨가 들어오면서 그녀가 궁중 생활에 쉽게 적응할 수 있도록 선조가 친히 뛰어난 문 상궁을 중궁전으로 보냈다는 후문이다. 결국 너무 뛰어나서 '튀어버린' 덕분에 제조상궁 자리를 코앞에 두고 중궁전으로 한 발 물러서게 된 경우라고 보겠다. 중궁전으로 가게 된 문 상궁은 중전 김 씨에게 충성을 보이면서 언젠간 그녀의 덕을 보아 제조상궁의 자리에 오르겠다는 목표를 가지고 있는 듯하다.

그런 그녀에게는 나쁜 버릇이 하나 있었다. 그것은 자신보다 낮은 전각 소속이라면 일단 무조건 깔아 무시한다는 점이다.

"무엄한 것. 여기가 감히 어디라고 너 같은 것이 돌아다니는 것이냐!"

날씨가 쌀쌀하고 하늘은 온통 구름이 뒤덮여 있던 어느 초겨울날. 퇴선간 일을 일찍 마치고, 임해군이 며칠간 사냥을 떠난 덕분에 할 일이 없어진 미영이와 만나서 내 처소로 가고 있었다. 그런데 중궁전으로 들어가는 작은 문 앞에서 문 상궁이 한 나인의 뺨을 치며 호통치는 모습이 눈에 들어왔다. 주변에는 구경나온 나인들이 저마다 수군대느라고 바빴다.

"어허! 어디 눈을 그리 뜨는 것이냐? 너같이 요망한 계집은 중전께서 계신 이곳엔 얼씬도 하지 말아야 할 것이야!"

문 상궁 성격이야 워낙 알아준다지만 문 상궁의 손찌검에 눈물 한

방울 보이지 않고 눈을 부릅뜨는 젊은 나인도 참 대단하다 싶었다. 그런데 둘러선 사람들은 일방적으로 맞는 나인을 향해 동정 어린 시선을 보내기보다는 모두 그럴 줄 알았다는 태도다. 그건 미영이도 마찬가지였다.

"쟤가 누군데?"

궁금증이 생긴 나는 미영이의 귀에 대고 작은 소리로 물었다.

"쟤, 동궁전 나인이에요."

"동궁전?"

동궁전 나인이 중궁전 나인에게 수모를 당하고 있으니 중전의 입김이 확실히 세지긴 세진 모양이다.

"네. 개시라는 애예요. 다들 개똥이라고 부르지만요. 언닌 쟤가 누군지 못 들어봤어요?"

오히려 미영이가 놀라며 되묻는다.

"개똥이?"

"네. 원래 동궁전 나인은 세자저하의 나인이잖아요. 또 언제든지 세자저하의 여인이 될 수 있기도 하고요. 그런데 왜란 직후에 높으신 분들이 전하께, 세자저하께 양위를 하시라고 아뢴 적이 있대요. 그때 화가 나신 전하께서 보란 듯이 동궁전 나인인 개똥이에게 승은을 내리신 거예요."

"승은을?"

"네에! 그런데 그 이후에 간택령 때문인가, 본체만체하신 거예요. 뭐, 이미 잊어버리셨다는 말도 있고요. 보통 승은만 입어도 바로 특별 상궁인데 말이죠."

말 그대로 양위 논의에 화가 난 선조가 동궁전 나인을 건드려 혼을 모욕한 것이다. 그쯤 되면 아무리 아버지가 그랬다고 하더라도 혼의 입장에서는 보통 자존심이 상하는 일이 아니었을 것이다. 역으로 혼이 동궁전 나인이 아닌 다른 나인에게 손을 댔더라면 그 즉시 파렴치한으로 몰리고도 남았을 테니까.

"그 뒤에 동궁전에서 내쳤으면 차라리 저하의 체면도 더 살았을 텐데요. 뭐, 잰 동궁전에서 쫓겨나면 더 이상 갈 곳도 없겠지만요. 그런데도 불구하고 세자저하께서 계속 재를 동궁전에 두신 거예요. 이 일, 꽤나 유명한데. 언니, 정말 몰라요?"

아니, 난 알고 있다. 그녀가 누구인지도 말이다.

개똥이. 김개시(金介屎).

혼이 즉위한 후 이이첨과 함께 광해군의 측근으로 활동했던 대단한 상궁이다. 지금 내 눈앞에 보이는 사람은 중궁전 문 상궁에게 야단이나 맞고 있는, 상궁도 아닌 일개 나인일 뿐이지만.

"뭘 보는 게야?"

문 상궁이 몰려든 나인들에게 호통을 친 후 중궁전으로 사라졌다. 문 상궁이 사라지자, 개시는 어딜 맞기라도 했는지 한쪽 다리를 절며 걸어가기 시작했다. 그러자 모여들었던 나인들도 흩어지고 미영이도 나를 재촉했다.

"언니, 그만 가요. 운영이 기다리겠어요."

그렇지만 개시의 입가에 살짝 보이는 피를 본 순간, 인빈에게 맞았던 날이 떠올라 동정심이 들었다. 더욱이 지금 그녀는 동궁전의 나인이었다.

"먼저 가. 나도 금방 갈게."

"어디 갈 데 있어요?"

"응. 최대한 빨리 갈 테니까, 먼저 가 있어. 운영이 기다리겠다."

"알았어요. 그럼 빨리 와요."

아무것도 모르는 미영이가 활짝 웃으며 사라지고 나서야 난 개시의 곁으로 다가갔다. 그녀는 나를 보자 질질 끌던 걸음을 멈추고, 한 점의 흔들림도 없는 눈빛으로 나를 바라보았다.

나는 손수건처럼 사용하는 곱게 접은 천을 그녀에게 내밀며 어렵게 말을 꺼냈다.

"여기에 피가 나서요."

나는 내 입가를 손가락으로 가리키며 그녀의 입가에 피가 나는 부분을 알려 주었다. 그러나 그녀는 적개심이 가득한 얼굴로 나를 바라보고 있을 뿐, 굳게 다문 입을 쉽사리 열려 하지 않았다. 결국 나는 조심스럽게 손을 뻗어 그녀의 입가에 묻은 피를 살짝 닦아주었다. 그제야 그녀가 상체를 뒤로 빼더니 내 손에 들려 있는 천을 반강제적으로 빼앗아 들며 차갑게 대꾸했다.

"됐어요."

그러나 친절을 베푼 사람에게 너무 심한 말이었다고 생각했는지 곧바로 말을 덧붙였다.

"내가 할 수 있으니까."

여전히 딱딱하게 끊어지는 말투. 나는 그녀가 꽤나 자존심이 강한 사람이 아닐까 생각했다. 문 상궁에게 그리 혼나면서도 비는 소리 한 번 안 했으니 말이다.

난 내가 건넨 천을 받아준 그녀를 향해 웃어주었다. 내가 나쁜 사람이 아니라는 이미지만큼은 제대로 주고 싶어서였다. 그녀가 동정으로 받아들인다면 지금 내 웃음을 기분 나쁘게 생각할지도 모른다.

그녀가 다시 다리를 질질 끌고 걸음을 옮기기 시작했다. 난 그녀가 그대로 갈 수 있을지 걱정이 되었다. 혹시나 부축이 필요하지 않을까 생각하던 그때 그녀가 걸음을 멈추고 나를 돌아보았다.

"당신, 정월 초하룻날 밤. 세자저하와 후원에 있었던 그 나인이지요?"

나는 놀란 얼굴로 그녀를 뚫어져라 쳐다보았다. 혼과 내가 만나던 그날 밤 최 내관이 망을 보고 있었다. 그리고 우리의 주변에는 아무도 없었다. 적어도 난 그렇게 생각했다. 그랬기에 예상치 못한 개시의 말에 놀라 난 아무런 말도 하지 못했다.

개시는 그런 나를 빤히 바라보더니 그 이상 아무런 말도 묻지 않았다. 대신 날 향해 고개를 한번 숙이더니 다시 돌아서서 다리를 질질 끌며 걸어가기 시작했다. 나는 그런 그녀를 바라보며 생각에 잠겼다.

선조가 승은을 내리고 나서 챙겨주지 않았던 개시. 그 결과 그녀는 공중에 붕 뜬 신세가 되어버렸다. 만약 그런 식으로 버림받은 그녀를 혼이 챙겨주지 않았더라면 그녀는 지금 어떻게 되었을까?

갈 곳 없는 궁녀들이 어디로 가는지는 나도 모른다. 다만 그녀는 혼이 왕이 된 이후에 그의 수족으로서 상궁들 중에서는 꽤 높은 자리에까지 오르게 된다. 다시 말해 오늘의 일을 개시가 잊지 않는다면 중전과 운명을 함께하고 있는 문 상궁의 최후가 어떠할지는 불 보듯 뻔하다는 말이다. 특히 자신을 훈계하던 문 상궁을 바라보던 개시의 눈빛. 아마 개시는 오늘 일을 절대 잊지 않을 거다.

문 상궁을 걱정하던 내 자신이 우스워질 때쯤 개시의 모습도 눈앞에서 사라졌다. 그제야 나는 내 몸을 감싸고 있는 추위를 느끼며 두 손을 서로 감싸 쥔 채 입가로 가져가 입김을 불어넣었다.

바로 그때였다. 코끝이 찌릿해지며 차가운 느낌이 든다. 고개를 들어 하늘을 바라보았을 때 하늘에서 눈이 내리고 있었다.

"첫눈이다!"

나도 모르게 가슴이 뛰기 시작했다. 혼이 후원에서 내게 약속을 하던 그 순간이 떠올랐다. 첫눈을 보며 추위도 잊은 나는 환한 미소를 지었다.

첫눈을 맞으며 나는 발 빠르게 처소로 향했다. 운영과 미영이를 일찌감치 보내고 후원으로 갈 생각이었다. 그런데 처소에 도착하자 운영이 초조한 기색으로 나를 기다리고 있었다.

"운영아, 거기서 뭐해?"

날 발견한 운영이 급히 내 쪽으로 다가와 말했다.

"항아님. 이제 오셨군요."

"미영이는?"

"조금 전 임해군마마께서 입궐하셨다는 소식을 듣고 급히 돌아가셨어요."

"그래? 그런데 왜 넌 밖에 나와 있어? 안 추워?"

"저……. 항아님."

운영이 말끝을 흐리더니 주변을 한번 돌아보고 조심스럽게 말했다.

"정원군마마 처소에 일이 생겼어요."

운영에게서 듣는 정원군의 이름은 늘 나를 불편하게 했다. 어쨌든 그녀는 정원군이 보낸 사람이었다. 이젠 운영이 내 사람이 되었다고 생각하면서도 여전히 그녀의 입에서 정원군의 이름이 나오면 어쩔 수 없이 불편해진다.

"정원군마마의 이야기라면 듣지 않겠어."

난 운영을 지나쳐 처소 안으로 들어가려고 했다. 그러자 운영이 바닥에 무릎을 꿇으며 내게 간청했다.

"항아님, 제발요. 이번 한 번만 정원군마마를 뵈러 가주세요. 제발, 간청 드려요! 항아님도 아시잖아요? 중전마마께서 회임하신 뒤로 전하와 인빈마마의 사이가 멀어지신 것을요. 혹시라도 전하께 이 일이 알려지기라도 하면, 정원군마마까지 전하의 눈 밖에 나고 말 거예요!"

운영이 이렇게까지 나오자 정말 정원군에게 무슨 일이 생긴 것 같아 걱정스런 마음이 들었다. 애써 내가 정원군의 일에 무덤덤해지려 해도, 그는 죽어가는 나를 위해 달려와줬던 사람이었다. 그 사실만큼은 변함이 없었다.

"대체 무슨 일인데?"

운영은 내 물음에 눈물만 뚝뚝 흘렸다. 나는 지금 운영의 눈에서 흐르는 눈물이 정원군을 향한 충심 때문인지, 아니면 그를 마음에 두었기 때문인지 혼란스러웠다. 만약 충심이라면 운영을 이렇게까지 간청하게 만든 정원군의 문제라는 것이 무엇일까 궁금하기도 했다.

내가 아는 정원군은 좋은 사람이었다. 그러기에 나는 그에 대해 그 이상으로 생각하기를 주저해왔다. 생각하면 생각할수록 그를 거절해야만 하는 이유를 찾을 수가 없기 때문이었다. 그만큼 그는 나무랄 데 없는 사람이었다.

그의 마음을 거절한 일로 나 역시 미안함을 가지고 있는 건 사실이다. 내가 이 조선에 온 이래 계속된 그의 도움이 없었다면 애초에 혼과의 재회 자체가 불가능했을지도 모른다. 그것만으로도 그는 내게 고마운 사람이었다.

"알았어. 하지만 이번 한 번만이야."

정원군에게 받아야 할 약속을 운영에게서 받아낸 나는 정원군의 전각으로 향했다.

정원군의 전각 앞에 도착했을 때는 이미 유 상궁이 주변의 지밀나인들을 모두 물린 뒤였다.

"어찌 자네가 여기에 있는지 알 수가 없군."

여전히 쌀쌀맞은 유 상궁은 나를 불만스런 눈빛으로 쳐다본다. 그녀는 내가 온 것이 마음에 안 드는지 한동안 나를 노려보기만 할 뿐, 전각 안으로 들이려고 하지 않았다.

"밖에 아무도 없느냐!"

그 사이, 전각 안에서 정원군의 큰 목소리가 들려왔다. 유 상궁은 물론이고 나 역시 예상치 못한 그의 외침에 움찔하고 말았다. 정원군은 이 행궁에서 살고 있는지도 모를 정도로 자신을 낮추고 큰소리를 내지 않는 사람이었다. 그런데 그가 지금 전각 밖으로 쩌렁쩌렁하게 울릴 정도로 큰 목소리를 낸 것이다.

"술을 드시지 못하는 분이시네. 그만 드시게만 해 드리게."

유 상궁이 착잡한 표정으로 자기 술병 두 개가 놓인 쟁반을 내게 주며 길을 내주었다. 그제야 나는 정원군이 지금 술을 마시고 있다는 사실을 깨달았다. 잠깐 들었을 뿐이지만 그의 목소리는 상당히 격앙되어 있었다. 중전의 회임으로 잔뜩 기분이 좋은 선조의 귀에 이 일이 들어가면 위험하다. 평소 술을 마시지 않던 정원군의 이러한 행동은 중전을 둘러싼 당파의 표적이 되기에도 좋았고, 그렇지 않더라도 선조의 비위를 거스를 가능성도 높았다.

나는 전각 마루 위로 올라가려다가 잠시 고개를 들어 하늘을 바라보았다. 눈은 행궁의 기와를 덮기 시작했다. 하늘은 구름으로 뒤덮여, 분명 그 뒤로 지고 있을 해가 보이지 않았다. 아직 시각은 밤이 찾아오기 직전의 모호한 경계에 놓여 있었다. 그러나 나는 알고 있다. 순식간에 어둠이 찾아올 거란 걸. 그리고 내가 그 누구보다 만나고 싶어 하는 사람은 그 밤을 뚫고 행궁 후원에서 날 기다리고 있을 거란 사실도.

밖에 눈이 내려서인지 전각 안은 벌써 어두웠다. 그 때문에 방 안에는 촛불 두 개가 밝혀져 있었다. 그 사이에 주안상을 하나 놓고 앉아있는 정원군의 주변에는 이미 다 마신 듯 보이는 술병 몇 개가 굴러다니고 있었다.

“이리 가져오너라.”

내가 입고 있는 나인의 옷 때문인지 아니면 고개를 들어 내 얼굴을 확인하지 않아서인지 정원군은 나를 지밀나인으로 생각한 모양이었다. 나는 천천히 쟁반을 든 채로 그에게로 다가갔다.

그는 늘 그렇듯 의관을 모두 갖춰 입고 앉아있었다. 조금 전 들렸던 격앙된 목소리를 제외하고는 딱히 술에 취한 듯 보이지는 않았다. 나는 그의 옆에 다가가 조심스럽게 앉고는 쟁반을 내려놓았다.

그는 술 때문에 머리가 아픈 것인지 한 손으로 자신의 이마를 짚은 채 다른 손으로는 내가 가져온 쟁반에서 술병을 들어올렸다. 그리고는 주안상 위 다 마신 빈 잔에 술을 가득 따르더니 내게 말했다.

“그만 물러가거라.”

그의 명령에도 불구하고 나는 자리를 지킨 채 꼼짝하지 않았다. 그때 나는 그에게 무슨 말을 꺼내야 할지를 고심하고 있었다. 만약 그가 잔뜩 취했다면, 그만 마시라는 말은 먹히지 않을 것 같았다. 무엇보다도 나는 행궁에서 사는 동안 그가 술에 취했다는 이야기는커녕 그가 술을 마셨다는 말도 들어본 적이 없었다. 그러니 이럴 때 어떻게 해야 할지도 몰랐다.

“그만 물러가라 하지 않았느…….”

뒤늦게 꼼짝 않는 나를 돌아보며 물러가라고 말하려던 정원군의 말이 끊어졌다. 그는 내 얼굴을 알아보자마자 하던 말을 그만둔 채 웃음부터 터트렸다. 처음 작게 조소하듯 시작된 그의 웃음소리는 시간이 갈수록 처소 안을 울릴 정도로 커졌다. 나는 이처럼 그가 자신의 체면조차 잊은 채 소리 내어 웃는 모습에 당황했다.

“정원군마마. 안 드시던 술을 왜 이렇게 많이 드셨어요?”

그러자 그가 웃음을 그치더니 나를 노려보듯 쳐다보며 말했다.

“지금쯤 후원에서 세자저하와 함께 있어야 할 그대가 어찌 이곳에 있는 것이오?”

나는 그가 나와 혼의 약속을 알고 있다는 사실에 놀라 되묻고 말았다.

“그걸 어떻게 아세요?”

그는 놀란 내 얼굴을 보더니 주안상으로 고개를 돌려 따라놓은 술잔을 단번에 비워냈다.

“술이란 게 이리 좋은 것인지 몰랐군. 취하니 그대가 보이고…….”

마치 푸념처럼 쓸쓸하게 들리는 정원군의 중얼거림에, 나는 일단 그가 혼과 나의 약속을 어떻게 알았는지에 대한 궁금증은 접어두기로 했다. 그가 술을 그만 마시게 하는 것이 우선이라는 생각에서였다.

“마마는 취하지 않으셨어요. 그러니 저를 보고 계신 거죠. 하지만 진짜로 취하시기 전에 그만 드시는 게 몸에도 좋을 거예요.”

“아니오. 난 취한 게 맞소.”

그가 막무가내로 우기며 말을 이었다.

“그게 아니라면 그대가 형님의 곁이 아닌 내 곁에 와 있을 리가 없을 테니까.”

나는 접어두었던 질문을 다시 꺼냈다.

“제가 후원에 있을 거란 걸 어떻게 아셨어요?”

정원군의 시선이 내 눈을 향했다. 살짝 풀려 부드럽게 곡선을 그리고 있는 그의 눈만 아니라면 그는 딱히 취해보이지는 않았다.

"조금 전까지 저하와 있었소. 그런데 눈이 내리기 시작하자 후원에 가야겠다고 하시더군. 내가 밤이 되면 곧 추워질 거라 말씀 올렸더니, 웃으면서 누군가를 만날 것이라고 하셨소. 난 그 누군가가 그대라는 걸 확신했소."

후원에서 혼을 만나기 전까지 계속 이어졌을 내 마음속 불안감이 정원군의 증언에 눈 녹듯이 모두 사라져버렸다. 난 당장 후원으로 가야 한다는 생각에 자리에서 일어서려고 했다. 그때, 정원군의 한마디가 나를 붙잡았다.

"어째서 형님이오? 형님이 세자저하이기 때문이오?"

"그건 아니에요."

술기운에 어렵사리 정원군이 꺼낸 속마음에 나는 너무나 쉽게 답을 주고 말았다. 하지만 사실이었다. 혼이 세자라서 그를 좋아하게 된 것은 아니었다. 딱 꼬집어서 무엇이 이유라 하기는 어렵지만 분명히 나는 지금 그를 좋아하고 있다. 그리고 그와 함께 있는 것이 행복했다.

내 대답을 들은 정원군이 웃는다. 그러나 그 웃음은 그 누구도 아닌 바로 자신에 대한 비웃음같이 느껴졌다. 나는 마음이 아팠다. 내가 혼을 향한 나의 마음을 깨닫기 전부터 그는 나를 향한 마음을 피력해왔다. 그 마음을 알면서도 그를 거절했던 이유는 지금도 알 수 없었다.

만약 내가 온 이 시대에 혼이 없었더라면 난 정원군에게 그만큼 의지하게 되었을 것이고, 좋아하는 마음이 생겼을지도 모른다는 생각이

든 적은 있었다. 그러나 그것은 어디까지나 만약일 뿐이었다.

"유 상궁마마님을 모셔오겠어요."

그를 향한 안타까움과 미안함으로 불편해진 마음을 억누른 채, 난 자리에서 일어서려고 했다. 바로 그때 그가 내 한쪽 손목을 낚아채듯 잡으며 강제적으로 다시 자리에 앉혔다.

"가지 마시오."

그가 단호하게 말한다. 난 그의 말에 좋다 싫다 대답을 주는 대신 잡힌 손목을 빼기 위해 힘을 주었다. 그러면 그럴수록 그는 날 잡은 손에 힘을 주어 더욱 옥죄었다. 이런 그의 모습은 정말 처음이라서, 나는 점점 그가 두려워졌다.

"보내주세요."

"가지 마시오."

두 번째 그의 말은 앞선 말보다 단호하지 않았다. 오히려 절절하고도 간곡하게 들렸다.

"이만 가야 해요."

"그대를 보내고 싶지 않소. 내 눈에서나, 마음에서나. 형님께서 그대를 마음에 품은 것도 알고, 그대 역시 같은 마음이라는 것도 알고 있소. 그럼에도……. 그럼에도 난 그대를 보낼 수 없단 말이오."

내 손목을 붙잡은 정원군의 손을 통해서 그의 마음이 일방적으로 전해져오는 느낌이었다. 나는 그 마음이 내 몸 곳곳으로 완전히 퍼져나가기 전에 이곳을 떠나야 한다는 강한 압박감을 느꼈다.

"보내주세요. 제발……."

나는 그의 눈을 바라보며 호소했다. 그러나 이런 내 눈빛을 본 그가 다시 한 번 완강함을 되찾으며 내게 말했다.

"오늘만큼은 아니 되오. 내 오늘이 지나면 다시는 구차하게 그대의 마음을 불편하게 할 일은 없을 것이오. 그러니 가지 마시오. 가지 마시오, 경민."

정원군의 등 너머로 굳게 닫힌 한지 창문 앞에는 촛불이 놓여 있었다. 그 촛불의 불빛 때문이었을까? 창문 밖에서 목화솜 같은 눈덩이가 끊임없이 내리는 모습이 내 시야를 가릴 정도로 큰 그림자가 되어 나의 두 눈을 가득 채워나가기 시작했다.

뽀드득. 뽀드득.

고양이의 소리일까? 사람의 소리일까?

가까운 곳에서 어떤 생명체가 눈을 밟고 지나가는 소리가 들리고 나서야 난 감고 있던 눈을 번쩍 뜨며 잠에서 깨어났다. 동시에 암흑으로 둘러싸인 세상과 마주했다. 제일 먼저 느낀 건 달달하면서도 알싸한 술의 향기. 얼마의 시간이 지나자 주변의 물체들이 하나씩 보이기 시작했다.

난 여전히 정원군의 손에 붙들려 있었다. 그러나 그가 잡고 있는 것은 이번에는 내 손목이 아니었다. 손이었다. 내 엄지손가락을 제외한 네 손가락이 정원군의 손에 살짝 감싸 쥐어져 있었다. 그는 주안상을 사이에 두고 내 반대편에 누워 마치 아이처럼 새근새근 얌전히 잠들어 있었다. 나는 창문 안으로 쏟아져 들어오는 밤의 푸른빛으로 그의 얼굴을 조심스레 살폈다. 잠이 든 것을 확인하면 붙잡힌 손을 빼낼 요량이었다. 그의 잠든 얼굴은 처음 보지만, 매일같이 보았던 종이의 잠든 모습과 매우 닮아 있었다. 왠지 종이가 어른이 되면 지금의 정원군의 얼굴을 빼다 박을 거라는 생각도 들었다.

조심스럽게 그의 손을 떼어낸 나는 최대한 소리를 내지 않게 조심하며 처소를 나왔다. 밖에는 온통 푸른 눈밭이 펼쳐져 있었다. 막 눈이 내리기 시작했을 때 이곳에 왔으니 그로부터 한참의 시간이 지난 게 분명했다.

한밤중이었다. 나는 후원으로 갔다는 혼을 떠올렸다. 그는 나를 기다리고 있을까? 그러나 시간이 한참 지난데다 눈은 여전히 쉴 새 없이 내려 세상을 모두 뒤덮고 있었다. 이런 상황에서 그가 여전히 후원에서 날 기다리고 있다고는 확신할 수 없었다. 적어도 곁에 최 내관이 있었다면, 그를 걱정해서라도 다시 동궁전으로 모셔갔을 것이다.

머릿속에는 그런 상황이 그려지는데도 내 발걸음은 후원을 향하고 있었다. 두 눈으로 확인을 해야 했다. 그가 나를 기다리다가 돌아갔음을 말이다.

만약 그렇다면 나는 어떻게 해야 할까? 동궁전에라도 가야 할까? 미영이처럼 담 하나를 사이에 두고 동궁전의 불이 켜졌는지 꺼졌는지를 확인해야 할까?

그 모든 의문에 대한 답은 오직 약속 장소인 후원에 도착한 다음에야 얻을 수 있는 것들이었다. 내 입에서는 끊임없이 하얀 입김이 나오고 있었다. 숨을 쉴 때마다 차가운 바람이 얼굴 전체를 얼얼하게 만들었다. 그럼에도 나는 후원을 향해 눈 위를 내달렸다. 빠르게 달릴수록 달리기에는 불편하게 만들어진 버선이 발을 압박하고, 아무런 방비 없이 나온 손은 꽁꽁 얼어버릴 듯이 아파왔다. 솜이 많이 들어간 겨울옷 안의 속살마저 추위를 느끼기 시작할 무렵 나는 후원에 도착했다.

"하아……."

찬바람 속에서 힘들게 숨을 돌리며 나는 첫 번째 좌절을 느꼈다. 혼이 후원에 있을 때면 늘 그렇듯 후원의 입구에 서 있어야 할 최 내관이 보이지 않았다. 최 내관뿐만이 아니었다. 날이 추워서인지, 첫눈임에도 눈이 많이 내려서인지, 행궁의 후원은 왜란 이후 버려진 창덕궁 후원만큼이나 사람의 기척이라고는 전혀 느낄 수 없었다.

빠른 걸음으로 후원을 들어서며 나는 조바심이 났다. 더욱이 후원으로 들어가는 길 위에는 사람의 발자국 하나 찍히지 않은 깨끗한 눈이 덮여 있었다. 그것은 더욱더 혼이 이곳에 없다는 것을 증명하는 것처럼 보였다.

혼은 없을 것이다.

맥없이 걸으며 나는 좌절했다. 속상하기도 하고 눈물이 날 것 같기도 했다. 길 위에는 오직 내가 만든 발자국만 생길 뿐이었다. 나는 내가 가진 마지막 기대감이 무너지기 전에 스스로를 위로하려 했다. 두 눈으로 혼이 없는 것을 확인한다면 엄청난 자책감에 시달릴 것만 같았다.

어째서 정원군의 전각에 갔었는지……. 어째서 그를 완전히 뿌리치지 못했는지…….

그는 마지막이라고 말했다. 말뿐이라도 더 이상 나를 마음에 두지 않겠다는 것 같았다. 그의 마음은 오랫동안 나에게는 부담스러운 것이었다. 그것이 모두 끝난다는 것은 내 마음 속 짐을 하나 덜어내는 것과도 같았다.

아무리 그렇다고 해도 혼과의 약속이 있는데 잠이 들어버리다니!

이 추운 날 훈훈하게 불을 잘 때어놓은 정원군 전각의 나인들이 원망스럽기까지 했다. 그렇지 않으면 나의 안일한 정신 상태를 원망해야 할 테니 말이다.

혼이 늘 생각에 잠겨 걷던 대나무 길 앞에서 나는 완전히 걸음을 멈췄다. 그리고 그곳에서 두 번째 좌절감을 느꼈다. 고요한 그곳에는 아무도, 아무도 없었던 것이다.

'눈이 오기만을 기다렸는데.'

눈은 계속 올 것이다. 내일 그친다 해도, 앞으로 이어질 겨울 그 어느 날에도 눈은 또 내릴 것이다. 그러나 그 눈이 내리는 날은 내가 기다렸던 날이 아니니다. 내가 기다린 건 바로 오늘, 첫눈이 내리는 날이었으니까.

눈시울이 따끔거리더니 결국 왈칵하며 눈가에 눈물이 고였다. 추위 탓에 큰 소리를 내며 울 수도 없었고 고인 눈물도 쉽사리 흐르려 하지 않았다. 난 무거운 마음을 달래며 돌아서려고 했다.

타닥. 타닥.

눈이 쌓이고 있는 후원과는 어울리지 않는 소리가 내 귓가에 들렸다. 나는 돌아서려던 걸음을 멈추고 소리가 나는 곳을 찾아 두리번거리기 시작했다. 소리는 후원의 가장 깊숙한 안쪽. 후원이 끝나는 방향에서 나고 있었다.

오래도록 행궁에 살면서 그곳까지 갔던 적은 단 한 번도 없었다. 그저 그곳에 누각이라고 하기에는 작고, 정자라고 하기에는 다소 큰, 작은 누각 하나가 있다는 이야기를 미영이에게서 주워들은 적이 있었다. 봄에는 그 누각 주변으로 꽃이 만발해서 후궁들이 자주 찾는다는 말도 들었다. 작은 연못도 하나 있다고 했다. 그러나 겨울에는 그 작은 연못이 꽁꽁 얼고 주변에는 텅 빈 공터처럼 아무것도 나지 않는다고 들었다.

나는 직감적으로 후원의 가장 깊숙한 안쪽으로 걸어 들어가기 시작했다. 그리고 난 그곳에 도착하기도 전에 보았다.

미영이에게 말로만 들었던 누각. 그리고 그 앞에서 펑펑 내리는 눈을 맞으면서도 버티고 있는 장작불과 그 옆에 선 그 사람을.

혼이 장작불 옆에 서 있었다. 그는 익선관을 쓰고 흑룡포를 입고 그 위에는 고급스러운 담비 털로 만들어진 겨울용 외투를 걸치고 있었다. 내가 들었던 소리는 바로 장작불이 타면서 내는 소리였다.

혼은 뒷짐을 지고는 하늘에서 내리는 눈을 바라보고 있었다. 나는 숲이 끝나는 자리에 서서 그런 혼의 모습을 물끄러미 쳐다보았다. 믿기지가 않았다. 그가 밤이 깊도록 아직 그곳에 있다는 사실도 믿기지가 않았고, 그것이 분명 나 때문일 것이라고 생각하니 더더욱 믿기지가 않았다.

타는 소리가 다시 났다. 그러자 눈을 바라보던 혼이 그 소리 때문인지 불 쪽으로 잠깐 시선을 돌렸다. 그리고 숲이 끝나는 곳에 서 있는 나를 발견했다. 추위 때문에 뛰는 것조차 느껴지지 않던 내 심장이 빠르게 뛰는 것이 느껴졌다. 혼은 한참을 날 뚫어져라 바라보더니 내가 볼 수 있을 정도로 환한 미소를 지었다.

그의 미소는 마치 출발선에서 울린 총성과도 같았다. 나는 그 미소를 보자마자 있는 힘껏 그가 있는 곳으로 달리기 시작했다. 그는 자신에게로 달려오는 나를 두 팔 벌려 맞았다. 나는 그렇게 그의 품 안에 꼭 맞게 안기고 나서야 몸의 힘을 풀었다.

이 한밤중에 해님이 뜨지 않는 이상 그의 품만큼 따뜻할 수 있을까. 겹겹이 입은 옷 덕분인지는 몰라도 그의 품은 정말로 따뜻했다. 한번 안기고 나자 영원히 벗어나고 싶지 않을 정도로. 그렇게.

"혹여나 뛰다가 넘어지면 어쩌려고 그러는 것이냐?"

나를 두 팔 가득 안아준 혼이 걱정스럽게 첫 말문을 열었다. 난 고개를 들어 그와 눈을 맞추며 다짜고짜 물었다.

"왜 있는 거야? 왜 동궁전으로 돌아가지 않은 거야?"

그러자 그는 당연하다는 투로 말했다.

"네가 아직 오지 않았지 않느냐."

"내가 안 왔으면?"

그러자 혼은 그럴 리가 없다는 듯 껄껄 웃는다.

"네가 약조하지 않았느냐?"

그는 한 손가락으로 자신의 뺨을 톡톡 두드렸다. 약속을 상기시키려는 것인지는 몰라도 나는 그런 그의 행동에 마음이 울컥했다. 그는 이처럼 나를 기다리고 있었는데 난 깜빡 잠이나 들어버렸으니 말이다. 더군다나 나를 보내기 싫다는 정원군의 옆에서.

"내가 올 거라고 믿었어?"

"물론이다. 단지…… 조금 늦을 수는 있다고 생각했다만."

조금은 아니었다. 그런데 지금 그는 내가 이렇게까지 늦은 것을 단순히 '조금'이라고만 표현한다. 어떻게 아무런 이유도 묻지 않고 나를 이렇게 반겨줄 수 있는 걸까? 그가 배려심이 많기 때문일까? 아니다. 세자인 그가 이해심 따위를 가질 필요가 없다는 것쯤은 나도 잘 안다. 대체 그는 얼마만큼이나 나를 좋아하고 있는 걸까? 내가 그를 좋아하는 만큼?

분명한 사실은 지금 이 순간만큼은, 나를 향한 그의 마음보다도 그를 향한 나의 마음이 훨씬 더 클 것이라는 사실이다. 나는 그것을 온몸으로 느낄 수 있다.

"혼아!"

난 의미심장하게 그의 이름을 불렀다. 그는 변함없이 나를 내려다보며 웃어주고 있다.

"사랑해."

태어나서 처음으로 가족이 아닌 누군가에게 해본 말. 지금이 아니면 다시는 꺼내기 어려울 것 같은 이 말을 나는 혼을 향해 했다. 언젠간 누군가에게는 하게 될 것이라고 여겼지만 그 상대가 광해군 이혼이 될 것이라고는 상상하지도 못했던 말.

난 그를 사랑하고 있다. 이 마음은, 좋아하는 것 이상의 마음이다. 그리고 난 이 마음이 사랑이라고 확신했다.

"사랑?"

엄청나게 감동적인 얼굴로 내 고백을 받아줄 것이라고는 기대하지 않았지만, 그저 지금 짓고 있는 미소를 그대로 지닌 채 내 말을 받아주기만 해도 만족할 것 같았지만, 두근거리는 나의 첫 고백에 그는 되레 반문한다. 사랑은 조선시대에 존재하지 않았던 단어이기에 그에게는 낯선 모양이다.

"그것이 무슨 말이냐?"

민망하지만 어쩔 수 없다. 조선시대 사람인 그에게는 특별한 의미를 포함한 이 단어를 설명해주어야만 한다.

"연모한다는 뜻이야. 아주 많이."

'사랑'보다는 '연모'가 내게 더 입에 올리기 쉬웠기에 나는 아무런 부담 없이 사랑이라는 단어의 뜻을 그에게 해석해주었다. 그러자 그가 잠시 놀란 눈으로 나를 내려다보았다. 그리고 아주 조금 뒤, 그의 입술이 내 입술에 천천히 닿았다.

추위에 온기를 빼앗긴 내 입술은 차가웠다. 그러나 그의 입술이 내 입술에 머무는 시간이 지속될수록 내 입술은 점점 온기를 되찾아갔다. 그리고 입술로 전해진 온기는 이제 내 얼굴 전체로 퍼져나갔다. 나는 그 온기가 마지막에는 내 몸 구석구석으로 퍼지는 것을 느끼며 두 눈을 감았다.

얼마 뒤 그의 입술이 내 입술을 떠났을 때, 나는 다시 눈을 떠서 그를 바라보았다. 혼은 조금 전 내게 보였던 미소를 그대로 지니고 있었다.

그 미소를 지닌 채 그가 나에게 말했다.

"경민아. 사랑한다."

그는 자신이 걸치고 있던 담비 외투를 내게 덮어주었다. 나는 그것을 걸친 채 누각으로 오르는 계단 중간에 혼과 나란히 앉아 장작불을 바라보았다. 누각 전체를 덮고도 튀어나온 지붕 덕분에 우리가 앉은 자리에서는 눈을 맞지 않을 수 있었다. 내가 걸친 담비 외투에서도 따뜻한 혼의 체취가 풍겼다. 나는 그것이 좋았다.

"왜 여기에 혼자 있었던 거야? 최 내관 나으리는?"

"최 내관은 내시부(內侍府)에 간 후 아직 돌아오지 않았다."

"내시부? 왜 널 여기에 혼자 두고 거기에 간 건데?"

혼이 장작불 쪽에 한번 눈길을 주며 말한다.

"후원에서 연기가 나면 금군(禁軍, 궁궐 수비군)이 올 수 있으니 말이다."

최 내관이 없었던 것은 장작불 때문인 듯싶었다. 듣고 보니 후원에서 불을 피우다가 연기가 나면 무슨 일이 생긴 줄 알고 수비군이 출동할 수도 있겠다.

"불은 왜 피웠는데?"

내가 웃으며 묻자, 혼이 장난스럽게 받아친다.

"조선의 세자는 추위도 느끼지 않는 줄 아느냐?"

"알아, 알아. 세자저하도 추위를 느끼시지."

나는 내가 덮고 있던 담비 외투를 살짝 들어 올려 그에게 손짓했다. 그는 잠시 고민하는 듯하더니 나와 함께 외투를 걸치며 내 옆으로 바짝 붙어 앉았다. 나는 그와 한 외투를 덮고 그의 단단하고 넓은 어깨에 머리를 기댔다.

타닥. 타닥.

타들어가는 장작불 소리가 묘하게 기분을 좋게 만들었다. 나는 장작불 너머로 눈이 내리는 것을 바라보다가 공터를 가득 채운 쌓인 눈을 바라보았다. 그리고 자연스레 압구정에서 보았던 새하얀 메밀꽃밭을 떠올렸다.

"저기, 혼아."

"왜 그러느냐?"

"메밀꽃은 언제쯤 피지?"

"가을이 시작될 즈음일 것이다."

이렇게 대답하고는 내 속마음을 읽었는지 혼이 말을 이었다.

"압구정에 가고 싶은 것이냐?"

"응. 내년에 메밀꽃이 피면."

혼은 고민도 하지 않은 채 곧바로 내게 답을 주었다.

"내 약조하마. 내년에 다시 한 번 꽃이 피는 것을 보러 너와 압구정에 가겠다."

"진짜야?"

나는 눈을 깜빡이며 기댔던 그의 어깨에서 머리를 들었다. 그리고 그의 얼굴을 돌아보며 재차 물었다.

"진짜 데려갈 거야?"

"물론이다."

혼은 별 대수롭지 않은 일처럼 대답했지만, 내가 너무나도 기뻐하는 기색이자 씩 웃더니 말했다.

"매년 꽃이 필 때마다 데려가주마."

"약속이다? 매년 데려가 주기로 약속한 거야?"

그때였다. 혼이 내 한쪽 뺨에 자신의 입술을 갖다 대었다. 갑작스런 그의 행동에 놀란 내가 그에게서 얼굴을 뒤로 빼자, 그가 의아하다는 눈빛으로 나를 바라보며 묻는다.

"왜 그러느냐?"

오히려 너무 태연한 건 혼.

완전히 조선의 여인처럼 행동한 건 나.

입장이 바뀌어도 완전히 바뀐 듯한 분위기다.

"뭐, 뭐한 거야!"

"네가 그러지 않았느냐? 이것이 약조의 증표라고. 그러니 나 역시 약조한 것이다."

그가 아주 태평한 얼굴로 나에게 답을 준다. 나는 순식간에 얼굴이 달아올랐다.

그때 내가 이것이 약조의 의미라고 한 것은, 그와 헤어지기 싫은 마음을 달리 표현할 길이 없어서 한 행동을 변명하기 위한 것이었다. 세상에 그 어떤 나라에서도 뺨에 뽀뽀하는 것을 약속한다는 의미로 사용하지는 않을 테니 말이다.

"최 내관 나으리가 보면 어떡해?"

나의 또다른 쓸데없는 고민.

"아직까지 돌아오지 않는 것을 보면 최 내관은 네가 나와 함께 있는 것을 보고 저 멀리서 망을 보고 있겠지. 그건 걱정하지 말거라."

나는 이번에도 그가 저번처럼 최 내관을 이용해 나를 놀리는 것이 아닐까 의심스런 눈초리로 그를 응시했다. 그러자 그가 그런 나의 눈을 빤히 바라보더니 나를 살짝 밀었다. 예상치 못한 그의 행동에 나는 별다른 방비도 하지 못한 채 그대로 뒤로 몸을 뉘고 말았다. 다행히 내가 덮고 있던 담비 외투 덕분에 누각 계단의 딱딱한 감촉은 덜했다.

그러나 문제는 다른 곳에 있었다. 혼이 그런 내 위로 몸을 누인 것이다. 그와 가까운 거리에서 얼굴을 마주한 채 나는 눈만 반복해서 깜빡였다. 나는 그가 대체 왜 이러는지 몰라 그의 눈빛에서 행동의 의미를 찾으려 애를 썼다. 그때 그가 나의 이마에서부터 눈, 코와 입술까지 한 번 훑어보더니 다시 내 눈을 바라보며 말한다.

"약조를 빙자하여 달기가 되려 한 것을 내 모를 줄 알았더냐?"

또다시 그의 장난이다. 난 그렇게 생각하고는 내 몸을 덮고 있는 그의 가슴을 두 팔로 밀어내려고 했다. 그러나 그는 꿈쩍도 하지 않았다. 그를 밀어내는 것을 포기한 나는 깜빡임도 없이 나를 내려다보는 그의 눈동자를 피해 고개를 옆으로 돌리며 투덜댔다.

"치, 나도 이제 달기가 뭔지 알아. 다 들었어. 나쁜 여자라던데, 왜 날 그런 나쁜 여자라고 한 거야?"

그러자 혼이 옆으로 돌린 내 턱을 한 손으로 살며시 잡아 다시 원래 있던 자리로 돌리더니 내 귓가에 속삭인다.

"네가 달기가 되면, 내가 주왕이 되마."

'주왕?'

주왕(紂王)이 누구인가 하는 의문보다도, 너무나도 가까운 곳에서 느껴지는 그의 숨소리가 나의 가슴을 요동치게 만든다.

"널 동궁전 나인으로 삼고 싶구나. 그리하면 날이 새더라도 널 보내지 않고 내 곁에 둘 수 있을 텐데 말이다."

동궁전의 나인은 세자의 나인. 세자의 여인이다. 그러니 그가 지금 이런 말을 내게 하는 의미는…….

"그건 절대 안 될걸. 인빈마마는 내가 없으면 매일 찬밥을 먹어야 하니까."

부끄러워서 둘러댄 내 말에 혼이 소리 내어 웃더니 드디어 내게서 떨어져 몸을 일으켜 세웠다. 몸을 일으키고 나서도 한참을 웃고 난 혼은 나를 보며 말했다.

"경민아. 난 이제 네 곁에서만 웃을 수 있게 되었구나."

나는 그 말이 기뻤다. 그리고 앞으로도 그가 아주 많이 웃기를 바랐다. 내 곁에서, 그리고 우리가 함께하는 시간 동안.

"약속 반드시 지켜야 돼. 내년에 압구정에 데려가 주는 거. 알았지?"

난 새침데기처럼 말했고 혼은 그런 나를 보며 다시 한 번 내 입술에 키스했다.

부엉이 울음소리

내가 조선에 온 지 4년이 되는 1603년의 새해가 밝았다.

"어머나?"

중궁전에 들어 인사를 올리자마자 중전이 화들짝 놀란다. 중전의 옆에 앉아있던 변 상궁도 당황하여 중전을 돌아본다. 중전의 한 손은 그녀의 아랫배 위에 올려져 있었다.

"용종(龍種, 왕족을 의미)이 움직였다."

중전의 얼굴이 발그레해진다.

"경민이 네가 와서 아기도 기쁜가 보다."

"어의를 부를까요?"

변 상궁은 중전이 걱정되는지 조심스럽게 묻는다. 그러자 중전은 고개를 가로저었다.

“그럴 만한 일은 아닌 듯싶구나.”

그러더니 멀찍이 떨어져 앉은 나를 향해 손짓한다.

“가까이 오거라. 새삼스럽게 왜 그리 멀리 떨어져 앉느냐?”

“예에……. 중전마마.”

난 조금씩 자리를 옮겨, 중전의 가까이로 다가가 앉았다.

“왜 이리 보기 힘든 것이냐? 인빈이 요즘 앓아누워 식음을 전폐한다던데, 네가 바쁘다는 건 다 거짓부렁이겠구나.”

중전의 입에서 거짓부렁이라는 말이 나오자마자 변 상궁이 나섰다.

“마마, 거짓부렁이라니요. 그런 말씀은 쓰셔서는 아니 되옵니다.”

“누가 듣는다고 그러느냐? 전하의 앞에서는 쓰지 않는 말이다.”

“하오나…….”

중전은 더 이상 변 상궁의 말을 듣지 않겠다는 듯 날 보며 말한다.

“말해 보거라. 요즘 퇴선간 일은 어떠하냐?”

“별일은 없사옵니다.”

사실 중전을 피한 건 나였다. 중전도 대놓고 자주 양화당에 나인을 보내 날 불러갈 수는 없었는지, 가끔씩 내 처소로 나인을 보냈다. 그러나 나는 나인이 왔다 하면 운영을 시켜 퇴선간에 일이 바쁘다고 전하며 계속 피해왔다.

혼이 내게 했던 말 때문만은 아니었다. 나 역시도 중전이 불편한 것은 사실이었다. 그녀가 좋은 사람일지는 몰라도 그녀의 앞에 닥칠 미래를 아는 이상 껄끄러운 마음이 안 들 수가 없었던 것이다.

“인빈은 꾀병이냐?”

"꾀병이라기보다는 아무래도 연세가 있지 않으십니까."

"지금 본궁 앞에서 인빈을 감싸려는 것이냐?"

중전의 표정이 굳기라도 했으면 윽박지르는 것이라고 오해할 만한 말이지만 중전은 웃고 있었다. 나 역시 더 이상 중전의 장난에 당할 수만은 없었다.

"소인의 상전이 인빈마마신데 어찌 감싸지 않을 수 있겠사옵니까. 분명한 건 하루에 한 끼는 반드시 드시고, 단지 그 때가 일정치 않아 소인은 하루 종일 퇴선간을 떠날 수가 없사옵니다."

"그러하냐?"

중전은 건방지게 들릴 수 있는 내 말투에 별 신경을 쓰지 않는 것 같다. 그렇다면 여기에 한마디를 더 더하지 못할 건 없다.

"하온데 중전마마. 소인은 양화당 퇴선간 나인이고 계속해서 중궁전을 출입하며 중전마마를 뵙는 것은 옳지 않은 듯싶사옵니다. 다른 이들의 오해를 살 수도 있지 않겠사옵니까? 소인을 찾아주시고 친절을 베풀어주시는 것은 황송하오나 앞으로는……."

"중전마마. 다과상이옵니다."

내 말이 다 끝나기도 전에 밖에서 목소리가 들린다. 중전은 생글생글하는 얼굴로 들이라고 했다. 곧 푸짐한 다과가 한상 가득 차려져 내 앞에 놓였다.

"들거라. 어서."

"중전마마께서는 아니 드시옵니까?"

"이상하게 요즘 다과만 먹으면 속이 좋지 않구나. 그러니 오늘 다과상은 다 네 것이다. 어서 먹거라."

"괜찮사옵니다."

"먹으래도."

중전의 반 강요가 계속되자 나는 결국 달짝지근한 매작과 하나를 집으려다가 그만두었다. 끝내지 못한 말을 하는 게 중요하다고 생각해서였다. 다시 중전을 쳐다보자 그녀의 얼굴이 무슨 할 말이 있느냐는 표정이 된다.

"중전마마. 외람된 말인 건 아오나 소인은 양화당 나인이고……."

"퇴선간은 왜 빠트렸느냐? 방금 전에는 '양화당 퇴선간 나인'이라고 하지 않았느냐? 누가 들으면 네가 인빈의 지밀나인인 줄 알겠다."

중전이 까르르 웃음을 터트린다. 나는 아무 말도 하지 못하고 중전의 웃는 얼굴만 빤히 쳐다보았다. 곧 웃음을 그친 중전이 내게 말한다.

"본궁도 잘 알고 있느니. 그래서 본궁도 생각해 둔 것이 있다. 본궁의 복중 아기가 태어나면 너를 보모상궁으로 삼을 것이다."

중전의 입에서 나온 말에 놀란 내가 소리쳤다.

"중전마마! 소인은 이제 겨우 스물두 살이옵니다. 스물두 살이 어찌 갓 태어난 공주님의 보모상궁이 될 수 있겠사옵니까?"

"공주라니?"

난 곧바로 실수를 깨달았다. 중전의 뱃속 아기가 공주라는 것은 지금 이 조선에서 나만 알고 있는 사실일 것이다. 그런데 그 사실을 말해 버리다니. 나는 두 눈을 질끈 감아버렸다. 일어나지 않은 역사적 사실을 발설한 이유로 내 몸에 어떠한 고통이 올 것이라고 여겼기 때문이다. 그런데 이상했다. 시간이 흘러도 나는 전혀 아프지 않았다. 심지어 작은 두통조차도 생기지 않았다.

그때 중전이 또 한 번 웃음을 터트렸다. 나는 감았던 눈을 떴다.

"공주라고? 공주라 하였느냐?"

뭐가 그리 신났는지 중전은 계속 웃는다. 웃음을 참지 못해 소리가 커지자, 변 상궁이 나섰다.

"마마. 그리 큰 웃음소리는 복중 아기씨께 해가 되옵니다."

"알았다, 알았으니. 그런데 재미있지 않느냐? 이 아이는 정말 재미있다. 다들 아부라도 떨어보고자 본궁에게 반드시 왕자 아기씨를 낳게 될 것이라 하는데, 이 아이는 본궁이 공주를 낳을 거라고 말하는구나."

일단 분위기를 보아하니 중전은 내 말을 믿지 않는다. 주변 사람들은 모두 그녀가 왕자를 낳을 것이라고 입을 모으고 있을 텐데, 내가 공주라고 말했으니 재미있다고만 생각하는 것 같았다.

그녀가 믿지 않았기 때문에 내가 아프지 않은 걸까? 그렇다면 지금 내가 한 말이 역사에는 아무런 영향을 끼치지 않았기 때문일 것이다. 사실 내 말을 누가 믿을까? 조선시대에서는 아기가 태어나기 전까지는 그 아이가 남아인지 여아인지 알 방법이 전혀 없으니 말이다.

한참만에 웃음을 그친 중전이 말한다.

"본궁도 사실 공주를 낳고 싶다."

"네?"

"너도 인빈이 앓아누운 이유를 잘 알겠지. 본궁이 가례를 올리기 전 누구보다도 세자가 쫓겨나기를 바랐던 자가 인빈이 아니더냐? 그러나 본궁이 가례를 올리고 이 궁궐에 들어와 이젠 회임까지 하였으니 인빈의 속이 편하지 않겠지. 헌데 지금 본궁이 대군을 생산한다면 인빈보다도 더 근심할 이가 누구겠느냐?"

나는 대답을 할 수가 없었다. 답을 알고 있기 때문이었다. 바로 세자를 지지하는 세력들 또는 당사자인 세자 혼일 것이다. 그것은 당연한 일이다. 중전이 대군을 낳는다면 그들은 지금 가지고 있는 것은 물론이고 앞으로 가지게 될 것들을 모두 잃을 수도 있다.

"본궁도 이제 궐이 어찌 돌아가는지 안다. 그래서 본궁은 대군이 아닌 공주를 낳고 싶은 것이다. 공주가 태어나면 궐 안의 모든 이들이 그 아이를 진심으로 대하며 예뻐하겠지. 그러나 대군이면 아닐 것이다. 겉으로는 예뻐하고 웃는다 해도 그 속으로는 그 아이를 멀리하고 미워하고 싶은 이들도 생길 것이다."

"중전마마."

변 상궁이 중전을 위로하듯 불렀다. 그러나 중전은 한 손을 들어 변 상궁이 더 이상 말을 하는 것을 막고는 내게 다시 입을 열었다.

"본궁은 이 아기가 공주로 태어나 많은 이들에게 예쁨을 받다 인품이 좋은 지아비를 만나 백년해로하길 바란다. 본궁은 이루지 못한 것을 이 아이는 이뤘으면 좋겠구나."

"중전마마……."

왕이 그녀를 소중히 여기고 잘 대해준다고 해서 결코 행복한 것은 아니라는 생각이 드는 뼈있는 말이었다. 그래서인지 그녀를 향한 동정심이 일었다. 조선의 여성으로서 가장 높은 자리에 있는 그녀가 말이다. 어쩌면 내 앞에서 거리낌 없이 소리 내어 웃으며 즐거워하는 것이, 그 내면에 깊숙이 숨어있는 슬픔을 감추기 위한 행동이 아닐까 싶었다.

"그리고 경민아. 본궁도 스물이다. 우린 거의 또래가 아니냐? 그런데 어찌 스물두 살이라 하여 보모상궁이 될 수 없다 말하는 것이냐? 스물둘이면 민가의 여인네들은 벌써 아이를 셋씩이나 두었을 나이다."

"그건……."

"더는 아무 말 말거라. 더욱이 너는 정원군 장남 이종의 보모상궁 출신이 아니더냐? 본궁은 결정했다. 이 아기가 공주로 태어나든 대군으로 태어나든 널 보모상궁으로 삼을 것이다. 그러면 인빈의 퇴선간에서도 벗어날 수 있고 얼마나 좋으냐?"

"소인이 정원군마마의 큰 아기씨의 보모상궁이었던 건 사실이오나, 큰 아기씨는 젖도 다 뗀 어린아이였사옵니다. 하오나 갓난아기를 어떻게 돌보겠사옵니까. 소인은 못하옵니다."

"좋다. 그러면 젖을 뗀 이후에 네게 맡기마."

"중전마마!"

그러나 중전은 이번에도 내 말을 끊으며 말했다.

"네 말대로 이 아이가 공주라면 너보다도 더 훌륭한 보모상궁은 구하지 못할 것이다. 본궁이 이종에게 들으니 넌 나인이면서 사서삼경은 물론이고 내훈까지 익혔다고 하더구나."

"큰 아기씨가요?"

"가끔 정원군이 이종을 데리고 중궁전에 온다. 몰랐느냐?"

종이를 안 본 지 벌써 1년이 훌쩍 넘었다. 종이는 아직도 나를 기억하고 있는 것일까?

“이종이 네 이야기를 할 때마다 그 옆에 앉은 정원군의 얼굴을 네가 봐야 하는데.”

중전이 작게 소리 내어 웃는다.

“큰 아기씨가 소인을 잊어버렸다 생각했사옵니다.”

“잊어버리기는. 헌데 그 아이, 참 시끄럽더구나. 참새가 따로 없더라. 대부분 네 이야기를 많이 했다. 너를 아주 많이 보고 싶어 하는 것 같던데. 인빈은 네가 정원군은 물론이고 이종을 만나는 것도 원치 않겠지. 그러나 근심하지 말거라. 너를 중궁전으로 데려오면 원 없이 만나게 해주마. 너도 그 아이가 많이 그립겠지?”

“네. 그립사옵니다.”

그립다. 종이가 아주 많이 보고 싶다. 아이들은 금방 크던데, 종이는 얼마나 컸을까?

처음 이 조선으로 왔을 때 누구보다도 나를 따르고 의지해 주던 아이. 외동딸로 자라서인지 동생이 있는 아이들이 많이 부러웠었다. 그런 의미에서 종이는 내게 친동생과도 같았다.

“이종 그 아이도 어서 어린 숙부가 태어나길 기다린다더구나. 본궁이 고모일지도 모른다 하였더니, 얼굴이 빨개져서 좋아 웃더라.”

‘종이가 웃고 잘 지내나 보네. 다행이다.’

“그러니 잔말 말고 보모상궁이 되거라.”

“중전마마. 소인에게 생각해 볼 시간을 주시옵소서.”

“생각해 볼 시간이라……. 좋다. 올 봄에 아기가 태어나고 한 해 정도 지나면 젖을 떼지 않겠느냐? 그 시간이면 충분히 결정하고도 남을 시간이다. 너 또한 양화당 퇴선간에서 일생을 마치고 싶진 않겠지."

"그거야 그렇지만……."

중전이 빙그레 미소 짓는다.

"보모상궁을 몇 해 하면 출궁시켜주마. 그땐 네가 혼인을 할 수 있도록 전하께 주청드릴 생각이다. 어떠냐? 그때도 정원군의 마음이 변치 않는다면 정원군의 첩실로 가는 게?"

"중전마마. 그때도 말씀드렸사옵니다만, 그것은 오해라고……!"

"알았다, 알았다."

여전히 단단히 오해하고 있는 중전에게 제대로 해명해 보려는 찰나였다. 밖에서 나인의 목소리가 들렸다.

"중전마마. 세자저하께서 드셨사옵니다."

"세자께서?"

중전의 얼굴에 화색이 돌았다. 나는 순간 그것이 조금 이상하다는 생각이 들었다. 혼은 중전의 존재를 반기는 것 같지 않았다. 앞으로 일어날 일들을 미리 알고 있는 나는 그 점이 어느 정도 이해가 된다. 3년 뒤 중전이 낳게 될 영창대군은 혼을 위협하는 존재가 된다. 그 때문에 혼이 왕으로 즉위한 이후에 영창대군은 물론이고 중전까지 없애려고 한다는 것이 인조시대에 남겨진 기록이니까.

그러나 지금의 나는 그 사실을 믿지 않는다. 혼이 그럴 사람이 아니라고 확신하기 때문이다. 그런데 중전은? 조금 전 그녀가 내게 말한 대로 그녀가 아들을 낳으면 누구보다도 위협이 될 사람은 세자인 혼과 그를 지지하는 세력일 것이다. 그렇다면 기피하다 못해 방문을 꺼리는 것이 정상인데도 중전은 매우 반가운 기색이다. 아직 그녀가 젊어서일까? 앞으로 일어날 미래에 대해 전혀 모르기 때문일까? 그것도 아니라면 역사가 거짓을 기록한 걸까?

나이 차이 때문에 어색한 부분이 있을 수밖에 없을 왕실 가족이라도 어느 정도까지는 화목했을 수도 있다. 무엇보다 내가 알고 있는 미래의 일은 아직 벌어지지 않았다. 미래를 아는 내가 너무 앞선 시각으로 혼과 그녀를 바라보고 있는 것인지도 모른다.

"소인은 그만 물러가겠사옵니다."

"그래. 또 보자꾸나."

일어선 나는 몇 발자국 뒷걸음쳐 중전의 처소를 나왔다. 중전 처소의 문이 닫히고 전각을 나가기 위해 돌아선 나는 혼과 마주쳤다. 혼은 날 발견하고는 조금 놀란 것 같았다. 그러나 그는 곧 그런 기색을 감추고는 헛기침으로 나를 불러 세웠다. 주변에 서 있는 중궁전 나인들 때문인지 드러내놓고 아는 척을 하지는 못하는 것 같았다.

"너는 양화당 나인이 아니냐."

"예, 그러하옵니다."

평상시 둘만 있다면 결코 쓰지 않을 말투. 혼은 내게 말하는 중간 중간 헛기침만 계속 한다. 누가 보면 감기라도 들었다고 오해할 분위기.

"어찌 네가 중궁전에서 나오는 것이냐?"

난 혼이 중전의 곁에 가지 말라고 했던 것을 떠올렸다. 혼의 물음은 그래서인 것 같았다. 그때 중궁전 지밀상궁인 문 상궁이 옆에서 우리를 지켜보다가 조용히 나섰다.

"중전마마께서 김 나인을 부르셨사옵니다."

혼이 괜한 오해를 할까 봐 나선 모양이지만, 혼은 문 상궁에게 눈길조차 주지 않은 채 내게 말했다.

"양화당 나인이 중궁전을 출입한다는 것은 충분히 의심스러울 일이다. 중전마마를 위해서라도 향후 출입을 자제하도록 하여라."

"예, 세자저하."

이미 중전의 곁에 가지 말라고 했던 혼이었다. 중궁전 나인들 앞에서 직접 나에게 중궁전에 출입하지 말라고 말할 정도라면 그는 분명 화가 난 것이 틀림없다. 그런데 이상하게 그는 말하는 중간 중간 계속 헛기침을 한다. 정원군은 어색한 분위기에서 주로 헛기침을 했던 것 같다. 그렇다면 지금 혼은 예상치 못한 곳에서 나와 마주치자 당황해서 헛기침을 하는 걸까? 아니면 감기에라도 걸린 걸까?

마음속으로 그를 걱정하며 인사를 올린 내가 그를 지나쳤을 때였다. 내 뒤로 혼이 피식 짧은 웃음을 터트리는 것이 똑똑히 들려왔다.

"저하?"

정작 혼의 웃음에 당황한 건 중궁전 지밀나인들.

"아무것도 아니다. 흠흠. 중전마마께 아뢰어라."

나는 깨달았다. 그는 내가 그에게 높임말을 쓰는 것이 웃겼던 거다. 그런데 차마 다른 이들이 보는 앞에서 웃지는 못하고 웃음을 참느라 계속해서 쓸데없는 헛기침 소리만 내고 있었던 것이다. 나는 그런 그가 얄미워 두 주먹을 불끈 쥐었다.

중궁전에서 돌아온 오후, 일을 모두 마치고 내 처소로 돌아온 운영이 물었다.

"중궁전에 가셨다면서요? 거기서 별일은 없으셨어요?"

"안 그래도 별일이 하나 생겼어."

"무슨 일인데요?"

나는 한숨을 푹 내쉬며 말했다.

"중전마마께서 나보고 곧 태어날 아기씨의 보모상궁이 되어달라셔."

사실 중전의 앞에서 말한 것처럼 생각하고 말 것도 없었다. 내명부 최고 어른인 중전의 명이다. 여기에 어떻게 토를 달 수 있을까? 죽으라면 죽는 시늉이라도 해야 하는 것이 나인이라는 현재 내 신분에 가장 잘 어울리는 행동일 텐데. 그런데 내 말을 들은 운영은 별로 놀란 기색이 아니다. 오히려 안도의 한숨을 내쉰다.

"다행이에요."

"다행이라니?"

"소인은 또, 그 일로 불려가신 줄 알았어요."

"그 일?"

"모르셨어요? 하긴, 중전마마께서 별일 아니라는 식으로 넘기시긴 했다나 봐요. 그래도 소인은 항아님을 부르셨다기에 조사라도 하시는 줄 알았어요. 그런 일을 벌일 사람이라면 세자저하 아니면 인빈마마 정도일 테니까요."

"대체 무슨 일인데?"

난 정말 모르고 있었다.

"누가 중궁전에 죽은 들쥐를 던져넣었나 봐요."

"죽은 들쥐?"

"네에. 중전마마를 놀라게 해 아기씨를 유산시키려는 거라고 말들이 많아요. 하지만 중전마마께서는 일을 키우고 싶지 않다고 하시면서 조용히 시키셨나 봐요. 그래도 아는 나인들은 많대요."

"내가 퇴선간 나인은 맞나 보다. 나도 처음 듣거든."

"그뿐만이 아니에요."

"그뿐만이 아니라니?"

"한밤중에 불덩이가 중궁전을 날아다니거나 중궁전 기왓장이 떨어져 깨지는 일도 있었대요. 다들 중전마마의 명으로 쉬쉬하지만 그런 해괴한 일이 중궁전에만 생기는 건 분명 어떤 이유가 있겠지요?"

'중전이 유산하길 바란다는 건가.'

일종의 소설책으로 치부했던 계축일기에서 본 뻔한 내용들. 미래에선 그런 이야기에 별로 놀라지 않았었다. 그러나 조선에서 직접 이 일을 겪는 지금의 내게는 조금 다른 이야기다. 바로 이 일로 세자인 혼이 의심받기 때문이다.

"오늘 낮에 중궁전에 갔을 때 말이야. 그곳에서 세자저하를 봤어. 세자저하와 중전마마의 사이는 어때? 뭐, 들은 말 있어?"

"거의 왕래를 안 하신다고 들었어요. 그런데 세자저하께서 중궁전에 계셨다고요?"

"왕래를 거의 안 한다고?"

"네에. 사실 껄끄러우시겠지요. 한두 살 차이 나는 새어머니도 아니시고……. 그래도 아침 문후는 꼬박꼬박 드리고 있으신 것 같던데. 아참, 빈궁마마께서는 중궁전에 얼씬도 안 하신대요. 그래서 아침 문후도 세자저하만 가시고요. 대신 빈궁마마께서는 전하께서 중궁전에 침수 드신 다음날 아침에만 문후를 드리러 가신대요. 그렇게 보자면 동궁전과 중궁전은 사이가 좋지 않으신 것이겠지요? 그러고 보면 이번 일도 소문대로 세자저하께서 하셨을 가능성이……."

"아니야!"

순간적으로 화가 난 나는 운영에게 소리를 지르고 말았다. 이런 모습을 처음 본 운영은 당황하며 내 얼굴을 살폈다.

"항아님?"

"미안. 소리쳐서."

"아니에요. 소인은 괜찮아요."

"어쨌든 세자저하는 아니야. 그러실 분이 아니야."

"그거야 소문이 그렇다는 거지요."

소문을 그대로 전해준 운영만 내게 화풀이를 당한 것 같아 미안했다. 다른 한편으로는 무척 속상했다. 소문 속에서 혼이 범인으로 몰리고 있다는 사실 때문에 말이다.

이것은 결코 가볍게 넘길 일이 아니었다. 역사도 그렇게 말하고 있다. 심지어 이 시대에 쓰인 문학인 계축일기도 그렇게 말한다. 혼의 짓이라고, 혼이 그랬다고 말이다. 인조반정 이후에는 소문이 거의 기정사실이 되어버렸다.

나는, 지금의 나는 이 기록을 믿을 수 없다. 그렇지만 혼은 내게 중전의 곁에 가지 말라고 했었다. 그는 왜 그런 말을 했던 것일까?

오늘 낮에도 그랬다. 중궁전에서 마주친 그는 내 어색한 존댓말에 웃고 있었지만 사실상 내게 중궁전에 출입하지 말 것을 공식적으로 이야기했다. 주변에 있던 중궁전 나인들이 모두 혼의 말을 들었다. 그런 상황에서 내가 다시 중궁전으로 간다면 그것은 세자의 말을 우습게 여긴 것이니, 적어도 한동안은 중궁전에 출입하지 않아도 되는 핑계거리를 만들어 준 것이나 마찬가지였다.

중전이 딱히 싫지는 않다. 그녀는 나와 비슷한 또래였고 나를 좋아했다. 그러기에 나를 보모상궁으로 삼으려는 것일 테니까. 하지만 혼은 왜 내게 중전과 가까이 하지 말라고 말했던 것일까?

가슴이 불안함으로 가득 차 두근거린다. 직접 확인하고 싶었다. 혼을 만나서 모든 진실을 듣고 싶었다. 적어도 그의 입으로 자신은 아니라고 한다면 난 무슨 수를 써서라도 이 소문을 잠재우기 위해 나설 각오가 되어 있었다. 그는 절대 내게 거짓말을 하지 않을 것이라고 믿으니까. 그러나 그때 혼이 내게 한 말을 생각하면 그도 이 일에 어떠한 연관이 있을 것이라는 의구심을 지우기는 어렵다.

"소인은 이만 퇴궐할게요."

운영이 퇴궐한 뒤, 나는 애꿎은 손가락만 깨물며 깊은 생각에 잠겼다. 소문의 진위를 확인하기 위해 혼을 만날 방법을 강구하려는 것이다. 그러나 아무리 생각해도 혼을 만날 수 있는 방법은 쉽사리 떠오르지 않았다. 오늘처럼 우연히 만난다고 하더라도 주변의 시선 때문에 편하게 대화할 수도 없을 것이다. 더군다나 전화도 문자도 주고받을 수가 없는 시대다. 방법은 정말 없는 것일까?

방법을 고심하던 내 머릿속에 미영이가 했던 말이 떠올랐다. 혼이 거의 매일 동궁전 앞에서 사색에 잠긴다고 말이다. 미영이야 혼의 앞에 나타나서는 안 되니 그의 사색 시간을 몰래 지켜보는 기회로 삼을 수밖에 없었을 테지만 난 다르다. 담을 하나 사이에 두고 그와 대화를 나눌 수 있을지도 모른다.

밤이 찾아온 동궁전에는 불이 켜져 있었다. 당직을 서는 지밀나인들과 익위사로 보이는 검을 찬 남자 두 명이 주변을 지키고 있었다. 혼은 보이지 않았다. 초저녁부터 일찍 잠이 들었는지 알 수는 없지만 지밀상궁까지 동궁전 앞을 지키고 있는 것을 보면 그는 분명 동궁전에 있다.

어느덧 3월이 되어 날이 많이 따뜻해졌지만 해가 진 다음은 달랐다. 여전히 춥다고 느껴질 정도로 기온이 떨어졌다. 나는 슬슬 두 손이 차가워지는 것을 느끼며 새삼스럽게 미영이가 대단하다는 생각이 들었다. 추우나 더우나 혼의 얼굴 한 번 보겠다고 이 담벼락 옆에서 기다렸을 것이 떠올라서였다.

얼마나 기다렸을까? 추위에 지쳐버린 내 이성은 그만 돌아가야 한다고 말하고 있었지만 발은 쉽사리 땅에서 떨어지려 하지 않았다. 이렇게라도 하지 않으면 혼을 볼 기회가 없는 데다가, 조금만 더 기다리면 혼이 나올 것 같다는 기대감이 부풀고 있었기 때문이었다. 그러나 한 시간 가까이 서 있었던 것 같은데도 혼은 나올 기색이 없다. 그러던 중 세자의 처소와 마주 보고 있는 세자빈 처소의 불이 꺼졌다. 바로 그

때였다.

아니나 다를까, 혼이 자신의 처소에서 나오고 있었다. 혼의 뒤를 따라 최 내관도 나왔다. 혼을 본 동궁전 지밀나인들이 양옆으로 물러서며 인사를 올리고, 최 내관이 발빠르게 그들을 모두 물러가게 했다. 이제 남은 것은 최 내관과 익위사 두 명뿐이었다.

나는 담벼락에 숨어있는 도둑처럼 두근거리는 가슴을 안은 채 혼의 행동을 주시했다. 혼은 동궁전 뒤편으로 향했다. 나도 동궁전 담벼락을 따라 그의 걸음을 쫓기 시작했다.

동궁전 뒷마당은 어두웠다. 유일한 빛은 그의 처소에서 새어나오는 빛뿐이었다. 혼은 그 빛을 의지 삼아 서성이기 시작했다. 최 내관은 그런 혼의 뒤를 따라온 익위사들에게 물러가라며 조용히 손짓했다. 익위사들마저 사라지자 이제 최 내관만이 혼에게서 멀찍이 떨어져서 그를 가만히 지켜보고 있었다. 드디어 내게 기회가 온 것이다.

나는 주저하지 않았다.

"혼아! 혼아!"

작은 목소리로 혼을 불렀다. 그러나 내가 서 있는 담벼락 너머와 동궁전 뒷마당은 동궁전 앞보다 거리가 더 멀었다. 그 때문에 혼은 내 목소리를 전혀 듣지 못하고 있었다.

어디선가 부엉이 소리가 들렸다. 혼은 내 목소리가 아닌 더 멀리 있는 부엉이의 소리를 듣고는 다시 고개를 들었다. 난 목소리 대신 손짓으로 그를 부를 생각으로 한 손을 높이 들었다. 그리곤 열심히 손을 흔들었다. 그때였다. 내 목으로 서늘한 칼끝이 닿았다. 나는 손을 흔들던 동작을 멈추고 칼이 겨눠진 방향으로 고개를 돌렸다. 그곳에는 번뜩이는 눈으로 날 향해 검을 겨누고 있는 동궁전 익위사가 서 있었다.

"누구냐!"

더 이상 혼을 부르기 위해 숨죽여 애를 쓸 필요가 전혀 없게 되었다. 익위사의 굵은 외침 한마디로, 혼은 물론이고 최 내관과 물러갔던 동궁전 지밀나인들까지 우르르 몰려나와 담벼락 앞에 선 나를 쳐다보게 되었으니 말이다.

제일 먼저 달려온 최 내관이 날 알아보고서는 익위사에게 검을 치우라고 말했다. 그러나 익위사는 요지부동이었다. 결국 혼이 지밀나인들과 함께 담벼락 쪽에 오고 나서야 익위사는 검을 거뒀다.

문제는 혼의 표정이었다. 나를 알아본 혼은 굳게 입을 다문 채 아무 말도 하지 않았다. 최 내관이 눈치 빠르게 아무 일도 아니라며 지밀나인들을 모두 물렸지만, 익위사는 여전히 나를 경계한 채 자리를 떠나려 하지 않았다. 익위사가 물러갈 생각이 없음을 알아챈 혼이 명령했다.

"물러가라."

"하오나, 저하."

혼의 안위를 걱정한 익위사는 바로 명을 따르려 하지 않았다. 그러자 혼이 화가 난 목소리로 익위사에게 소리쳤다.

"물러가라 하였다! 최 내관만 남으라."

"예, 알겠사옵니다."

화가 나 격앙된 혼의 목소리를 듣고 나는 풀이 죽었다. 중궁전에서 일어난 사태의 진실을 듣겠다는 핑계는 이미 어디론가 날아가버린 지

오래였다. 사실 난 혼을 보고 싶었던 것뿐이다. 그러나 화를 내는 혼을 보니 그는 나의 마음과는 다른 모양이다.

혼은 동궁전 담벼락 밖에서 나와 마주 선 채로 한동안 말이 없었다. 최 내관은 등불을 든 채로 그런 혼의 곁을 지키고 서서는, 있는 듯 없는 듯 아무런 소리도 내지 않은 채 고개만 숙이고 있었다. 나는 최 내관을 향해 도움을 청하는 눈빛을 계속 보냈다. 적어도 이 분위기를 무마할 한마디라도 해주길 바란 것이다. 그러나 이런 내 마음을 전혀 모르는지 최 내관은 여전히 말없는 등불 그 자체였다.

최 내관의 도움을 포기한 나는 다시 혼의 얼굴을 바라보았다. 혼은 여전히 인상을 쓴 채로 나를 노려보고 있었다. 그가 이런 눈빛으로 나를 보는 것은 처음이었기 때문에 난 바로 고개를 수그렸다. 그렇게 한참을 혼은 아무 말도 하지 않았다.

그때 추위에 오랫동안 노출되어 있던 탓인지 내 입에서 기침이 두어 번 터져 나왔다. 그 소리를 듣고 고개를 잠시 들었던 최 내관이 혼에게 말을 걸었다.

"저하. 날이 춥사옵니다. 그만 동궁전으로 드시지요."

최 내관의 말이 끝나기가 무섭게 혼이 나를 향해 호통쳤다.

"네가 왜 이곳에 있는 것이냐!"

혼의 호통에 최 내관은 한 걸음 뒤로 물러섰고 내 기침은 그대로 멈춰버렸다. 대신 딸꾹질이 시작되었다. 나도 어지간히 놀라긴 놀란 모양이다. 혼이 이처럼 화내는 것을 생전 본 적이 없기 때문이었다.

"끅. 끅."

난 멈춰보려 애를 썼지만 딸꾹질은 멈출 기미가 없다. 결국 나는 한 손으로 입을 틀어막은 채 최대한 딸꾹질 소리를 내지 않으려고 애썼다. 그때 그런 나를 보며 혼이 한숨을 길게 내쉬었다. 그러더니 조금은 부드러워진 목소리로 내게 물었다.

"얼마나 이곳에 있었던 것이냐?"

"아마 반 시진……. 끅. 반 시진쯤. 끅."

그러자 혼이 옆에 서 있는 최 내관을 돌아본다. 최 내관은 혼이 아무런 말도 하지 않았음에도 들고 있던 등불을 발치에 조심스레 내려놓으며 조용히 뒤로 사라졌다. 그제야 혼이 내게로 가까이 다가오더니 두 팔로 나를 끌어안았다.

"끅!"

또다시 놀랄 일이 벌어졌는데도 앞서 혼이 화낸 것보다는 덜한지 딸꾹질은 여전히 멈추지 않았다. 혼은 그런 나를 더욱 더 강하게 끌어안더니 한 손으로 내 등을 부드럽게 쓸어주며 말한다.

"많이 놀랐느냐?"

그의 목소리는 이제 평소와 같아졌다. 그러나 여전히 나는 딸꾹질을 계속하고 있었다.

"미안하다."

그의 사과와 함께 거짓말처럼 딸꾹질이 멈췄다. 그제야 그는 자신의 품 안에서 나를 놓아주었다. 나는 혼의 얼굴을 보았다. 그는 미소 짓고 있었다.

"혼아……."

다시 그가 이맛살을 찌푸리며 걱정스러운 투로 말한다.

"허락도 없이 한밤중 동궁전에 나타나는 것이 얼마나 위험한 일인지 모르느냐? 익위사는 동궁전에 침입한 자들을 내 허락 없이 벨 수 있는 권한을 가졌다."

걱정을 넘어서 속상함까지 묻어나는 그의 말에서 나는 방금 전 그가 왜 그렇게 화를 냈었는지를 깨달았다. 그가 나를 발견했을 때 익위사의 칼날이 내 목을 겨누고 있었다. 그러고 보니 그는 그것을 본 그때부터 표정이 좋지 않았다.

"몰랐어. 미안해. 그래도 화 안 났지?"

"화났느니."

그가 눈에 잔뜩 힘을 주며 강조한다. 그러나 나는 방금 전 그가 나에게 부드러운 말투로 말하던 것을 똑똑히 기억한다.

"에이~ 거짓말. 화 안 났지? 화났어도 이제 다 풀렸지?"

"아니라 하지 않느냐."

단호하게 부정하지만 방금 전까지 내 등을 쓸어주던 손길은 부드러웠다. 만약 화가 났다고 해도 그것은 모두 나를 걱정해서 그랬던 것이다. 걱정할 것이 사라진 지금은 화를 낼 이유가 없겠지.

"화내지 마아~."

나는 두 손으로 그의 한 손을 잡아 이리저리 흔들며 애교 있게 말했다. 그러자 그의 입에서 몇 번 피식거리는 소리가 나오더니 곧바로 시원스런 웃음이 터져 나온다. 그걸 본 나도 배시시 웃으며 말했다.

"웃잖아. 거봐, 화 풀렸네."

혼이 내가 잡지 않은 다른 한 손을 살짝 주먹 쥐더니 내 이마를 살짝 쳤다. 이에 놀란 내가 붙잡았던 그의 손을 놓자 그가 웃음을 그치더니 말한다.

"무엄하다."

나는 엄하게 나오는 그의 목소리와는 다르게 그의 입가를 가득 채운 미소를 보고는 잠시 눈을 동그랗게 떴다. 하지만 곧 그의 장난임을 알고는 당당하게 코웃음을 치며 말했다.

"예, 세자저하. 소인은 아주 아주 무엄한 계집입니다. 소인에게 어떤 벌을 주실런지요?"

혼의 입에서 웃음이 터진다. 나도 그런 그를 보며 웃음을 터트렸다. 그렇게 우리는 서로를 바라보며 한참이나 웃었다. 웃음을 그친 뒤 그가 내 한 손을 끌어당겨 소중하게 쥐더니 말했다.

"무슨 일로 이 늦은 시각에 동궁전까지 온 것이냐?"

웃으며 말하려던 나는 이곳에 오려고 했던 이유를 떠올리고는 입을 다물었다. 내 표정이 굳어지기라도 했는지, 혼이 궁금한 듯 나를 보며 다시 묻는다.

"무슨 일이 있는 것이냐?"

"그게 말이야……."

방금 전까지 분위기가 너무 좋았기 때문인지 어두운 이야기를 꺼내기가 어려워진다.

"말해 보거라. 무슨 일이냐?"

혼은 그런 나를 보며 더욱 걱정스러운 표정으로 내게 묻는다. 나는 잠시 눈동자를 이리저리 굴리다가 어렵게 말을 꺼냈다.

"중궁전에서 있었다는 일들을 들었어."

그제야 혼도 내가 하려는 말을 알아차렸는지, 잡았던 내 손을 조용히 놓아주었다.

"혼아, 너 아니지?"

대답은 바로 돌아올 것이라고 믿었다. 그건 소문이다. 난 아니다. 아마 인빈일 것 같다. 이런 말들이 나온다면, 나는 진짜 인빈이 그랬는지 확인해보겠다고 말할 것이다. 그럼 혼은 위험하다고 막으려고 하겠지. 여기까지가 내가 생각했던 것들이다.

그런데 혼은 내 시선을 피한다. 최 내관이 이미 지밀나인들을 모두 물려 한적하기 그지없는 담 너머의 동궁전을 한번 바라본다. 나는 아주 잠깐이지만 그가 내 시선을 피하는 것이 무섭다. 다시 혼이 나를 바라보며 웃음기 하나 없는 눈동자로 내게 말했다.

"내가 그랬다면 경민아, 너는 어찌할 것이냐."

철렁하며 심장이 내려앉는다. 동시에 내 머릿속이 복잡하게 돌아가기 시작한다. 역사에 기록된 공식적인 사실들이 지나가고, 쓸데없는 이야기로 가득 찼다고 생각해왔던 계축일기의 내용들이 진실이 되어 머릿속에 펼쳐졌다.

난 부정했다.

"아니야. 네가 그런 일을 할 리가 없어. 넌 그러지 않을 거야. 그렇지?"

"내가 그리하였다면, 너는 어찌할 것인지를 물었다."

혼이 다시 한 번 진지하게 물어온다. 나는 한쪽 손이 미세하게 떨려오는 것을 느끼고는 반대쪽 손으로 떨리는 손을 붙잡았다. 그러나 떨림은 멈추기는커녕 맞잡은 손으로까지 옮겨졌다.

아무리 생각해도 내가 아는 혼은 그런 일을 할 사람이 아니었다. 그를 사랑해서가 아니었다. 난 그를 믿었다. 그는 절대 그런 일을 할 사람이 아니었다. 자신의 권력 유지를 위해서 뱃속에 든 죄 없는 생명을 해치려 시도하다니. 내가 아는 혼은 절대 그런 사람이 아니었다.

"아니야. 내가 아는 혼이 너는 절대로 그런 짓을 할 사람이 아니야."

"나를 믿느냐?"

"물론이야. 아니, 설사 네가 그랬다고 하더라도 난 너를 믿을 거야. 끝까지."

내 말을 가만히 듣던 혼이 입을 연다.

"내가 그리하였다."

"뭐라고?"

"중궁전에서 일어난 사악한 짓들은 모두 내가 한 것이다."

놀란 나를 응시하며 혼이 잠시 뜸을 들이더니 말을 이었다.

"정확히는 내 사람이 그랬다. 그러니 이를 막지 못한 나 역시, 그 책임을 면할 수는 없겠지."

바로 내 머릿속에 떠오르는 인물이 있었다. 유자신(柳自新). 바로 세자빈 유 씨의 아버지이다. 그를 바로 떠올릴 수 있었던 것은 계축일기에서, 유자신이 그 누구보다도 대군의 탄생을 원하지 않아서 광해군과 함께 중전의 유산을 도모한 이로 나오기 때문이었다.

"빈궁마마의 아버지가?"

"그걸 네가 어찌 아느냐?"

혼이 놀라 되묻는다. 나는 곧바로 입을 닫았다. 당연했다. 어느 정도 추측은 남들도 가능하겠지만, 바로 집어낼 수 있는 건 어디까지나 내가 계축일기를 읽어 보았기 때문이다. 더욱이 계축일기는 지금 시점에서는 쓰이지도 않은 글이다.

"충분히 추측이 가능하잖아. 누구보다도 대군 아기씨의 탄생을 바라지 않는 사람은, 널 위하는 사람일 테니까."

"그런가……."

그가 씁쓸하게 웃는다.

"왜 막지 못했어? 아니, 왜 막지 않은 거야?"

"하지 말라는 내 명을 어기고 그가 먼저 일을 벌인 것이다. 그 이후에 기별을 보내 막아보려 했지만, 기별을 보낸 것이 알려지면 이 일에 내가 직접적으로 관여된 것으로 보일 수 있다더구나."

"누가?"

"빈궁이 그리 말했다. 그래서 중전께 해괴한 일이 일어날 수 있음을 미리 알려드렸다."

"중전마마에게 말했다고? 빈궁마마의 아버지가 그랬다는 걸?"

"누가 그러한 짓을 벌인 것인지는 말하지 않았다. 그러한 일이 일어날 것이라는 말을 들었다고만 전해드렸을 뿐이다."

혼이 역시 그 나름대로 행궁 안에서 일을 수습하려고 한 것이다. 어찌 보면 지금 혼의 말은 중전과 연합전선이라도 만들었다는 것처럼 들린다.

그러고 보니 혼이 나에게 중전의 곁에 가지 말라고 말을 했던 때는 이미 중전이 회임한 뒤였다. 유자신은 그때부터 일을 꾸미고 있었던 게 분명하다. 아마 혼에게도 이를 말해서 협조를 구했을 것이다. 그러나 혼은 반대했다. 그리고 그 시기 우연히 만난 내게 중전과 어울리는 것을 원치 않는다고 말했다. 유자신이 벌인 일이 괜히 중궁전을 출입하는 양화당 나인인 나에게 영향을 줄까 봐 걱정한 것이다.

그제야 나는 그때 중전의 곁에 가지 말라던 말의 뜻을 이해할 수 있었다. 그는 나를 걱정한 것이다. 어쨌든 기분은 좋아졌다. 혼은 중전에게 해코지하는 것을 원치 않는다. 막으려고 했고 그 와중에 나를 지키려고 한 것이다.

"그래서 나에게 중전마마의 곁에 가지 말라고 한 거야?"

혼이 미소로 긍정의 답을 보낸다.

"나는 네가 중전마마를 싫어하는 줄 알았어."

"내가 말이냐? 어찌하여 그리 생각한 것이냐?"

"아, 아니. 그건 내가 잘못 생각했었나 봐."

'역사가 그렇다고 했거든. 그 나쁜 역사가!'

"그런데 혼아. 만약 중전마마께서 대군이라도 낳으시면 말이야. 그 대군이 널 위협하는 존재가 될 수도 있겠지?"

아주 예민한 질문이었다. 다시 말해 적통 대군의 탄생으로 그의 세자 자리가 위협받을 수 있다는 내 말. 혼의 장인인 유자신이 일을 벌인 것도 다 이 맥락에서 시작된 것이다. 혼이 이를 모를 리가 없다.

혼이 잠시 주변을 살핀다. 동궁전은 행궁에서도 서쪽 가장 끝에 위치하고 있어서 평소에도 한적하다. 그렇다고 해서 마음 편히 말을 꺼낼 수 있는 곳은 아닐 것이다. 나는 방금 내가 내뱉은 말을 실수라고 단정지었다.

"미안, 내가 또 괜한 소리를……."

내가 사과하며 말을 돌리려고 할 때였다. 혼의 입이 열렸다.

"나는 아바마마를 믿는다."

"전하를?"

"그렇다."

그가 나를 보며 고개를 끄덕이더니 말을 이었다.

"왜란이 일어나기 전, 나는 그저 모두에게 잊혀진 후궁 소생의 왕자일 뿐이었다. 그때에 나는 내가 세자가 될 것이라고는 감히 짐작도 하지 못하였지. 당시 아바마마께서는 그 누구보다도 신성군을 가까이 하셨고 모두가 그렇듯 나 역시 신성군이 세자가 될 것이라 여겼다. 그러나 난으로 인해 의주로 떠나야 했던 날 나는 세자가 되었다. 아바마마께서 친히 나를 택하셨지."

도성을 버리고 서둘러 떠나야 했던 상황. 그 긴박한 상황 속에서 혼은 세자가 되었다.

"그 후 난 조선의 세자로서 최선을 다해 분조에 전념하였다. 나를 세자로 택하신 아바마마를 실망시키지 않기 위해서였지. 허나 난이 끝난 후에도 명나라에서는 나를 세자로 인정하려 하지 않았다. 이 때문에 대간(臺諫)에서는 끊임없이 이를 문제 삼아 왔으나, 아바마마께서는 이를 듣지 않으시고 나를 처음과 같이 세자로 두셨다. 그러니 나는 믿는다. 나를 세자로 책봉하신 아바마마를 믿는다."

선조를 믿는다고?

그는 정말 선조의 속내를 모르는 걸까? 아니면 알면서도 애써 부정하고 있는 것일까?

왜란 이후로 선조는 자신보다 유능하고 뛰어난 혼을 시기하고 미워했다. 명나라뿐만 아니라 주변 신하들까지, 아들인 혼과 선조를 왕위와 권력을 두고 다투는 경쟁상대로 만들었다. 이것이 후대의 역사가 말하는 선조에 대한 평가이다. 후대의 학자들 대다수가, 만약 선조가 몇 년이라도 더 살았더라면 혼이 조선의 왕이 될 수 없었을 것이라고 말한다. 내 아빠조차도 그렇게 말했다.

아빠가 틀렸던 걸까?

아니, 아빠는 옳았다. 분명히 아빠가 그랬다. 시간여행자들조차도 그 시대로 가서 두 눈으로 일어나는 일들을 볼 수 있지만, 그 시대 사람들의 마음속까지는 들여다볼 수 없다고. 그런데 나는 지금 혼의 마음을 그의 입을 통해 직접 듣고 있다. 역사가 기록하지 못했던 그의 속마음을 지금 그가 나에게 들려주고 있다.

혼은 자신의 아버지인 선조를 믿고 있다. 혼은 선조를 믿고 신뢰하고 있는 것이다. 그러나 그 믿음은 잘못되었다. 선조는 절대 혼의 세자 자리를 지켜줄 마음이 없다. 아직까지 혼이 세자의 자리에 있을 수 있는 것은 선조는 물론이고 그 누구도 몇 년 뒤 영창대군이 태어난다는 사실을 모르기 때문이었다. 미래에서 온 나를 제외하고는.

영창대군이 태어난 뒤부터는 선조는 지금과는 전혀 다른 태도로 혼을 대할 것이다. 그것은 그에게 큰 상처와 모욕이 된다. 아직 일어나지 않은 그 일들을 전혀 모르는 혼은 그런 부친인 선조를 믿는다고 내게 말하고 있다.

혼의 모친인 공빈은 그를 낳고 얻은 병으로 죽었다. 그를 정치적 수단으로 이용하고자 양자로 맞아들인 의인왕후도 죽었다.

이제 그가 왕실 가족 중에서 유일하게 믿고 있는 아버지 선조. 하지만 선조는 영창대군이 태어나기 이전부터 그에게 어떤 애정조차 남아 있지 않았다. 그리고 그것을 혼이 깨닫는 날이 오게 된다면? 그의 곁에는 아무도 없는 것이나 마찬가지일 것이다. 그 사실에 마음이 너무나도 아프다.

난 두 팔로 그의 허리를 감싸 안았다.

"경민아?"

예상치 못한 행동에 혼이 당황한다. 나는 터져 나올 것 같은 울음을 애써 참으며 그의 품에서 나지막이 말했다.

"혼아. 난 널 믿어. 네가 무얼 하든 난 널 믿을 거야. 그리고 언제나 네 편이 되어줄게."

지금의 혼은 내 말을 이해하지 못한다. 그저 이런 말을 하는 내가 싫지는 않은지 두 팔로 나를 끌어안는다.

"대체 어디서 그런 말들을 배운 것이냐?"

"치, 몰라. 여기서 배운 말이야. 그러니 다 네가 가르친 거야."

새침하게 말을 내뱉는 내 이런 말투가 싫지 않은지 혼이 큭큭대며 웃었다. 그러더니 부드러운 목소리로 내 귓가에 속삭인다.

"나의 마음 역시 너와 같다. 그러니 내가 왕이 된 후에는 결단코 너를 나의 곁에서 떠나지 못하게 할 것이다."

멀지 않은 곳에서 또 부엉이 소리가 들려왔다. 그것은 마치 혼과 나를 위한 노랫소리처럼 느껴졌다.

봄비가 내리면

봄이 오고 유독 비가 잦아졌다. 인빈의 꾀병은 이제 진짜 병이 되어 버렸다. 혈기를 부리며 나인들을 괴롭히는 것도 몸이 아프니 다 귀찮아졌는지 양화당은 조용해졌다.

인빈의 수라는 아예 고정적으로 하루에 한 번으로 줄었고, 퇴선간의 일도 대부분 수라를 가져오는 수라간 나인들이 도맡아 해준 덕분에 내 일이 없어졌다. 엄밀히 말하자면 수라간 나인들이 인빈이 남긴, 대부분 손도 안 댄 수라상을 차지하기 위해서 날 퇴선간에서 몰아낸 것이지만, 덕분에 나는 처소에서 지내는 시간이 많아져 편했다.

비가 내리던 어느 봄날. 난 내 처소의 문을 활짝 열어 놓고 빗소리를 듣고 있었다. 그러다 갑자기 세어진 빗줄기에 밖으로 고개를 돌렸을 때였다. 누군가 빗속을 뚫고 우리 처소 쪽으로 바쁘게 뛰어오는 소리가 들려왔다. 미영이였다. 미영이는 신도 벗지 않은 채 마루로 올라와 나를 불렀다.

"언니! 아니, 운영이도 있었네."

짚으로 엮어 만든 비옷을 걸치고 있었음에도 얼마나 빨리 뛰어왔던 것인지 미영이의 옷은 거의 다 젖어 있었다.

"무슨 일이야, 그렇게 비에 젖고?"

"언니, 큰일 났어요. 큰일이요!"

"큰일이라니? 무슨 일인데?"

"중전마마께 일이 생겼어요!"

나와 운영은 서로의 얼굴을 번갈아 쳐다보며 영문을 모르겠다는 표정을 지었다. 그러자 미영이가 숨도 제대로 못 돌리며 말을 쏟아냈다.

"서청에 도착하셔서 계단에 오르시는데 갑자기 계단석이 흔들리며 미끄러져 넘어지셨대요!"

"중전마마께서?"

"네! 그런데 그때 서청을 나오시던 세자저하께서 넘어지시는 중전마마를 붙잡으시려다가 함께 계단 아래로 떨어지셨대요."

미영이는 얼굴을 찡그리며 울상을 짓는다. 나는 중전과 함께 혼도 계단 아래로 떨어졌다는 말에 자리에서 벌떡 일어서 안절부절못했다. 그런 나를 대신해서 운영이 미영이에게 물었다.

"그래서 두 분 모두 어찌 되셨는데요?"

"세자저하께서는 동궁전에서 치료를 받으신다고 들었는데, 문제는 중전마마야. 중전마마께서 산통이 시작되셨대."

"아직 산달이 보름 정도 남지 않으셨나요?"

운영의 말에 미영이가 고개를 끄덕이며 답했다.

"아마 그럴걸."

"벌써 산통이시라니 이거 큰일이네요. 이러다가 중전마마와 아기씨까지 잘못되신다면……."

"그런 말 어디 가서 절대 하지 마. 지금 전하께서 난리도 아니셔. 서청까지 중전마마를 뫼신 가마꾼들부터 시작해서 중궁전 나인들까지 줄줄이 의금부로 끌려갔어."

"일이 커지려는 모양이에요."

이 순간 내 머릿속에는 온통 혼의 생각뿐이었다. 모두들 중전에게로 정신이 쏠려있을 지금, 나에겐 무엇보다도 혼의 상태가 중요했다. 안절부절못하던 나는 결국 비옷을 챙기고 자리에서 일어섰다.

"언니, 어디에 가려고요?"

미영이가 그런 나를 보며 묻는다. 운영 역시 눈을 동그랗게 뜨고 날 쳐다보았다. 난 그녀들을 안심시키기 위해 말했다.

"궁궐 상황 좀 살펴보고 오려고."

"저도 같이 갈까요?"

미영이가 따라오겠다고 나섰다. 그러나 나는 고개를 저었다.

"중전마마의 일로 궐이 어수선할 테니, 넌 어서 돌아가는 게 좋겠어."

"언니 말이 맞아요. 그럴게요."

미영이가 고개를 끄덕이며 운영에게 인사하더니 빗속을 뚫고 사라졌다. 나는 미영이와는 반대 방향인 동궁전이 있는 쪽으로 서둘러 발

걸음을 옮겼다.

빗속을 뚫고 쉴 새 없이 동궁전 담벼락 앞까지 걸어온 나는 가쁜 숨을 내쉬었다. 담벼락 너머에서 분주하게 움직이고 있는 동궁전 지밀나인들이 보였다. 평소와는 다르게 빗속에서도 동분서주하는 나인들의 모습이 나를 더욱 불안하게 만든다. 혼은 괜찮은 걸까?

내가 양화당의 나인만 아니었다면, 적어도 중궁전의 나인이었다면 조금은 당당하게 동궁전으로 들어가 그의 상태를 물어볼 수 있었을지도 모른다. 그러나 지금 나에게는 그럴 권한도 권리도 없다. 난 그저 양화당 퇴선간 나인일 뿐이다. 감히 세자저하를 뵈러 갈 수도 없고 세자저하의 안부를 물을 수도 없는 신분이다. 이렇게 멀리서나마 그를 걱정할 수밖에 없는.

그는 왜 세자인 걸까, 그는 왜 광해군인 걸까.

우리 둘만 함께 있을 때는 그는 그저 '이혼'일 뿐이다. 그러나 이렇게 그를 걱정하며 불안해지는 마음을 달래려 담벼락 밖에 초조하게 서 있는 내 처지를 깨닫고 나니, 그와 나 사이의 분명한 거리를 느끼게 된다. 그것은 나를 아주 많이 슬프게 만든다.

돌아가자. 괜찮을 거야. 그는 괜찮을 거니까.

스스로를 위로하며 애써 발걸음을 돌리려고 하지만 발이 떨어지지 않던 그때였다. 동궁전에서 나오는 의녀 한 명이 보였다. 급히 전각을 내려오는 걸로 보아서는 동궁전 안에 무슨 일이 있는 것 같았다. 나는 그 의녀에게 혼의 소식을 물어보겠다고 결심했다. 다행히 동궁전 출입문에서 나오는 그녀와 마주칠 수 있었다.

"동궁전에서 나오는 길인가요?"

"예, 그렇습니다만."

의녀는 내가 나인임을 알고는 정중하게 답을 했다. 난 그런 그녀의 태도에 안심하며 주저 없이 혼의 안부를 물었다.

"세자저하께서는 어떠신가요?"

그때였다.

"여기서 뭘 꾸물거리고 있느냐? 분명 서둘러 내의원에 가서 약재를 가져오라 하지 않았느냐?"

"예, 상궁마마님."

의녀는 더 이상 나에게 아무런 답을 주지 않고는 바삐 가버렸다. 그 뒤로 모습을 드러낸 동궁전 지밀상궁이 나를 위아래로 훑어보더니 알아보는 눈치다.

"넌 혹시……."

내가 동궁전에 왔던 날 밤 나를 보았던 동궁전 지밀나인 중의 한 명인 걸까? 상궁이 내게 할 말이 있는지 무언가 말을 꺼내려던 바로 그때였다. 동궁전 전각 마루 위에서 여자의 낭랑한 목소리가 들려왔다.

"박 상궁. 의녀는 갔는가?"

"예, 빈궁마마."

박 상궁이라 불린 동궁전 지밀상궁이 돌아서서 동궁전 전각 쪽을 향해 몸을 숙인다. 그때 마루 위에 서 있던 세자빈 유 씨의 눈이 나와 마주쳤다. 뒤늦게 고개를 숙였지만 이미 그녀는 내 얼굴을 본 뒤였다.

"너는 누구냐? 보아하니 동궁전 나인은 아닌 듯한데."

세자빈이 무언가 생각이 났는지 안색을 바꾸며 내게 말했다.

"이리 가까이 오너라."

세자빈의 말에도 내가 주저하자 옆에 서 있던 박 상궁이 대신 나를 재촉했다. 난 천천히 세자빈이 있는 동궁전 전각 아래로 다가갔다. 그러자 세자빈이 다시 한 번 내게 말했다.

"이리로 올라오너라."

생각지 못했던 세자빈의 말에 나는 당황한 눈으로 그녀를 바라보았다. 그러나 그녀의 얼굴에서는 한 점의 흐트러짐도 찾아볼 수 없었다. 그때 전각의 양옆으로 서 있던 지밀나인 중 한 명이 내게 다가오더니 두 손을 내밀었다. 내가 입고 있는 비옷을 달라는 것 같았다.

세자빈이 나에게 올라오라고 하는 곳은 다름 아닌 동궁전. 나는 세자빈의 명이 떨어졌음에도 쉽사리 그 위로 발을 올릴 수가 없었다. 내가 주저하는 사이 세자빈은 더 이상 아무 말도 하지 않고 돌아섰다. 그러자 내 옆으로 다가온 지밀나인이 말했다.

"어서 오르시게. 빈궁마마께서 부르지 않으셨는가?"

지밀나인이 재촉하고 나서야 나는 비옷을 벗어 그녀에게 건네고는 전각 위로 올라섰다. 내가 올라온 것을 본 세자빈이 혼의 처소 쪽으로 걸어갔다. 그러자 그 앞을 지키고 서 있던 나인 두 명이 서둘러 문을 열어 길을 내어주었다. 세자빈은 그곳 문지방을 넘기 전에 나를 다시 한 번 돌아보며 말했다.

"따라오너라."

만약 그녀가 나를 기억하고 있다면 가례 날 후원에서 보았던 바로 그때일 것이다. 혼과 함께 있던 나는 그녀에게 내가 양화당 나인이라는 것을 말했었다. 그녀가 그것을 기억하고 있다면, 왜 지금 혼의 처소로 들어오라고 말하는 걸까?

두 개의 문을 더 지나고 나서야 가장 안쪽에 있는 마지막 문 앞에 도착했다. 세자빈이 그곳에 서자, 문 앞에 서 있던 최 내관이 나를 알아보고는 놀란 눈으로 세자빈과 내 안색을 번갈아 살폈다. 그러나 세자빈은 그런 최 내관의 얼굴을 보았음에도 전혀 미동도 하지 않은 채 그에게 말했다.

"아뢰게."

"예에, 빈궁마마. 세자저하, 빈궁마마 드시옵니다."

"드시라 하게."

안에서 평소와 다름없는 혼의 목소리가 들렸다.

그때까지도 평정심을 겨우 유지하고 있던 내 가슴이 혼의 목소리에 콩닥거리며 뛰기 시작했다. 혼의 명에 닫혀 있던 마지막 문이 열리고 세자빈이 먼저 안으로 들어섰다. 나는 고개를 숙인 채 그녀의 뒤를 따라 혼의 처소 안으로 들어섰다.

처음으로 발을 디딘 동궁전 세자의 처소 안은, 내게는 너무나도 익숙한 향으로 가득 차 있었다. 그것은 분명히 이곳이 혼의 처소이며 지금 내가 그와 한 공간에 있다는 사실을 다시 한 번 확인시켜 주었다.

"의녀가 내의원에서 약을 가져오면 그것을 사흘 동안 하루에 한 번씩 복용하시면 되옵니다."

"나는 괜찮다 하지 않았는가. 몸을 보호하는 약이라면 이미 다른 것을 복용하고 있네."

"하오나 세자저하. 다행히 아무런 해를 입지 않으셨사옵니다만, 비 오는 날에는 사람의 기가 허해져 없던 병도 생기옵니다. 그러니 며칠 간만이라도 내의원에서 올리는 탕제를 복용하시옵소서."

고개를 숙이고 있는 내 귀에 내의원 의관으로 보이는 사람과 혼의 대화 소리가 들려왔다. 나보다 앞서 안으로 들어간 세자빈이 먼저 자리에 앉았고 나는 그런 그녀 뒤에 조용히 자리를 잡고 앉았다.

"강 의관. 수고가 많소."

"황공하옵니다, 빈궁마마. 저하께서 다치지 않으셔서 천만다행일 따름이옵니다."

세자빈이 의관과 간단한 대화를 끝마치자 혼이 세자빈에게 물었다.

"중궁전에서 기별이 있었소?"

"아직 없사옵니다. 아직 산통 중이신가 보옵니다."

무언가 말을 더 하려던 세자빈이 옆에 있는 의관을 의식했는지 말을 멈추자 혼이 의관을 향해 말했다.

"그만 물러가게."

"예, 세자저하."

의관이 자리에서 일어서자 그동안 의관에게 가려져 보이지 않던 한 어린아이가 내 눈에 들어왔다. 대여섯 살로 보이는 그 아이는 의관이 일어서는 것을 눈으로 좇다가 세자빈의 뒤에 앉아있는 나를 발견했다. 나와 눈이 마주친 그 아이는 처음 본 나를 보고 고개를 갸웃거리다가,

이내 씨익 웃어보였다.

“지야, 왜 그리 웃느냐?”

혼이 그 아이의 이름을 불렀을 때 나는 그 아이가 세손 이지(李祗)라는 걸 알게 되었다.

“새 나인이 왔어요.”

또랑또랑한 눈으로 이지는 날 가리켰다. 나는 어린 이지의 시선을 좇아 혼이 날 바라볼 것이라 여기고는 급히 고개를 숙였다. 내 예상대로 혼은 날 보았다. 그러나 그에게서는 다음 말이 나오지 않았다. 놀란 것일까? 아니면 고개를 숙인 나를 알아보지 못한 것일까?

“지야. 그만 나가자꾸나.”

세자빈이 자리에서 일어서며 말하자 이지는 순순히 자리를 털고 일어나 세자빈의 손을 잡고는 혼의 처소를 나갔다. 이제 우리 두 사람만 남게 되자, 혼이 날 불렀다.

“경민아.”

그가 부르는 내 이름에 난 천천히 고개를 들었다. 혼은 애처로운 눈빛으로 나를 바라보고 있었다. 난 제일 먼저 그의 겉모습부터 살폈다. 의관은 그가 다치지 않았다고 말했지만 혹시라도 모를 다친 곳이 있을까 봐 걱정이 된 것이다. 다행히도 외관상으로는 그는 평소와 다름없는 모습이었다.

“빈궁이 너를 동궁전으로 불렀느냐?”

난 고개를 저으며 말했다.

“아니. 네가 다쳤다는 말을 듣고 동궁전으로 왔는데……. 빈궁마마가 왜 그러셨는지는 모르지만……. 미안해, 오면 안 되는 거였는데…….”

눈에서 구슬 같은 눈물방울이 뚝뚝 떨어졌다. 새삼스럽지만 다짜고짜 여기까지 와버린 것을 후회한 것이다.

혼은 화가 난 것 같지 않았다. 그러나 내가 벌인 일은 무모했다. 누구보다도 그의 앞날을 잘 알고 있는 나였다. 그러니 이 시기에는 그에게 절대 큰일이 일어나지 않을 거라는 걸 잘 알면서도 나는 그가 너무나도 걱정스러워 이곳까지 오고 말았던 것이다.

지금이야 그가 멀쩡한 것을 두 눈으로 확인했지만, 만약 그가 누워 있는 모습이라도 보게 되었다면 난 어떻게 행동했을까? 이곳이 동궁전이고 감히 내가 발을 들이면 안 된다는 것을 알면서도 말이다.

혼이 자리에서 일어서더니 바로 내 앞에 와 앉았다. 그는 우는 나를 위로하듯 한 손으로 내 손을 잡고 다른 손으로 내 얼굴에 묻은 물기를 닦아주려 했다. 그러나 나는 고개를 저으며 거절했다.

“그만 갈게. 괜찮은 거 봤으니까.”

내가 자리에서 일어서려고 하자, 혼이 내 손을 붙잡았다. 그때였다. 밖에서 최 내관의 목소리가 들렸다.

“저하, 정원군마마 드셨사옵니다.”

갑작스런 정원군의 등장에 난 자리를 피하려고 했다. 정원군이 왜 혼을 찾아왔는지는 몰라도 동궁전에 있는 나를 보고 반가워할 리가 없다는 사실은 분명했으니까. 그러나 정원군이 들었다는 말에도 혼은 날 잡은 손을 놓으려 하지 않았다. 오히려 더 힘주어 잡고는 날 보며 섭섭하다는 듯 말한다.

"오랜만에 보았는데, 이리 가려느냐?"

난 아무 대답도 주지 못했다. 그가 있다는 사실만 빼면 동궁전은 내게 가시방석이나 마찬가지인 곳이었다. 거기에 정원군까지 왔다.

"드시라 해라."

최 내관이 혼의 말을 받자 바로 문이 열렸다.

사모관대 차림의 정원군이 정중한 걸음걸이로 조심스럽게 들어오다가, 혼이 원래 있어야 하는 자리를 벗어나 나와 마주앉은 모습을 보고는 걸음을 멈췄다. 그러나 혼은 그런 정원군을 보면서도 당황한 기색이 전혀 없다.

"어서 오너라."

오히려 반갑게 인사하며 정원군을 맞아 자신의 옆으로 불렀다. 그러나 정원군은 나를 곁눈질로 슬쩍 보더니 내 뒤쪽으로 멀찍이 떨어져 앉았다. 혼은 그제야 정원군이 내 존재를 불편해한다고 여기는지 날 잡았던 손을 놓아주며 말했다.

"너도 내 소식을 듣고 오는 것이냐?"

"앞서 중궁전에 들렀다가 저하께서도 다치셨다는 말을 들었사옵니다. 하여 동궁전으로 온 것입니다."

혼은 자신을 걱정해서 왔다는 정원군을 보며 웃는다. 지금 이 동궁전에서 웃지 않는 사람은 방금 전까지 울었던 나와, 전혀 예상치 못한 곳에서 나를 만난 정원군이다.

"이 아이도 내가 걱정이 되어 동궁전으로 왔다는구나. 양화당 나인으로 있으면서 대체 무슨 생각을 하는 건지."

이번엔 혼이 나를 돌아보며 웃는다. 그의 웃음에는 거짓이 없다. 말로는 나를 걱정해서 꾸중하면서도 속으로는 그의 소식을 듣고 달려온 날 보며 기쁜가 보다. 그러나 정원군은 말이 없다.

혼은 알고 있을까? 정원군이 날 향해 품었던 마음을 말이다. 아니, 모를 것이다. 안다면 내 이야기를 이렇듯 솔직하게 털어놓지 못하겠지. 알게 되면 혼은 어떻게 할까? 지금처럼 정원군과 허물없이 지낼 수 있을까?

난 사실 혼이 그 사실을 알게 되는 것이 두려웠다. 이복동생이라고 해도 정원군은 그의 친아우였다. 더군다나 인빈의 아들임에도 불구하고 가깝게 지내는, 그러면서 유일하게 나와의 과거 인연을 들려주었던 그런 아우이기도 했다. 날 향한 정원군의 마음을 혼이 알게 된다면……. 그래도 혼은 나를 사랑할까?

"중전마마께서는 어떠하시더냐?"

"여전히 산통 중이라 하십니다. 그곳에 있던 의관의 말로는 오늘 안으로 해산하실 것 같다고 하였습니다."

"오늘 안으로……."

혼이 말끝을 흐린다. 나는 그가 다 하지 못한 말 속에서 다른 사람들은 모를 걱정을 느꼈다. 나는 알고 있다. 오늘 태어나는 아이는 공주이다. 그러나 그 사실을 모르는 사람들, 특히 대군이 태어났을 때 그 영향을 받을 사람들에게는 적지 않게 불안한 소식일 것이다.

"동궁전 앞에서 의관을 만났사온데 큰 탈은 없으시다 들었습니다."

"그러하다."

"다행이옵니다. 그럼 신은 이만 물러가겠사옵니다."

정원군이 이 자리가 불편한지 먼저 일어선다. 그러자 혼이 그를 불러 세웠다.

"부야, 네게 부탁할 것이 있다."

"하명하시지요."

"이 아이가 양화당의 나인이니 네가 양화당에 데려다주어라."

전혀 예상하지 못했던 혼의 말에 난 급히 입을 열었다.

"아니, 난 괜찮아. 아, 아니! 괜찮사옵니다. 세자저하."

당황한 나는 정원군이 있다는 사실도 잊은 채 편하게 말하려다가 서둘러 말을 바로잡았다. 혼은 껄껄 웃더니 고개를 저었다.

"네가 양화당 나인이니 정원군과 함께 동궁전을 나서야 말이 없을 것이다."

그의 말은 맞았다. 세자빈이 직접 들어오라고 했지만 난 양화당의 나인이었다. 양화당 나인이 상전 인빈의 명도 없이 동궁전에 왔다는 사실은 나쁘든 좋든 소문거리가 될 수 있었다. 그러나 정원군과 함께 동궁전을 나선다면 소문 자체가 생길 명분을 잃어버린다. 이를 이해한 나는 늦게나마 고개를 끄덕였지만 문제는 정원군의 속마음이었다.

다행히 정원군은 별말이 없었다. 난 돌아서는 정원군을 따라 자리에서 일어섰다. 혼의 처소의 문이 열리고 정원군이 먼저 나서는 것을 본 나는 혼을 돌아보며 작은 목소리로 인사했다.

"나 갈게."

혼은 웃음으로 나를 배웅했지만, 무언가 아쉬운지 조금 전까지 내 손을 잡았던 손을 살짝 들었다가 다시 거둬들였다. 문이 열리자 눈에 보이는 동궁전 지밀나인들 때문인 듯싶었다.

난 아직 그에게 할 이야기도 많이 남았고 그저 단순히 같이 있기만 해도 좋았다. 그러나 우리에게는 당장 함께하기에는 신분의 제약 그 이상의 장애가 존재하는 것 같다.

그가 왕이 된다면 그 장애들이 모두 사라질까?

내가 동궁전의 나인이 된다면 지금보다는 나아질까?

동궁전을 나와서도 비는 여전히 그칠 기미가 없어 보였다. 정원군은 비가 쏟아지는 하늘을 한번 올려다보더니, 곧 지밀나인으로부터 입모(笠帽, 비가 올 때 갓 위에 덮어 쓰던 고깔모양의 물건)를 건네받았다. 그가 입모를 쓰고서도 비옷 하나를 관복 위에 겹쳐 입었을 때, 그의 뒤에 서서 비옷을 건네받은 나를 향해 모든 동궁전 지밀나인들의 시선이 쏠렸다. 정원군도 이를 눈치챈 것인지 나를 돌아보며 말했다.

"가자."

그가 말한 것은 단 한 마디뿐이었다. 그러나 그 말을 듣는 순간 난 보았다. 의심스런 눈길로 나를 쳐다보던 시선들이 모두 한순간에 흩어지는 것을 말이다. 아마도 그들은 양화당 나인인 내가 홀로 동궁전에 온 것을 의아하게 여기고 있었던 게 분명했다. 그러나 정원군의 단 한마디로 인해서 자연스럽게 '정원군의 명으로 동궁전에 먼저 와 있던 것' 정도로 상황이 얼추 마무리된 듯싶었다. 나에게는 다행한 일이었다.

동궁전을 나와 한참을 걷는 동안 나는 평소보다도 더 지나다니는 나인들이 없다는 것을 깨달았다. 심지어 정원군과 나의 걸음 소리마저도 빗소리에 묻힐 정도로, 사람의 소리는 아무 데서도 들리지 않았다.

정원군은 말이 없었다. 사실 이 상황에서 말을 주고받으며 걸어간다는 것 자체가 더 말이 안 될지도 모른다. 내가 종이의 보모상궁 시절에는 그것이 당연하고도 자연스러운 일상이었다. 그러나 지금은 아니다. 그의 마음을 알게 된 뒤, 더욱이 내가 혼을 사랑하게 된 뒤로는.

멀지 않은 곳에 양화당의 지붕이 보이자 정원군이 걸음을 멈추고는 나를 돌아보았다.

"오늘과 같은 일은 다시는 없을 것이오. 그러니 조심하시오."

무뚝뚝하게 들려오는 정원군의 목소리에 나는 고개를 들었다. 그러나 쏟아지는 비를 사이에 두고 그의 얼굴을 보기란 쉽지 않았다. 짚으로 만들어진 비옷이 온통 젖어 앞을 제대로 볼 수가 없었다. 내가 손으로 눈앞을 가린 비옷을 들어 올렸을 때 그는 나에게서 고개를 돌린 후였다. 나는 오늘 일에 대한 고마움을 표해야겠다고 생각했다.

"고마워요."

내 인사가 돌아선 그를 붙잡았다. 내게서 고개를 돌렸던 그가 다시 나를 돌아본 것이다. 그제야 나는 그와 눈을 마주쳤다. 그의 얼굴은 비로 인해 핏기가 가신 듯 창백하게만 보였다.

"동궁전 나인으로 가길 원한다면 내 어머님께 부탁해 보겠소."

그의 목소리는 몹시 차갑게 느껴졌다. 난 그를 보며 고개를 저었다.

"고맙지만 괜찮아요."

오늘 동궁전 분위기를 보건대, 동궁전 나인으로 간다고 해서 마음 편히 혼과 함께 있는 건 불가능하게 느껴졌기 때문이다. 무엇보다 아직 급할 건 없었다. 당장 그를 보고 싶을 때마다 볼 수 없다는 것이 힘들긴 하지만.

"동궁전 나인으로 갈 마음이 없는 것이오?"

비웃음이 섞인 듯한 정원군의 말에 나는 고개를 갸웃거렸다. 빗소리 때문에 내가 잘못 들은 게 아닌가 싶었다. 그러나 그의 얼굴은 충분히 비웃음을 지을 만큼 화가 나 보였다.

"그건 아니지만……."

아직 때가 아니라고만 생각했을 뿐이다.

"언제까지 양화당에 남아 내 마음을 이토록 괴롭게 할 생각인 거요?"

"정원군마마……."

나는 그의 눈에서 분노를 읽었다. 그런 그에게 대체 어떤 말을 해야 할지 몰랐다. 내가 양화당에 남아있는 것이 그를 힘들게 하는 걸까? 양화당에 있다고 해서 그와 마주치는 일이 잦았던 것도 아니었다. 하지만 그것이 그에게 부질없는 작은 희망이라도 준 것이었다면…….

그는 아랫입술을 살짝 깨물고는 한참 나를 노려보더니 말했다.

"여기서부터는 혼자 돌아갈 수 있을 거요."

그는 이 말을 끝으로 나를 두고는 돌아서서 가버렸다.

밤이 깊도록 비가 그치지 않았다. 금방 그칠 듯이 빗줄기가 가늘어졌다가도 금세 폭풍우라도 불러올 듯 거세게 몰아친다.

어떻게 봄비가 여름 장마보다도 사나울까? 가끔씩 천둥소리도 들렸다. 천둥소리에 겁을 내는 성격은 아니었기 때문에 크게 신경 쓰지는 않았지만, 혼자 있어서인지 천둥소리만으로도 잠이 오지 않았다. 오히려 시간이 갈수록 정신만 더욱 또렷해졌다.

나는 자는 것을 포기하고 일어났다. 불을 켜고 책을 펼쳤다. 그러나 마음이 뒤숭숭한지 책이 읽히지 않았다.

중궁전에서 별다른 소식은 없다. 아직 산통 중인지 아니면 공주님이 태어났는지도 전혀 알 수가 없다. 내일 아침에 양화당으로 간다면 알 수 있을 것이다. 그보다도 먼저 운영이 일찍 입궐한다면 수문장에게서 전해 듣고 내게 알려줄지도 모른다. 그러나 나는 공주가 태어날 것이라는 걸 알고 있었다.

지금 중궁전의 사람들은 물론 임금님까지 젊은 왕비를 걱정하며 내의원을 닦달하고 있겠지만 나는 알고 있었다. 전날 혼에게 아무 일도 없었듯이 누군가 크게 다치거나 변하는 사실은 없을 거라고. 그런데 이상하게도 잠이 오지 않는다. 시간이 갈수록 불안감만 커진다. 마치 내가 오늘 태어날 아기가 대군인지 공주인지도 모르는 채 기다리는 사람 같았다. 내가 혼의 편에서 그를 위하는 위치에 있기 때문일까?

근본을 알 수 없는 내 마음속 두려움의 정체는 얼마 지나지 않아 알게 되었다. 세자빈 유 씨가 나를 찾아온 것이다. 유 씨는 단 한 명의 상궁만을 대동한 채 나타났다.

세자빈이 내 처소로 들어오자 그녀를 따라온 상궁은 우리 둘만 남겨둔 채 문을 닫고 밖으로 나갔다. 세자빈은 처음 이곳을 찾아왔던 날의 혼처럼 방 이곳저곳에 시선을 주었다. 그러나 아주 잠깐이었다. 그녀는 애초에 내 처소에는 관심도 없다는 듯 바로 나에게로 시선을 돌렸다.

"자네가 나를 도와줘야겠네."

세자빈의 말투는 낮에 동궁전에서 날 하대하던 것과는 완전히 달라져 있었다. 사실 세자빈인 그녀는 일개 나인인 나에게 하대하는 것이 맞다. 그러나 단둘이 있게 되자 달라진 그녀의 말투에 난 무슨 일이 일어났음을 직감하고 물었다.

"소인이 빈궁마마를 도와드리다니요?"

그녀는 긴 한숨을 숨기지 않고 내쉬며 말했다.

"저하께서 사라지셨네."

'혼이 사라졌다고?'

나는 믿을 수가 없다는 듯 세자빈의 얼굴을 보았다. 그녀가 만약 그 말에 앞서 한숨을 내쉬지 않았다면, 난 그녀가 이 놀라운 사실을 너무나도 태평하게 말한다고 생각했을 것이다. 그러나 그녀의 한숨을 들은 나는 얼핏 여유까지 느껴지는 그녀의 표정에 깊게 숨겨진 초조함을 읽었다.

"저하께서는 낮에만 하더라도 동궁전에 계시지 않으셨나요?"

난 낮에 혼을 만나게 해주었던 세자빈을 떠올리며 물었다. 내 물음에 세자빈이 답했다.

"그러하네. 그때까지 저하께서 동궁전에 계셨지. 또한 한 시진 전 공주께서 태어나셨을 때만 하더라도 그러셨네."

나는 세자빈의 입을 통해서 중전이 공주를 낳았다는 소식을 확인했다. 묘한 기분이었다. 훗날 '정명공주'라고 불리게 될, 대비가 된 중전 김 씨와 함께 이 행궁에 유폐될 공주의 탄생. 그녀의 인생과 내 인생은 직접적인 관련이 없다고 생각하지만, 중전이 말한 대로 날 공주의 보모상궁으로 삼는다면 내 생각과는 상황이 많이 달라질 수 있었다.

"그 뒤에는요? 언제 사라지신 거죠?"

"공주께서 탄생하셨다는 소식을 듣고 인사를 올리려 나와 함께 중궁전으로 가셨네. 허나 저하께서는 중궁전에 들지 않으시고 발길을 돌리셨다네."

중궁전으로 간 혼이 발길을 돌렸다는 세자빈의 말에 나는 분명 그가 사라진 데는 이유가 있을 거라고 느꼈다.

"그곳에서 무슨 일이 있었던 건가요?"

세자빈이 눈을 깜빡이더니 잠시 시선을 다른 곳으로 돌렸다.

"전하께서 기뻐하시는 소리를 들었네. 나도 함께 들었지."

왕비의 첫 소생인 만큼 선조는 당연히 기뻤을 것이다. 그러나 단지 그것만으로 혼이 발걸음을 돌리진 않았을 것이다.

세자빈의 말이 이어졌다.

"그리고 전하께서 말씀하시기를……."

세자빈이 잠시 머뭇거렸다. 함부로 꺼내기 어려운 말인지 아니면 내가 양화당 나인이라는 사실을 상기했기 때문인지는 모르겠다. 그러나 후자라면 이미 세자빈은 날 만난 것 자체가 큰 실수를 한 것이나 다름없었다.

마침내 결심한 듯 세자빈이 나를 바라보며 말했다.

"'네가 대군이었다면 너로 하여금 이 나라의 대통을 잇게 하였을 것이다.'라고."

일순간 세상의 모든 소리가 사라져버렸다. 나를 잠 못 이루게 괴롭혔던 빗소리조차도 들리지 않았다. 조금 뒤 내 귀는 잃어버린 소리를 되찾았지만, 동시에 나는 마치 달리기를 막 끝냈을 때처럼 뛰는 심장을 느꼈다.

나는 놀랐다. 두 손이 떨렸다. 떨림을 멈추기 위해 두 주먹을 불끈 쥐었을 정도였다.

단지 선조가 딸이 태어난 것을 아쉬워한 소리에 놀랐기 때문이 아니었다. 난 3년 뒤 중전이 낳은 대군도 왕이 되지 못한다는 것도 이미 알고 있다. 혼은 왕이 될 것이다. 그 끝이 어떤 결말을 맞이하든 그것은 역사이고, 그가 가진 운명이었다. 그러나 지금 내가 경기라도 일으킬 듯 놀라는 이유는 다른 곳에 있었다. 난 이 순간 느낀 것이다. 중궁전 밖에서 그 말을 들은 그 순간의, 혼의 마음을 느낄 수 있었던 것이다.

그는 단지 놀라기만 하지 않았을 것이다. 그 말을 듣는 순간 그가 느꼈을 감정들. 좌절과 슬픔. 고통과 괴로움.

'나는 아바마마를 믿는다. 나를 세자로 책봉하신 아바마마를 믿는다.'

동궁전 담 옆에서 그가 나에게 했던 말.

그날 밤의 일을 떠올리며 난 혼이 사라진 이유를 깨달았다. 여자인 나는 아버지와 아들의 관계라는 걸 다 알 수 없다. 그러나 한 가지는 분명했다. 혼이 마음에 큰 상처를 받았다는 것. 그리고 그 상처를 준

이가 다름 아닌 그가 그 누구보다도 신뢰한 아버지라는 것.

세자빈도 그걸 알고 있는 것일까?

"어째서 빈궁마마께서는 양화당 나인인 소인에게 그런 것을 말씀하시는 거죠?"

세자빈은 주저하지 않고 바로 답을 주었다.

"자네가 단지 양화당의 나인이었다면 내 이런 말을 하지 않았겠지. 밤을 틈타 이리 자네를 찾아오지도 않았을 것이고."

혼이 사라졌다는 사실을 나에게 알리러 직접 온 세자빈. 그녀는 오늘 낮에 동궁전에 불쑥 나타난 나를 별다른 질문 없이 혼과 만나게 해주었다. 그녀는 혼과 나에 대해서 얼마나 알고 있는 것일까?

이러한 내 마음속 의문들이 가득 담긴 눈빛을 읽은 것인지 세자빈이 다시 입을 열었다.

"내 자네의 도움을 필요로 하는 것은, 저하의 마음속에 있는 이가 바로 자네라는 걸 알기 때문이네."

나는 놀란 눈으로 세자빈을 응시했다. 그러나 세자빈의 두 눈에선 한 점의 흐트러짐도 찾아볼 수가 없었다. 혼은 그녀의 남편이었다. 그런데 지금 그녀는 그녀가 아닌 다른 이를 마음에 품었다는 남편의 이야기를 아무렇지도 않게 한다. 그것도 그녀의 남편이 마음속에 품었다는 여자 앞에서.

나는 그녀에게 무슨 대답을 해야 할지 혼란스러웠다. 또 대답보다는 그녀에게 묻고 싶은 말이 아주 많았다. 언제부터 혼과 나의 사이를 알게 되었는지, 혼이 그 이야기를 직접 해주었던 것인지, 그래서 세자빈인 그녀는 나를 어떻게 생각하는지 이 모든 것이 궁금했다. 그러나 그것을 물을 수는 없었다. 그녀가 먼저 말을 해주기 전까지는 물어서는 안 될 것만 같았다.

세자빈이 짧은 한숨을 내쉬며 말했다.

"자네를 처음 본 건 국혼이 있던 날 후원에서였지. 내 말이 맞는가?"

난 대답 대신 고개를 살짝 끄덕였다.

"후원의 그 대나무가 우거진 곳은 저하께서 홀로 사색에 잠기실 때 종종 머무시는 곳이네. 저하께서 그곳에 계실 때에는 최 내관조차도 허락 없이는 곁에 머물지 못하지. 이는 동궁전의 나인들이라면 모두 알고 있는 것이네. 그런데 양화당 나인인 자네가 그곳에 저하와 함께 있었지. 저하께서는 자네를 향해 미소를 짓고 계셨네."

그때 난 혼의 허락을 받고 그곳에 있었던 게 아니었다. 내가 혼을 찾아서 그곳으로 간 것이었다. 하지만 세자빈의 추측은 틀리지 않았다.

"무엇보다 내가 확신하게 된 것은 자네가 양화당 나인이라는 말을 듣고부터네. 저하의 생모이신 공빈께서는 생전에 인빈이 자신을 저주하여 죽게 될 것이라는 말을 하셨지. 저하께서는 그 말을 믿지는 않으셨지만, 그 때문인지는 몰라도 인빈은 물론 양화당과 관련한 이라면 그 누구와도 말조차 섞지 않으셨네. 왜란 전까지만 하더라도 정원군도 가까이하지 않으셨으니 말이야. 그런데 저하와 함께 후원에 있었던 자네가 양화당의 나인이라는 걸 알고 나는 깨달았네. 그 어떤 여인도 들어갈 수 없는 그분의 마음 안에 자네가 있다는 사실을."

난 이해할 수가 없었다. 아무리 어린 나이부터 정략결혼으로 그와 맺어졌다지만 혼의 마음 안에 내가 있다는 사실을 저렇게 무책임할 정도로 담담하게 말할 수 있는 것일까?

"그러니 자네가 나를 도와야겠네. 지금 저하께서 어디에 가셨는지 내 짐작 가는 곳이 있어 일단 정원군을 보냈네만, 자네가 저하를 설득하는 것이 더 나을 듯하네. 내 자네를 위해 가마를 준비해 두었으니 서둘러 그곳으로 가주게. 저하를 뵙고 설득하여 조속히 행궁으로 돌아오실 수 있도록 해주게."

난 세자빈이 나를 출궁시키기 위한 조치를 모두 취하고 나서야 내 처소로 온 것임을 깨달았다. 그렇게 본다면 그녀는 꽤 치밀한 여자임이 분명했다.

"저하를 위한다면 서두르게나. 저하께서는 내일 아침 해가 뜨면 만조백관을 이끄시고 서청으로 가셔서 주상전하께 공주마마의 탄신을 축하하는 하례를 올려야 하네. 그 시각 저하께서 궐에 계시지 않는다면 큰 사단이 날 걸세."

세자빈이 무슨 생각을 하고 있는지 난 도무지 이해가 가지 않았다. 진정으로 혼을 위한다면 그가 받은 마음의 상처를 먼저 걱정해야 하는 것이 순서였다. 그런데 그녀는 혼의 실종으로 벌어질 일들만 앞서서 걱정하고 있었다. 나를 보내 설득하겠다는 것도 같은 맥락으로 보였다. 마음만 먹는다면 자신이 직접 궁궐을 나가 혼을 설득해서 돌아오고도 남을 듯 보였다. 오로지 혼이 내일 아침 하례식에만 무사히 참석해줄 수 있다면 말이다.

왕실의 혼인이란 이런 것일까? 왕실에서 무슨 일이 벌어지지만 않는다면 인간으로서 그 사람이 가진 감정 따위는 무시하고 넘어가는 게 당연한 것일까? 그리고 혼도 그런 궁궐에서 자라고 성장했으니, 그 역시 이를 당연하게 여길까?

'아니야.'

만약 그가 뼛속까지 그런 왕실 사람이었다면 그는 중궁전에서 선조의 말을 엿듣고서도 궁궐을 나가는 대신에 태연하게 축하인사를 올렸을 것이다. 하지만 그는 그 누구보다도 따뜻한 마음을 가졌다. 그러기에 아픔을 느끼고 이 궁궐을 떠난 것이다. 그렇지만 세자빈은?

"빈궁마마."

세자빈의 말이 끝나기도 전에 내가 그녀를 불렀다.

"마마께서는 어떻게 그리 아무렇지도 않게 세자저하의 마음 안에 소인이 있다는 이야기를 하실 수 있는 거죠? 소인이 밉지 않으세요?"

나로서는 굉장히 어렵게 꺼낸 말인데도 세자빈은 무심할 정도로 무뚝뚝하게 되묻는다.

"내가 왜 자네를 미워해야 하지?"

"부인이시잖아요."

그녀는 마치 내가 잊고 있었던 사실을 상기시켜준 것처럼 고개를 끄덕였다.

"아, 그런 이유가 있었군."

그러더니 나를 다시 한 번 돌아보며 말했다.

"나 역시 '세자빈'이 아닌 '군부인'으로 불리던 때가 있었네. 애초부터 저하와의 혼인은 나는 물론이거니와 내 부모님께서도 원하신 바가 아니었네. 허나 나는 모든 조선의 여인들이 그러하듯 내 운명이라 여기고 받아들일 수밖에 없었지. 내가 저하와 혼례를 올리던 때만 하더라도 저하는 전하에게서조차 잊혀진, 죽은 후궁의 둘째 아드님이셨을 뿐이니."

"그럼 저하를 연모하지 않으신다는 건가요?"

"연모? 물론 연모하네. 그분은 내 지아비가 아니신가. 왜란이 일어나고 그분이 세자가 되신 후, 난 그분의 숨겨진 자질을 알아보았네. 그때부터 그분을 연모하게 되었지. 그러나 자네가 그분께 품은 연모의 마음과는 다른 것일 게야."

"다르다니요? 무엇이 다르다는 거죠?"

"자네는 나인이라 모르는가? 저하께서 이 나라의 대통을 이으시는 것은 내 친정의 안위가 달린 일이네. 저하께서 세자로 책봉되신 후 나의 아버님은 부원군이 되셨지. 그리고 나의 세 오라버니들도 약관의 나이에 당상관의 자리에 오르셨네. 우리 가문은 출세가도를 달리게 되었단 말일세. 이 모든 것이 가능했던 것은 내가 세자빈이기 때문이었지. 그러니 앞으로 내 친정의 부귀영화를 지속시키기 위해서라도, 저하께서 무탈하게 보위를 물려받으셔야 하네."

그녀는 내가 혼에게 품고 있는 마음이 자신의 마음과는 같은 말이지만 다른 의미를 품고 있다고 말했다. 하지만 난 그것이 완전히 다르다고 생각했다. 어찌 보면 세자빈은 그릇이 큰 여인이었다. 자신의 남편 마음속에 다른 여인이 들어오더라도 크게 괘념치 않겠다고 말할 수 있으니 말이다. 그러나 반대로 그녀는 오직 본인 친정의 부귀영화만을 위하는 여인이었다.

대답을 잃은 나를 향해 그녀가 묻는다.

"자네는? 자네는 부귀를 바라고 저하 곁에 있는 것이 아닌가?"

"예?"

"저하께서는 보위에 오르실 분이네. 바로 이 조선의 왕이 되실 분이시지. 그리 되시면 자네가 과거 어떠한 신분이었든 간에 저하의 여인으로서 그에 상응하는 지위를 얻게 될 걸세."

그녀의 눈에서는 여전히 흔들림이란 찾아볼 수가 없었다.

'혼은 세자빈의 이런 속마음을 이미 알고 있었던 걸까?'

"소인이 저하께 원하는 건 부귀영화 같은 게 아니에요. 소인이 원하는 건……."

그와 함께할 수 있는 시간. 그 시간 속에서 느낄 수 있는 행복이다.

"그것이 무엇이든 나와는 상관이 없네."

이번에는 세자빈이 내 말을 끊었다.

"저하께서 무탈하게 보위에 오르실 수만 있다면, 그로 인해 내 친정의 부귀영화가 지속될 수만 있다면, 그분의 마음 안에 어떤 여인이 머무르든 그것은 내 관심 밖의 일이네."

이것이 조선시대 왕실 여인이 가지는 일반적인 사고일까? 가문의 영광을 위해 왕실과 정략결혼을 한 여인들이 가진 생각일까? 나는 도무지 이해할 수가 없었다. 지금 누구보다도 힘들어하고 있을 사람은 혼, 바로 그일 텐데!

살아있었다면 그 누구보다도 그를 위하고 사랑해주었을 어머니.

수많은 아들들 중 한 명으로만 그를 바라보는 아버지.

그리고 친정의 권력을 위해 그의 아내로 살아가는 여인.

이것이 역사에는 기록되지 않은 그의 진짜 이야기인 것일까?

나는 더 이상 세자빈과의 대화를 계속하고 싶지 않았다. 난 그녀보다 앞서 자리에서 일어서며 말했다.

"지금 바로 가겠어요. 어딘가요? 짐작 가신다는 그곳이요."

모든 것을 숨김없이 말해줄 것 같던 세자빈이 막상 내가 가겠다고 나서자 머뭇대며 말했다.

"그곳은 양주 성묘네."

"양주 성묘요?"

양주라고 하면 경기도 양주를 말한 것 같은데 성묘는 처음 듣는 곳이었다. 내가 고개를 갸웃거리자, 세자빈이 말했다.

"저하의 어머님이신 공빈의 묘소를 그리 부르지."

다시 빗소리가 세자빈과 나의 침묵 사이에 놓였다. 혼은 그의 어머니에게 간 것이다. 이 비를 뚫고. 대체 그는 무슨 생각이었을까? 아니, 그의 생각을 먼저 파고들려 애쓰기 전에 나는 너무나도 마음이 아팠다.

그는 지금 많이 힘들 것이다. 힘든 시기에 제일 먼저 가고 싶은 곳이 바로 죽은 어머니의 곁이라니. 지금 그에게 위안을 줄 수 있는 사람은 이 행궁 안에 아무도 없는 걸까. 이 순간 마음이 다쳤을 그를 위로할 공간이 이 궐 어디에도 없는 걸까.

"양주는 해가 뜨기 전엔 돌아올 수 없잖아요."

자동차가 있으면 반나절이면 충분할 거리이지만, 지금은 조선시대다. 만약 자동차가 하늘에서 뚝 떨어진다고 하더라도 포장도로 하나 없는 조선시대에 하루 안에 양주를 다녀온다는 것은 무리였다.

"빗길엔 더더욱 불가능하지."

아무렇지도 않게 내 말을 받으며 세자빈이 자리에서 일어섰다. 나는 영문을 모르겠다는 얼굴로 세자빈을 바라보았다. 세자빈이 그런 내 얼굴을 보며 말했다.

"도성에서 양주로 가는 길에는 중랑천이 있네. 비가 오면 쉽게 물이 불어 사람이 다닐 수 없게 되지. 아마도 이 정도 비라면, 저하의 길은 중랑천에서 끊겼을 걸세."

이상했다. 세자빈조차도 이 빗속에 양주로 갈 수 없다는 것을 알고 있는데 혼이 이를 모를 리가 없었다.

"괜한 객기라도 부리고 싶으셨는지도 모르지. 왜란 때 팔도를 누비며 훌륭하게 분조를 이끄시던 저하이시네. 그런 저하께 이 행궁은 좁아터진 새장과도 다름없으시겠지……."

'새장.'

난 세자빈의 추측성 짙은 말에 동조하지 않을 수가 없었다. 오래전 혼도 내게 궁궐이 숨쉬기조차 힘든 곳이라고 말했었다. 그에게 이 궁궐은 그러한 곳이었다.

거친 빗줄기가 내가 타고 있는 가마의 지붕을 사정없이 내리쳤다. 종종 멀지 않은 곳에서 들려오는 천둥소리에 내가 탄 가마를 지고 가는 가마꾼들이 놀라 움찔거렸다. 그때마다 가마는 심하게 흔들거렸다. 난 이런 빗속을 뚫고 양주로 가는 길이었다.

세자빈의 도움을 받아 행궁을 나오자마자 기다리던 가마에 올라타고 도성 사대문을 지났다. 사대문은 이미 닫힌 시각. 이 때문에 세자빈의 명을 받은 동궁전 박 상궁이 나와 동행했다.

난 그녀가 생각시 시절부터 궁궐에서 지낸 나인 출신이라고 여겼는데, 알고 보니 그녀도 본방나인 출신이었다. 그녀는 도성은 물론 인근 지리에도 익숙한지 비옷 하나만을 걸친 채 가마꾼들보다도 한 발 앞서서 길잡이 노릇을 했다.

도성을 빠져나가 박달재를 지났을 무렵, 나는 가마의 아주 조그만 틈으로 밖을 내다보았다. 밖은 민가들로 빼곡했던 도성 안의 풍경과는 많이 달랐다. 밭과 나무들이 많았고 민가는 잘 보이지 않았다. 그렇게 한참을 가다 어느 순간 가마가 멈췄다.

가마 안에서는 옆만 볼 수 있을 뿐, 앞을 내다볼 수가 없기 때문에 나는 목적지에 도착한 것인지 알 수가 없었다. 가마가 멈춰 선 이유를 묻기 위해 박 상궁을 부를 생각으로 가마의 창을 넓게 열었다. 그러나 쏟아져 들어오는 빗줄기에 창을 다시 닫을 수밖에 없었다. 처음 행궁을 떠날 때에 비해서는 빗줄기가 많이 약해져 있었지만, 여유롭게 창을 열 수 있을 정도는 아니었다. 결국 난 창을 닫은 채 박 상궁을 부르려 했다.

그때 멀지 않은 곳에서 덜컥거리며 작은 문이 열리는 것과 비슷한 소리가 났다. 나는 박 상궁을 부르려던 것을 그만두고 그 소리에 신경을 집중했다.

"정원군마마."

박 상궁이 정원군을 부르는 목소리가 들렸다. 난 문이 열리는 소리에 맞추어 등장한 사람이 정원군이라는 걸 알아차렸다. 세자빈은 정원군을 보냈다고 했다. 이곳이 어디인지는 모르지만 정원군이 나왔다면, 혼이 있을 가능성이 컸다.

"동궁전 박 상궁 아닌가? 자네가 어찌 여기에 있는가?"

빗속을 뚫고 정원군의 목소리가 내가 탄 가마와 가까워졌다.

"빈궁마마의 명으로 왔습니다."

"빈궁마마의 명이라니? 혹 지금 가마에 타신 분이 빈궁마마이신가?"

정원군이 놀라는 목소리로 되묻는다. 그러나 박 상궁이 곧바로 아니라고 답했다.

"아닙니다. 이 가마 안에 있는 이는 빈궁마마가 아니십니다."

나는 이제 내가 내려야 할 때가 되었다고 생각했다. 이런 상황에서 정원군을 만나는 게 어느 정도 껄끄러운 건 사실이었다. 그러나 우리 두 사람이 이곳에 있게 된 목적은 같았다. 혼을 위해서였다. 그가 그것을 우선순위로 생각해준다면 가마 안에서 나오는 나를 보고도 크게 놀라진 않을 것이라 여겼다.

난 가마의 문을 두드려 나가겠다는 의사를 표시했다. 그러자 가마 옆에 서 있던 가마꾼이 가마의 문을 열어주었다. 하지만 몰아치는 비 때문에 곧바로 나갈 수가 없었다.

바로 앞에는 초가가 한 채 있었다. 쏟아지는 비로 어둑어둑했지만 초가 안에 켜둔 불빛이 문밖까지 새어 나와 주변을 밝히고 있었다. 정원군은 바로 그 앞에 서 있었다. 그는 방금 전까지 그 초가 안에 있었던 것인지 비옷을 대충 걸친 채 서 있다가 나를 보고는 놀란 눈을 했다.

난 그런 정원군과 잠시 눈을 맞추었다가 주변으로 시선을 돌렸다. 혼이 이곳에 있을 것이라고 생각했기 때문이었다. 그러나 혼은 보이지 않았다.

혼을 찾으러 가마를 나가야겠다고 생각하며 빗물 가득한 땅 위에 한 발을 올려놓았을 때였다. 정원군이 곧장 내가 있는 가마로 다가오더니, 말없이 자신의 비옷을 벗어 나에게 걸쳐주었다.

가마 밖으로 나온 나는 이제 아무것도 걸치지 않은 채 비를 맞고 있는 정원군을 쳐다보았다. 아주 잠시 그의 눈이 서글퍼 보였다. 그가 쓴 갓 덕분에 비가 그의 얼굴로 몰아치지는 않았지만, 갓 안으로 스며든 빗물이 그의 얼굴선을 타고 흐르는 것을 본 내가 뒤늦게 놀라 말문을 열었다.

"비가!"

그러자 그는 내게서 고개를 돌리더니 박 상궁을 향해 말했다.

"자네는 돌아가 최 내관에게 저하께서 이곳에 계시다고 전하고 모시러 오라 하게."

"예, 마마."

말을 마친 정원군은 초가로 걸어가 처마 밑에서 비를 피했다. 박 상궁은 나를 남겨둔 채로 가마꾼과 그곳을 떠났고, 난 처마 밑으로 간 정원군의 옆으로 다가가 섰다.

초가를 등지고 주변을 살피자 비에 잔뜩 젖은 능수버들과, 주막을 뜻하는 한자가 적힌 천이 나무에 걸린 것을 볼 수 있었다. 나는 이곳이 주막이라는 것을 알고는 정원군을 돌아보았다. 바로 그와 눈이 마주쳤다. 내가 주변을 살피는 동안 그의 시선은 줄곧 나에게 머물러 있었던 듯했다.

"여기는 양주로 가는 길목인가요?"

그의 시선이 부담스러웠는지 내 입에서 뚱딴지같은 소리가 나왔다. 그러나 그는 대답하지 않았다. 그의 눈동자가 살짝 움직였을 뿐 여전히 날 바라보고 있었다. 결국 난 주막에서 유일하게 불이 켜져 있는 방으로 시선을 돌리며 다시 한 번 그에게 물었다.

"저하께서 이곳에 계신가요?"

"그렇소."

두 번째 물음에 정원군에게서 답이 돌아왔다. 불이 켜진 방에 혼이 있는지를 물어보기 위해 내가 정원군을 돌아보았을 때였다. 그가 나를 보며 먼저 입을 열었다.

"들어가 보시오. 저하께서 저곳에 계시니."

"다른 사람은 없나요?"

"저하의 신분이 드러나서는 아니 되기에, 내가 모두 물려놓았소."

"그랬군요."

정원군이 확인해주자마자 나는 주저 없이 방으로 다가가 문고리를 잡아당겼다. 문은 처음 내가 가마 안에서 들었던 문소리와 같은 소리를 냈다. 내가 도착하기 전까지 정원군은 이 방 안에 있었던 것이 틀림없었다. 그렇다면 혼도 분명 이곳에 있을 것이다.

내 키보다도 조금 더 낮은 문의 높이 때문에 나는 고개를 숙이고 들어가야 했다. 다행히도 안은 내가 허리를 펴고 일어설 수 있을 정도로 높았다. 대신 세 사람의 성인이 간신히 누울 정도로 좁았다.

그곳에 혼이 있었다.

혼은 문을 등지고 주안상 옆에 앉아있었다. 주안상 위에 놓인 단 한 개의 촛불만이 유일하게 이 방 안을 밝히는 빛이었다. 혼은 도포 차림이었고 갓은 쓰지 않고 있었다. 대신 그의 것으로 보이는 갓이 방의 한쪽에 걸려있었다.

"부야."

내가 주변을 살피는 동안 문소리를 들었을 혼이 나를 돌아보지 않은 채 정원군을 찾았다.

"이 방문주(方文酒)의 향이 그윽하니 참 좋구나. 어서 와서 잔을 받거라. 오늘은 세자가 아니라 형님이 주는 잔이니라."

"혼아……."

약간 취기가 오른 듯 들리는 그의 목소리에 내가 그를 걱정스럽게 불렀을 때였다. 거침없이 술잔을 들어 올리던 혼이 손을 멈칫하더니 도로 술잔을 주안상 위에 올려놓고는 뒤로 돌았다. 날 발견한 혼은 놀란 얼굴이었다.

"경민아……."

나는 곧바로 그의 곁으로 다가가 앉았다. 그는 여전히 놀란 얼굴로 나를 뚫어져라 쳐다보고 있었다. 아마도 내가 이곳에 있다는 것이 믿기지 않는 것 같았다.

"네가 어찌 여기에 있는 것이냐?"

그런 그를 보며 나는 너무나도 마음이 아팠다. 누가 보더라도 모든 것을 다 가진 것과 다름이 없는 조선 세자의 자리. 그는 그 자리를 10년이나 굳건히 지켜왔다. 그는 그것이 자신이 가진 자질에 앞서, 부왕인 선조가 그 자신에게 가진 애정과 신뢰 덕분이라고 여겨왔다.

그러나 상황은 달라졌다. 선조가 새로 맞아들인 중전 김 씨는 공주를 낳았다. 그리고 그녀는 몇 년 뒤 아들을 낳을 것이다. 결론만 놓고 보자면 결국 혼이 조선의 왕이 된다는 사실을 나는 알고 있다. 그러나 선조가 더 오래 살았더라면 왕위는 그가 아니라 적통인 영창대군의 손에 떨어질 수도 있었다는 후대의 평가도 알고 있다. 그것을 생각했을 때 앞으로 있을 혼을 향한 선조의 냉대는 지금부터가 시작이었다. 그는 앞으로도 수년을 싸워내야 했다. 다름 아닌 자신의 친아버지와.

"동궁전에 갔더니 없더라? 그래서 물어물어 찾아왔지."

나는 최대한 환하게 미소 지으며 말했다. 그러자 내 미소를 바라보는 그의 입가에도 자연스레 미소가 찾아왔다.

"이곳까지 말이냐? 이곳 중랑천까지?"

"중랑천이 아니라, 양주까지라도 갔었을 거야."

양주라는 단어를 꺼내 놓고 실수했다 싶었다. 그가 어머니의 묘소에 가려고 했다는 사실은 어디까지나 세자빈을 비롯한 주변 사람들의 추측이었다. 그는 이전에도 힘들 때 어머니의 곁을 종종 찾았을 것이다. 혼은 지금 그가 어머니 묘소엘 가려고 했었다는 사실을 내가 모를 거라고 생각했을 것이다. 그런데 내 입으로 다 불고 말았으니.

내 미소를 따라 그의 입가에 번져나가던 미소가 일순간 씁쓸하게 변해버렸다.

"알고 있었느냐?"

난 잠시 고민하다가 답했다.

"당연하지. 하지만 양주는 다음에 가고 지금은 궁궐로 돌아가자. 다들 걱정하고 있어. 세자빈마마도, 정원군마마도……. 그리고 나도."

그가 바닥에 닿은 내 두 손을 부드럽게 잡아끌었다.

"내가 많은 이들을 근심시킨 모양이구나. 하물며 너에게까지."

그가 지금 안고 있는 가장 큰 고민은 무엇일까? 왕이 될 수 있을지, 앞으로 그의 인생이 어떻게 될지, 앞으로의 사실을 들려주어서 그의 마음이 편해질 수 있다면 당장이라도 그에게 말해주고 싶었다.

'혼아, 넌 왕이 될 거야. 이 조선의 왕이 될 거라고. 그러니 슬퍼하지 마. 슬퍼하지 마, 혼아. 이깟 일에 슬퍼하지 말란 말이야.'

그가 흘릴 수 없는 눈물이 내 두 눈에서 떨어졌다. 앞으로 그에게 일어날 일들을 이야기해줄 수 없다는 답답함이 내 눈물의 양을 늘렸다.

"내가 그랬잖아. 내가 약속했잖아. 네가 힘들 때 곁에 있어주겠다고. 그런데 왜 나에게 말 안했어? 왜 말도 안 하고 여기에 있는 거야?"

속상한 마음에 목소리가 한층 높아지고 말았다. 어쩌면 이런 나를 보며 혼은 내가 화를 낸다고 생각할지도 몰랐다. 그를 바로 보며 웃을 수가 없어서 지금 흘리는 눈물이라도 닦기 위해 그에게서 고개를 돌렸을 때였다. 그가 두 팔로 나를 끌어안았다. 나는 그의 품 안에서 눈물을 훔쳐냈다.

"미안하구나."

"치, 미안한 건 알아? 그러니까 앞으로 다신 그러지 마. 알았지?"

그는 대답 대신에 나를 더욱 깊숙이 끌어안았다. 난 그러한 그의 행동으로 충분히 답이 되었다고 생각하고는 한 손으로 그의 넓은 등을 쓸어주며 달랬다.

"자, 돌아가자. 빨리이."

그가 내 말투에 어깨를 들썩이며 웃더니 이내 나를 놓아주었다. 나는 그가 웃었다는 사실에 마냥 기쁘기만 했다. 울적했던 그였지만 지금은 기분이 한층 나아진 듯 보였다. 나는 그와 눈을 맞췄다. 그는 짙은 잿빛 눈동자가 반이 가려질 정도로 미소 짓고 있었다.

"경민아."

"응?"

"내가 세자가 아닌 광해가 되어도, 나와 함께하겠느냐?"

그는 웃고 있지만 나름 진지하게 나에게 물음을 던진 것이었다. 그러나 그 물음을 듣자마자 내 입에서는 피식 웃음이 터져 나왔다. 그러자 미소 짓던 그의 미간에 주름이 살짝 잡혔다.

내 웃음이 그를 언짢게 했는지도 모르겠다. 하지만 지금 그의 물음은 정말로 우스운 것이었다. 내가 무엇보다 염려한 것은 지금 그가 세자 자리에서 물러나게 될까 걱정하고 있지는 않을까 하는 것이었다. 그런데 그는 혹시 자신이 세자가 아니게 된다면 내가 자기를 떠날까 걱정하고 있었다니. 그것은 내겐 웃음이 나올 정도로 쉬운 질문이었다.

"경민아."

미간만 찌푸려진 게 아니고 그의 마음도 찌푸려지는 모양이다. 나를 부르는 그의 목소리가 퍽이나 불안하게 들린다. 나는 다시 터져 나오려는 웃음을 간신히 참은 채 그를 향해 환한 미소를 보여주었다.

"당연하지! 너무 당연한 걸 물으니 웃음이 안 나올 수가 없네. 혼아, 내가 널 연모하는 건 네가 세자라서가 아니야."

연모라는 단어가 이 조선에서는 꽤나 큰 의미일 텐데도, 그래서 쉽게 말할 수 있는 말이 아닐 텐데도 지금 내 입에서는 쉽게 나온다. 아마도 내게는 '사랑'이라는 단어보다는 의미가 더 멀리 느껴져서인 것 같았다. 어쨌든 지금의 그에게는 '사랑'보다 더 빨리 마음에 닿을 수 있는 단어가 '연모'라고 나는 생각했다. 그래서 난 거리낌 없이 '연모'라는 말로 지금의 내 마음을 표현했다. 게다가 왠지 그것이 '사랑한다'고 말하는 것보다는 조금 덜 부끄럽게 느껴지기 때문이었다.

"네가 세자이기 때문에 내가 널 연모했다면, 넌 이미 오래전에 나에게서 '저하' 소리를 들었을걸, 혼이가 아니라. 이제 알겠어?"

걱정으로 찌푸려졌던 그의 미간이 서서히 풀리기 시작했다.

"잘 들어둬. 난 네가 세자가 아니라 이런 주막의 주인이 된다고 해도 너와 함께할 거야."

나는 그의 한 손을 들어 내 손바닥 위에 놓고는 다른 한 손으로 그 손등을 탁탁 두드렸다. 내 마음의 답은 다 했다는 종결의 의미이기도 했지만, 이제 그만 자리를 털고 일어나 궁궐로 돌아가자는 신호이기도 했다. 그러나 그는 전혀 일어날 기색이 없어 보였다. 오히려 입을 굳게 다물고 방금 전 내 손이 한 움직임을 물끄러미 쳐다보고 있었다.

"안 가?"

더 이상 웃음기라고는 찾아볼 수 없는 그의 굳은 얼굴 앞으로 난 고개를 이리저리 움직이며 물었다. 분명 그의 기분이 풀렸다고 생각했는데……. 내 착각이었나? 방금 전 내 대답이 그를 만족시키지 못한 것일까? 아니면 비유가 잘못되었을까? 주막 주인이 아니라 포졸 정도는 말했어야 하는 걸까?

속을 알 수 없는 그의 얼굴을 멀뚱히 응시하던 그때였다. 그의 그림자가 서서히 내 몸을 덮어오더니 일순간 그의 입술이 내 입술에 닿았다. 그러자 내 머릿속을 가득 채우던 잡다한 생각들은 모두 날아가 버렸다. 그리고 안도감이 찾아왔다. 내 대답이 그를 만족시켰음을 확신했기 때문이었다.

이 방에 들어오면서 느꼈던 그윽한 술의 향기가 알싸하고 달달한 술의 맛으로 변해 내 입술에 전해졌다. 그가 술을 마셨다는 건 알고 있었다. 그런데 입맞춤으로 그 향이 전해지다니……. 독특하고도 재미있는 경험이었다. 나는 그만 그를 밀어낸 채 웃음을 터트리고 말았다. 그런데 나와 마찬가지로 웃음을 터트릴 줄 알았던 혼은 웃지 않았다. 혹시 입맞춤 중에 웃어버린 내게 기분이 상하기라도 한 걸까?

그때 혼이 말없이 한 손으로 내 얼굴을 감싸 쥐더니, 다른 한 손의 손끝으로 내 입술을 어루만졌다. 아주 조심스럽게. 그의 시선도 내 눈이 아닌 오직 내 입술만을 향해 있었다.

나는 왠지 지금 자리를 털고 일어나지 않으면, 더 이상 이곳에서 벗어날 기회가 찾아오지 않을 것이라는 두려움에 휩싸였다. 나는 나에게 바짝 다가선 그를 두 손으로 밀어내려고 했다. 그러나 그는 꿈쩍하지 않았고, 오히려 그 반동으로 나는 뒤로 넘어지고 말았다.

우당탕!

뒤로 넘어지지 않기 위해 무언가를 붙잡으려고 허공에 내저었던 내 손이 주안상을 건드리고 말았다. 상은 요란한 소리를 내며 엎어졌고, 그 위에 올려져 있던 촛불이 꺼지면서 방 안에는 어둠이 찾아왔다.

밖에서 들리는 빗소리. 그 요란한 빗소리가 빛이 사라진 좁은 방 안을 가득 채웠다.

혼이 넘어진 내 몸 위로 올라왔다. 내 심장은 미친 듯이 뛰기 시작했다. 나는 혹시라도 엎어진 주안상으로 인해 불이 꺼진 것을 본 정원군이 방으로 들어올까 조바심이 났다. 그가 이 상황을 본다면?

정원군은 혼과 나의 사이를 알고 있다. 그러니 달라질 것은 없다. 단지 내가 걱정하는 건…….

"혼아…… 읍."

그를 진정시키려 작은 목소리로 그의 이름을 불렀을 때였다. 그 어떤 주저함도 없이 그의 입술이 내 입술을 다시 찾아왔다. 내 머릿속을 채웠던 걱정거리들에 대해 더 이상 생각할 틈도 없을 정도로 강렬한 입맞춤이었다.

나는 누가 가르쳐준 것도 아닌데 저절로 입술을 벌려 그를 맞았다. 내 입술이 벌어지자 그의 입맞춤은 더욱 깊어졌고, 그와 동시에 나는 내 저고리 옷고름을 잡아당기는 그의 손을 느꼈다. 그러나 단단히 매여 있는 저고리 고름은 쉽사리 풀어지지 않았다. 결국 그가 잡아채듯이 세게 잡아당겨 고름이 풀어진 순간, 나는 입을 맞추며 감았던 두 눈을 번쩍 뜨며 고개를 뒤로 뺐다.

더 이상 도망갈 곳도 없는 상황에서 나와 그의 거칠어진 숨소리만이 하나로 섞여 좁은 방 안을 울리고 있었다. 그는 자신을 진정시키려는 지 풀어헤쳐진 내 가슴에 잠시 이마를 대었다. 그의 입에서 나오는 뜨거운 입김이 내 살 위로 흩뿌려졌다. 나는 더 이상 코로 숨을 쉬지 못했다.

잠시 후 혼이 고개를 들었다. 이번에는 내 뺨과 목선, 쇄골에 차례로 입을 맞추더니 치마를 완전히 걷어내지 않고 살짝 들추어냈다. 그러자 무방비 상태인 내 단속곳이 그를 맞이했다. 그는 어둠 속에서 내 얼굴 쪽을 살짝 살피는 듯했지만, 어둠 속에서 그의 눈동자를 보는 것은 불가능했다. 그는 상체를 잠시 일으켜 세우더니, 도포를 벗어버리고 안에 입은 옷들도 하나씩 벗기 시작했다.

그가 옷을 벗는 소리만으로도 난 추위에 내버려진 어린 사슴마냥 달달 떨리는 숨만 계속해서 내쉬고 있었다. 그때 혼이 그런 내 쪽으로 손을 뻗더니, 그때까지도 풀지 않았던 치마의 끈을 잡아 풀어주었다. 내 숨은 여전히 거칠었지만, 치마끈이 풀리자 숨 쉬는 것이 한결 나아졌다. 그렇다고 해서 지금 내 온 몸을 덮은 긴장감이 풀어진 것은 아니었다. 오히려 앞으로 겪게 될 일들에 대한 막연한 두려움이 엄습해왔다.

그가 다시 누워있는 내 몸 위로 올라왔을 때, 난 그의 맨 어깨 위에 살며시 손을 올리며 그를 불렀다.

"혼아……."

가까워진 거리 안에서 어둠에 익숙해진 내 눈이 그의 눈동자를 찾아냈다. 오로지 검은색만을 띠고 있는 그의 두 눈동자를. 이젠 빗소리가 멀게 느껴질 정도로 가까워진 그의 숨소리가 귓가에 울리는 것을 느끼며 나는 조심스럽게 그에게 말했다.

"혼아. 나 무서워……."

그때 그가 코웃음 소리를 냈다. 그런 그가 살짝 미워졌다. 나는 전혀 웃을 상황이 아니었기 때문이었다. 이제 내게 무슨 일이 벌어질지를 잘 알고 있기 때문에 무서운 것이다.

무섭다고 해서 그를 밀어내려는 건 아니었다. 단지 지금 내가 안고 있는 마음을, 미칠 듯이 뛰는 심장의 두근거림과 동시에 함께 찾아온 두려움을 그가 알기 바랐다. 내가 그에게 허락한 것이 결코 마음만이 아니라는 것을 그도 알기를 바란 것이었다. 그래서 용기 내어 한 말이었는데…….

미움이 아쉬움으로 변하려는 그때였다. 혼이 한 팔로 나를 끌어안았다. 내 얼굴이 그의 맨 가슴에 닿았고, 나는 나만큼이나 두근거리고 있는 그의 심장 고동 소리를 들었다. 미움은 모두 사라졌다. 지금 그와 함께 있는 순간이 너무나도 좋았다. 그것은 행복감이었다. 그 외에 다른 감정은 더 이상 내게 필요하지 않았다.

잠깐 잠이 들었던 것 같다. 깰 듯 말 듯 눈을 살짝 떴다 감았다를 반복하던 나는 내 옆에서 곤하게 잠들어 있는 혼의 숨소리를 깨닫자마자 번쩍 눈을 떴다. 몸을 움직일 수가 없었다. 그의 한 팔이 내 목과 어깨를 감싸고 다른 한 손은 내 허리에 놓여 있었기 때문이었다. 그것은 행복한 포박이었다.

나는 한동안 훤의 품 안에서, 잠든 그의 얼굴을 물끄러미 올려다보았다. 내겐 모든 게 신기했다. 단지 그가 잠든 모습을 바로 옆에서 바라볼 수 있다는 사실이 신기한 것이 아니었다. 그의 사랑을 받았고, 그의 여자가 되었다. 내게는 이 모든 것이 놀라웠다.

여기까지 생각을 했을 때 나는 비가 그쳤다는 걸 깨달았다. 더군다나 날이 어슴푸레 밝아 오고 있었다. 몇 시인지는 모르지만 아주 잠깐 잠든 것이 맞다면 새벽 5시는 넘지 않았을까? 해가 밝으면 그는 하례식에 참석해야 했다.

그를 깨워야한다는 생각과 더불어, 이 순간을 조금이나마 지속하고 싶다는 두 명의 서로 다른 내가 마음속에서 전쟁을 시작했다. 그 전쟁이 끝나기도 전에 바깥에서 익숙한 목소리가 들려왔다.

"저하. 소인 최 내관이옵니다."

문밖에서 들려오는 최 내관의 목소리에 잠들어 있던 훤의 미간이 살짝 좁혀졌다. 난 그것을 보자마자 깜짝 놀라 두 눈을 감았다.

조금 뒤 최 내관의 목소리가 다시 한 번 들려왔다.

"저하, 기침하셨사옵니까?"

두 번째로 최 내관의 목소리가 들렸을 때, 훤이 숨을 크게 들이쉬었다가 내쉬는 소리가 바로 내 옆에서 들렸다. 그가 잠에서 깬 모양이었다. 내 심장이 다시 두근거리기 시작했다. 부스럭거리는 듯하더니 훤이 몸을 일으키는 것이 느껴졌다.

그는 잠시 동안 말이 없었다. 그가 눈을 감은 채 잠이 든 척을 하고 있는 나를 바라보는지, 아니면 다른 곳을 보고 있는지는 알 수 없었다. 그러나 곧 그가 내 얼굴 쪽으로 몸을 숙이며 내 귓가에 속삭였다.

"경민아."

동시에 몸이 움찔하며 짜릿한 느낌이 온몸으로 퍼져 나갔다. 나는 방금 전 움찔한 것을 그가 알아차리지 못하도록 여전히 자는 것처럼 웅얼대며 고개를 반대쪽으로 돌렸다.

불이 꺼졌다는 것, 그리고 날이 아직 어슴푸레하다는 것이 다행이었다. 아니었다면 화끈거리며 붉게 물들었을 내 뺨을 그가 보았을 테니까. 그럼 그는 내가 깨어났다는 것을 알게 될 것이다.

내가 그에게서 고개를 돌리자 훈이 웃음 섞인 짧은 한숨을 내쉬더니 자리에서 일어섰다. 또다시 부스럭거리는 소리가 들렸다. 벽에 걸려 있던 갓을 챙겨드는 것 같은 소리도 들렸다. 그러더니 잠시 뒤 묵직한 솜이불이 내 몸 위로 덮였다. 훈이 한 것이 틀림없었다. 훈은 이불을 내 어깨까지 끌어올려주고는 한참을 움직이지 않은 채 가만히 있었다.

그가 무엇을 하는지 알 수 없었다. 늦게라도 눈을 뜨고 어색하게 깨어난 척이라도 해볼까 싶었지만 생각만으로도 마냥 민망했다. 그렇지만 언제까지 자는 척만 할 수도 없었다.

"저하. 소인 최 내관이옵니다."

또다시 최 내관의 소리가 들려오자 훈이 기침 소리를 냈다. 그 기침 소리에 응답하듯 최 내관에게서 말이 돌아왔다.

"저하, 서둘러 환궁하셔야 하옵니다."

"알았다."

이윽고 혼이 자리에서 일어서더니 문을 열고 나갔다. 문이 다시 닫히는 소리를 듣고 나서야 나는 감았던 눈을 떴다. 나는 혼자 있었다. 그러나 방금 전까지 생생하게 느꼈던 혼의 체향이 여전히 그 방 안에 맴돌고 있었다.

"저하, 김 나인은?"

문밖에서 최 내관이 나를 찾는 소리가 들렸다. 그렇다면 최 내관은 내가 이곳에 있다는 것을 아는 것일까? 누가 말해준 것일까? 생각해 보니 정원군도 있었다. 그는 박 상궁을 시켜 최 내관에게 오라는 말을 전했다. 정원군은 최 내관이 온 이후에 궁궐로 돌아간 것일까?

"스스로 깨어날 때까지 놔두어라."

혼이 말을 탔는지 고삐가 죄인 말이 우는 소리도 들렸다. 나는 그가 궁궐로 돌아가기 위해 말을 탄 것이라 여기고는 눈으로 확인하기 위해 몸을 일으켰지만, 온몸이 아파 앉아있을 수가 없었다. 결국 누운 채로 고개만 들어 문틈으로 밖을 내다보았다.

내 예상대로 혼은 말에 올라타 있었다. 그 옆에 다른 말의 고삐를 잡고 서 있는 최 내관도 보였다. 그러나 정원군은 보이지 않았다.

"그리하면 소인이 이곳에 남아있겠사옵니다. 저하께서는 서둘러 환궁하시옵소서."

그때였다.

"아니, 내가 이곳에 있겠네. 최 내관은 저하를 모시고 환궁하도록 하게. 저하 홀로 환궁하시게 할 수는 없지 않은가?"

정원군이었다.

좁은 문틈으로는 볼 수 없는 방향에서 정원군이 모습을 불쑥 드러냈다. 먼저 궁궐로 돌아갔다고 생각한 정원군의 갑작스러운 등장에 내 가슴이 철렁 내려앉았다.

"하오나, 정원군마마."

최 내관이 나인 하나 때문에 종친인 정원군을 남겨둘 수 없다고 생각했는지, 그럴 수 없다며 나섰을 때였다. 정원군이 말 위의 혼을 향해 말했다.

"김 나인은 아직 양화당의 나인이옵니다. 그러니 소신과 함께 돌아가는 것이 좋을 듯하옵니다."

혼이 고개를 끄덕였다.

"그럼 네게 부탁하마."

진심이 담긴 한마디를 남긴 채 혼이 말의 고삐를 당겼다. 그리고 마지막으로 내가 있는 방을 한번 돌아보더니, 곧바로 말을 몰아 그곳을 떠났다. 그런 혼의 뒤를 따라 최 내관도 말에 올라타고는 사라지고, 이제 정원군 홀로 주막에 남았다.

혼이 사라진 방향을 한참 동안 응시하던 정원군이 초가 쪽으로 몸을 돌렸다. 동시에 나는 문에서 떨어져 고개를 숙였다. 그와 눈이 마주친 것도 아닌데, 마치 마주친 듯한 느낌에 기분이 이상했다.

혼도 이곳을 떠난 상황에서 더 이상 내가 꾸물거릴 이유는 없었다. 난 서둘러 덮고 있던 이불을 걷어내고 옷을 챙겨 입었다. 입으면서 몸 곳곳이 쿡쿡 쑤시는 느낌이 들었다. 그것은 몇 시간 전까지 내 온몸을 채우던 긴장감이 사라지고 남은 흔적일지도 모른다.

어찌되었든 이 상태에서는 조금이라도 빨리 궁궐로 돌아가야만 하는 혼과 동행하는 건 무리인 듯싶었다. 이런 몸 상태로 말을 타는 것도 힘들 것 같았고, 빨리 걷는 것조차도 어려울 것 같았다. 혼도 그것을 알았던 것일까? 그래서 날 깨우지 않고 먼저 돌아간 것일까?

그나저나 이곳에 남은 사람이 다름 아닌 정원군이라는 것이 무척이나 신경 쓰였다. 그래서 옷을 다 갖춰 입고도 오랫동안 문밖을 나서는 것을 주저했다. 그 사이 해는 어느새 중천을 향해서 내달리고 있었다. 어슴푸레하던 밖은 이제 낮이 되었고, 지나가는 사람들의 소리도 점점 늘어났다. 결국 더 이상 안에만 있을 수는 없어 문을 열고 밖으로 나왔다.

정원군은 내가 있던 방의 문 옆에 서 있었다. 그는 갑자기 문을 열고 나온 나를 보고도 놀라거나 당황하는 기색이 없었다. 오히려 내가 나오기만을 기다렸다는 듯이 바로 내게서 고개를 돌려 앞으로 걸어가기 시작했다. 뒤를 따라오라는 말을 하지는 않았지만, 나는 그와 함께 궁궐로 돌아가야 한다는 것을 알고 있었기 때문에 잠자코 뒤를 따랐다.

그를 따라 주막의 밖으로 나오자 주모로 보이는 이가 기다렸다는 듯이 정원군에게 다가왔다. 그 두 사람은 이미 안면이 있는 것인지, 서로 아무 말도 주고받지 않았다. 대신 정원군은 자신의 오른손에 끼고 있던 큼지막한 옥가락지를 주저 없이 빼내어 주모에게 건넸다. 주모는 화색을 띠며 돌아서서 주막으로 들어가버렸고, 잠시 정원군이 나를 보며 말했다.

"박달재를 넘기 전에 가마꾼들이 있을 거요."

박달재에서 가마를 타고 궁궐로 돌아가자는 말이었다. 나는 정원군의 말을 듣고 고개를 끄덕였다. 그의 말은 무뚝뚝했지만 무례하게 느껴지진 않았다. 그러나 이런 어색한 분위기는 싫었다. 나는 적당한 말을 찾으려 전전긍긍했지만 결국 찾아내진 못했다.

내게서 아무런 말이 돌아오지 않자 정원군은 다시 걷기 시작했다. 나는 그런 그의 뒤를 따라 걸었다. 장옷 하나 걸치지 않고 걷는 나는 지나가는 사람들의 눈요깃거리가 되어버렸다. 정작 문제는 따로 있었다. 평소와 다르게 걸음을 걷기 불편할 정도로 등 아래쪽이 아파왔다. 그러나 그 이유를 대서 조금이라도 쉬었다 가자든지, 난 여기서 기다릴 테니 가마꾼을 이리로 보내달라든지 같은 말은 할 수가 없었다. 단지 내가 바라는 건, 조금이라도 빨리 궁궐로 돌아가서 두 다리 뻗고 잠을 자는 것이었다.

앞서서 걷던 정원군이 걸음을 멈추고는 뒤따르던 나를 슬그머니 돌아보았다. 내 걸음이 평소보다 뒤처지는 것을 알아차린 것인지, 그가 멈춘 자리에서 움직이지 않았다. 내가 겨우 따라잡자, 그는 다시 걸어가기 시작했다. 그러나 이번에 그의 걸음은 매우 느려졌다. 내가 어렵지 않게 그의 뒤를 바짝 좇을 수 있을 정도로 말이다.

사랑하면 할수록

며칠이 지난 어느 날, 양화당 지밀나인이 내 처소를 찾아왔다. 나는 일이 없어진 퇴선간에 가는 대신 정 상궁이 던지다시피 준 많은 바느질감과 씨름 중이었다.

"인빈마마께서 부르셔."

평소에도 나와 별 친분이 없던 나인은 한마디를 무뚝뚝하게 던졌다가, 곧 말을 바꾸어 한 가지 정보를 더 주었다.

"전하께서 양화당에 와 계셔."

그 말에 나는 바짝 긴장하지 않을 수가 없었다.

새 중전인 김 씨를 맞이한 뒤로도 종종 선조는 인빈을 찾아 양화당에 왔었다. 단지 전보다는 횟수가 적었고, 밤보다는 주로 낮에 잠깐 들르는 정도였다. 나인들은 그것을 선조가 인빈의 체면을 살려주는 것이라고 이야기했다. 어쨌든 선조가 양화당을 방문해도 퇴선간 나인인 나는 선조를 볼 기회가 전혀 없었다. 가끔 궁궐을 돌아다니다가 아주 멀리에서 선조가 지나가는 것을 본 적은 있었다. 그때도 감히 얼굴은 고개를 들고 쳐다볼 수가 없었다. 그런 선조가 온 자리에 인빈이 나를 부르다니?

양화당 나인을 뒤따라가며 궁금한 마음에 그녀에게 물었다.

"전하께서 무슨 일로 오셨는지 알아?"

"그거야 나도 모르지. 너 또 무슨 사고 쳤니?"

오히려 그 나인이 내게 반문했다. 나는 고개를 저었다. 그녀는 내 얼굴에서 긴장을 읽었는지 별일 아니라는 식으로 말을 덧붙였다.

"불호령 같은 건 없을 거야. 퇴선간 나인이 무슨 혼날 일이 있다고? 아참, 전하께서 오시기 전에 빈궁마마께서 오셔서 지금은 세 분이 모두 함께 계셔."

"빈궁마마?"

난 더더욱 상황을 이해할 수가 없었다. 전하께서 양화당을 찾아오시는 거야 그렇다 치더라도, 세자빈 유 씨는 애초에 양화당과 교류가 없었다. 며칠 전만 해도 그녀는 혼이 양화당 사람하고는 말도 섞지 않았다는 이야기를 내게 했었다. 혼이 그렇게 지냈다면, 세자빈인 그녀는 더욱 몸조심을 하며 양화당에 기웃거리지 않았을 것이다. 그런 그녀가 양화당에 있다니?

"세자저하도 계셔?"

"아니."

그녀는 혼이 함께 오지 않았다는 걸 알려주고는 양화당에 도착할 때까지 더 이상 아무 말도 하지 않았다.

양화당에 도착하자 인빈의 처소 밖으로 웃음소리가 흘러나왔다. 화기애애한 분위기를 깨기가 뭐한지, 내가 도착했다는 사실을 알려야 하는 내관은 한동안 주춤거리다가 겨우 입을 열었다.

"마마. 김 나인이 들었사옵니다."

내관의 말에 처소 안에서 흘러나오던 웃음이 사그라졌다.

"들라 하게."

평소와는 다르게 한층 부드러운 인빈의 목소리가 들리고, 나는 그녀의 처소 안으로 들어갔다. 이미 선조와 세자빈 유 씨가 있다는 사실을 알고 있었기 때문에 고개를 숙인 채 조심스러운 걸음으로 들어간 나는 공손히 두 손을 모으고 인사를 올렸다.

"마마. 찾으셨습니까."

"그래그래. 거기 앉아라."

나는 순간 귀를 의심했다. 아무리 전하가 양화당을 찾아왔다고는 해도, 인빈의 목소리는 마치 천사가 말하듯 부드럽고 따뜻하게만 들렸다. 이런 이중성은 다시 한 번 그녀가 마녀 인빈이라는 사실을 확인시켜주는 것이었다. 또 하나 분명한 건 선조도 이런 인빈에게 속고 있다는 것이었다.

"예에."

자리를 잡고 앉아서도 나는 허락 없이 고개를 들지 못했다. 그때, 선조의 목소리가 들렸다.

"네가 김 나인이냐?"

그의 목소리는 꽤나 살갑게 들렸다. 그러나 내가 이 자리에 불려온 이유를 모르는 상태에서는 안심할 수가 없었다.

"네에, 전하."

"어서 고개를 들어보거라."

마치 어린 딸을 대하듯 다정한 목소리에 나는 천천히 고개를 들었다. 평상시 인빈이 늘 앉는 자리에 오늘은 선조가 앉아있었다. 그 옆으로는 인빈, 인빈의 바로 옆에는 세자빈이 앉아있었다. 선조는 웃는 얼굴이었고, 인빈은 그보다도 더 신이 난 얼굴이었다. 다만 세자빈은 입가에 미소를 띠고는 있으나, 내게는 거의 억지웃음처럼 보였다.

선조는 웃으며 나를 살펴보더니 인빈을 돌아보며 말했다.

"곱구나. 인빈이 데리고 있을 만한 아이 같다."

"황공하옵니다. 전하."

인빈이 입이 간드러지게 애교를 떠는 목소리로 답한다. 선조가 다시 나를 보며 말했다.

"그래, 네 나이가 어찌 되는고?"

"올해 스물둘이옵니다."

"그래. 넌 양화당 퇴선간 나인이라 들었는데, 어찌 중전을 안 게냐?"

"네?"

예상치 못한 선조의 물음에 난 놀란 눈을 떴다. 선조는 그런 나를 보고는 수염을 쓸며 웃음을 터트렸다.

"중전이 말하기를, 널 공주의 보모상궁으로 삼고 싶으니 양화당에서 데려오고 싶다 하는구나."

인빈의 표정이 시시각각 변한다. 선조의 말이 불만인 건지, 아니면 날 데려가고 싶다고 한 중전이 마음에 안 든 것인지 얼굴이 굳어버렸다. 다행히 선조는 인빈의 변한 얼굴은 보지 못했다.

"아뢰옵기 황송하오나 중전마마께서는……."

중전을 처음으로 본 건 가례 날. 이후 직접적으로 그녀를 만난 건 인빈에게 뺨을 맞는 벌을 당하던 날이었다. 그 일을 선조가 알 수도 있지만, 마녀 인빈을 앞에 두고 그 이야기를 할 수는 없었다.

"자비로우신 분이라 내명부의 나인들을 세세하게 챙겨주시옵니다."

"그러하냐?"

오늘따라 유독 변화무쌍한 인빈의 얼굴에 안도의 미소가 피어오르고, 선조도 또다시 소리 내어 웃는다.

"인빈."

"예, 전하."

"과인이 보기에도 중전이 말한 대로 저 아이는 총명한 것 같구나. 그래서 중궁전으로 보내면 어떨까 싶은데……."

선조가 말끝을 흐리더니 인빈의 옆에 앉아있는 세자빈을 돌아본다. 세자빈은 선조의 시선이 향하자, 어색하게 웃으며 고개를 숙였다.

"동궁전에서도 저 아이를 데려가고 싶다고?"

생각지도 못한 말에 나는 고개를 들어 세자빈을 쳐다보았다.

"이를 어찌한다. 인빈. 자네가 결정하게나. 저 아이를 중궁전으로 보낼지, 아니면 동궁전으로 보낼지 말이야."

선조의 말에 인빈이 나를 돌아보았다. 그녀는 웃고 있는 듯 보이지만 분명 속내는 웃는 것이 아닐 터였다. 아마도 중궁전은 물론이고 동궁전에서까지 날 원하는 이유가 무엇인지 알고 싶을 것이다.

물론 중전이야 날 구해준 이후로도 종종 불렀기 때문에 오가는 사이라는 것은 인빈도 이미 알고 있었다. 그러나 동궁전은 아니었다. 그런 상황에서 그녀는 동궁전에서 날 달라는 말을 어떤 의미로 받아들일까? 그래서 오히려 중궁전으로 날 보내려고 한다면?

나는 긴장된 얼굴로 인빈의 답을 기다렸다. 인빈은 가는 손가락으로 자신의 가체를 슬그머니 건드리며 모양을 잡았다. 그것이 그녀가 시간을 끌 때 종종 하는 행동이라는 것을 나는 양화당 나인들에게 들어 알고 있었다.

"인빈?"

인빈의 대답이 늦어지자 선조가 나섰다. 그제야 인빈이 웃음을 터트리며 선조에게 말했다.

"전하. 결정을 내리지 못하겠사옵니다."

"결정을 내리지 못하다니?"

"중궁전으로 보내면 빈궁께서 섭섭해 하실 것이고, 동궁전으로 보내면 중전마마께서 섭섭해 하실 것이니, 신첩. 어찌해야 할지……."

"그럼 과인이 결정하는 건 어떻소?"

그러자 인빈이 한쪽 눈을 치켜뜬다. 상대방이 보면 불쾌하게도 보일 수 있는 이러한 눈짓을, 그녀는 순식간에 웃음으로 연결시키며 교태스런 표정으로 바꾸어버렸다. 이를 본 선조는 뭐가 좋은지 입가에 미소를 그렸다.

"그건 싫사옵니다."

"싫다니?"

"전하께서야 당연히 중전마마를 위하는 결정을 하시겠지요. 아니 그렇사옵니까?"

선조가 헛기침을 한다. 아마도 인빈의 말이 정답이었던 모양이다. 인빈도 분위기상으로라도 중궁전에 나를 보내는 것이 낫지만 여자의 자존심상 중궁전에 쉽게 나를 내놓기도 싫은 모양이었다. 인빈이 고민 끝에 어떤 답을 내놓을지 이래저래 궁금해지는 순간이었다.

"신첩은 오늘 일로 깨달은 것이 하나 있사옵니다."

"무엇을 말이오?"

"신첩은 저 아이가 고작 퇴선간이나 지킬 그릇이라고 보았사옵니다. 그런데 중전께서도 빈궁께서도 저 아이의 총명함을 신첩보다 먼저 알지 않으셨사옵니까? 그러니 전하. 신첩에게도 기회를 주시옵소서."

"기회라니, 인빈?"

"저 아이의 총명함을 재차 확인할 수 있는 기회 말이옵니다."

"어떻게 기회를 주면 되겠소?"

"저 아이를……."

인빈이 손가락으로 나를 가리킨다.

"신첩의 지밀나인으로 삼아 이제라도 곁에 두고 그 총명함을 보고자 하옵니다."

"흐흠."

선조가 원한 답변은 아닌 것 같았다. 왕이 직접 양화당까지 왔다는 것은 중전을 대신해서 날 데려가려는 것이었을 테니까. 그러나 인빈은 내놓지 않겠다고 말했고, 선조는 인빈의 나름 논리 있는 설명에 할 말을 잃어버렸다.

"전하. 그리해도 되겠사옵니까?"

"인빈의 나인이 아니오. 인빈의 뜻대로 하시오."

선조의 확답을 끝으로 나는 양화당 지밀나인이 되어버렸다.

선조와 인빈이 양화당에 머무는 동안 나는 세자빈과 함께 인빈의 처소를 나왔다. 양화당 밖까지 배웅 나온 나를 보며 세자빈은 제일 먼저 긴 한숨부터 내쉬었다.

"결국 일이 이리 되었구나."

세자빈이 나에게 말을 꺼내자, 동궁전 박 상궁이 서둘러 주변을 물려주었다. 박 상궁은 주변을 물린 다음에도 여전히 세자빈의 곁에 고개를 숙이고 서 있었다. 나는 그녀가 세자빈의 본방나인인 것을 상기하며 조심스럽게 혼의 안부를 물었다.

"저하께서는 잘 지내세요?"

며칠이지만 몇 년처럼 느껴진 시간이다. 내 물음에 세자빈이 고개를 끄덕였다.

"그래. 하례식도 잘 마치셨네. 그러고 보니 자네에게 고맙다는 말을 하지 못했군."

난 고개를 저었다.

"고맙다니요. 저하께서 잘 마치셨다니 다행이에요."

세자빈이 그런 나를 보며 희미한 미소를 지었다. 그러나 곧 그녀는 또다시 한숨을 길게 내쉬며 말했다.

"그나저나 저하께서는 자네를 두고 근심 걱정이 많으시네. 하루라도 빨리 자네에게 명분을 주려 하시는데, 직접 나서실 수가 없으니 더 그러시겠지. 그래서 내가 양화당으로 온 것이네. 그런데 중전께서도 자네를 원하실 줄이야……."

어떻게 보면 중전이 약간 원망스럽기도 했다. 그러나 그녀는 인빈에게서 날 구해줬고, 친절하게 대해줬었다. 그것만으로도 그녀는 내게 고마운 사람이었다. 비록 중전의 과한 친절과 애정이 이런 상황을 부를 줄은 상상도 하지 못했지만 말이다. 중전을 생각하며 답답한 마음이 드는데, 이런 내 마음이 얼굴에 나타난 모양이다. 세자빈이 물었다.

"저하께서 직접 나서시지 못하여 아쉬운 것인가?"

"아, 아니에요! 그런 것은 아니에요!"

난 손사래를 쳤다. 그러자 세자빈이 짧게 웃으며 말했다.

"다행히도 양화당에 그대로 남게 되었으니 기회가 또 오겠지."

그녀는 양화당 쪽을 한번 돌아보더니, 나를 두고 그 자리를 떠나려는 듯 내게서 돌아섰다. 그러나 한 발짝을 내딛기도 전에 무언가 생각났는지 다시 나를 돌아보며 말했다.

"이 행궁에는 보는 눈이 많네. 이제 전하께서도 자네의 존재를 아셨으니, 당분간은 몸을 사리고 있게."

"몸을 사리다니요?"

"자네가 세자저하와 함께 있는 모습이 다른 누군가의 눈에 띄면 안 된다는 것이네. 그리 되면 자네는 물론이고 저하께서도 위험에 처하실 것이야. 내 말을 알아듣겠는가?"

세자빈의 말은 당분간 혼을 만나지 말라는 말이었다. 그것은 어려운 일은 아니었다. 혼이 나를 찾아오지 않는 이상은 내가 그를 만날 수 있는 방법은 전혀 없었다. 더욱이 저번처럼 동궁전으로 찾아가는 것은 절대로 할 수 없는 일이었다.

하지만 혼이 너무나도 보고 싶다. 사랑하는데, 그도 나를 사랑하고 나도 그를 사랑하는데……. 어째서 서로 사랑하는 사람들끼리 마음대로 만날 수도 없는 것일까?

이곳은 조선이다. 나는 새삼 이러한 사실을 상기하며, 다른 한편으로는 내가 그리워하는 만큼 혼도 나를 그리워한다면 그것으로 만날 수 없는 시간을 이겨내 보자는 마음을 가져보려 했다. 보지 못하는 날들이 있다면, 볼 수 있는 날들도 반드시 올 거라고 믿으니까.

"네, 빈궁마마."

나는 공손하게 대답했다.

그날 밤, 나는 밤이 깊도록 잠이 오지 않아 마루로 나왔다. 무릎을 세운 채 쭈그리고 앉은 나는 밝기만 한 달을 올려다보며 끊임없이 한숨을 내쉬었다. 오늘 낮에 양화당에서 있었던 일 때문이었다.

난 이제 지밀나인이 되었다. 하루에도 기분이 몇 번씩이나 바뀌는 마녀 인빈의 곁에서 비위나 맞춰야 한다는 건 괴로운 일이다. 그러나 그것보다는 혼을 보기가 더 어려운 상황에 놓여버렸다는 것, 그만큼 괴로운 일은 없었다.

나도 안다. 세자빈의 말이 옳다는 것을 말이다. 혼이 아직 왕이 되지 않은 이상, 그와 가깝게 지내는 것은 서로에게 좋지 않다.

'차라리 중궁전으로 가는 게 더 나았을까?'

이 생각에 나는 곧바로 도리질했다.

여전히 중전은 정원군과 나에 대해서 단단히 오해를 하고 있을 것이다. 거기에 사실은 정원군이 아니라 세자인 혼을 좋아한다고 속 시원하게 말을 할 수도 없었다. 그녀가 얼마나 나에게 관심을 가지든, 결국 그녀는 중전이고 나는 나인이었다. 설사 내가 정원군을 좋아했다고 하더라도 중전에게 덜컥 도와달라고 말할 처지는 아니었다. 그러니 혼의 경우라고 해서 달라질 것은 없었다.

"그만 자야겠다."

내일부터는 지밀나인이었다. 오늘 일로 괜히 심통이 나 있을지도 모르는 인빈의 비위를 맞추기 위해서는 일찍 일어나서 양화당에 가 있는 것이 현명한 일이었다.

내가 자리를 털고 처소로 들어가기 위해 일어섰을 때였다.

"경민아."

조용한 밤을 가르는 목소리에 놀라 서둘러 소리가 나는 곳을 쳐다보았다. 야장의를 입은 혼이 서 있었다.

"혼아!"

내가 너무 깊은 생각에 빠져 있었던 걸까. 그가 이렇게 가까이 다가왔는데도 눈치를 못 채다니. 그는 반갑게 웃으며 내 앞으로 다가왔다.

그러더니 마루 위에 서 있는 내 손을 끌어당겨 잡았다.

"어떻게 여기에 온 거야?"

"네가 내게 말하지 않았느냐. 내가 힘들면 언제든지 네가 곁에 있어 주겠다고. 그래서 온 것이다."

"힘들어? 무슨 일이 생긴 거야?"

놀라며 묻는 나를 보며 혼은 태연스럽게 말한다.

"잠이 오지 않는다."

"잠이 오지 않는다고?"

"네가 곁에 없으니, 잠을 이룰 수가 없구나. 그것이 참으로 괴롭다. 괴롭고 힘들다."

그제야 나는 깊은 한숨을 내쉬며 마루에 주저앉았다. 그러자 혼이 놀란 얼굴로 그런 나를 바라본다.

"왜 그러느냐?"

"걱정했잖아! 제발 나 좀 놀래키지 마. 간 떨어지는 줄 알았잖아!"

그가 진지한 얼굴로 날 놀렸다는 것을 깨닫자 얄미운 마음까지 들어, 잡힌 손을 뿌리쳤다. 그러나 내가 뿌리친 손을 혼이 다시 잡았다.

"진심이다. 진심으로 네가 곁에 없으니 잠이 오지 않는구나."

그가 날 잡은 손에서 따스한 온기가 전해져왔다. 그 온기가 얄미운 마음으로 얼어붙은 나를 순식간에 녹여버린다. 나는 그만 웃음을 터트렸다. 웃는 나를 보며 덩달아 혼의 얼굴도 밝아진다. 그도 내심 내가 그의 손을 뿌리치자 조금은 걱정했던 모양이었다.

"오늘 양화당에서 빈궁마마를 뵈었어."

내가 무슨 이야기를 하려는지 혼은 아는 걸까? 그는 내 말에 물끄러미 날 쳐다보았다.

"동궁전 나인으로 가는 건…… 당분간 어렵겠지?"

이 말을 꺼내는 내 속이 밖으로 나오지 못한 한숨으로 가득 찬다.

"혹시 들었어? 내가 인빈마마의 지밀나인이 되었거든. 그래서 당분간 바쁠 것 같고……. 그러니 이렇게 나 찾아오지 마. 다른 사람의 눈에 띄면…… 안 되니까."

그를 위한 말이지만 내가 하고 싶지 않은 말이기도 했다. 분명 다른 사람들의 시선을 피해서 여기까지 오는 것은 혼에게도 어려운 일일 텐데, 그것을 알면서도 그에게 오지 말라고 말할 수밖에 없는 내 상황이 서글퍼진다. 그러나 이건 그를 위한 거다. 그에게 도움은 되지 못할망정 해를 끼칠 수는 없기 때문이다.

"어서 돌아가. 외져도 가끔 수라간 나인들이 지나다닌단 말이야."

떼어내고 싶지 않은 그의 손을 조심스럽게 놓으며 내가 물러섰다. 그는 여전히 말없이 마루 위에 선 나를 바라보고 있었다.

"어서 가."

그를 위해서라도 내가 먼저 단호해져야 한다고 생각했다. 그러나 이대로 그를 보내고 만다면, 나는 방에 들어가서 울 것 같았다. 사실 내 마음은……. 사실 내 마음은 그에게 기대고 싶다. 물론 난 세자이면서도 아직은 위태로운 그의 상황을 알고 있다. 그러나 지금 내가 그에게 바라는 건, 단지 같이 있는 것뿐이다. 그는 이런 내 마음을 알까?

돌아선 내가 문을 열고 안으로 들어서려고 할 때였다. 갑자기 혼이

신을 벗더니 마루 위로 잽싸게 뛰어올라오며 내게 말했다.

"누군가 이리로 오는구나."

"누가 온다고?"

당황한 나는 혼과 함께 내 처소로 들어가 서둘러 문을 닫았다. 심장이 콩닥거리며 뛰기 시작했다. 나는 달빛이 새어 들어오는 작은 문 앞에 혼과 함께 나란히 얼굴을 대고는 밖의 상황에 귀를 기울였다.

혼도 나도 서로 숨을 고르며 얼마간의 시간이 흘렀다. 하지만 지나가는 사람의 소리는커녕 흔히 들리는 부엉이 울음소리조차 들리지 않았다. 결국 조심스럽게 문을 열어 그 틈으로 밖을 내다보았다. 밖에는 바람 소리조차 없었다. 혼이 보았다는 사람들은 이리로 오다가 다른 곳으로 간 것일까?

그때 혼이 벗어 놓았던 신이 내 눈에 들어왔다. 나는 그의 신을 가지러 가기 위해 자리에서 일어서려고 했다. 그러자 혼이 내 손목을 잡아당기며 나를 일어나지 못하게 만들었다. 나는 다급한 마음에 혼을 돌아보며 말했다.

"흑석(黑舃, 검은 신)이 밖에 있잖아."

그런데 혼의 표정이 이상하다. 누군가 온다며 다급하게 내 처소로 숨어든 것치고는 얼굴에 장난기 짙은 웃음만 한가득이다. 그의 장난에 속는 건 매번 있는 일이다. 하지만 이번에도 또 속아 가슴 졸인 것을 생각하니 분통이 터지려고 했다. 그런데 그가 내게 입맞춤을 해왔다.

짧은 첫 번째 입맞춤으로 나의 흥분을 가라앉힌 그는 잡았던 내 손목을 놓아주었다. 신기한 일이었다. 그의 장난에 속아서 화나던 마음이 애초부터 그런 적 없다는 듯이 모두 사라져버렸기 때문이다. 그도 내 분이 가라앉은 것을 보았는지, 두 번째 입맞춤을 하면서는 내 얼굴을 두 손으로 감싸며 열정적으로 입술을 물었다.

며칠 전날 밤의 일을 떠올리게 만들 만큼 강한 그의 입맞춤에 정신을 차릴 수가 없었다. 그 밤을 떠올린 것은 참으로 다행한 일이었다. 그때 느꼈던 것 중에는 태어나서 처음 느껴보았던, 절대 못 잊을 아픔도 있었으니까. 애석하게도 당분간은 그 아픔을 다시 겪는 건 매우 겁이 나는 일이었다.

혼이 자연스럽게 운영이 깔아놓은 이부자리 쪽으로 나를 넘어뜨리려는 바로 그때였다. 나는 그대로 두 팔로 그를 밀어버렸다. 이런 나의 행동은 의도치 않은 결과를 불러왔다. 그가 뒤로 넘어지면서, 내가 누웠어야 할 이불 위에 그가 누워버리고 누운 그의 몸 위로 내가 올라탄 꼴이 되어버린 것이다. 혼은 이런 상황을 전혀 예상치 못했다는 얼굴로 나를 올려다보며 눈에 힘을 주었다. 나는 그런 그를 내려다보며 놀란 숨을 몰아 내쉬고 있었다.

"경민아, 너……."

혼의 입에서 헛웃음이 터져 나왔다. 그런데 그는 왠지 나의 실수로 벌어진 이 결과가 싫진 않은 모양이다. 입가에 미소가 떠나지 않으니 말이다. 하지만 나는 아니었다. 부끄러워서 쥐구멍에라도 숨고 싶었다. 마땅한 숨을 곳을 찾으려면 그의 몸 위에서 내려와야 했다. 서둘러 혼의 몸 위에서 내려오려는데, 그가 내 양쪽 팔꿈치를 강하게 잡으며 움직이지 못하게 만들었다.

"놔줘."

"싫다면 어찌하겠느냐?"

"치, 소리 지를 거야."

그가 웃음을 터트렸고, 그 틈을 빌어 나는 그의 몸 위에서 벗어날 수 있었다. 그는 나를 따라 상체를 일으켜 세우더니 한참을 웃어댔다.

"웃지 마. 누가 들으면 어쩌려고?"

"앞뒤 안 가리고 동궁전을 찾아왔던 용기는 어디 가고 그러느냐?"

"다 널 위해서 그러는 거잖아. 알면서 그래?"

'널 위해서니까, 당장 함께 있을 수 없는 것도 참는 건데…….'

내 목소리에 내내 참고 있던 울먹임이 섞여 들어갔다. 그것을 눈치 챈 것인지 혼은 더 이상 웃지 않았다. 대신 눈을 가늘게 뜨고는 한참을 날 바라보다가, 그대로 누웠던 자리에 도로 누워버리는 게 아닌가?

"뭐해? 안 가?"

그러나 혼은 천연덕스러운 표정으로 두 눈을 감아버린다.

"혼아."

내가 걱정스럽게 그를 부르자, 그가 한쪽 눈을 슬쩍 뜨고는 날 보며 말한다.

"조금만 쉬다 가마. 해가 뜨기 전에만 가면 될 게 아니냐?"

"그렇지만……."

마음과 다른 소리가 더는 입에서 나오려고 하지 않는다. 맴돌 뿐이다. 나도 그를 보내기 싫었다. 그를 걱정하는 마음보다 더 큰 것이 그가 여기에 남기를 바라는 마음이었다.

"너무 타박하지 말거라. 네 곁이 아니면 도저히 잠이 올 것 같지 않단 말이다."

내가 자꾸 밀어내려는 것이 기분 나빴던 것일까? 혼이 투정부리는 듯한 말투로 대꾸한다. 그러더니 절대 이곳에서 안 나가겠다는 각오라도 보이려는 건지 내 이불까지 끌어올려 덮는다.

나는 할 말을 잊어버렸다. 그저 내 이부자리의 원래 주인처럼 행세하며 누워버린 이 남자를 멀뚱히 내려다볼 뿐이었다.

"그렇게 잠이 안 와? 동궁전은 여기보다 크고 넓잖아."

혹시라도 그가 기분이 상했을까 하는 걱정에 내 목소리가 조금 부드러워진다. 그러나 혼은 아무런 대꾸도 하지 않고는 눈을 감아버렸다.

'삐친 걸까?'

어쨌든 그는 오늘 밤은 정말 여기에서 자려는 모양이다. 우리 두 사람만 누우면 꽉 찰 정도로 작은 내 처소에서 말이다.

생각해보니 잠이 오지 않는다는 건 걱정거리가 많다는 뜻이다. 지금껏 혼을 짝사랑하는 미영이가 매일같이 그를 멀리서나마 볼 수 있었던 것은, 그가 거의 매일 밤 동궁전 앞뜰에 나와 생각하는 데 시간을 보냈기 때문이었다. 그렇게 보자면 그의 잠을 방해할 만큼의 고민거리는 얼마나 되는 것일까? 설마, 나 역시도 그의 고민거리 중에 하나가 되어서 그를 잠 못 이루게 만든 것일까? 그렇다면 조금이라도 내 옆에서 쉬고 싶다는 그를 뿌리칠 수 없다.

나는 그의 잠에 방해되지 않게 조금의 거리를 두고 그의 옆에 살포시 누웠다. 그런데 내가 옆에 눕자마자, 눈을 감고 잠이 든 줄 알았던 혼이 한 손을 뻗어 내 손을 잡는 것이 아닌가?

갑자기 그의 크고 단단한 손에 손을 붙잡힌 나는 고개를 들었다. 그러나 여전히 혼은 두 눈을 감고 있었다. 그런데도 내가 그를 쳐다보는 걸 아는 모양이다.

"너도 어서 자거라."

그는 여전히 두 눈을 감고 있었다. 다행히 삐친 건 아닌 것 같다. 그 생각에 기분이 좋아졌다. 그대로 머리를 이부자리에 대고 누우려다가, 문득 생각난 것이 있어서 그를 보며 말했다.

"내가 자장가 불러줄까?"

"자장가?"

그가 두 눈을 가늘게 뜨며 나를 본다. 나는 그와 눈이 마주치자 배시시 웃으며 고개를 끄덕였다.

"응. 내가 어렸을 때 잠이 안 오면 아빠가 불러주시던 거야."

"잘 때 창(唱, 노래)을 듣는단 말이냐? 나는 되었다."

혼은 믿기지 않는다는 얼굴로 말한다. 기껏 마음먹고 말을 꺼냈는데 거절당한 셈이다. 그러나 이대로 물러날 내가 아니었다.

"씁!"

주저 없이 나온 혓소리. '그 입을 다물라'는 뜻을 가진 나의 전매특허다. 오랜만에 들어서 기억을 못하는 건지, 마치 처음 본 듯 놀란 눈으로 나를 바라보는 혼.

"그냥 잠자코 들어. 효과 직빵이야. 바로 잠이 올걸?"

혼은 잠시 큭큭거리며 웃더니 두 눈을 지그시 감는다.

"그럼 어디 한번 불러 보아라."

그의 허락이 떨어지자, 나는 숨을 가다듬었다. 그리고는 어린 시절 아빠가 내게 해주었던 것처럼 한 손을 그의 가슴 위에 올려놓고는 마치 어린아이에게 하듯 천천히 두드리며 자장가를 부르기 시작했다.

"잘자라 우리 혼이. 앞뜰과 뒷동산에~ 새들도 아가 양도~ 다들 자는데~."

달님은 영창으로,

은구슬 금구슬을

보내는 이 한밤.

잘 자라 우리 혼이,

"잘 자거라……."

자장가가 끝나고도 혼에게서 돌아오는 반응이 없었다. 정말 이 짧은 자장가만으로도 잠이 든 것일까? 의문이 들긴 했지만 미동이 없는 것을 보니 어느 정도 효과가 있다는 생각에 만족스러웠다.

이 노래만으로 그가 편안히 잠들 거라고 생각하지는 않았다. 단지 내가 바라는 건 그가 아무 걱정거리 없이 편안하게 잠드는 것. 그 방법이 내 곁에서 머무는 것이라면 난 곁만 내어주면 된다.

우리에게는 공통점이 하나 있다. 어머니가 안 계시다는 것. 그의 어머니 공빈은 그를 낳고 1년 뒤 산후병으로 돌아가셨다. 내 어머니는 나를 낳은 날 바로 돌아가셨다. 난 그래도 아빠의 사랑을 듬뿍 받고 자랐다. 하지만 그는 아니었을 것이다. 선조에게는 공빈만을 그리워할 이유가 없을 정도로 수많은 후궁들이 있었고, 그가 성년이 되기도 전에 매년 동생들이 태어났다. 자연히 그와 그의 형인 임해군은 아버지 선조의 관심에서 멀어져갔다.

임해군이 일탈적인 행동을 한 것은 어쩌면 선조의 관심을 받고 싶어서였을지도 모른다고 아빠가 말했었다. 그러나 혼은 임해군과는 달랐다. 그는 완벽할 정도로 모범생이었다. 공부도 열심히 했으며 유독 역사책에 많은 관심을 보였다고 들었다. 그리고 나는 그를 직접 만나고 사랑하게 되었다. 그리고 깨달았다.

모범생이었던 어린 시절. 왜란 시기에 훌륭히 분조를 이끌었던 세자. 세자 시절의 그에 대해 단 두 줄로 끝내버린 역사책 너머에는 인간 혼이 있었다. 그도 외로움을 느끼며 성장했을 것이고, 자신이 처한 상황 속에서 매일같이 고민했을 것이다. 그에게는 진정으로 마음을 나누고 의지할 사람이 없었다. 그의 집이나 다름없는 이 궁은 그가 표현한 것처럼 숨쉬기조차 힘든 새장일 뿐이었으니까. 그런 그가 잠들기 위해 찾아온 곳은 행궁에서도 가장 외딴 곳에 자리한 내 전각이었다.

나는 다짐했다. 그가 왕이 된 뒤에도, 그래서 인목대비가 경운궁에 유폐되던 날에 아빠를 만나게 되더라도, 또 내가 아는 역사가 그대로 이루어져서 반정으로 인해 그가 더 이상 왕이 아니게 된다고 하더라도……. 난 언제나 그의 곁에서 그와 함께할 것이라고. 반드시, 반드시 그럴 것이라고.

나는 그의 귓가에 대고 속삭였다.

"네 곁에 있어줄게. 언제나……."

그러자 그와 눈을 마주친 상태에서 고백한 것처럼 얼굴이 뜨거워진다. 그래도 뿌듯한 마음이 드는 것을 숨길 수는 없다. 그때였다. 잠들었다고 생각한 그가 갑자기 몸을 일으켰다. 놀란 내가 그를 따라 몸을 일으킬 새도 없이, 그가 내가 누워있는 쪽으로 몸을 숙였다.

"안 자고 있었……."

내 말이 끝나기도 전에 그는 자신의 입술을 내 입술에 포갰다. 갑작스런 입맞춤에 미처 아무런 준비도 하지 못했던 나는 숨을 참았다. 조금 뒤 내게서 입술을 뗀 그를 올려다보며 나는 참았던 숨을 쉬었다. 나와 달리 그의 호흡은 상당히 거칠어져 있었다.

'전혀 안 자고 있었던 거야? 그럼 내가 한 말을 모두…….'

그의 두 눈은 스며들어오는 달빛을 받아 흑요석처럼 반짝였다. 반짝이는 두 눈은 내게 무언가를 묻고 있었다. 나는 그 물음이 무엇인지 알고 있기에 잠시 망설였다. 그날 밤의 아팠던 기억이 생각났기 때문이었다. 또다시 그날처럼 아플 거라고 생각하면 겁부터 났다.

방금 전 내가 그에게 했던 말. 그것은 약속이었다. 무슨 일이 있어도 그와 함께할 것이란 약속. 그 약속을 지키기 위해서라면, 조금 더 용기를 내어 답을 해도 되지 않을까?

나는 두 손을 들어 그의 얼굴을 감싸 쥐고는 내 얼굴 쪽으로 끌어당겨 입을 맞췄다. 이 순간만큼은 모든 시간이 멈춰버린 듯 그 뜨거움이 내 온몸 구석구석으로 퍼져나갔다. 이것은 하나의 신호가 되었다. 내가 먼저 그에게 한 첫 번째 입맞춤이 끝나자마자, 혼의 한 손이 내 저고리 고름을 풀었다. 고름이 완전히 풀리는 것이 느껴졌을 때, 나는 두 팔로 그의 목을 휘감으며 눈을 감았다. 난 또 한 번 그를 받아들이기로 마음먹었다.

나 김경민은 이혼을, 그를 사랑하기 때문에…….

인빈의 지밀나인이 된 후 나는 차를 맡게 되었다. 생과방에서 차구(茶具)를 준비해서 올리면, 나는 그것을 가지고 인빈의 처소로 들어간다. 그 뒤 마녀 인빈의 무시무시한 눈빛을 받으며, 차를 끓이고 적당히 식혀서 그녀에게 계속해서 올리는 것. 그것이 나의 일이었다.

어떻게 보면 별것 아닌 이 일이 내게는 상당히 고역이었다. 인빈은 평소에도 수라보다는 생과방에서 올리는 다과와 차를 주로 즐긴다. 특히 차를 얼마나 자주 마시는지, 몇몇 나인들은 그녀의 피부가 나이에 비해 아직까지 좋은 건 차를 마셔서라는 이야기를 할 정도였다. 그러다보니 나는 거의 하루 종일 인빈의 곁에 붙어있어야 했다.

그나마 다행인 것은 내가 차를 담당한 이후로 인빈의 변덕이 줄었다는 것이다. 비록 나를 매서운 눈빛으로 쳐다볼 때가 많았지만, 그녀는 내게 말을 걸지도 않았다.

난 사실 그녀의 변덕을 걱정했다. 내가 차를 끓일 때 그녀가 변덕을 부려 나에게 뜨거운 찻물이라도 부어버리지 않을까 싶어서였다. 다행히 인빈은 그러지 않았다. 아마도 그녀가 주로 마시는 차는 선조가 직접 하사한 귀한 것이라서 그런 듯싶었다. 선조는 인빈이 평소 차를 즐긴다는 말에 종종 귀한 차가 들어오면 인빈에게 제일 먼저 하사해주었고, 인빈은 그럴 때마다 아주 기뻐하며 차를 마셨다. 인빈의 가장 큰 즐거움 중의 하나가 선조가 하사해준 차를 다른 빈들과 나눠 마시며 자랑하는 것이었다. 그것은 내가 인빈의 지밀나인이 된 이후에 새롭게 알게 된 그녀의 습관 중 하나였다.

중전 김 씨가 새로 들어왔음에도 불구하고 인빈의 처소를 찾는 후궁들은 많았다. 정빈 민 씨와 온빈 한 씨가 대표적이었다. 그들은 정말로 불필요한 이야기를 하면서 시간을 보냈는데, 정빈은 인빈보다 열두 살이나 어렸으며, 온빈은 정원군보다도 한 살 더 어렸다. 그들은 후궁의 품계는 같으면서도 인빈이 나이가 많아서인지 늘 경어를 사용했다.

"용정차가 아닙니까?"

내가 끓인 물에 찻잎을 넣자 그 향이 인빈의 처소를 가득 채웠다. 향을 맡은 온빈이 말을 꺼내자 인빈의 얼굴에 화색이 돌았다.

"오랜만에 맡으면서도 그 향은 어찌 기억하고 있나?"

"귀한 것이니 더 잊지 않고 기억하는 것이지요. 더욱이 인빈마마께서 이리 자리를 마련해 주시지 않으시면, 소첩이 어찌 마셔볼 기회가 있겠사옵니까?"

"호호, 내 앞으로 자주 불러줌세."

그러자 정빈이 기다렸다는 듯이 나섰다.

"듣자하니 중전께서도 세자빈께서도 갖지 못한 아이를 마마께서 데리고 계시다지요?"

탁.

주전자 뚜껑을 열던 나는 정빈의 말에 들어 올리던 뚜껑을 놓치고 말았다. 뚜껑은 원래 닫혀 있었던 그 자리에 도로 놓였다. 인빈은 물론이고 온빈과 정빈의 시선이 나를 향했다. 잠시 뒤 인빈이 기침 소리를 내며 후궁들의 시선을 자신 쪽으로 돌리게 만들었다.

"소문이 벌써 그곳까지 갔는가?"

인빈이 짐짓 웃어보이며 말한다. 온빈이 따라 웃으며 물었다.

"그 아이는 마마의 퇴선간 나인이라고 들었사옵니다. 그런데 어찌 그 아이를 중전께서도 세자빈께서도 아시는 것이옵니까? 미색이라도 뛰어난지요?"

"미색이 뛰어나다니?"

인빈이 내 쪽을 힐끔 쳐다보며 온빈에게 되묻는다.

"소첩이 추측하기로는 그리 생각되옵니다."

"어찌해서 말인가?"

"소첩도 귀가 있어 듣자하니, 중전께서는 그 나인이 총명하여 공주마마의 보모상궁으로 삼고 싶다 하시고, 세자빈께서는 그저 총명하니 곁에 두고 싶다 하시며 달라고 하셨다지요. 소첩의 말이 맞사옵니까?"

"들은 그대로네."

인빈이 고개를 끄덕이며 답하자 온빈이 말을 이어갔다.

"여인이 여인을 총명하다 하는 것을 보셨사옵니까? 다 다른 뜻이 있으셔서 그리 달라 하신 것이겠지요."

"다른 뜻이라니?"

인빈은 재미있다는 얼굴이다.

"혹여 그 나인이 전하의 눈에 띄어 승은이라도 입게 되면, 다 인빈마마의 공으로 돌아갈 것이 아니옵니까? 그러니 사전에 이 일을 막고자 달라고들 하신 것이겠지요. 그렇게 보면 그 나인의 미색이 꽤나 반반

한 것이 아니겠사옵니까?"

인빈이 소리 내어 웃기 시작했다.

한참 뒤 웃음을 그친 인빈이 나를 돌아보았다. 그러나 온빈과 정빈은 그저 차가 다 되었다 싶어서 차를 달이는 나인인 나를 쳐다본다고 생각했는지, 날 보지는 않았다. 인빈은 계속해서 내 얼굴 이곳저곳을 쳐다보며 그녀들에게 말했다.

"옛말에 가선(加線, 쌍꺼풀)이 있으면 무자상(無子相, 아이를 못 낳는)이라지? 사내들도 무자상인 계집을 품고 싶어 할까?"

"호호호. 사내들이 옛말을 듣고 계집을 품는 것을 보셨사옵니까? 다 마음에 들면 가지려들 달려드는 것이지요."

"맞아. 그래. 사내라면 그러는 것이 인지상정이지. 그런데 그 사내가 마음에 품은 계집을 가지려 들지 않는다면?"

"이미 정혼한 여인이 아닌 이상에야, 감히 손댈 수 없는 분의 여인인가 보지요."

"손댈 수 없는……."

말끝을 흐리던 인빈이 갑자기 자신의 앞에 놓인 상을 손바닥으로 살짝 치더니 허리를 곧추세웠다. 온빈과 정빈은 그러한 인빈의 태도를 이해하지 못하는 듯 눈만 굴려댔다. 인빈은 갑작스런 자신의 행동에 그녀들이 당황한 것을 보고는 활짝 웃으며 말했다.

"차가 다 된 것 같네. 마시세."

인빈의 말에 나는 달인 찻물을 찻잔에 담아 그녀들에게 올리고는 한쪽으로 물러나 앉았다. 온빈은 차가 마음에 들었는지 계속 순진한 얼굴로 싱글벙글이었다. 정빈은 그런 온빈을 바라보다가 입을 열었다.

"어찌되었든 이 일로 중전께서 꽤나 배앓이를 하시겠사옵니다."

"어디 배앓이만 하시겠습니까? 아무리 중전이시라도 해도 양화당의 나인은 함부로 데려가실 수 없다는 걸 이번 일로 아셨겠지요."

온빈의 정빈의 말을 받았다. 인빈은 그런 온빈의 말이 퍽이나 마음에 든 모양이다. 그녀가 말만 꺼내면 내내 입가에 웃음이 그치지 않으니 말이다.

"그런데 말입니다. 인빈마마."

정빈이 인빈에게 말을 꺼냈다.

"세자빈께서도 마마의 나인을 원하지 않으셨사옵니까? 조금 이상하옵니다."

"이상하다니?"

"세자빈께서는 궐의 그 어떤 일에도 나서지 않고 몸을 사리시는 분이시지요. 더군다나 동궁전과 양화당은 오래전부터 왕래가 없었사옵니다. 그런데 갑자기 양화당 나인을, 그것도 퇴선간 나인을 달라 하시다니요? 무언가 이상하지 않사옵니까?"

"그렇게 보자면 중전께서 달라고 하신 것이 더 이상한 일이지 않겠는가? 하물며 세자빈이야……."

인빈은 세자빈이 날 달라고 한 사실에는 별 관심이 없는 투로 답했다. 그러자 차 한 잔을 말끔히 비워낸 온빈이 말했다.

"정빈. 내가 말하지 않았습니까? 그 나인의 미색이 반반한가 보지요. 그러니 동궁전에서 그 나인을 데려와 지난번 개똥이처럼 전하께 보내

환심을 사려 하는 것이 아니겠습니까?"

"개똥이? 하! 하룻밤 승은을 입고 버려진 그 동궁전 나인 말인가?"

인빈이 코웃음치자 온빈과 정빈도 따라 웃었다.

"아니면 이 행궁에서 몸을 사리느라 바쁘신 세자의 마음이라도 잡은 것일지도 모르지요."

웃던 정빈이 온빈의 말을 받았던 바로 그때였다. 나는 정곡을 찔린 듯 움찔했고, 인빈도 이를 본 것인지 일순간 웃음을 그쳤다.

"그 아이가 세자의……."

인빈은 고민하는 얼굴이었고, 그녀의 시선 끝에는 바로 내가 있었다. 나는 그녀의 시선을 피하려고 했다. 그러나 인빈의 두 눈은 집요하게 내 두 눈을 쫓고 있었다.

온빈이 웃음을 터트렸다.

"정빈. 세자와 세자빈의 사이는 좋다고 하지 않습니까?"

그러나 정빈은, 인빈이 자신이 가볍게 던진 말을 심각한 얼굴로 받자 더욱 기세등등하게 대답했다.

"열 길 물속은 알아도 한 사람 속은 모른다고 했습니다. 세자도 사내입니다. 사내가 어디 한 계집만 가지고 만족하는 것을 보았습니까?"

정빈은 말을 마친 후 입을 굳게 다물었다. 인빈이 온빈의 말을 듣고 웃은 것처럼 자신의 말에 즐거워하길 바랐던 모양인데, 인빈은 전혀 웃지 않았던 것이다.

"마마?"

인빈의 침묵이 길어지자 정빈이 조심스럽게 인빈을 불렀다. 그러자 인빈이 한 손을 들며 차를 권했다. 다시 분위기는 좋아졌지만, 인빈은 더 이상 소리 내어 웃지 않은 채 입가에 미소만 띠었다.

정빈과 온빈이 돌아간 후 나는 차구들을 정리하기 시작했다. 생과방에서 보내온 작은 반상에 차구들을 올려놓고 일어서려는 순간, 가만히 내 행동을 지켜보고만 있던 인빈이 나를 불러 세웠다.

"앉아라."

눈치 빠른 정 상궁이 나를 대신해서 반상을 들고 나가고, 나는 인빈과 단둘이 그녀의 처소에 남게 되었다. 나는 고개를 숙인 채 최대한 그녀의 시선을 피하려고 노력했다. 그녀와 눈이 마주치기라도 하면, 궁궐 생활에 잔뼈가 굵은 그녀에게 내가 숨기고 있는 모든 사실이 드러날까 봐 두려웠기 때문이었다.

"내 아들만 생각하느라 미처 생각하지 못했던 것이 있었다."

인빈이 말을 시작했다.

"부야가 널 마음에 들어 하면서도 왜 네가 나인 명부에 이름을 올리는 것을 막으려 하지 않았는지. 네가 마마로 죽어간다는 사실에 창덕궁까지 달려가 그 사단을 벌여놓고도 왜 내게 널 달란 소리조차 하지 않았는지. 난 지금껏 그 연유를 궁금해하지 않았다. 그런 일이 있었음에도 부야가 널 잊지 않는다면, 언제든지 내가 널 부야의 전각나인으로 보내 첩으로 삼게 하면 되었을 테니까. 그래서 부야가 달라고 할 때까지 내 곁에 둘 생각이었다."

인빈이 크게 숨을 들이마셨다.

"그런데 아무리 지나도 부야는 그러지 않았지. 분명 네게 마음이 있는 건 확실한데도 말이다. 내 아들이지만 참으로 답답하다 여겼다. 그런데 그 연유가 분명 있었구나."

난 무겁게 침을 삼켰다.

"고개를 들어라."

인빈의 말에 난 천천히 고개를 들어서 그녀를 바라보았다. 인빈은 한쪽 눈썹을 치켜 올린 채 내게 물었다.

"세자냐?"

내가 놀란 얼굴로 인빈을 바라보자, 인빈의 얼굴에 점점 미소가 번지기 시작했다

"하하! 나 인빈이 여태껏 그것을 몰랐다니! 내 아들만 생각하느라 널 보고 다른 생각만 했었구나."

인빈이 알아차렸다.

"그러고 보니 널 벌줄 때도 세자가 제일 먼저 달려왔었지."

나는 아무 말도 하지 않고 있었다. 그러나 인빈은 그런 나를 앞에 두고 자신만의 퍼즐을 하나씩 맞춰나가고 있었다. 그럴 때마다 그녀는 웃음을 터트렸다.

"세자빈이 나서서 널 동궁전으로 데려다 놓으려 할 정도로 세자가 널 마음에 들어 한다니, 앞으로 네 이용가치가 어디에 있는지는 차차 생각해 보아야겠구나. 그만 물러가거라."

인빈의 말이 끝나기가 무섭게 나는 그녀의 처소를 나왔다. 엄청난 불안감이 엄습해오며 속이 울렁거렸다. 도무지 그곳에 있을 수가 없어서, 정 상궁에게 핑계를 댄 후 급히 내 처소로 돌아왔다. 아무도 없는

내 처소에 들어오자마자 나는 두 다리가 후들거리는 것을 느끼며 털썩 주저앉았다.

'인빈이 알았어!'

인빈은 대략 혼이 나를 마음에 들어 한다는 것까지만 눈치챈 듯싶었다. 하지만 그것만으로도 혼에게 해를 끼치려고 하는 인빈의 말에 나는 섬뜩한 기분에 사로잡혔다. 내 존재가 혼에게 해가 될 수 있다는 사실은 생각만으로도 끔찍한 일이었다.

나는 며칠 전 혼이 내가 있는 전각을 찾아왔던 걸 떠올렸다. 다음날 아침, 내가 깨어났을 때 혼은 없었다. 마치 그와 보낸 밤이 한낱 꿈인 것처럼 그는 사라져버렸다. 아마도 해가 뜨기 전에 내 처소를 떠난 것이겠지만, 그는 언제든지 또 찾아올 수 있었다. 혼이 나를 만나러 내 처소에 찾아온다는 것을 인빈이 알게 된다면…….

세자빈도 그것을 알고 내게 주의의 말을 한 것이 아닐까? 어쨌든 그를 위험에 빠지게 만들 순 없었다. 더욱이 나 때문에 말이다. 그렇다면 어떻게 해야 할까? 인빈이 했던 말을 그에게 전해야 할까? 혼을 직접 만날 수는 없으니, 세자빈을 찾아가서라도 말이다.

난 마음속으로 고개를 저었다. 인빈이 눈치챈 상황에서 동궁전을 찾아가거나 세자빈을 만나는 것은 매우 위험한 일이었다. 혼에게 해를 끼칠 거리를 인빈에게 제공하는 것과 다름없었다. 그러니 당분간 어떤 식으로든 혼을 만나서는 안 되었다.

"어머? 일찍 돌아오셨네요?"

운영이 아무런 기척 없이 닫혀 있던 방문을 열었다가 나를 발견하고는 반가운 표정을 지었다. 하지만 난 그녀를 보고 웃을 수가 없었다.

"무슨 일이 있으셨어요?"

걱정스럽게 물으며 방 안으로 들어온 운영을 보며 난 말했다.

"처소를 옮겨야겠어."

"네?"

"난 더 이상 수라간 궁녀도 아니잖아. 그리고 여기는 양화당과 멀고."

"그래서 오히려 편하다고 하셨잖아요."

"이제 나는 인빈마마의 지밀나인이잖아. 그래서 양화당 내에 지밀나인들이 거처하는 곳으로 옮겨가려고."

"저야 상관은 없지만 그렇게 되면 항아님이 불편하실 텐데요? 아마도 양화당에서는 다른 지밀나인과 한 방을 쓰셔야 하실지도 몰라요. 그래도 괜찮으시겠어요?"

"응."

"미영 항아님이 찾아오시기도 불편하실 텐데……."

"그럼 내가 미영이를 찾아가면 돼."

그건 아무 일도 아니라는 듯 운영을 향해서 억지웃음을 지었을 때였다. 내 눈에서 눈물이 흘렀다. 이것을 본 운영이 놀란 얼굴로 나를 보았다.

"항아님."

나는 서둘러 눈물을 훔쳐내려고 했다. 그러나 한번 쏟아진 눈물은 멈출 기미를 보이지 않는다.

혼이 나를 찾아왔을 때 이 처소가 비어있는 것을 보면 무슨 생각을 할까. 내가 그를 피하려고 한다고 오해할까? 제발 그가 싫어서 그런 것이라고 생각하지만 않았으면 좋겠는데. 그가 필요하든지 필요하지 않든지 언제나 함께하겠다는 약속을 지키지 않은 것이라고 생각하지 않았으면 좋겠는데.

이런 내 마음을 전할 수가 없다는 사실이 너무나도 고통스럽다. 같은 궁궐 안에서 지내는데도 그에게 마음을 전하러 가는 길은 너무나도 멀다. 우리 사이에 놓여 있는 거리는 보이는 것보다도 멀다.

앞으로 5년, 5년만 지나면 혼은 왕이 된다. 5년만 기다리면 그를 보고 싶을 때마다 볼 수 있을 것이다. 그걸 위안 삼자. 스스로에게 위로의 말을 건네 보지만 흐르기 시작한 눈물을 막는 것은 역부족이었다.

기존에 머물던 처소를 떠나기로 결심한 나는 바로 그날 행동에 옮겼다. 그러나 바로 양화당으로 갈 수는 없었다. 배정에는 적어도 십여 일이 걸린다고 했다. 난 급한 대로 수사간(水賜間, 무수리 숙소)에서 스무 일 정도를 보낸 다음에야 양화당에 처소를 얻을 수 있었다.

이후로는 영심이와 한 방을 쓰게 되었다. 게다가 가까운 곳에 정 상궁의 처소가 있어, 틈만 나면 정 상궁이 일을 시키려 내 처소로 와서 나를 찾았다.

오늘 같은 날도 그랬다. 일이 없는 때라 처소에서 쉬고 있는데, 정 상궁이 아무런 소리도 내지 않고 문을 열고 안으로 들어와 말했다.

"생과방에서 곧 차를 올릴 것이다. 준비하거라."

"누가 오셨나요?"

"무슨 잔말이 그리 많으냐?"

정 상궁을 따라 서둘러 밖으로 나가니, 생과방에서 차를 끓일 차구를 가지고 기다리고 있었다. 그것을 받아들고 인빈의 처소로 가자, 문 앞에서 지키고 있던 나인들이 문을 열어주었다. 최대한 소리를 내지 않고 조용히 안으로 들어가던 나는 인빈과 누군가의 대화를 듣게 되었다.

"그 나인이 세자의 눈에 들었단 말입니까?"

"예, 오라버니. 그렇다니까요. 살다보니 이런 기회도 오는가 봅니다. 전하께서 달라 하셨을 때 내놓지 않은 게 어찌나 다행이던지."

"그럼 어찌하시려는 겁니까?"

"어찌하기는요. 그 계집을 이용해서 광해를 세자의 자리에서 쫓아내어야지요."

난 걸음을 멈추고 숨을 죽였다. 여기서 한 걸음만 더 내딛는다면 바로 인빈이 나를 볼 수 있는 거리라는 것을 알고 있었기 때문이었다.

"방법이 있겠습니까? 십 년이나 세자의 자리를 지킨 광해입니다. 쉽사리 물러나려 하지 않을 겁니다. 하물며 나인 하나에……."

"오라버니. 어미를 잃은 광해를 이십여 년간 옆에서 지켜본 게 접니다. 오라버니가 방금 말씀하신 것처럼, 광해는 왜란 이후 십 년이나 세자 자리를 지켰지요. 우리 신성군을 대신하여 전하께서 임시로 맡겼던 세자직을 말입니다. 그 정도로 광해는 조심스럽게 행동하는 게 몸에 밴 위인입니다. 그런 광해가 세자빈을 내세워 그 아이를 달라고 했으니, 그 아이에게 보통 달아오른 게 아닐 겁니다."

"허나, 전하께서 물으신다 해도 광해가 아니라 한다면……."

"전하께서 물으시게 하다니요? 아무런 증거도 없이 함부로 그럴 수는 없지요."

"그럼 마마께선 어찌하시려는 것입니까?"

"전하께서는 지금 광해를 세자 자리에서 쫓아낼 명분을 찾고 계시지요. 그 명분을 위한 구실을 그 계집이 줄 겁니다. 동궁전 나인도 아닌 양화당의 나인과 사통(私通)했다는 증거만 만들어도 충분합니다."

"그렇군요! 양화당의 나인은 전하의 여인이기도 하니, 세자가 부왕의 여인에게 손을 댔다는 말이 퍼지기만 해도 삼사(三司, 사헌부, 홍문관, 사간원)와 성균관 유생들이 가만있지 않을 겁니다. 모두 세자 폐위를 주청하겠지요. 그리되면 정원군이 세자가 될 수 있을 겁니다!"

"예. 그리 되면 신성군이 세자가 되지 못하고 죽어 가지게 된 내 한을, 정원군이 풀어주게 될 겁니다."

"하온데 마마. 세자 문제야 그렇게 해결한다 하더라도 혹여 중전이 대군이라도 생산하게 된다면 일이 좀 틀어지지 않겠습니까?"

"그럴 일이 없게 하면 되지요."

"없게 하다니요?"

"중전이 더 이상 아이를 낳지 못하게 만들면 되지 않겠습니까?"

"그건, 마마!"

"오라버니. 죽은 의인왕후가 왜 석녀(石女, 아이를 낳지 못하는 여자)였을까요? 나 인빈입니다. 내겐 어려운 일이 아닙니다."

"의인왕후가 아이를 낳지 못한 게……. 설마 마마께서?"

지금 인빈의 말은 말만으로도 충분히 대역죄에 해당되는 것이었다. 대체 인빈은 중전 김 씨에게 무슨 일을 하려는 것일까? 찻잔이 담긴 반상을 든 내 손이 부르르 떨리기 시작했다. 인빈이 입을 열었다.

"공빈이 정녕 광해를 낳고 산후병으로 죽었다 여기십니까?"

"마마!"

"오라버니. 궁궐은 그런 곳입니다. 내가 살기 위해서 남이 죽어야지요. 그것이 바로 이 궁궐의 생리입니다."

인빈이 웃음을 터트렸다.

혼의 어머니 공빈이 죽은 이유가 인빈 때문이었다니! 엄청난 사실에 나는 더 이상 그 자리에 있을 수가 없었다. 그곳을 빠져나가야겠다는 생각으로 서둘러 문 쪽으로 몸을 돌렸을 때였다. 긴장으로 인해 속이 울렁거린다고 생각했는데, 갑자기 구역감이 몰려왔다.

"읍."

인빈의 웃음소리가 멈췄다.

"거기 누구냐?"

인빈이 앙칼진 목소리로 문 쪽을 향해 소리쳤을 때였다.

"마마. 정원군마마께서 오셨사옵니다."

"정원군이? 어서 드시라 해라."

"예. 마마."

때마침 정원군이 양화당에 왔는지, 인빈 처소의 문이 열리며 왕자의 관복을 입은 정원군이 들어섰다. 그는 문가에 가깝게 서 있던 나를 발견하고는 놀란 기색이었다. 그러나 그는 내 손에 들려있는 차구를 보고는 일을 하던 중이라고 여겼는지, 그대로 나를 지나쳐서 안으로 들어가려고 했다. 그러나 속에서부터 올라오는 메스꺼움으로 인한 내 구역질이 그의 걸음을 붙잡고 날 돌아보게 만들었다.

"읍. 으읍."

나는 더 이상 그곳에 서 있을 수가 없어서, 정원군이 들어오며 열린 문밖으로 서둘러 걸어 나왔다. 밖에 서 있던 지밀나인들이 들어간 지 얼마 되지 않아 도로 나온 나를 의아하게 쳐다보았다. 나는 계속되는 구역감을 더는 견디기 힘들었다. 나는 바로 옆에 서 있던 지밀나인에게 차구가 든 반상을 건네주고는 서둘러 양화당을 빠져나왔다.

다행히 내 새 처소가 양화당에 딸린 전각이기 때문에, 급한 대로 속히 방으로 돌아왔다. 그곳에서 운영이 떠다 놓은 물을 연거푸 마셨지만, 울렁거리는 속은 그대로였다. 정 상궁의 처소에서 짐을 빼기 위해 서두른다고 아침을 걸러서 그런지 빈속이었다. 빈속에 너무나도 놀라운 일을 엿들어서 경기라도 일으켰다고 생각한 나는, 한 손으로 쇄골 아래를 두드렸다. 속은 나아질 기미가 전혀 보이지 않았다. 그때 문이 열리며 운영이 안으로 들어왔다. 나는 이미 깨끗이 비워버린 물그릇을 운영에게 내밀며 말했다.

"물 좀 더 갖다줄래?"

"어디 안 좋으세요?"

"모르겠어. 이런 적은 단 한 번도 없었는데……. 읍."

내가 다시 구역질을 시작하자 운영이 서둘러 나에게로 다가왔다. 그리고는 물그릇으로 사용하는 그릇을 내 앞에 내밀며 말했다.

"등이라도 두드려드릴까요?"

"아니, 괜찮아. 토할 것 같지는 않은데, 우웁. 왜 이런지 모르겠어."

"의녀라도 불러올까요?"

"아니야. 시간이 지나면 괜찮아지겠지."

"누가 보면 회임하신 줄 알겠어요. 전 그럼 물을 좀 더 가져올게요."

운영이 가볍게 던진 말에 난 질끈 감았던 눈을 떴다.

'회임?'

운영이 나간 후 처소에 홀로 남은 나는 혼란스러움에 빠졌다.

혼을 마지막으로 만난 지 두 달이 다 되어가고 있었다. 만약 지금 구역질을 하는 것이 입덧이라면……. 내가 임신을 했다는 것일까?

언젠가 사랑하는 사람을 만나 결혼하게 된다면 아이를 가지게 될 것이라는, 보통 소녀들이 가지고 있을 생각을 해본 적은 있었다. 그러나 내가 지금 처한 상황은 그런 이상적이고도 일반적인 상황과는 달랐다. 무엇보다 이런 상황이 닥치면 어떻게 해야 하는지 가르쳐줄 사람이 아무도 없었다.

더욱이 지금 난 인빈의 지밀나인이다. 인빈은 나를 이용해서 세자인 혼을 위협하려고 하고 있었다. 그런 상황에서 내가 혼의 아이를 가진 것을 인빈이 알게 된다면? 섬뜩한 기분이 들었다. 혼의 어머니인 공빈이 인빈의 손에 죽었다는 사실을 들었을 때와 마찬가지였다.

난 혼에게 해가 되지 않기 위해 양화당으로 처소를 옮겼다. 내가 인빈의 발치에 있는 이상, 혼도 나를 만나러 오는 것을 단념하지 않을 수 없을 테니까. 그런데 나는 한 가지 사실을 잊고 있었다. 혼을 위험에서 벗어나게 하기 위해 내가 선택한 양화당은 그에게는 호랑이굴이나 마찬가지였던 것이다.

"항아님. 항아님, 안에 계십니까?"

문밖에서 여자의 목소리가 들려오자, 나는 흠칫 놀라 고개를 들었다. 그리고는 닫혀 있는 문밖을 향해 입을 열었다.

"누구세요?"

"내의원 의녀 보은입니다."

하필 다른 사람도 아니고 내의원 의녀라는 말에 내 얼굴이 싸늘하게 식었다. 무엇보다 이 시간에 의녀가 내 처소를 찾아올 이유가 없었다.

"무슨 일로 오셨나요?"

내 물음에 문밖에서 보은 의녀는 공손하게 답했다.

"정원군마마께서 보내셨습니다. 이 처소에서 머무르시는 항아님께서 몸이 좋지 않으신 듯하다 하시어……."

나는 조금 전 인빈의 처소에서 정원군과 스쳐 지나갔던 것을 떠올렸다. 그때 급히 나가는 나를 보고 내가 아프다고 생각한 모양이었다. 갑자기 의녀가 찾아온 이유를 알게 된 나는 일단 안심하며 말했다.

"나는 괜찮아요. 그러니 돌아가세요."

"맥이라도 짚을 수 있게 해주시지요."

정원군이 직접 명을 내려 보냈기 때문인지, 보은 의녀는 아무런 성과 없이 돌아갈 수 없다는 태도를 보였다. 결국 나는 단호한 어조로 문밖에 선 그녀에게 말했다.

"고뿔에 걸렸을 뿐이에요. 그러니 돌아가세요."

날이 따뜻해지며 여름으로 가는 길목에 고뿔이라니. 이 거짓말이 제대로 먹힐 리는 없겠지만, 보은 의녀 입장에서는 날 만나지 못한 핑계거리는 얻은 셈이었다.

내 말을 들은 후 보은 의녀는 감기에 좋은 탕약을 올리겠다는 말을 한마디 남긴 채 가버렸다. 난 또다시 구역감이 몰려올까 겁이 나서는 몸을 웅크렸다. 얼마 뒤 문이 열리며 운영이 물그릇을 들고 안으로 들어왔다. 난 웅크렸던 몸을 펴고 운영을 보며 말했다.

"운영아. 너에게 말할 게 있어."

당장 믿고 의지할 사람은 그녀뿐이었다.

"네, 말씀하세요."

그녀가 물그릇을 들고 내 옆으로 다가와 앉았다. 나는 그녀의 얼굴을 바라보며 잠시 주저했다. 이 사실을 털어놓는다면 그녀는 분명 놀랄 것이다. 그러나 그녀가 어디에 가서 함부로 말을 퍼트리고 다닐 사람이 아니라는 것은 분명히 믿고 있었다.

"내가 만약 회임을 했다면 말이야. 그래서 지금 내가 입덧을 하고 있는 것이라면……. 멈출 방법이 없을까?"

내 말을 들은 운영은 놀란 입을 다물지 못한 채 눈을 깜빡였다. 그러나 축복받아야 할지도 모르는 소식으로 인해 깊이를 알 수 없는 수렁 속에 빠진 내 눈을 본 운영은 조용히 손을 내밀었다. 그리고 내 손을 잡아주며 말했다.

"잠시만 기다리세요."

고심하던 운영은 생강과 삽주(국화과의 여러해살이 풀)를 갈아서 달여

즙을 내어왔다. 맛은 혀에 닿자마자 인상을 찌푸리게 만들 정도로 썼다. 그러나 그것을 마시자 거짓말처럼 입덧이 가라앉았다.

"얼마나 효험이 있을지는 저도 몰라요. 대신 심하실 때 드시면 지금처럼 조금은 나아지실 거예요."

운영도 장담은 하지 못한다고 말했다. 그러나 지금 나에게는 당장 멈추지 않을 것 같은 입덧이 가라앉은 것만으로도 천만다행일 따름이었다.

"오는 길에 영심 항아님께는 항아님이 심한 고뿔에 드신 것 같다고 말씀드렸어요. 제게 옷가지를 내어달라 부탁하신 것을 보니, 당분간은 다른 처소에서 지내실 것 같아요. 허나 언제까지고 숨기실 수는 없으실 거예요."

나는 웅크린 채 이불에 누워 그녀의 보고를 들었다. 운영은 누워있는 나의 손을 주물러주며 조심스럽게 입을 열었다.

"저하이시죠?"

그녀의 말에 대답보다도 눈물이 먼저 흘렀다. 난 그녀가 주무르던 내 손을 거둬들여 눈에서 흐르는 눈물을 닦았다. 눈물이 흐르는 이유는 단 하나뿐이었다. 당장 아무런 대안도 없이 위험에 노출된 내 자신이 한심스러워서였다.

"알고 있었어?"

"동궁전 최 내관 나으리가 항아님을 모셔가는 걸 보았는데요."

운영은 진작 알았다는 듯이 웃으며 말했다. 그녀의 웃음에 나 역시 눈물이 그치지 않은 눈으로 잠시나마 웃음을 지을 수 있었다.

"어서 그분께 알리세요. 그러면 양화당에서도 바로 나가실 수 있을 거예요."

"그럴 순 없어."

내가 단호하게 대답하며 몸을 일으켰다. 그러자 운영은 이해할 수 없다는 듯 내게 되물었다.

"인빈마마 때문에 그러셔요? 그러면 정원군마마께 부탁해보시는 건 어떠세요? 두 분은 우애가 좋으시니 분명 항아님을 도와주실 거예요."

"그것도 안 돼. 왜냐하면 인빈마마가 어느 정도 눈치를 채신 것 같아. 인빈마마는 그걸 이용해서 세자저하를 위험에 빠트리려고 해."

내가 품은 고민을 알아차린 운영이 나를 대신해서 무거운 한숨을 내쉬며 말했다.

"회임하신 것이 맞다면, 이대로 양화당에 머무시는 건 위험해요. 인빈마마께서도 곧 알아차리실 거라고요."

"알아. 하지만 회임이 아니더라도 인빈마마는 나를 이용해서 저하께 해를 끼치려 할 거야."

"그럼 다른 방도를 생각하신 것이 있으세요?"

나는 궁궐에 들어온 이후로 절대 바라지 않았던 단 한 가지를 떠올리며 말했다.

"나…… 궐을 떠나야 할 것 같아."

말할 수 없는 비밀

나인. 즉 궁녀는 죽을병에 걸리기 전까지는 궁궐을 떠날 수 없다. 국가에 재해가 생긴 경우 예외적으로 잠시 궁궐 밖으로 방출하는 경우도 있었지만 이것은 극히 드문 경우였다. 궁에서 나갈 수도 없지만, 죽을 수도 없는 것. 그것이 바로 조선의 궁녀였다.

"궁궐을 떠나시겠다고요?"

"그래. 지금으로서는 다른 방법이 없어. 그러니 당분간은 궁궐을 떠나 있는 게 좋을 것 같아."

"항아님! 항아님은 궁궐을 떠나실 수가 없어요. 불가능하다고요."

"그래서 너에게 묻는 거야. 분명 방법이 있을 거야."

운영도 무언가 떠오르는지 내게 바로 대답을 주는 것을 망설인다. 나는 지금 그녀의 망설임에 기대를 걸고 있었다. 운영 역시 통근하는 무수리였다. 그녀가 가능하다면, 분명 내가 궁궐 밖으로 나갈 방법이 있을지도 모른다는 생각이 들었다.

"궐을 나간다고 모든 게 끝이 아니라는 건 아시죠?"

운영이 내 결심을 다시 한 번 재확인하듯 물었다.

"항아님이 사라진 사실이 발각되면 궐이 시끄러워질 거예요. 허나 오히려 잘된 일인지도 모르겠네요, 인빈마마께서도 항아님이 사라지신 책임을 피하실 순 없을 테니까요."

뒤늦게 이 말이 운영의 농담이라는 것을 깨달은 난 웃음을 터트렸다. 긴장이 조금 풀리는 것 같았다.

"수사간에서 패를 하나 훔쳐볼게요. 종종 패를 잃어버리는 무수리들이 있어요. 잃어버린 패를 다시 받으려면 며칠이 걸리고, 그동안 그 무수리는 궁 밖으로 나갈 수가 없지요."

"그럼 나갈 수 있는 거야?"

"네. 저와 함께 훔친 패를 가지고 퇴궐하시면 될 거예요."

"궁궐 밖으로 나간 다음에는 지낼 만한 곳이 있을까?"

"당장은 저와 제 아들들이 사는 곳에서 지내시는 건 어려우실 거예요. 항아님이 사라지신 것을 알게 된다면 분명 그곳까지 찾으러 올 테니까요. 대신 제가 사는 곳 주변에 버려진 초가들이 많아요. 일이 어느 정도 마무리될 때까지 버려진 초가에서 지내시면 될 거예요."

운영의 말을 들은 나는 한숨을 돌렸다. 그녀에게 도움을 구한 것은 잘한 일 같았다. 그녀의 말대로라면 모든 것은 일사천리로 진행될 듯 보였다.

"그럼 정말로 이 궁궐을 나갈 수 있는 거지?"
"들키지만 않으면요. 그러니 일단 마음을 편하게 가지세요."
운영이 나를 안심시키려는 듯 활짝 웃었다.

며칠이 지나 운영이 수사간에서 어떤 무수리의 패를 하나 훔쳐왔다. 궁궐을 드나들 수 있는 출입증으로 사용되는 무수리의 패에는 한자로 무수리의 이름과 수사(水賜)라는 무수리의 직책명, 그리고 그 무수리의 신분이 관청 소속의 노비인지 아니면 일반 백성인지가 표기되어 있었다. 패에 적힌 무수리의 이름을 유심히 들여다보는 날 보며 운영이 말했다.

"항아님께서 동궁전 나인이셨더라면…… 세자저하께서 참으로 기뻐하셨을 텐데요. 그렇죠?"

난 패에서 시선을 떼고 운영을 돌아보았다. 나는 씁쓸한 기분에 사로잡혔다. 내가 동궁전의 나인이었다면, 나의 회임 소식은 축하받을 일이었을 것이다. 그랬다면 운영의 말대로 그도 분명 기뻐했을 것이다.

이제는 일어날 수 없는 일이 되어버렸지만 상상만으로도 작은 위안이 된다. 그러나 행복한 상상을 깨어버리는 잔혹한 현실. 난 그를 위해서 궁궐을 떠나야 한다. 그와 이별을 해야 한다.

"옷은 제가 준비할 터이니 일찍 쉬세요."

내게서 대답이 돌아오지 않자 운영이 말을 돌린다. 난 고개를 끄덕이며 그녀가 준비한 이부자리에 몸을 뉘었다.

벌써 며칠째 고뿔이라는 핑계로 방 안에만 머물렀다. 이것이 답이 될 순 없겠지만, 내일이면 궁궐을 나갈 수 있다. 궁궐을 나가면, 얼마나 많은 날들을 궁궐 밖에서 지내게 되는 것일까? 다시 궁궐로 돌아올 수는 있는 것일까?

나를 눕혀놓고 밖으로 나가려던 운영이 놀라 뒷걸음질했다. 이런 그녀의 행동에 고개를 들어 밖을 내다보자, 익숙한 얼굴이 문밖에 서 있는 것이 보였다. 바로 동궁전 최 내관이었다. 그는 자신을 보고 놀란 운영을 향해 낮은 어조로 주의를 주며 주변을 두리번거린다.

"조용히 해라. 그리고 어서 이것을 받아라. 항아님께서 고뿔에 걸리셨다는 이야기를 듣고, 저하께서 보내신 것이다."

그는 당장이라도 그 자리를 벗어나야 한다는 듯 급하게 약첩을 운영에게 건네주며 돌아서려고 했다. 그 순간 내가 최 내관을 붙잡았다.

"최 내관 나으리."

"항아님?"

"여기에 어떻게 들어오셨어요?"

"양화당 뒷문으로 들어왔네."

양화당 뒷문이라면 내 처소와 아주 가깝게 붙어있다. 낮에는 열어두지만 밤이면 굳게 닫아두는 곳이었다. 지금쯤이면 닫혔을 그곳으로 어떻게 최 내관이 들어왔는지는 몰라도, 몰래 들어온 것은 분명해 보였다.

최 내관의 말이 이어졌다.

"저하께서 항아님이 아프시다는 이야기를 듣고 동궁약방에서 짓게 하여 보내신 것이네."

"저하께서 제가 아프다는 걸 아시나요?"

그러자 최 내관이 미소를 지으며 말한다.

"항아님이 처소를 양화당으로 옮기신 이후 저하께서는 하루도 빠짐없이 항아님에 대해 물으시네. 듣자하니 며칠 전부터 고뿔로 문밖 출입도 못하신다 하여 근심이 많으셨는데, 지금 보니 많이 호전된 것 같아 다행이네. 가서 그리 보았다 전하겠네."

그대로 돌아서서 가버리려는 최 내관을 내가 또 한 번 붙잡았다.

"나으리."

"저하께 전할 말이 있는가?"

내일이면 궁궐을 떠난다. 그리고 언제 돌아올지 모른다. 그 말을 그에게 전한다면…….

"전할 말이 있다면 어서 말하시게. 나는 그렇다 치더라도 지금 저하께서 기다리고 계시니, 이곳에서 오래 지체할 수가 없네."

"저하께서 기다리신다니요?"

"바로 양화당 담 밖에 계시네."

"저하께서 지금 여기에 계신다는 말이에요?"

"그러하네. 항아님께 약첩을 전해드리라 하시고는, 항아님의 상태가 자못 궁금하시어 동궁전에서 기다리고 계시지 못하겠다 하시어 뫼시고 오게 되었네."

'그가 지금 여기에 있다고?'

"저하를 만나 뵐 수 있을까요?"

최 내관은 별 어려운 것이 아니라는 듯 오히려 기뻐하며 답했다.

"저하께서도 항아님을 직접 뵈면 매우 기뻐하실 것이네."

나는 자리에서 일어섰다.

"어디 계시죠?"

"바로 양화당 뒷문으로 오시게나."

최 내관이 먼저 가버리자, 운영이 나를 말렸다.

"저하를 뵈면요? 내일 궐을 떠나시는 걸 말씀드리려는 건 아니죠?"

"아니, 그럴 일은 없을 거야. 단지 마지막으로 한 번만 보고 싶어서 그래."

솔직한 심정을 이야기하는 것뿐인데, 왜 눈물이 나려는지 모르겠다.

"그래도 항아님. 혹시라도 양화당의 다른 나인들의 눈에 띄면요?"

"조심할 거야. 그리고 아주 잠깐만이야. 잠깐만 볼 거야."

양화당 뒷문 옆의 작은 담 밖에 키가 큰 사내 하나가 달빛을 받으며 서 있었다. 혼이었다. 그를 발견한 내가 떨리는 걸음으로 천천히 다가가자 혼이 반가운 얼굴로 담 밖에서 나를 돌아본다.

"오늘 너를 보니, 네가 아프다는 말은 병이 아니라 꾀병인 걸 내 잘못 들은 모양이구나."

아무것도 모르는 혼은 웃으며 나를 맞는다. 나는 어둠이 눈물자국을 감춰주길 바라며 입을 열었다.

"양화당에 세작이라도 심어둔 거야? 어떻게 알았어?"

"네가 양화당으로 그리 처소를 옮겨버리고 나서, 세작을 아니 둘 수가 없더구나."

웃으면서 얘기하는 혼.

"왔었어? 내가 양화당으로 옮긴 후에도?"

"주인 잃은 빈 전각이 참으로 썰렁하더구나. 전각 앞 감나무야 주인이 있는지 없는지도 모른 채 푸른 잎만 무성하니, 가을에 열매는 많이 맺겠더구나."

혼은 내가 떠난 뒤에도 내 처소를 찾아왔던 사실을 부정하지 않았다. 게다가 그는 내가 말없이 처소를 옮긴 게 퍽이나 섭섭했던 모양이다. 목소리만으로도 그의 섭섭한 마음이 내게도 느껴졌다.

"미안해. 사실 내가 지밀나인이 됐잖아. 그 전각에서 양화당은 너무 멀더라고……."

거짓말이다. 나는 또 한 번의 거짓말을 아무렇지도 않게 내뱉고 있다. 그러나 그는 내 거짓말이 는 만큼 그 거짓말을 알아채는 능력을 키운 것이 확실하다.

"빈궁이 네게 한 말 때문에 그러는 것이냐?"

그는 바로 알아챈 것이다.

"빈궁이 내게 그러더구나. 아직 때가 되지 않았으니 널 만나지 말라고 말이다. 날 위해 하는 말인 것은 안다. 그러나 널 만날 수 없다는 것 자체가, 내게는 얼마나 힘든 일인 줄 아느냐? 너는 아닌 것이야?"

그가 반문한다. 그러나 나는 답을 줄 수가 없다. 나도 마찬가지기 때문이다. 언제나 그와 함께하고 싶다. 그것이 내 마음이었다.

"난……."

그도 웃으며 내게 말했으니, 나도 웃으면서 그 말을 장난스럽게 받으려고 했다. 그러나 막상 입을 여니, 나와야 할 말은 나오지 않고 눈물만 흘러내렸다. 낮은 담을 하나 사이에 두고 혼은 분명히 내 눈에서 소리 없이 흐르는 눈물을 본 것인지, 놀란 얼굴로 나를 본다.

"경민아?"

당황한 기색이 가득한 얼굴로 혼이 담 너머의 나에게로 한 손을 뻗었다. 그의 손이 울고 있는 내 빰에 닿았다. 그러자 우리 둘 사이에 놓인 담이 존재하지도 않는 것처럼 느껴졌다.

그의 손이 내 얼굴에 닿자, 이제 눈물은 폭포수처럼 쏟아졌다. 지난 며칠간 방 안에서 고심하며 힘들어했던 마음들이 그의 손길에 모두 무너져 내리는 것 같았다.

"안 되겠구나."

난 울기만 할 뿐 아무 말도 하지 않았다. 그런데 갑자기 혼이 화난 얼굴로 단단히 결심한 듯 입을 열었다.

"내일이라도 당장 인빈을 찾아뵙고 너를 달라 말해야겠다."

"그건 안 돼!"

그거야말로 인빈이 바라는 것이었다.

"경민아……."

"안 돼! 그러지 마! 절대 그러지 마!"

"내가 그럴 수 없다."

혼이 고집을 부리며 손을 담 밖으로 거뒀다.

"혼아!"

"네가 이리 눈물을 보일 정도로 양화당에 있는 것이 힘들다면, 더 이상 그곳에 놔둘 수가 없구나."

"아니야! 난 힘들지 않아! 그러니까 내 말은! 중전마마께서도 날 달라고 하셨는데 너까지 나서면 안 되잖아. 제발 부탁이야! 지금은 말고 조금만 더 뒤에……. 난 정말 괜찮아. 응?"

내 목소리가 간절했기 때문인지 혼이 길게 한숨을 내쉬며 말한다.

"알았다. 허나 언제라도 양화당을 떠나고 싶다면 내게 말하거라. 내가 직접 나서서 청을 드린다면 인빈께서도 끝까지 거절하지는 못하실 것이다."

나는 그가 이 선에서 마음먹은 것을 끝내길 바라는 마음으로 눈물을 훔치며 고개를 끄덕여 응수했다.

"힘든 일이 있다면 언제든 내게 말하거라. 알겠느냐?"

그 말에 난 그만 입을 열고 말았다.

"사실은 너에게 말할 게 한 가지 있는데."

"말해보거라."

그가 내 눈을 똑바로 응시하며 경청할 의사를 밝혔다.

"사실 나……."

아이를 가진 것 같아. 그래서 너무 무서워. 혼아, 인빈마마가 네 어머니 공빈마마를 해친 것 같아. 그리고 날 이용해서 너에게 해를 끼치려고 해. 그래서 나 너무 무섭고 두려워. 내가 감당하기 힘든 이 모든 사실을 너에게 털어놓고만 싶은데, 이 사실을 알게 된 네가 위험해질까 봐, 그래서 그 말을 못하겠어. 못하겠어, 혼아…….

내일 난 궁궐을 떠날 거야. 이 사실을 네가 듣게 되면 넌 반드시 말리겠지. 게다가 내가 아이를 가졌다는 사실까지 안다면, 넌 인빈마마가 어떤 생각을 가지고 있는지를 알면서도 나와 아이를 지키기 위해 나설 거야. 난 네가 그럴 거라고 확신해. 넌 분명 그럴 거야. 그러니 네가 그럴 수 있다면, 나 역시 그럴 수 있다고 용기를 내고 있어.

전에 네가 나에게 물었었지? 네가 세자가 아닌 광해가 되어도 함께할 거냐고 말이야. 지금도 변함없이 내 대답은 같아. 너와 함께할 거야. 하지만 세자가 아닌 너를 상상할 순 없어. 왕이 되지 않는 너를 상상할 순 없어. 너는 분명히 왕이 될 테니까.

내가 기억하는 역사가 그대로 이뤄지는 게 분명하다면, 난 그곳에 없겠지. 나란 존재는 애초에 네 인생에 있을 수가 없는 사람이겠지. 역사가 바뀔 수 있을까? 네가 세자가 되지 않고, 그저 광해군이 될 수 있을까? 그렇게 되면 우리는 어떻게 될까? 난 그래도 상관없는데, 그래도 상관없는데…….

그렇지만 그가 처한 입장은 분명 나와 다르다. 다른 이들은 그가 몸을 사리며 세자의 자리를 지키고 있다고 손가락질한다. 그러나 그 세자의 자리를 10년이나 묵묵히 지켜온 혼이었다. 그가 왕이 되는 건 미래에선 역사일 뿐이지만, 지금의 그에겐 운명인 것이다.

'널 사랑하니까. 내가 네 운명의 희생자가 되어야 한다면…….'

그저 도망치듯 궁궐을 떠나는 것쯤은 그를 위한 희생이라고도 할 수 없을 것이다.

"항아님. 누가 와요!"

멀지 않은 곳에 서서 망을 보던 운영이 내게 소리쳤다. 그 소리를 혼도 들었는지 운영 쪽을 쳐다보았다가 다시 나를 보았다.

"아쉽게도 네가 하려는 말은 다음에 들어야겠구나."

‘다음? 우리에게 다음이 있을까? 그 다음이란 건 몇 밤이 더 지나면 오는 걸까?’

혼이 나를 바라보며 미소 짓는다. 내 얼굴을 보고, 내 눈동자를 응시하면서. 그는 내일이라도 마음먹으면 나를 다시 볼 수 있다는 생각으로 환하게 웃는 것 같다. 그러나 나에게는 지금 그런 그의 미소도 마지막이 될 수 있다는 사실 때문에 특별하게만 다가온다.

“혼아. 사랑해.”

혼은 내가 사랑이라는 말의 뜻을 설명해주었던 그날을 기억할까? 기억하는 게 분명하다. 그는 잠시의 망설임도 없이, 새하얀 이가 드러날 정도로 환하게 웃었으니까. 곧 그 역시 내게 답을 주었다.

“사랑한다. 경민아.”

사랑한다는 말은 아주 많이 사모한다는 뜻.

‘이 말을 다시 너에게 말할 수 있는 순간이 올까?’

늘 그렇듯 답은 미래에 있다. 아직은 내가 볼 수도 없고 닿지도 못한 먼 미래에.

“인빈마마께서 일찍 침수 드셨나 보지요?”

다음날 해가 지고 내 처소로 온 운영이 처음으로 꺼낸 말이었다. 그녀의 손에는 보따리가 하나 들려 있었다. 운영은 양화당에 오자마자 인빈의 처소의 불이 평소보다 일찍 꺼져 있는 것을 보았다고 했다. 내게는 잘된 일이었다. 나는 오늘 밤 궁궐을 떠날 예정이었으니까.

“준비는 끝났어?”

"네."

내 물음에 운영이 답하며 가져온 보따리를 풀었다. 그 안에는 무수리의 의복이 있었다.

"안에 입으셔요. 그 위에는 항아님 의복을 덧대어 입으시고요. 궐을 빠져나가기 전에 겉옷만 벗으실 수 있게요."

난 운영의 말대로 무수리의 옷 위에 나인의 의복을 걸쳐 입었다. 적어도 양화당을 빠져나가기 전까지는 나인의 의복을 입고 있어야 설사 누군가에게 발각되더라도 둘러댈 말이 생기기 때문이었다.

내가 옷을 갈아입는 동안 운영은 망을 보았다. 혹시라도 영심이가 올 수 있기 때문이었다. 다행히도 내가 옷을 다 갈아입을 때까지도 영심이는 오지 않았다. 옷을 다 갈아입고 나자, 난 몇 가지 물건들을 보따리 안에 챙겨 넣었다. 만약을 대비해 돈을 대신해서 밖에서 쓸 수 있는 것들이었다.

"항아님, 이제 가요."

운영이 방 안을 밝히고 있던 기름등잔을 입으로 불어 끄고는 자리에서 일어섰다. 운영이 먼저 처소를 나서고 내가 그 뒤를 따랐다. 밖은 어두컴컴했다. 우리는 양화당의 뒷문으로 향했다. 어젯밤 혼과 내가 만났던 바로 그 장소였다. 문은 굳게 닫혀 있었지만 잠긴 것은 아니었다. 운영이 나서서 닫힌 문의 빗장을 풀었을 때였다.

"어디를 가려는 것이냐?!"

마치 내가 처소에서 나오기를 기다린 듯 정 상궁이 양화당의 나인들을 이끌고 나타났다. 정 상궁이 이끌고 나타난 양화당 나인들은 순식간에 운영과 나를 에워쌌다. 그중에는 영심이도 있었다. 나는 직감적으로 우리가 궁궐을 떠나려는 사실을 정 상궁이 미리 눈치채고 있었다는 걸 깨달았다. 그렇다면 인빈도 알고 있을 터였다.

"저 년을 잡아라. 어서!"

정 상궁의 명령이 떨어졌다. 그러자 영심이를 비롯한 양화당의 나인들이 다가와 나를 양쪽에서 붙들었다. 운영은 나를 보호하려는 듯 붙들려다가 영심이의 우악스러운 손에 땅으로 내동댕이쳐졌다. 나는 넘어지며 뒹구는 운영을 향해 소리쳤다.

"운영아!"

운영은 넘어지면서 들고 있던 보따리를 놓치고 말았다. 보따리 안에 있던 내 물건들이 땅바닥에 흩어졌고, 정 상궁의 시선이 그 물건들을 향했다. 정 상궁이 한쪽 입꼬리를 올리며 웃었다.

"야밤을 틈타 어디 도주라도 하려는 행색이로구나."

운영이 서둘러 그것들을 주워담기 시작했지만 때는 이미 늦었다.

"끌고 가라!"

정 상궁의 명령이 떨어지자 나인들이 나를 끌고 어디론가 향하기 시작했다. 그런 나를 운영이 따라나서려 했지만, 다른 나인들이 앞을 막아섰다.

"항아님!"

운영의 안타까운 외침이 끌려가는 내 바로 뒤에서 들려왔다. 난 그런 운영을 돌아볼 여유도 없이 우악스러운 손길에 이끌려 양화당 앞뜰로 끌려갔다. 나를 끌고 간 나인들은 인빈의 처소가 있는 전각 앞뜰에 나를 내동댕이치듯 꿇어앉혔다.

내 주변으로 양화당의 모든 나인들이 에워싸듯 둘러섰다. 그들 중 일부는 아직 무슨 일이 일어났는지 모르는 표정들이었다. 그녀들이 각각 하나씩 들고 있는 등롱은 양화당의 앞뜰을 환한 대낮보다도 더욱 밝게 만들고 있었다. 그러나 낮에 느낄 수 있는 따스함이라고는 찾아볼 수 없는 빛이었다.

많은 사람들이 모여 있음에도 침묵만이 흐르는 그곳에서 나는 몸을 떨며 전각의 마루 위를 올려다보았다. 조금 뒤 내 예상대로 인빈이 마루 위에 모습을 드러냈다. 그녀는 전각 앞뜰로 끌려온 나를 바라보며 눈썹을 매섭게 추켜세웠다. 그런 인빈의 옆으로 정 상궁이 다가가 아뢰었다.

"마마, 김 나인이 야반도주를 하려 한 듯합니다."

"도주? 궁궐의 나인이 도주를 하려 했단 말이냐?"

인빈의 얼굴에 화사한 미소가 돈다. 아주 반갑고 기쁜 소식을 들었다는 얼굴이다.

"어찌하여 이 야밤에 도주를 하려 했느냐? 내게 이 궐에 남아있게 해 달라고 그리 청하며 나인이 되길 바란 게 엊그제 일 같은데 말이다."

인빈이 코웃음을 치며 내게 말했다.

언제인지 모르지만 평소보다도 조용한 게 이상하다는 운영의 말이 떠올랐다. 일찍 잠든 것처럼 행세한 인빈은 무엇을 기다리고 있었던 것일까? 운영이 나를 궐 밖으로 나가게 도와주려는 사실을 미리 알고 있었을까? 그렇다면 인빈은 운영의 뒤를 쫓았는지도 모른다. 아니면 운영과 내가 하는 대화를 영심이나 다른 나인이 몰래 엿듣고 인빈에게 고해바쳤는지도 모른다.

내가 아무런 대답도 하지 못하고 있자, 인빈이 정 상궁을 돌아보며 말했다.

"내의원 의녀는 어디 있느냐?"

"곧 양화당에 당도할 것이옵니다."

정 상궁의 말이 끝나기가 무섭게 양화당 안으로 의녀 한 명이 재빨리 들어왔다. 정 상궁은 그녀를 손짓으로 불렀다. 의녀는 정 상궁의 손짓에 서둘러 전각 앞으로 다가가 마루 위의 인빈에게 인사를 올렸다.

"네가 정빈과 온빈의 태맥(胎脈, 임신 맥)을 짚었던 의녀이냐."

"예, 그러하옵니다. 인빈마마."

"그래, 지금 저 아이의 맥을 짚어 보거라. 태맥이 잡히는지 내 알고 싶구나."

나는 놀란 눈으로 인빈을 응시했다.

'인빈이 눈치챘어!'

물론 나도 임신 사실을 확신할 수 없는 상황이었다. 그러나 충분히 가능성은 있었다. 그랬기에 난 궐을 떠나려고 결심했던 것이니까. 그렇지만 양화당의 나인들이 모두 모인 자리에서 임신한 것이 사실로 판명난다면 일은 걷잡을 수가 없게 된다.

뒤늦게 내가 인빈 앞으로 끌려온 이유를 알게 된 양화당의 나인들이 수군거리기 시작했다. 정 상궁은 매서운 눈빛으로 그녀들의 입을 다물게 만들었다. 곧 인빈의 명을 받은 의녀가 내게로 다가왔다. 나는 그녀에게 맥을 잡히지 않으려 몸을 뒤로 빼며 쓸모없는 반항을 했다. 그러나 영심이를 비롯한 양화당의 나인들이 그런 나를 가만두지 않았다. 기다렸다는 듯이 내게 달려들어 양쪽에서 내 어깨를 누르며 꼼짝달싹 하지 못하게 만든 것이다.

나는 고개를 저으며 인빈에게 애원했다.

"인빈마마! 제게 왜 이러세요?"

"근심 말거라. 내 생각이 틀렸다면, 네게 사과하마."

인빈이 간교한 웃음을 지으며 내게 말한다. 간담이 서늘해지는 순간이었다. 의녀가 내 손목의 맥을 짚었다. 나는 맥을 잡힌 손을 뒤로 빼려고 했지만, 영심이가 그런 내 팔을 단단한 손으로 움켜잡아 꼼짝도 못하게 만들었다. 그러자 의녀가 영심이에게 말했다.

"그리 잡으시면 맥을 잡기가 어렵습니다."

그 말을 들은 영심이가 잡았던 내 팔을 놓고는 대신 팔꿈치를 붙잡았다. 이제는 더 이상 도망갈 곳도 없는 나는 손에 힘을 풀었다. 제발 아니길 바랄 뿐이었다. 그것뿐이었다. 조금 뒤 내 맥을 짚었던 의녀가 자리에서 일어서 인빈에게로 돌아섰다. 인빈이 그녀를 보며 물었다.

"태맥이 잡히느냐?"

'제발!'

의녀가 잠시 고민하는 듯 고개를 갸웃거리며 주저했다. 그러자 인빈이 답답한지 의녀를 다그쳤다.

"어서 말하지 못하겠느냐?!"

"그것이……. 초기에는 맥이 불안정하여 잘 잡히지 않사옵니다."

"내가 묻는 것은 그것이 아니다. 회임인지 아닌지, 그것만 말하거라."

인빈의 목소리가 차갑게 굳어가자 의녀가 눈을 몇 번 깜빡이더니 대답했다.

"회임인 듯하옵니다."

의녀가 대답했다. 그러자 나를 붙들고 있던 나인들이 동시에 내 몸에서 손을 뗐다. 난 인빈의 전각 앞으로 엎어졌다. 인빈은 그런 나를 보며 소리 내어 웃기 시작했다. 낮처럼 밝은 밤. 수많은 사람들이 모인 곳에서 들리는 소리는 오직 인빈 한 사람의 웃음소리뿐이었다.

한참을 소리 내어 웃던 인빈이 명을 내렸다.

"저 아이를 광에 가두어라."

그때 정 상궁이 나섰다. 인빈과는 달리 그녀는 내 임신 사실에 꽤나 놀란 눈치였다.

"죄를 지은 궁녀는 의녀로 하여금 잡아들이게 하여 우선 내명부 옥에 하옥하고, 사안의 크고 작음에 따라 중전마마께 고해 그 일을 처리하게 되어있사옵니다."

"그래?"

정 상궁에게 되묻는 인빈은 여전히 얼굴에 웃음기가 한가득이었다.

"마마. 사안이 크옵니다. 그러니 적법한 절차를 따르시는 것이 옳을 듯하옵니다."

"사안이 크긴 크지. 그래서 내일 날이 밝는 대로 내가 직접 전하께 고할 것이다."

인빈의 말에 당황한 건 나뿐만이 아니었다. 정 상궁도 마찬가지였다.

"전하의 여인이 다른 사내와 간통하여 회임을 하였으니, 응당 전하께서도 이 일을 아셔야 하지 않겠느냐?"

"하오나 마마."

"뭣들 하느냐. 어서 저 아이를 가두라는데도!"

인빈의 불호령이 떨어지자 이번에도 영심이가 앞장서서 나를 일으켜 세웠다. 그때 인빈이 나를 보며 말했다.

"혹시 아느냐, 네 뱃속 씨의 아비가 제 발로 나타난다면 죽음만은 면할 수 있을지 말이다."

인빈은 아이의 아버지가 정원군일 가능성을 제외하고 있었다. 나와 정원군 사이에 그런 일이 있었다면 그가 진작 나서지 않았을 리가 없다는 것을 인빈이 누구보다도 잘 알기 때문이었다. 그러니 이 상황에서 인빈의 머릿속에 남는 인물은 단 한 사람뿐이었다.

'세자.'

나는 두려움이 가득한 시선으로 인빈을 바라보았다. 인빈은 그런 내 눈빛을 즐기듯 바라보며 말을 덧붙였다.

"지금이라도 네 입으로 아이의 아비가 누구인지 고하겠느냐?"

양화당 앞뜰에 모인 모든 나인들 앞에서 말하라는 것. 내가 말하게 되면 무엇이 달라질까? 인빈이 그의 오라버니와 나누었던 대화를 엿들었기에 나는 잘 알고 있었다. 추문에 휩싸인 혼은 세자의 자리에서 폐위될 것이다. 그는 그저 광해군이 될 것이고, 나 역시 죽지 않는 선에서 일이 마무리될 수도 있었다. 그리고 그와 함께할 수 있을지도 모른다. 그러나 이런 일은 내가 아는 역사에서는 일어난 적이 없었다. 그건 무엇을 의미하는 것일까?

나는 인빈을 보며 깨달았다. 절대 혼의 이름을 꺼내서는 안 된다는 것을 말이다.

"어서 들어가거라."

정 상궁은 거의 나를 밀어 넘어뜨리듯이 광 안으로 들어가게 하고는 문을 닫았다.

끼이이익.

문이 닫힌 광 안은 온통 암흑천지였다. 창문이라고는 없었다. 손톱만큼 작은 공간으로 달빛이 새어들어오고 있었지만, 광 안을 모두 밝히기에는 역부족이었다. 나는 어둠 속에서 길을 찾기 위해 앞으로 손을 헤저으며 걷다가 그만 가마니에 걸려 앞으로 넘어졌다. 놀란 나는 비명을 지르기도 전에 한 팔로 아랫배를 감싸 안았다.

'내가 혼의 아이를 가졌어.'

여전히 믿기지 않는 현실.

몸에 달라진 변화라고는 구역감이 들었다는 것 외에는 느낄 수가 없었다. 그런데도 불구하고 지금 나는 홑몸이 아니었다. 어두컴컴한 광 안에서 나는 또 다른 누군가와 함께였다. 그것이 어둠에 대한 반사적인 공포에서 조그마한 해방감을 주었다.

나는 광의 기둥 아래 놓인 가마니 위에 조심스럽게 앉았다. 이상하게도 가슴이 두근거린다거나, 앞으로 일어날 일이 겁나 몸이 떨리거나 하지는 않았다. 오히려 더 정신을 차려야 한다는 생각이 들며 침착하게 상황을 되짚어나가기 시작했다.

'인빈은 혼을 세자의 자리에서 끌어내기 위해 내일 임금님께 이 사실을 고할 거야.'

나의 아이는, 내 뱃속에 있는 아이는 태어난 순간부터 아버지의 자리를 위태롭게 만드는 존재가 되어버렸다. 그것은 이 아이의 잘못이 아니다. 나의 잘못이었다. 애초부터 내가 혼의 앞에 나타나서는 안 되는 거였다. 그를 다시 만나고, 그를 사랑하게 된 것. 그의 곁에 함께 있어주겠다고 약속한 것. 이 모든 것들이 오늘의 사태를 낳고 말았다.

아빠에게 듣고 배운 대로라면 역사는 절대 바뀌지 않는다. 혼은 분명 왕이 될 것이다. 그런데 어떻게 역사에 있지 않았던 일이 일어난 것일까? 끊임없이 스스로에게 되물으며 아무리 생각해봐도 이해가 되지 않았다. 광해군에 관한 것은 조선에 오기 몇 년 전부터 아빠에게 들어왔었다. 그러나 그가 양화당의 나인 하나 때문에 이런 곤경에 처했었다는 이야기는 어디에서도 들은 적이 없었다.

인빈은 내 뱃속의 아이가 혼의 아이라는 걸 증명하려고 할 것이다. 혼을 세자의 자리에서 끌어내리기 위해서 말이다. 그런데 만약 내가 끝까지 입을 열지 않는다면 어떻게 될까? 인빈이 그런 나를 가만히 놔둘 리가 없다. 자백을 받아내기 위해 어떤 고문을 가할지 모른다. 내가 끝까지 말을 하지 않는다면, 나와 아이는 죽을 것이다.

생각만 해도 섬뜩한 일이었다. 나 혼자 고문을 받고 죽는다고 생각해도 겁이 나는데, 또 다른 생명이 억울하게 죽을 것을 생각하면 소름끼치기까지 했다. 그것만큼은 절대 막고 싶었다. 그러나 인빈이라면 나와 아이를 해칠 때까지 아주 잔인하게 고문을 할 것 같았다.

그 전에 혼이 나서게 된다면? 그것 역시 싫었다. 설사 혼이 이 일에 얽히고도 세자의 자리를 유지하게 된다고 하더라도 말이다.

"운영아, 여기냐?"

갑자기 광 밖에서 들려온 익숙한 목소리에 난 귀를 세웠다.

"예, 정원군마마님."

"열어라."

"아, 안 됩니다! 안 됩니다, 정원군마마님!"

"내가 열라고 하였다."

평소처럼 안정감 있지만 분명 흥분이 실린 목소리. 그 목소리의 주인공이 정원군임을 깨닫자 나는 앉아있던 자리에서 일어섰다. 거의 동시에 닫혀 있던 광의 문이 열리며 등롱을 든 운영이 다급한 걸음으로 뛰어들어왔다. 그녀는 광 한쪽에 서 있는 나를 발견하자마자 등롱을 바닥에 내려놓고는 나에게로 달려와 내 양손을 붙잡았다.

"항아님!"

운영의 눈에는 글썽하게 눈물이 맺혀있었다.

"운영아, 여긴 어떻게……."

말을 다 끝맺기도 전에 광 안으로 천천히 들어선 이를 보았다. 그는 정원군이었다. 정원군의 뒤로 광을 지키고 있었던 듯한 영심이기 광 안쪽의 우리를 한번 들여다보더니, 재빨리 어디론가 뛰어가버렸다. 정상궁이나 인빈에게 이 사실을 알리려는 것이 틀림없었다.

난 운영의 손을 잡은 채로 정원군을 향해 물었다.

"어떻게 오신 거예요? 운영에게 들으셨어요?"

"그렇소."

정원군은 화가 난 듯 눈살을 찌푸린 채 대답하고 있었지만, 난 그의 표정 안에 숨겨진 안타까움을 읽었다.

"그럼 다 아신 거예요?"

내 조심스러운 물음에 정원군은 답을 주지 않았다. 대신 그는 운영과 눈을 맞췄다. 그러자 운영은 가지고 들어온 장옷을 내 어깨 위에 걸쳐주고는 조용히 문을 닫고 광을 나갔다. 문이 닫히고 난 것을 확인한 정원군이 나를 향해 입을 열었다.

"어찌 그런 위험한 일을 벌인 것이오?"

"위험한 일이라니요?"

"궁궐을 나가려 했다고 들었소."

"그건……."

"저하의 아이를 가졌기 때문이오?"

이번에는 내가 그에게 답을 주지 못했다.

사실 처음부터 그에게 도움을 구하고 싶은 마음은 있었다. 적어도 조언이라도 구할 사람이 필요했다면 당연하게도 정원군을 떠올렸을 것이다. 그가 좋은 사람이라는 사실 하나에 기대어 답을 구하려 했을 것이다. 나에 대한 그의 마음만 몰랐더라도…….

"어머님께서는 분명 전하께 고하실 것이오."

"그럴 거라고 말씀하셨어요."

잠시 침묵이 흘렀다. 정원군의 두 눈이 무겁게 아래위를 한번 훑고 나서야 입이 다시 열렸다.

"당장 저하께 말씀을 올려야 하오."

"저하께 말씀을 올리다니요?"

"지금으로써는 그 방법뿐이오."

정원군은 내가 아이를 가졌다는 사실을 혼에게 말해야 한다고 말하고 있었다. 하지만 그것이야 말로 인빈이 바라는 것이다. 이 사실을 알게 된 혼이 직접 나서면 일이 커질 테니까.

"그럴 순 없어요."

나는 단호하게 거절했다. 그러자 정원군이 놀란 얼굴로 나를 뚫어져라 응시했다.

"그럴 수가 없다니? 지금 제정신인 게요?"

정원군이 나를 다그쳤다. 그러나 아직 나는 할 말이 있었다.

"그게 인빈마마가 바라는 거예요. 저하를 세자의 자리에서 끌어내려고요. 제가 거기에 이용당할 순 없어요."

"그대 하나만의 문제가 아니잖소. 뱃속 아이의 생사도 달린 문제가 아니오?"

정원군의 말은 옳았다. 난 혼자가 아니었다.

"제가 입을 열지 않으면요?"

"저하께서 이 일을 듣게 되시고도 나서지 않으리라 보시오? 그러니 더 늦기 전에 대책을 강구하기 위해서라도 서둘러 저하께 이 사실을 알려야 하오. 내가 가서 알리겠소."

어쩌면 정원군의 말이 옳을지도 모른다. 애초부터 이 일은 진작부터 혼에게 알렸어야 했다. 혼이 이 사실을 알았더라면 어쩌면 일을 이 지경으로 만드는 것보다 훨씬 더 나은 대책을 내놓았을지도 모른다.

그러나 나는 마음 속 깊은 곳에서 두려워하고 있었다. 혹시라도 내가 임신한 것이 사실이고, 그것이 혼에게 해가 되어 그에게…… 외면받지 않을까 하는 작고 작은 두려움. 난 혹시라도 일어날지 모르는 그런 일을 겪지 않기 위해서 스스로 궁궐 밖으로 나가기로 결심했었는지도 모른다. 그런데 정원군은 왜 이렇게 다급하게 혼에게 알려야 한다는 것일까?

정원군이 급히 나가려는 듯 돌아서는 바람에 난 그를 붙들었다.

"말씀해주세요. 나인이 전하가 아닌 다른 이의 아이를 가지게 되는 경우는 어찌되는지."

정원군이 입을 다문 채 한숨을 쉬고는 말했다.

"나인이 전하가 아닌 다른 이와 사통할 경우 그 사통한 이는 장 300대를 친 후 삭탈관직되오. 또한 나인은…… 즉시 참수형에 처해지오."

"아이를 가진 경우에는요?"

정원군은 망설이고 있었다. 나는 그가 운영에게 사실을 듣자마자 급히 달려온 이유가 바로 지금 그에게서 나올 답에 있다고 확신했다. 그랬기에 나는 그에게로 한 걸음 다가서서 다시 한 번 물었다.

"말씀해주세요. 어찌되는지."

그러자 정원군이 내게서 고개를 돌리더니 입을 열었다.

"사내는 즉시 참수형에 처해지고 여인은 해산 후 백 일이 지난 다음 참수형에 처해지오."

나는 그제야 정원군이 왜 날 다그쳤는지 깨달았다. 인빈이 바라는 대로 혼이 세자의 자리를 잃는 것이 문제가 아니었다. 어쩌면 혼은 그저 세자의 자리를 잃는 선에서 이 일에 대한 책임을 지게 될지도 모른다. 그러나 나는, 나인으로서 그의 아이를 가지게 된 나는?

"저하께 알리겠소."

그는 한시가 급하다는 듯 내게서 돌아섰다. 그때였다. 닫혀 있던 광의 문이 열리더니 인빈이 정 상궁과 함께 광 안으로 들어섰다. 인빈의 등장에 정원군은 나가려던 발걸음을 멈추고 그녀를 보았다.

"어머님."

인빈은 이미 정원군이 이곳에 왔다는 사실을 전해 듣고 온 모양이었는지 그를 보고도 크게 놀라는 기색이 아니었다. 그러나 그의 뒤에 서 있는 나를 보고는 안색이 서서히 굳어갔다.

"정원군. 이 늦은 밤에 어인 일로 양화당 곳간까지 오셨나요."

정원군은 잠시 주저하더니 인빈을 향해 말했다.

"어머님. 김 나인을 풀어주십시오."

"그럴 순 없지요."

인빈이 단호하게 정원군을 거절했다. 그러자 정원군이 간청하듯 인빈에게 말했다.

"김 나인은 죄가 없습니다. 소자가 궐로 데려왔고, 소자가 궐에 남아 있게 해달라 어머님께 청을 드렸습니다. 그러니 이 일의 모든 책임은 소자에게 있습니다."

"아니요. 정원군은 이 일과 아무런 관련이 없어요. 만약 정원군이 관련이 있다면 그저 저 사특한 계집이 정원군께 보은(報恩)을 하려는 겝니다."

"보은이라니요?"

"정원군께 세자의 보위를 주려 하는 것이지요."

이 말에는 정원군도 놀란 듯 한동안 말을 잇지 못했다.

"어머님. 어찌 그런 천부당만부당한 말씀을 하십니까? 그런 말을 꺼내는 것 자체만으로도 대역죄임을 아시지 않습니까?"

그러나 인빈은 태연스럽게 답했다.

"감히 전하의 여인에게 손을 댄 세자야말로 대역죄를 지었다면 지은 것이지요."

"그런 이유였습니까? 그런 이유로 김 나인을 이용하여 저하께 해를 끼치려는 것입니까?"

"해가 아닙니다, 정원군. 득이지요. 애초부터 세자의 자리는 광해의 것이 아니었어요."

"세자의 자리는 하늘이 주는 것입니다."

"하늘이요? 하! 대국(大國, 명나라)에서도 인정치 않는 세자, 전하께서도 인정치 않으시려는 세자가 아닌가요. 그런 세자가 어찌 하늘로부터 그 자리를 받았다 할 수 있겠어요. 만약 그리했다 하더라도 저 계집이 양화당에 있게 된 것 역시 하늘의 뜻이라고 할 수 있겠네요. 이 모든 게 다 정원군을 위해서란 말이에요."

"어머님!"

도저히 설득당할 것 같지 않은 인빈을 향해서 정원군은 마지막까지 간절하게 말하고 있었다. 그러나 정원군이 나와 세자를 감쌀수록 그것이 인빈의 마음에 들지 않는 모양이었다.

"좋습니다. 그 아이를 살리고 싶으신 겁니까? 어렵지 않습니다. 가서 세자에게 전하세요. 이 아이가 지금 누구의 아이를 가졌는지요. 이 사실을 듣고 세자가 스스로 나서서 죄를 청하고 세자 자리에서 물러난다면, 나 역시 저 아이를 살려달라고 전하께 주청을 드리지요. 내 약조하겠어요."

인빈의 설득이 어느 정도 정원군을 만족시킨 것 같았다. 그의 얼굴에 복잡한 심정이 드러나자 인빈은 그것을 놓치지 않았다.

"광해가 더 이상 세자가 아니게 되더라도 전하의 소생입니다. 그렇다면 지금 저 아이의 뱃속의 씨는 바로 이 나라의 왕손이에요. 나인으로서 사통의 죄를 물어 참형에 처해야 한다고 하더라도, 광해의 아이를 가졌다는 사실만으로 죽음은 면하게 될 겁니다."

정원군이 고개를 돌려 나를 바라보았다. 나는 돌아서서 나를 바라보는 그의 눈에서 어떠한 결심을 읽었다. 어쩌면 그것은 혼과 나를 둘 다 살릴 수 있는 길을 선택한 정원군의 결심인지도 몰랐다.

"날이 밝으려면 얼마 남지 않았으니, 가서 세자에게 전하세요."

이 말을 끝으로 인빈은 정 상궁과 함께 이곳을 떠났다.

인빈이 나간 직후, 정원군은 시선을 땅에 두었다. 나는 그런 정원군을 보며 깨달았다. 그는 답이 없는 고민에 빠진 것이 분명했다.

인빈의 제안은 누가 보더라도 옳았다. 혼이 이 사실을 알게 되어 직접 책임을 지고 나선다면, 그는 세자의 자리를 잃게 되겠지만 그는 물론이고 나도 살아남을 가능성이 컸다. 나 역시 혼이 이러한 일들이 벌어진다는 사실을 알지 못한 채 당하는 것보다야, 미리 알고 대비를 하는 것이 최소한의 피해만 받을 수 있는 길처럼 느껴졌다.

"정원군마마……."

내가 조심스럽게 그를 부르자 그가 시선을 들어 날 바라보더니 입을 열었다.

"내게는 저하도 그대도 모두 중하오."

'알아요.'

그렇다면 그가 내린 결심은 이미 확실해졌다. 그는 인빈의 말대로 이곳을 나가자마자 동궁전으로 갈 것이다. 그리고 혼은 세자의 자리를 잃겠지.

나는 세자가 아닌 그의 모습을 상상할 수가 없다. 내가 알고 있던 역사가 바로 내 앞에서 꼬여버리는 것을 보게 되다니. 무언가 잘못되었다. 그리고 그것은 나로 인해 잘못된 것이 틀림없었다. 그러니 정원군이 그 나름대로 결심했다면, 나 역시 결심해야 했다.

'무엇을? 역사를 지키기 위해? 혼을 지키기 위해?'

개인적인 욕심으로는 광해군의 비극적인 마지막을 알고 있는 나로서는 그가 세자가 아니길 바라는 마음도 없지 않아 있다. 세자가 아닌 광해군이 되어버릴 그와 함께하는 삶. 그러나 그가 더 이상 세자가 아니고, 왕이 아니게 된다면…… 아빠는?

"나는 세자의 자리에 그 어떤 사리사욕도 가지고 있지 않소."

게다가 혼이 그의 운명으로 알고 십여 년을 지켜왔던 세자의 자리. 그것을 내가 무너뜨린다? 그러고도 우리는 행복할 수 있을까? 그와 고난을 나누고 그와 기쁨과 슬픔을 함께하길 바랐지만, 무엇보다도 난 그가 보위에 오르기 전까지 안식처가 되길 희망해왔는데…….

'그가 왕이 되는 건 운명이야. 그러니 그를 위해서 떠나야 한다고 마음먹었던 건 옳았어.'

그러나 이젠 내 마음대로 떠날 수가 없게 되었다. 그렇다면 내게 남은 선택은 무엇일까? 이대로 인빈이 바라는 대로, 정원군이 생각하는 대로 내 운명이 흘러가기만을 기다리는 것일까?

더 이상 내게서 아무런 답이 돌아오지 않자, 정원군은 이곳을 나서려고 했다. 나는 돌아선 그의 등 뒤에 대고 소리쳤다.

"난 세자저하를 지킬 거예요!"

정원군의 걸음이 멈췄다.

"그러니 그 어떤 죄책감도 가지지 마세요. 내가 그 어떤 선택을 하게 되더라도……. 아시잖아요. 애초에 내가 이 궁궐에 남길 바란 것. 그건 세자저하를 만나기 위해서였어요. 난 그 목적을 이루었으니 만족해요."

머리로 한 결심이 아닌 마음으로 한 결심에 가슴이 철렁 내려앉는다. 그런데 이상하게도 손은 가슴이 아니라 내 아랫배 위에 가 있다. 정원군은 지금 내가 한 말의 의미를 알고 있는 것일까? 내가 죽음을 결심했다는 것을.

"그러니 제발 동궁전으로 가지 마세요. 부탁할게요, 정원군마마."

"그것이 무엇을 의미하는지는 알고 있소?"

그가 알았다. 그래서인지 그는 차마 나를 돌아보지 못하고 묻는다. 난 그런 그를 향해 주저 없이 대답했다.

"아이만 살면 돼요. 아이가 살고 그분이 살면, 저는 아무래도 상관없어요."

돌아선 정원군이 한 손을 힘껏 움켜쥔다. 그의 손은 부르르 떨리고 있었다. 그는 화를 참고 있었다. 그 화가 나로 인한 것인지, 아니면 그 자신에게 내는 것인지는 알 수 없었지만. 그 뒤 정원군은 더 이상 아무 말도 하지 않은 채 그곳을 나갔다.

투투툭.

새 한 마리가 광 어딘가의 나무를 건드리는 소리에 옅은 잠에 빠졌던 난 눈을 떴다. 날 잠에서 완전히 깨어나게 만든 것은 광 밖의 소란스러움이었다. 광 밖이라면 바로 양화당 뜰. 소란스러움은 바로 이른 아침 양화당에서 시작되고 있었다.

나는 불편한 자세로 오랫동안 있었기에 온몸이 쿡쿡 쑤셔오는 것을 느끼며 어렵사리 몸을 일으켰다. 아침 햇살이 광의 비좁은 문틈으로 새어들어오는 것이 보였다. 나는 그 빛을 따라 문 쪽으로 천천히 걸음을 옮겼다.

바로 그때 문이 열리며 많은 빛이 쏟아져 들어왔다. 나는 눈을 찌푸리며 뒤로 물러섰다. 그러나 그런 나를 향해서 여인들이 달려들더니 광 밖으로 끌어냈다.

광 밖으로 끌려나온 나는 어떤 가림막도 없이 그대로 쏟아지는 햇빛에 한동안 눈을 제대로 뜨지 못했다. 겨우 눈을 떴을 때 제일 먼저 보인 사람은 한 내관이었다. 나는 그를 어디선가 본 적이 있음을 떠올리고 기억을 더듬었다. 그는 대전내관이었다. 대전내관은 한동안 나를 가만히 바라보더니 돌아서서 어딘가로 향했다. 나를 붙들었던 여인들도 대전내관의 뒤를 따라 나를 끌고 가기 시작했다. 그제야 나는 나를 붙든 이들이 양화당 나인들이 아닌 의녀들이라는 걸 알아차렸다.

의녀들은 궁중에서 죄를 지은 여인들을 압송하는 일을 주로 맡는다. 다시 말해서 나와 관련된 사건은 더 이상 양화당의 일이 아니라는 것을 의미했고, 대전내관이 양화당에까지 와서 나를 데려간다는 사실은 인빈이 선조에게 모든 것을 말했음을 의미하는 것이기도 했다.

대전인 서청으로 가는 길목마다 많은 나인들이 몰려와 있었다. 이들은 삼삼오오 모여 저마다 서로의 얼굴을 보며 수군대고 있었다. 대전내관이 그런 그녀들 앞에 나타나자, 상궁들이 나서 모여 있는 나인들을 물리쳤다. 그러나 나인들은 물러서는 척만 할 뿐 자리를 떠나려 하지 않았다.

나는 그 이유가 나 때문이라고 여겼다. 인빈이 선조에게 모든 것을 고했다면, 그녀들은 흥미롭기 그지없는 이 사태를 구경하기 위해 몰려나온 것이 분명하다고 말이다. 그러나 내 예상은 반만 맞고 반은 틀렸다. 의녀들에게 이끌려 서청에 도착했을 때에야 나는 그것을 깨닫게 되었다.

"전하! 신의 죄를 벌하여주시옵소서! 전하!"

서청 앞에서 죄를 청하고 있는 이, 그는 다름 아닌 정원군이었다. 거적을 깔고 사모관대를 고이 벗어 자신의 옆에 내려놓은 정원군은 무릎을 꿇은 채 굳게 닫힌 서청을 향해 석고대죄를 하고 있었다. 그런 그의 주변으로, 내관과 상궁들이 감히 어떻게 할 수 없는 나이 지긋한 당상관들이 서서 정원군을 향해 혀를 차며 눈살을 찌푸리고 있었다.

나의 등장으로 서청 주변에 몰려있던 사람들의 시선이 모두 나를 향했다. 그러자 석고대죄를 올리던 정원군도 의녀들에게 이끌려 들어오는 나에게로 시선을 주었다.

'왜 그가 여기에 있는 거지?'

대전내관은 정원군의 바로 뒤에 나를 꿇어앉혔다. 나는 영문을 모르겠다는 얼굴로 정원군을 향해 낮은 목소리로 물었다.

"왜 여기에 계시는 거예요?"

내 물음에 정원군은 대답하지 않았다. 나는 다시 한 번 그에게 물었다.

"어제 동궁전에 가지 않으셨어요?"

"갔었소."

그가 대답하며 숨을 한번 들이쉬더니 말을 덧붙였다.

"그러나 전각 앞에서 발을 돌렸소."

"왜 그러셨어요?"

"그대가 저하를 지키기 위해 목숨을 내놓겠다 결심했다는 걸 알기 때문이오. 그래서…… 그대가 저하를 지키겠다면, 난 그대를 지키겠다고 결심한 것이오."

난 그의 결심에 가슴이 먹먹해져 왔다. 무엇이 그가 이런 마음을 품게 만든 것일까? 난 그에게 아무것도 해준 적이 없었다. 그의 마음에 아무런 답도 주지 못했으며, 그가 바라는 그 어떤 것도 준 적이 없었다. 그럼에도 불구하고는 그는 무조건적으로 나를 위해 희생한다. 대체 내가 그에게 어떤 존재이기에…….

"그럼 지금 여기에서……."

내 말이 다 끝나기도 전이었다. 누군가 내가 있는 쪽으로 빠르게 다가왔다. 그녀는 다름 아닌 인빈이었다. 인빈의 뒤로는 정 상궁이 그녀를 쫓으며 말리고 있었다.

"아니 되옵니다! 아니 되옵니다, 마마!"

그러나 정 상궁이 말리는 것에도 아랑곳없이, 인빈은 다짜고짜 내게로 다가오더니 꿇어앉아 있는 나의 뺨을 내리쳤다.

짝!

"어머님!"

정원군의 외침. 더불어 서청 주변에 가득하던 소란스러움이 일순간에 사라져버렸다. 법도상 서청에 와선 안 되는 후궁 인빈의 등장에 당상관들은 물론이고 모여 있는 궁인들까지 놀란 입을 다물지 못했다. 나는 인빈에게 맞아 얼얼해진 뺨을 한 손으로 감싸 쥐었다. 그런 내 옆으로 정원군이 돌아섰다. 인빈은 그런 정원군을 향해 소리쳤다.

"정원군! 어서 일어나세요! 대체 여기서 무얼 하고 있단 말입니까?"

"소자의 죄를 청하고 있습니다."

"죄라니요?! 정원군에게 무슨 죄가 있단 말입니까?"

"소자가 김 나인을 희롱하여 회임하였으니, 그 죄를 청하고자 이곳에 있는 것입니다."

그때서야 나는 정원군이 석고대죄를 하고 있는 이유를 확실하게 알게 되었다. 그는 지금 내가 가진 아이의 아버지라고 주장하고 있었던 것이다. 정원군의 입에서 이 사실이 나오자 서청에 모인 이들은 모두 할 말을 잃었다. 아마 이들이 놀란 것은 인빈의 성격이 서청 앞에서 훤히 드러난 탓보다도, 평소 조용하고 강직한 인품으로 칭송받던 정원군이 벌인 일에 충격을 받아서인 듯했다.

"정원군……. 지금이라도 늦지 않았어요. 그만 일어나세요……."

인빈은 목소리뿐만 아니라 몸까지 심하게 떨며 정원군을 설득했다. 그러나 정원군은 그런 인빈의 얼굴을 애써 외면하고는 다시 서청 쪽으로 돌아서며 외쳤다.

"전하! 신의 죄를 벌하여주시옵소서!"

인빈은 결국 버티지 못하고 그 자리에서 쓰러지듯 주저앉았다. 정 상궁이 인빈을 재빨리 부축했다. 인빈은 정 상궁의 부축을 받으며 마지막 힘을 다해 나를 노려보며 말했다.

"내 반드시 네 년이 죽는 꼴을 보고 죽을 것이야. 네 년의 오장육부가 뒤틀려 죽는 꼴을……. 내 반드시, 반드시……."

"마마! 마마! 고정하시옵소서!"

그때 서청 툇마루 위에 선조가 모습을 드러냈다. 그러자 모여 있던 당상관들이 모두 고개 숙여 선조에게 인사를 올렸다. 정원군도 그런 선조를 향해 몸을 엎드렸다. 선조는 마루 위에서 굳은 얼굴로 서청 앞에 벌어진 상황을 한번 돌아보더니 정 상궁의 부축을 받고 있는 인빈을 향해서 말했다.

"인빈이 어찌 대전 앞까지 나온 것이냐?"

선조의 눈은 인빈을 향해 있었지만 물음은 정 상궁에게 하고 있었다. 정 상궁은 전전긍긍하는 얼굴로 겨우 입을 열면서도 말을 더듬었다.

"그, 그것이 정원군마마께서……."

선조는 이미 밖에서 벌어진 상황을 모두 보고받은 것이 틀림없었다. 그는 더 이상 정 상궁의 말은 들어볼 필요도 없다는 듯이 어렵게 입을 연 그녀의 말을 끊으며 말했다.

"인빈을 양화당으로 뫼시어라."

"예에, 상감마마."

정 상궁은 양화당의 나인을 여럿 불러, 몸을 제대로 가누지 못할 정도로 충격을 받은 인빈을 모시고 서청을 빠져나갔다.

인빈이 서청을 떠나자 선조는 마루에서 내려왔다. 선조는 돌계단 아래까지 내려와 석고대죄를 하고 있는 정원군의 바로 앞에 서서 말했다.

"정원군."

"예, 전하."

선조의 부름에 정원군이 고개를 들어 그를 바라보았다.

"너는 지금껏 과인을 단 한 번도 실망시킨 적이 없었다. 허나 지금 네가 벌이는 이 일이 과인을 능멸하는 것임을 알고 있느냐?"

도무지 믿을 수가 없다는 듯한 선조의 말에 정원군은 고개를 떨어뜨린 채 말을 않는다. 나는 차마 그런 정원군을 볼 수 없어 고개를 숙이고 말았다.

"고개를 들어라. 과인을 보고 말하거라."

정원군이 고개를 다시 들어올렸다.

"인빈은 네가 다른 누군가를 보호하려 이리 나선 것이라 말하였다. 그것이 정녕 사실이라면……."

이미 선조는 인빈이 말한 그 다른 누군가를 알고 있었다. 그러나 쉽게 말을 꺼내지 않는 이유, 아마도 이 서청에 모여 있는 많은 대신들과 궁인들 때문임이 틀림없었다.

"형제간의 우애를 보아 널 용서하겠다."

"전하."

정원군이 떨리는 목소리로 말문을 열었다.

"신은 누군가를 보호하려 나선 것이 아니옵니다. 김 나인의 회임으로 더 이상 신의 죄를 감출 수가 없어, 죄를 청하고자 나온 것입니다. 어머님께서 오히려 그러한 소자를 보호하고자 전하께 거짓을, 거짓을 아뢰었사오니, 신을 벌하시고 어머님을 용서하여 주시옵소서."

말을 마친 정원군이 땅에 머리를 대고 엎드렸다. 선조는 그런 정원군을 향해 화를 참지 못하고 소리쳤다.

"정원군! 네가 감히……."

선조의 화는 단순히 그가 나인인 나와 관련된 죄를 지어서가 아니었다. 이곳은 다름 아닌 서청 앞. 아침 조회를 끝낸 당상관들이 몰려나오는 곳에서 아들인 그가 아버지에게 망신을 준 것이나 다름없었다.

그때 한 대신이 앞으로 나섰다. 누구인지는 알 수 없었지만 관복의 색과 흉배의 공작 모양으로 보건대 삼정승 중의 한 명임이 틀림없었다.

"전하. 이 일이 사실이라면 정원군을 결단코 용서하셔서는 아니 되옵니다. 동서고금을 막론하고 이러한 일은 패륜이나 다름없사옵니다.

정원군을 엄중히 벌하셔야 하옵니다."

그의 말이 끝나자 주변에 서 있던 다른 대신들도 입을 모았다.

"정원군을 벌하시옵소서!"

"정원군을 용서하셔서는 아니 되옵니다!"

"이는 나라의 기강을 흔드는 중한 죄이옵니다!"

대신들이 저마다 정원군을 벌해야 한다고 나서는 것은 결코 선조의 화를 누그러뜨리는데 도움이 되지 못했다. 인빈의 차남이었던 신성군의 죽음 이후 선조가 누구보다도 총애했던 아들 정원군이었다. 그런 정원군이 죄인이 되어 많은 대신들의 조롱을 받고 있었다.

대신들의 아우성이 잠잠해질 때쯤 선조가 입을 열었다.

"김 나인."

선조가 나를 부르고 있었다. 이 순간만큼은 양화당에서 나를 중궁전으로 보낼지, 아니면 동궁전으로 보낼지를 고심하며 인자한 미소로 입을 열던 선조가 아니었다. 당장이라도 나를 끌어내 죽이는 것은 아무것도 아니라는 듯 아주 차갑고도 냉기가 가득 전해지는 목소리였다. 나는 고개를 들 수가 없었다. 선조는 내가 그의 부름에 고개를 들지 않는 것을 상관하지 않는 듯했다.

"네가 총명하다 하여 과인은 너를 중궁전으로 보내려 하였지. 허나, 총명한 계집이 아니라 요망한 계집인 줄 과인이 진즉 몰랐구나."

선조가 이를 갈며 말을 늘어놓았다.

"네 입으로 말하거라. 네 복중 아이의 아비가 정녕 정원군이 맞느냐?"

선조는 내게 묻고 있었다. 그러나 내 입은 굳게 닫혀, 열쇠를 잃어버린 자물쇠처럼 열릴 기미가 보이지 않았다. 죽기를 각오하고 입을 다물겠다고 결심했지만, 아이의 아버지가 누구인지가 아니라 정원군인지 아닌지를 묻는 질문에 대해서 무슨 답을 해야 할지는 생각한 적이 없었다.

선조는 이미 인빈에게 들어 알고 있는 게 분명했다. 내가 정원군이 아니라고 한다면, 그 화살은 당연하게도 세자에게 돌아갈 것이 불 보듯 뻔했다. 정원군이 이처럼 거짓으로 석고대죄를 할 정도로 감쌀 인물이라면 세자뿐이라는 걸 선조가 모를 리가 없기 때문이었다. 그러나 내가 정원군이 맞다고 말한다면 나는 둘째 치고 정원군은, 아무런 죄가 없는 정원군은…….

"김 나인, 전하께서 묻고 계시질 않은가."

선조의 가까운 곳에 선 대전내관이 나를 다그쳤을 때였다.

"세자저하 납시옵니다."

내관의 말이 끝나기가 무섭게 혼이 세자빈과 함께 서청 앞에 모습을 드러냈다. 나는 그때까지 숙이고 있던 고개를 들어 혼을 보았다. 그는 조금 전에야 사실을 들은 것인지 창백한 얼굴로 선조의 곁으로 다가와 인사를 올렸다. 그러나 선조는 그 인사를 받지 않았다.

평소 못마땅하게 여겨온 세자 혼이었다. 그와 반대로 총애했던 정원군이 죄인을 자청하며 석고대죄를 하고 있었다. 그런 상황이 선조를 기분 나쁘게 한 것이 분명했다.

"김 나인. 어서 고하시게."

혼의 형식적인 인사가 끝나자 대전내관이 다시 한 번 다그쳤다. 하지만 내 귀에는 그런 내관의 말이 제대로 들리지 않았다. 이 순간 그 누구보다도 괴로운 얼굴로 나를 내려다보는 혼의 얼굴을 마주한 순간, 난 할 말을 잃어버리고 말았으니까.

그는 어디까지 사실을 전해 들었을까?

그는 어디까지 알고 있는 것일까?

나는 오래도록 혼을 바라보지 못했다. 지금 이 순간 마음껏 흘리고 싶은 눈물도 입술을 깨물며 참아냈다. 혹시라도 이 자리에 있는 그 누군가가, 나를 보고 내 눈빛을 보고 나를 바라보는 그의 눈빛을 본다면 눈치를 채고 말 것이다. 그러기에 나는 아무런 대답을 하지 않기로 마음먹었다.

혼이라고 말할 순 없다. 더욱이 아무런 죄가 없는 정원군의 이름을 댈 수도 없었다. 아이는 죽이지 않는다고 했다. 난 끝까지 입을 다물 결심이었다. 바로 그때였다. 혼이 선조에게로 돌아서며 비장한 목소리로 입을 열었다.

"아바마마. 소자 아뢸 말씀이 있사옵니다."

선조는 혼을 돌아보았다. 마찬가지로 모두의 시선이 혼을 향했다. 불안감이 현실이 되어 찾아오는 순간 혼의 입이 열렸다.

"아바마마, 김 나인의 복중 아이의 아비는 바로……."

"전하!"

내 의지와 상관없이 튀어나온 외침에 혼을 향했던 모든 시선이 나에게로 향했다. 그리고 한번 열린 나의 입은 마치 다른 이가 조종하듯이 거짓을 이야기한다.

"소, 소인의…… 복중 아이의 아비는…… 정원군마마이옵니다."

내 대답에 주변의 웅성거림이 커져만 간다. 나의 동공은 풀린 듯 누구의 시선도 머무르지 않는 앞만을 가만히 내다보고 있고, 머릿속은 새하얀 백지가 되어버렸다. 그리고 나의 가슴은 누군가의 손으로 쥐어짜듯 아파오기 시작했다.

서청은 침묵에 휩싸였다.

나의 실토 아닌 실토로 정원군과 내가 저지른 죄는 모두 명명백백하게 드러났다. 이제 서청에 있는 모든 이들은 선조의 말을 기다리고 있었다. 선조는 잠시 하늘을 올려다보며 보란 듯이 긴 한숨을 내쉬었다. 잠시 뒤, 선조가 정원군에게서 돌아서며 입을 열었다.

"도승지는 들으라."

도승지가 재빨리 선조의 옆으로 다가와 섰다. 선조의 명이 떨어졌다.

"죄인 정원군과 나인 김 씨를 제주로 유배를 보내 위리안치(圍籬安置, 유배된 죄인이 거처하는 집 둘레에 가시로 울타리를 치고 그 안에 가두어 두던 일)에 처하라."

선조의 명이 떨어진 직후, 정원군은 의금부 옥으로 나는 내수사 옥으로 끌려왔다. 같은 형이 내려졌음에도 내가 아직 나인의 신분이기 때문에 내수사로 끌려온 것이다.

밤이 찾아온 내수사 옥사에는 불을 밝히기 위한 화로가 타는 소리를 제외하고는 그 어떤 작은 소리조차도 나지 않았다. 또한 이곳에 갇혀 있는 이는 오로지 나뿐이었다. 나는 옥사 안에서 머리를 힘없이 벽에

기댄 채, 낮에 있었던 일들을 되새겼다.

내가 한 말들, 그리고 내가 저지른 일들.

이러한 결과를 낳으리라고는 전혀 예상하지 못했다. 무엇보다 내 입으로 정원군에게 죄를 덧씌우게 될 줄은 상상하지도 못했다.

혼을 위해서였다. 애초부터 나에게 역사를 지키려는 의지 따위는 없었다. 내 의지는 오로지 그를 위해서 움직였고 내 입이 거짓을 말하게 했다. 이것이 옳은 행동이었는지 지금의 나는 판단할 수 없다. 그저 다행스러운 것이라면 그 누구도 다치지 않았다는 것, 유배형으로 끝났다는 것. 그 사실 하나만으로도 나에게는 큰 위안이 되었다. 비록 이런 일로 위안을 받는 내 마음이 이기적이라고 해도 말이다.

쏴아!

"누구냐?"

내수사 옥 주변을 밝히고 있던 화롯불들이 일시에 꺼지며 당황한 내관의 목소리가 옥 안까지 들려왔다. 나는 옥문 쪽으로 시선을 돌렸다. 하지만 내가 있는 곳에서 옥 밖에서 벌어지는 일을 볼 수는 없었다.

"윽!"

내관의 짧은 외마디 비명이 들리고, 그 소리에 내 몸은 두려움으로 잔뜩 움츠러들었다. 조금 뒤, 옥문 안으로 누군가 뛰어 들어왔다. 그는 내금위 옷에 검은 복면을 하고 있었다. 그러나 나는 복면에 가려지지 않은 그의 두 눈을 보는 순간, 그가 누구인지 단번에 알아차렸다.

"혼아!"

"경민아."

그는 다름 아닌 혼이었던 것이다.

그는 내가 갇혀있는 옥으로 재빠르게 다가오더니, 옥문에 묶인 쇠사슬을 들고 있던 칼로 단번에 잘라냈다.

탕!

그리고는 거침없이 옥문을 열고 옥사 안으로 들어왔다. 나는 곧바로 두 팔 벌려 그에게로 달려가 안겼다. 그는 들고 있던 검을 바닥에 내려놓고는 몸을 굽혀 나를 두 팔로 안아주었다. 나는 그의 품에 안기자마자 참고 있던 눈물부터 쏟아내며 그의 이름을 불렀다.

"혼아."

"괜찮은 것이냐? 어디 다친 곳은 없는 것이냐?"

그가 나를 어렵사리 자신의 품에서 떼어놓으며 물음을 쏟아냈다. 나는 눈물을 훔쳐내며 고개를 끄덕였다. 혼은 그런 나를 애처로운 눈으로 응시하며, 그의 두 손으로 내 양 볼을 감싸며 말했다.

"경민아, 간밤에 내게 말하려던 것이 이 일이었느냐?"

지난밤. 궁궐을 떠나기로 결심했던 나는 그의 앞에서 그 사실을 말하지 못했다. 더불어 아이를 가진 사실까지도 말이다. 그리고 혼자서 일을 해결해 보려고 했다. 결과적으로 일은 걷잡을 수 없이 커져버리고 말았지만.

"어찌하여 나에게 말하지 않은 것이냐?"

나를 향한 안타까움이 가득한 그의 눈빛이 내 가슴을 저미도록 시리게 만들었다.

"너와 나에 대해서 인빈마마가 알아버렸어. 이제 궐에서의 내 존재가 너에게 해가 될 것 같았어. 그래서 나만 떠나면 모든 게 괜찮아질 것 같아서…….”

“어리석기는!”

혼이 다시 한 번 나를 품으로 끌어안았다. 나는 그의 품 안에서 내가 있는 곳이 옥사라는 것도 잊은 채 안도감에 빠져들었다. 혼이 결심한 듯 입을 열었다.

“궐을 떠나자꾸나.”

나는 그의 품 안에서 그의 눈동자를 응시하며 되물었다.

“궐을 떠나다니?”

“네가 머물 곳을 마련해 놓았다. 시간이 많지 않으니, 서둘러 궐을 떠나자꾸나.”

궐을 떠나는 것, 비록 실패로 끝나고 말았지만 내가 실행하려고 했던 것이었다. 혼의 옷차림을 보아하니 그는 처음부터 나를 데리고 궐을 빠져나가기 위한 준비를 모두 마치고 온 듯 보였다.

“내가 가면 정원군마마는?”

“부야는 걱정하지 말거라. 시일이 지나면 아바마마께서도 부야를 풀어주실 것이다.”

일을 이 지경까지 오게 만든 것은 바로 나였다. 그런데 옥을 탈출해서 도망까지 친다면? 일은 더욱 커질 것이다. 그런데도 시일이 지나면 정원군이 유배에서 풀려나게 될까?

“난 갈 수 없어.”

“경민아.”

그가 내 말에 답답한 한숨과 함께 내 이름을 불렀다.

"너와 궐을 나간다면 난 기약 없이 숨어 지내야 할 거야. 하지만 네 말대로 시일이 지나서 유배가 풀린다면 당당하게 돌아올 수 있잖아?"

"제주가 어떤 곳인지 아느냐? 제주 유배길은 천 리가 넘는다. 홑몸도 아닌 네가 어찌 그 먼 제주로 유배를 가겠다는 말이냐? 나는 절대 용납할 수 없다."

혼이 화난 목소리로 반대하며 나섰다.

그의 이런 걱정과는 달리 제주는 내게 좋은 추억이 있던 곳이었다. 아빠와 함께했던 어린 시절의 여행지. 제주의 강한 바람조차도 하나의 풍경으로 다가올 만큼 좋았던 곳.

물론 지금은 조선시대다. 조선시대의 제주는 내가 알던 제주와는 거리가 있을지도 모른다. 하지만 추억이 가득한 제주를 떠올리면 크게 다를 것이라는 생각은 들지 않는다. 자신은 없지만 내 생각은 그렇다.

"여행 가는 셈 치지 뭐. 걱정 마. 나, 제주에 가본 적이 있어. 멀긴 하지만 좋은 곳인걸. 오히려 한성에 숨어있는 것보다는 그곳이 안전할 거야."

"경민아!"

아무렇지도 않은 듯 천진난만하게 말을 늘어놓는 나를 보며 혼은 화를 냈다. 나는 알고 있다. 그가 화를 내는 것은 오로지 나를 걱정해서라는 걸. 그렇다면 나는 그가 걱정하지 않도록 잘 설득하면 된다.

"어쩌면 이게 잘된 일인지도 몰라. 아무도 다치지 않고 유배로 끝났잖아? 그러니 더 이상 나빠질 것도 없고. 그리고 혼이 네가 말했잖아,

시일이 지나면 유배가 풀릴 수도 있다고 말이야. 유배가 풀리게 되면 궐로 돌아오지 못하더라도 숨어 지내지는 않아도 될 거야. 그렇지?"

나는 한 손을 그의 뺨 위에 올려놓으며, 그가 웃고 있는 내 눈을 똑바로 응시하게 만들었다.

"이렇게 생각해. 궐이 우리 모두에게 안전해질 때까지 떠나 있는 거라고."

어느새 붉게 충혈된 혼의 두 눈에 물기가 아른거렸다. 나는 내가 방금 한 말들이 그에게 얼마나 잔인한 말인지를 알고 있었다. 누구나 부러워하는 세자라는 위치. 그러나 그는 그 위치에서 나를 구할 수 없다. 함께할 수도 없다. 그리고 그는 나를 보내야 한다. 그것이 그를 얼마나 힘들게 만드는지 잘 알고 있다. 나 역시 그만큼 힘들기 때문에.

"나를 위하여 이러는 것이냐……?"

그의 목소리가 안타까움으로 무겁게 메인다. 다시 터져 나오려는 눈물을 간신히 참아내며, 나는 더욱 밝게 웃었다. 그리곤 그의 한 손을 잡아끌어 내 아랫배 위에 살포시 올려놓으며 말했다.

"아니, 우리 모두를 위해서."

내 말에 혼의 눈동자가 흔들렸다. 나는 그 눈동자에 시선을 주지 않기 위해 애를 썼다. 그와 오래도록 시선을 맞춘다면 겨우 한 나의 결심이 흔들릴 것이 분명하기 때문이었다. 대신 그의 입술에 짧게 입을 맞추곤 속삭였다.

"우리는 빠른 시일 안에 재회하게 될 거야. 반드시 그렇게 될 거야, 혼아."

용골자리의 눈물

조선시대에 제주도는 아주 먼 곳이었다. 한성을 떠난 후 보름을 육로로 이동하고, 날씨 때문에 사흘을 포구에서 기다린 끝에 우리가 탄 배는 제주도의 서쪽 어등포(魚登浦)에 닿았다.

어등포에 발을 딛자, 제주는 완연한 여름이었다. 뭉게구름이 푸른 하늘을 가득 메우고 있었다. 바닷길을 따라 펼쳐진 초록 들판 위에는 이름을 알 수 없는 노란 꽃들이 가득 차 있었다. 한성에서는 보기 드문 초록 들판에서 정원군도 한동안 시선을 떼지 못했다.

그 사이 한성에서부터 우리를 호송한 금부도사는 제주부사가 보낸 병사들에게 우리를 서둘러 인계하고는 제주를 나가는 배를 타고 돌아가버렸다.

"위리안치의 명이 떨어진 줄 압니다."

한성 출신이라는 이방은 정원군에게 공손하게 말을 걸었다.

"그렇소."

"이곳은 제주입니다. 한성에서 관리가 파견 나오지 않는 이상, 유배 온 죄인이 어찌 지내는지는 한성에서는 결코 알 수가 없지요."

그가 선조의 총애를 받는 인빈의 아들이라는 것을 알아서일까? 이방의 말은 아리송하게 들렸지만, 한 가지는 확실했다. 그는 정원군이 곧 유배가 풀려 한성으로 돌아갈 것이라고 생각했고, 그래서 최대한 그의 편의를 봐줄 생각이 있어 보였다. 정확히는 그가 아니라 그를 포구까지 보낸 제주 목사의 뜻이 그러한 것인지도 모르지만.

정원군은 말없이 자신의 뒤를 따르고 있던 내게 잠시 시선을 주었다. 나는 그와 눈이 마주치자 기다렸다는 듯이 고개를 떨어뜨렸다. 한성을 출발한 뒤로 내내 이런 상황이 반복되었다. 나는 그에게 미안한 마음뿐이었고, 그는 그런 내 마음을 아는지 가끔 말없는 눈길을 주는 것 외에는 한마디도 말을 걸지 않았다. 그 때문인지 나는 때때로 그가 나를 위해 한 선택을 후회하지는 않을까 생각하기도 했다. 적어도 나를 위해 한 일로서는 후회하더라도, 형님인 혼을 위해 한 선택으로서는 후회하지 않길 바랄 뿐이었다.

"알 수 없다 하여, 국법을 어길 수는 없는 일이오."

내게 시선을 주었던 그가 어느새 이방을 보며 단호하게 자신의 주장을 밝혔다. 이방은 무엇이 못마땅한 것인지 제주읍성에 도착할 때까지 아무 말도 하지 않았다.

제주 관아가 위치한 읍성 안에는 볼일이 있어 드나드는 제주사람들로 가득했다. 그들은 우리들을 향한 호기심 어린 시선을 숨기지 않았다. 특히 아침 일찍부터 물질하러 바다에 나갔다 온 해녀들은 병사들의 제지에도 불구하고 우리를 가까이서 보기 위해 소란을 떨었다.

이방이 우리를 안내한 곳은 읍성 내의 한 초가였다. 몸 하나 마음대로 펴고 눕기에도 퍽이나 불편해 보이는 작은 방 두 개와 그보다도 더 작은 부엌이 하나 딸린 작은 제주식 초가. 초가의 주변에는 검은 현무암으로 된, 내 어깨를 넘을 정도로 높은 담이 쌓여 있었고 그 밖으로는 가시덤불이 쳐져 있었다.

"조석(朝夕)으로 관아의 계집종이 식사를 가져올 것입니다."

이 말을 끝으로 이방은 우리 두 사람만을 남겨둔 채 초가를 나갔다. 병사 두 명이 초가의 유일한 출입구인 좁은 문 앞을 지키고 섰다. 이제 본격적인 제주도에서의 유배가 시작된 것이다.

가재도구라고는 접어놓은 이불 한 채밖에 없는 방 안. 더구나 그 이불에서는 냄새까지 풀풀 풍겼다. 죄인이 유배 생활을 하는 곳이니 좋고 편할 리 없다고 어느 정도 예상은 했었지만, 행궁 생활에서 벗어난지 얼마 되지 않아서인지 쉽게 적응하기가 어려웠다. 하지만 언제 한성으로 돌아갈지 모르는 상태에서 이대로 지낼 수만은 없었다.

다음날 아침부터 나는 청소를 시작했다.

보모상궁과 수라간, 양화당 퇴선간을 거쳐 지밀나인까지 하면서 궁녀 생활로 잔뼈가 단단히 굵어진 나였다. 옷자락을 걷어 올린 나는 제일 먼저 초가부터 살폈다. 초가의 뒤뜰에는 아담한 제주식 우물이 하나 있었다. 물동이 하나만 겨우 들어갈 정도로 좁은 입구를 가진 우물에서 줄에 매달린 바가지로 열심히 물을 퍼내기 시작했다.

아침부터 분주하게 움직이는 소리를 들은 정원군도 내가 무엇을 하나 궁금한지 밖으로 나왔다. 그를 발견한 나는 이마에 맺힌 구슬땀을 닦아내며 환하게 웃었다.

"도와주실래요?"

그는 나의 이러한 요청에 유배를 떠난 후 처음으로 입가에 희미한 미소를 머금었다. 태어나면서부터 왕실의 종친으로 살아온 사람이었다. 아마 내가 도움을 구하는 말을 하지 않았더라면 그는 유배가 끝나는 날까지 하루 종일 방 안에서 글만 읽으며 시간을 보내려 했을지도 모른다.

"내가 무엇을 도우면 되겠소?"

그가 여전히 미소가 사라지지 않은 얼굴로 내게 물어왔다.

"음……. 먼저, 물 좀 많이 길어 주세요."

"무엇을 하려 그러오?"

"빨래요. 아마 마마님의 이불도 냄새가 장난 아닐 텐데요? 이불부터 빨아야겠어요."

내 말을 잠자코 듣고 있던 정원군이 시원스러운 웃음을 터트렸다. 나는 그가 웃음을 터트린 영문을 알지 못해 고개를 갸웃거렸다. 그러자 그가 웃음을 어렵사리 그치며 내게 말했다.

"그대 덕분에 내 잠시 먼 제주로 유배를 왔다는 사실을 잊었소."

"제 덕분에요?"

"그렇소. 헌데 그대는 유배를 와서도 손에서 일을 놓지 못하는군."

정원군의 웃음에 나는 가슴속 깊은 곳에 쌓인 그를 향한 미안함이 조금은 가시는 느낌이었다.

"유배를 온 죄인이라도 여전히 전 나인이니까요."

나인이라는 사실이 무슨 자랑인 것도 아닌데 괜스레 목소리만 밝아졌다. 정원군은 나의 이런 밝은 모습이 싫지 않은 모양인지 다시 웃음을 흘렸다.

이방의 말대로 하루에 두 번 식사가 제공되었다. 제주 관비인 어린 여자아이가 대나무로 만든 납작한 소쿠리 안에 식사를 넣어왔는데, 밥은 주로 보리밥이거나 잡곡밥이었다. 아마도 제주에서는 쌀이 거의 나지 않아서인 듯했다. 반찬은 단 한 가지, 주로 나물 무침이었다. 어떨 때는 나물이 따로 그릇에 담겨서 오는 것도 아니고 밥 위에 얹혀 오는 경우도 있었다.

처음 이런 식사가 제공되었을 때의 정원군의 얼굴 표정을 잊을 수가 없다. 그러나 궁궐에서 귀하게 자랐을 그는 불평 한 번 하지 않았다. 건강에 좋다는, 이 시대에서는 전혀 먹히지 않을 이유를 대며 맛있게 먹는 나를 보며 정원군도 곧 이런 식단에 익숙해져가는 것 같았다.

우리가 제주에 도착한 지 열흘 정도 지나자 구 씨가 보낸 사내종 만덕이가 제주에 도착했다. 만덕이는 구 씨에게서 무슨 명이라도 받은 것인지, 제주에 오자마자 제일 먼저 제주 목사를 만났다.

그 뒤로 제주 목사는 틈틈이 이방을 통해 정원군에게 많은 서적과

문방사우를 보내주면서 필요한 것이 있으면 언제든지 말하라는 서신까지 직접 써서 보냈다. 또 이후로는 반찬의 가짓수도 늘었다. 명절에는 특별히 제주 목사가 간식을 보내오기도 했다.

가을이 되자 위리안치의 명이 풀렸다. 그러나 쌀쌀한 날씨 때문에, 또 문을 나섰다 하면 쏟아지는 제주 사람들의 관심에 나는 문밖 출입을 거의 하지 않았다. 이제 눈에 띄게 불러오기 시작한 배도 문밖 출입을 자제한 이유 중 하나였다.

겨울의 어느 날 밤. 나는 한밤중에 눈물을 쏟고 말았다. 가을에 위리안치가 풀리면서 곧 한성으로 돌아갈 수 있을 것이라는 믿음으로 하루하루 긍정적으로 버텨왔던 나였다. 그러나 유배가 풀릴 기미는 전혀 보이지 않았다.

더욱이 만덕이를 통해 구 씨 부인이 주기적으로 정원군에게 안부 서신을 보내오는 것과는 달리 혼에게서는 아무런 연락이 없었다. 한 달에 한 번이라도 좋았다. 그에게서 짧은 안부를 묻는 서신이라도 온다면 마음이 편안해질 것 같았다. 그런데 연락은 오지 않았다.

정원군도 이런 내 속마음을 알아서인지 혼에게 사정이 있을 것이라고 말했지만, 아기가 태어나기 전까지는 돌아갈 수 있을 것이라고 생각했던 나에게는 조금의 위로도 되지 못했다.

"으흐흑……. 흐흑……."

가끔 정원군이 작게 내뱉는 기침 소리마저도 생생하게 들려올 정도로 벽이 얇다는 것은 알았지만, 흐느낌마저 참는 것은 어려웠다.

"으흐흑……. 혼아……."

뒤늦은 후회도 했다. 그때 혼의 말대로 도망쳐 그와 함께 궐을 떠나 숨어 지낼걸 하는 생각이 떠올라서였다. 다른 한편으로는 지난 몇 달간의 제주에서의 유배 생활을 생각하면, 내가 도망가고 홀로 이 유배를 왔어야 했을지도 모르는 정원군을 향한 미안한 마음에서 자유로워지기도 했다. 이런 복잡한 감정 속에서 혼을 향한 그리운 마음만 애달프게 깊어져 눈물을 쏟은 것이다.

한참동안이나 혼의 이름을 부르며 흐느끼던 내 귀에, 깊은 밤중이라 잠들었다고 생각한 정원군의 처소 문이 조심스럽게 열리는 소리가 들렸다. 그 소리에 나는 잠시 숨을 죽이며 울음을 멈추었다. 이미 울음소리를 감추기에는 늦어버린 것을 알면서도 말이다.

정원군은 처소를 나서고 있었다. 그의 발소리가 초가에서 멀어지는 것을 느낀 나는 참고 있던 울음을 다시 쏟아냈다. 얼마간의 시간이 흐른 후, 눈물을 그친 나는 마음속에 가득 찼던 불안감으로 뭉친 응어리들이 조금은 줄어든 느낌을 받았다. 더불어 물기로 눅눅해진 얼굴을 시원한 물로 씻어내고픈 마음에 밖으로 나가기 위해 방문을 열었다. 그러다 초가의 앞마당에 서 있는 정원군을 발견하고는 멈칫했다.

그는 잠옷 차림으로 은하수가 펼쳐진 제주의 하늘을 올려다보고 있었다. 겨울이었다. 그의 입에서는 쉴 새 없이 하얀 입김이 한숨과 함께 흘러나오고 있었다. 그는 분명 제주의 바닷바람과 맞물려 몰려오는 겨울 추위를 느끼고 있었다. 그럼에도 그는 한자리에 서서 전혀 움직일 기미를 보이지 않았다. 얼핏 그의 눈은 어떤 별을 찾고 있는 것처럼 보이기도 했다. 그는 제주의 하늘에서만 보인다는 남극노인성(南極老人

星)을 찾고 있는지도 몰랐다. 나는 그런 그의 모습을 한동안 말없이 바라보았다.

혼을 사랑했기에 고난에 처하게 된 나를 살리기 위해 목숨을 걸고 나섰던 정원군이었다. 나에게 낯선 제주는 그에게도 마찬가지로 낯선 장소일 것이다. 새삼스럽게 동질감을 느껴서일까? 나는 셀 수도 없이 수많은 별들이 수놓아진 제주의 하늘을 올려다보는 그를 지켜보며 슬픔을 잊을 수 있었다.

봄이 찾아올 무렵, 해산이 한 달 앞으로 가까워졌다.

이상하게 매일 밤 꿈을 꾸었다. 깨어남과 동시에 내용을 잊어버리는 꿈이 대부분이었지만, 깨어나고서도 늘 오래도록 기억되는 꿈이 있었다. 그것은 바로 한성으로 돌아가는 꿈이었다. 한성에 도착해서 혼을 찾아 아무도 없는 행궁 안을 돌아다니는 꿈을 꾸기도 하고, 바로 앞에서 혼이 사라져서 놓치고 마는 꿈도 꾸었다. 꿈을 자주 꾼다는 말은 깊은 잠을 잘 수 없다는 말이기도 하다. 이 때문인지 해산날을 앞둔 임산부답지 않게 내 몸은 점점 말라갔다.

이를 제일 먼저 눈치챈 것은 바로 정원군이었다. 그는 여위어가는 나를 보다 못해 이방에게 의원을 불러달라고 청했다. 며칠 뒤 한 늙은 의원이 찾아왔다. 그는 나를 진맥하고 나서 마음을 편하게 가지고 음식을 되도록 잘 챙겨먹으라는 말 외에는 별다른 말을 하지 않았다.

어느 날 밤, 나는 또다시 꿈을 꾸며 깊은 잠을 이루지 못했다. 결국 꿈에서 깨어났는데, 깨어나자마자 배에서 강한 통증이 느껴졌다. 처음으로 느껴보는, 상상 이상으로 고통스러운 통증이었다. 그러나 진통이라기에는 아직 해산일까지 시일이 많이 남아있었다. 나는 의원을 불러야 한다는 생각에 자리에서 일어나려고 했다. 그러나 순간 어지럼증으로 인해 주저앉으며 의식을 잃고 말았다.

의식이 돌아온 건 그로부터 얼마 지나지 않아서인 것 같다. 그러나 차라리 의식이 돌아오지 않는 것이 더 나을 뻔했다. 배가 아픈 것은 물론이고 머리가 쪼개지는 듯한 통증도 있었다. 숨이 막히도록 호흡이 어려워 살기 위해 손을 뻗었는데, 내가 간신히 잡은 것은 정원군의 옷자락이었다. 그제야 나는 내 옆에 있는 정원군의 존재를 알아차렸다.

"정신 차리시오! 정신을 잃어서는 아니 되오, 경민!"

눈을 뜬 나를 알아보고 정원군이 외치고 있었지만, 그의 목소리는 강한 울림으로 내 귓구멍을 아프게 자극해왔다. 나는 그에게 소리치지 말라고 말하고 싶었지만 당장 숨을 쉬기도 힘든 상황에서 말을 하는 것은 불가능했다.

"어찌된 것이냐고 묻지 않았느냐! 해산달이 아직 달포나 남았거늘, 어찌 이런단 말이냐!"

정원군의 뒤로 당황한 얼굴의 의원의 모습이 보였다. 그 옆으로는 익숙한 얼굴의 이방도 있었다. 의원이 격분한 정원군을 보고 어쩔 줄 모르며 이방을 향해 제주어로 속삭이듯 말하자 이방이 입을 열었다.

"의원의 말로는 자간(子癎, 임신중독증)이라 합니다."

"자간? 병명을 알고 있다면 어서 낫게 하게!"

정원군의 말을 들은 의원이 고개를 저으며 이방의 뒤로 물러선다. 그런 의원의 태도만으로도 충분히 어떤 상황이 되었는지 짐작할 수 있었다. 이방의 뒤로 물러선 의원이 이번에도 이방의 귀에 무언가 속닥거렸다. 이방이 입을 열었다.

"산달이라면 아이를 해산하여 산모의 명이라도 부지할 수 있을지 모르나, 달이 차지 않았으니……. 이대로라면 산모도 아이도 살 수 없다고 합니다."

이방의 말에 정원군은 할 말을 잃어버렸다.

나 역시 머리가 깨어지는 듯한 통증을 느끼면서도 그 말 만큼은 귀담아 들었다.

"아이는……. 아이는요……."

내 입에서 잃어버린 듯 보였던 목소리가 흘러나오자, 정원군이 급히 고개를 내 쪽으로 돌렸다. 그러자 다시 한 번 의원의 말을 받은 이방이 날 향해 말했다.

"아이는 이미 태(胎)에서 숨이 끊어진 듯하답니다."

'아이가 죽었다고?'

아이가 죽었다는 말에 방금 전까지 느끼던 모든 고통들이 일순간 정지된 것처럼 느껴지지 않았다. 힘겹게 내쉬어지던 숨마저 쉬기를 포기한 것인지, 더 이상 코로도 입으로도 숨이 나오지 않았다. 사람이 죽는 순간 느끼는 기분이 있다면 바로 이런 것이라고 생각될 정도였으니까. 눈꺼풀이 심하게 흔들리며 초점을 잡기가 어려워졌다. 정원군이 다급해했다.

"경민! 정신 차리시오, 경민! 이보시게! 어서 의원에게 이 여인을 살려내라 말하게! 어서!"

정원군의 외침을 뒤로 한 채, 내 두 눈이 스르르 힘없이 감겼다. 감긴 눈 밖으로 눈물이 흘렀다. 의식이 또다시 멀어지는 것 같았는데, 이상하게도 마음은 편안해졌다.

그때 감긴 눈앞으로 어둡기만 했던 시야가 서서히 밝아지는 듯하더니, 눈부신 햇살이 나를 감싸 안았다.

나는 어딘가에 서 있었다. 그리고 그곳에서는 익숙한 향기가 느껴졌다. 그랬다. 내가 서 있는 곳은 다름 아닌 하얀 메밀꽃이 가득한 밭의 한가운데였다. 꽃을 보며 기분이 좋아지려는 찰나, 멀지 않은 곳에서 나를 부르는 익숙한 목소리가 들렸다. 내가 고개를 들었을 때, 그곳에는 아빠가 서 있었다. 아빠의 옆에는 사진으로만 보았던 돌아가신 엄마도 서 있었다. 엄마는 하얀 원피스에 노란 카디건을 입고 계셨는데, 나를 향해 환한 미소를 짓고 있었다.

내가 그분들 곁으로 다가가려는 순간, 내 손을 잡는 작은 손이 느껴졌다. 고개를 숙여 내려다보자, 한 남자아이가 방긋 웃으며 나를 올려다보고 있었다. 나는 그 아이를 전에도 본 적이 있다고 느꼈다. 어디서 보았는지는 바로 떠오르지 않았지만 말이다.

나는 아이의 손을 잡은 채로 부모님이 서 계신 곳으로 한 발씩 걸음을 옮기기 시작했다. 그때였다.

"경민아."

오랫동안 간절하게 듣고 싶었던 목소리가 등 뒤에서 들려오자 나는 걸음을 멈추고 돌아섰다. 혼이었다. 혼이 나를 보고 서 있었다.

"호……혼아……."

'약속했는데. 반드시, 다시 만날 거라고 약속했는데……. 혼아, 나 그 약속을 지킬 수 없을 것 같아. 우리 아이가, 우리 아이가…….'

그를 그리워하는 간절함으로 내 의지가 멀어지던 의식의 끈을 붙잡은 순간이었다. 잊은 듯 느껴졌던 통증이 다시 하복부에 몰려들었다.

"아아악!"

생에 마지막으로 남기는 외침과도 같은 비명을 지르며 나는 완전히 의식을 잃었다.

앞이 캄캄하다. 눈을 떴는데도 앞이 전혀 보이지 않는다.

며칠째 정신을 제대로 차리기가 어려웠다. 드문드문 맹물 같은 죽이 계속해서 입으로 들어와, 바람 앞에 놓인 촛불 같은 나의 삶의 의지를 깨우려 노력한다. 그러나 그 물을 목으로 넘기는 것조차 내겐 매우 어려운 일이다.

내게 죽을 먹이는 이가 정원군이라는 걸 안다. 두창에 걸렸던 나를 살려냈던 손길도, 지금 내게 죽을 먹여 살리려고 하는 손길도 같기 때문이다.

"앞이 안 보여요."

겨우 정신을 차린 내가 꺼낸 말.

"자간의 후유증이라 하오. 의원 말로는 앞으로 달포는 앞이 보이지 않을지도 모르지만, 그 뒤에는 반드시 나을 것이라 하였소."

"며칠이나 지났나요?"

내 몸 안에서 살아 숨 쉬던 생명이 사라진 이후의 날을 묻는 것이다. 정원군도 이를 아는지 잠시 뜸을 들이다가 나직하게 답한다.

"사흘이오."

'사흘.'

"아이는……."

차마 말을 끝맺지 못한 채 눈에서 소리 없는 눈물이 쏟아졌다. 이를 나보다도 먼저 알아챈 정원군이 급히 천으로 내 눈가의 눈물을 닦아 주며 말했다.

"몸이 나은 뒤에 말해주겠소. 일단 몸을 보중하고……."

나는 정원군의 손길을 밀어내며 그의 옷깃을 움켜잡았다.

"말해주세요. 아이는요?"

그러나 여전히 내가 바라는 답은 정원군에게서 나오지 않는다.

"의원이 울면 안 된다 하였소. 실명할 수도 있으니, 울어서는 안 된다고……."

"아이는요!"

내가 빽 하고 소리를 지르자 정원군이 입을 다물었다. 나는 거칠어진 숨을 가다듬으며, 정원군의 목소리가 들렸던 방향으로 귀를 세웠다. 정원군이 입을 열었다.

"죽었소."

하늘이 무너진다.

당장 볼 수도 없는 하늘이 무너져내린다.

나는 두 팔을 힘없이 바닥으로 떨어뜨렸다.

"만덕이에게 한성으로 데려가 장례를 치르라 하였소."

"장례요? 안아보지도 못했어요. 어떻게, 어떻게 그러실 수가 있어요? 제가 안아보지도 못한 아이를 그렇게 보내버리시다니요!"

애처롭고 울분 섞인 비명과도 같은 소리가 내 입에서 터져 나왔다.

누굴 원망할 수 있을까? 이미 죽어버린 아이를 두고 누구 탓을 할 수 있을까? 그럼에도 애꿎은 정원군에게 모든 원망이 향한다. 쏟아내는 내 울분과 원망을 모두 받아낼 이가 오로지 정원군 한 사람뿐이라서 그런 것인지도 모른다.

"경민……."

"그래서는 안 되는 거였어요! 안 되는 거였다고요!"

막힌 숨을 한 번에 터트리는 듯한 고통스러운 외침에 보다 못한 정원군이 나를 끌어안았다. 나는 그 품에서 미치도록 서럽게 울었다.

·

아기가 내 품을 떠난 줄도 모르고 정신을 잃었던 사흘. 나는 그 사흘만큼 밤새도록 눈물을 흘렸다. 지쳐서 더 이상 눈물이 나오지 않자, 이대로 눈이 영영 멀어버렸으면 좋겠다는 생각도 했다. 그 생각은 더 나아가 차라리 죽어버렸으면 좋겠다는 생각으로까지 이어졌다.

유배길, 나는 유배길을 너무나도 가볍게 여겼던 것 같다. 아이를 지키지 못했으니…….

처음부터 혼의 말을 들었어야 했다. 그의 말을 따랐다면 아이를 잃지 않았을 수도 있었을 것이다.

'혼이도 이 소식을 들었겠지?'

한성을 떠난 지 반년도 넘는 시간이 흘렀다. 혼에게서는 연락 한 번 오지 않고 있지만, 반대로 그는 나의 소식을 듣고 있는지도 모른다. 그는 유배지에서 아이를 잃은 나에게 화가 났을까? 그의 말을 따르지 않아 이런 일을 자초했다고 여기고 분노하고 있을까?

상관없다. 그를 다시 볼 수만 있다면, 그를 다시 만날 수만 있다면 그의 화도, 분노도, 심지어 원망도 모두 받아줄 수 있을 것 같다.

하지만 그럴 수 없다. 제주는…… 한성에서 천릿길도 더 되는, 그러고도 모자라 험한 바다를 건너야 하는, 그런 곳이니까.

어느 순간 나는 슬픔이란 감정이 주는 감각을 잃어버렸다. 그것은 슬픔이 어느 정도 치유가 되어서가 아니었다. 아이를 잃은 슬픔을 모두 잊어버렸기 때문이 아니었다. 내가 처한 고통과 슬픔을 유일하게 나눌 수 있는 사람이 곁에 없기 때문에, 나는 내 마음 깊숙한 곳으로 슬픔을 묻어 놓았다. 언젠가 그와 재회한 날에 모두 풀어낼 수 있기를 바라면서…….

내 눈은 오래도록 낫지 않았다.

아이를 잃은 봄이 지나고 여름이 지날 무렵에도 눈이 낫지 않자, 나는 스스로 포기해버렸다. 마치 내게 내려진 형벌을 맞이하듯이 담담하게 눈이 보이지 않는 것을 받아들이기 시작한 것이다. 그리고 좁은 방안 깊숙한 곳으로, 어둠 속으로 내 자신을 가두기 시작했다.

제주에서의 두 번째 가을을 맞이한 어느 날. 나는 익숙한 향기에 잠에서 깨어났다. 감긴 눈앞을 가득 채운 노란 빛. 빛과 어둠만을 유일하게 구분할 수 있는 상태의 내 두 눈이 아침이 왔음을 알려주었을 때였다.

나는 익숙한 손길로 벽을 더듬어 문을 찾아냈다. 그리고 그 문을 힘주어 밀었다. 오랜만에 스스로 문을 열었다는 사실도 잊은 채, 나는 익숙한 향내를 쫓아 코로 숨을 들이마시고 내쉬기를 반복했다.

"경민?"

정원군의 목소리가 들려왔다. 나는 그가 마당에 있다는 것을 소리를 듣고 알았다. 그는 스스로 문을 열고 고개를 밖으로 내민 나를 보고 있는 것이 틀림없었다. 하지만 내 귀는 그의 소리를 쫓지 않았다. 코가 느끼는 향의 방향을 알려줄 소리를 찾고 있었기 때문이었다.

그리고 그 향기의 정체를 깨달은 순간, 나는 오래도록 내 눈을 감기고 있던 안대를 풀며 눈을 떴다.

가을의 눈부신 햇살이 문가에 앉은 나를 비추고 있었다. 오랜만에 받는 환한 빛에 눈살을 찌푸리며 여전히 내 눈이 낫지 않았다고 생각했을 때였다. 향기를 따라 자연스럽게 시선을 옮긴 내 두 눈에, 그 향기의 정체가 모습을 드러냈다.

초가의 담장을 따라 가득하게 핀 하얀 꽃. 그것은 메밀꽃이었다.

'네가 기쁠 때도 슬플 때도 언제나 네 옆에 있어줄게, 혼아.'

압구정 메밀꽃밭에서의 약속.

나는 그 약속을 단 한 번도 잊은 적이 없었다.

숨도 쉬기 어려울 정도로 그리운 사람.

그리워할수록 가슴이 미어지도록 떠오르는 사람.

'혼아, 난 반드시 네 곁으로 돌아갈 거야…….'

메밀꽃을 바라보는 내 얼굴에 희미한 미소가 그려졌다.

눈이 나은 뒤로 나는 제주에서의 생활에 다시 익숙해져갔다.

나는 제주 목사가 정원군에게 보내오는 문방사우로 틈나는 대로 글을 썼다. 글에 내 마음을 담기 시작한 것이다. 하루하루가 더해갈수록 깊어져가는 그리움. 그 그리움이 글이 되어 담긴 종이는 내가 머무는 작은 방 안을 가득 채웠다.

메밀꽃이 피는 가을이 오면, 그래서 메밀꽃 향이 유배지의 이 작은 초가를 가득 채울 때면, 나는 밤새워 글을 쓸 때도 있었다. 당장은 보낼 수 없는 편지를, 당장은 그가 받을 수 없는 편지를 써 나갔다. 그것은 내게 큰 위안이 되었다. 그렇게 내가 제주에서 머무는 동안 다섯 번의 메밀꽃이 피었다가 졌다.

1608년 2월 1일. 오랜 병환으로 앓던 선조가 승하하고 그 다음날 세자인 혼이 행궁의 서청에서 즉위했다. 그가 바로 조선의 제 15대 임금, 광해군이었다.

세자 광해, 즉위하다

어느 추운 날 새벽이었다. 제주의 바다 내음 가득한 새벽안개를 뚫고 여러 사람의 발소리가 초가 안으로 들어오는 것을 느낀 난 잠에서 깨어났다. 그 소리의 진원지를 찾아 문을 열고 고개를 내민 나는, 희미한 안개 속에서 한성이 있는 방향을 향해 큰절을 올리고 있는 정원군의 모습을 보았다.

그의 주변으로 금부도사로 보이는 이와 더불어 병사 여럿이 서 있었다. 정원군은 자신을 내려다보고 있는 그들의 시선에는 아랑곳없이 절을 올린 후에도 한동안 몸을 일으키지 못한 채 바닥에 엎드려 흐느꼈다. 그것을 본 나는 깨달았다. 조선 제 14대 왕 선조가 승하한 것이다.

선조가 승하하고 광해군 혼이 즉위했다는 건, 나와 정원군의 5년간의 제주 유배도 끝이 난다는 것을 의미하기도 했다.

여전히 부친을 잃은 슬픔에 잠겨 있는 정원군을 향해 금부도사가 입을 열었다.

"죄인 정원군은 어명을 받으시오."

정원군이 고개를 들어 금부도사를 바라보았다.

"전하의 어명이오. 정원군을 유배에서 석방하고 종부시 도제조를 제수하니, 하루속히 한성으로 돌아와 도제조로서 국장도감(國葬都監, 국장 일을 맡는 임시관청)에 봉직하라."

"성은이 망극하옵니다. 전하……."

지금 정원군이 말하는 '전하'란 바로 광해군 이혼일 것이다.

물론 나는 알고 있었다. 선조가 승하하면 그 자리를 이어받는 것이 광해군이라는 것을 말이다. 그럼에도 불구하고 이 순간, 정원군의 입에서 나온 '전하'라는 단어가 왜 이토록 낯설게만 느껴지는 것일까?

어명을 받은 정원군이 자리에서 일어섰다.

이제 금부도사가 내가 서 있는 쪽을 쳐다보았다. 정원군도 그 시선을 따라 나를 바라보았다. 곧 금부도사는 내 쪽으로 걸어오더니 바로 앞에 멈춰 섰다. 안개가 서서히 걷히고 있는 제주도의 새벽. 금부도사의 얼굴은 사라진 안개를 모두 머금은 듯, 마치 저승사자와도 같이 창백했다. 그는 나를 한번 위아래로 살펴보더니 입을 열었다.

"자네가 김 나인인가?"

나는 잠시 망설이다가 고개를 두 번 끄덕였다. 그러자 금부도사는 허리춤에 차고 있던 검집에서 검을 빼내 들었다.

"……!"

이를 본 정원군이 놀라 급히 내 쪽으로 오려던 그때였다.

탁!

금부도사는 자신이 들고 있던 검을 바로 내 앞에 내리꽂더니 뒤를 돌았다. 그리고는 자신과 함께 온 병사들을 향해 소리쳤다.

"이 여인은 오늘 제주에서 죽었다!"

금부도사의 알 수 없는 행동에 놀란 건 나와 정원군뿐만이 아니었다. 애초부터 이러한 금부도사의 행동은 자신과 함께 한성에서부터 온 병사들을 겨냥하고 한 것인 듯싶었다. 그 행동의 이유를 다 알 수는 없었지만, 금부도사의 말에 병사들은 수긍하듯 한 목소리로 그의 말을 그대로 복창했다.

"여인은 제주에서 죽었습니다!"

5년의 유배 생활을 끝내고 제주를 떠나는 날 아침, 하늘은 처음 제주에 도착했던 5년 전 그날과 다름없이 맑았다. 떠나는 배 안에서 정원군은 한참이나 멀어지는 제주를 바라보며 서 있었다. 그러나 나는 반대로 뱃머리에 서서 육지 쪽을 바라보고 있었다.

도성으로 돌아가면 혼과 재회하게 될 것이다. 지난 5년 동안 그를 향한 애달픈 그리움은 그 깊이를 알 수 없을 만큼 깊어져, 제주의 하늘을 모두 뒤덮을 만큼의 크기로 자라나 있었다. 그러나 나는 제주에서 그의 아이를 잃었다. 지키지 못했던 아이에 대해서 혼에게 말해야 할 순간을 떠올리면 지난 5년간 꾹꾹 참아왔던 그날의 슬픔이 다시금 몰려와 내 가슴을 쥐어 팠다.

그를 위로하고 당당히 떠나왔던 제주 유배길이었다. 돌아가는 길에는 적어도 그의 아이의 작은 손을 잡고 가게 될 것이라고 믿어 의심치 않았었다. 그러나 나의 그러한 믿음은 5년 전 한여름 밤의 꿈처럼 산산조각 나 사라지고 말았다.

혼은 왕이 되었다. 어쩌면 그는 그에게 가장 힘든 시기에 곁을 떠났던 나를, 그를 지키고 그의 아이를 지키겠다면서 떠나버린 나를 용서하지 않을지도 모른다는 생각이 들었다. 그것은 지난 5년간 단 한 번도 소식을 보내오지 않았던 그의 행동에서 충분히 예상할 수 있는 것이었다. 그러니 이제 유배에서 풀려 돌아가는 나를 그가 외면한다고 하더라도, 난 그에게 5년 전처럼 당당해질 용기가 나지 않았다. 나는 언제나 스스로 마음이 강해지길 원하지만, 혼에 대해서만큼은 이상하리만치 강한 마음을 먹기가 어렵다. 나는 그것이 너무나도 어렵다.

도성으로 들어가는 성문은 국상 소식을 듣고 전국에서 몰려든 유림들로 가득했다. 머리를 풀어헤치고 곡을 하는 이들도 있었다. 성문을 지키는 군졸들은 이들을 통제하느라 잔뜩 신경질이 나 있었다.

"오늘은 더 이상 도성 출입이 불가하오! 물러가시오!"

도성 안은 이미 지방에서 올라온 유림들로 넘쳐나고 있었다. 당연하게도 이 이상 도성에 유림들을 들이는 것은 무리였다. 그러나 먼 지방에서 온 유림일수록 도성 군졸의 말을 듣고도 쉽게 물러나지 않았다. 그러다보니 성문 앞에서는 군졸과 유림 간의 크고 작은 시비가 끊임없이 일어났다.

이처럼 혼잡한 성문 앞에서 내가 탄 가마는 이 사람 저 사람에 밀려 균형을 잡지 못하고 심하게 흔들거렸다. 결국 난 가마에서 내렸다. 걸어서 성문을 통과할 생각이었다. 그러나 군졸들은 오늘 그 누구도 더 이상 성문을 통과하지 못하게 할 것처럼 보였다.

"정원군마마!"

성문 앞 군졸들 틈에 서 있던 한 남자가 정원군을 알아보고 달려왔다. 그는 예전부터 정원군을 모시던 하인인 듯 보였다.

"유배에서 풀리셨다는 소식을 듣고 이제나저제나 도착하시기만을 기다렸습니다. 전하의 명이 계셨습니다. 일단 초당 대감 어르신 댁으로 가셔서 채비하시고 바로 입궐하시랍니다."

초당은 정원군 부인 구 씨의 첫째 오빠인 구성(具宬)을 가리키는 말이다. 정원군이 제주로 유배를 떠난 후, 구 씨는 궐을 나와 친정에서 지냈다. 그러나 유배 첫 해에 구 씨의 아버지이자 정원군의 장인인 구사맹이 노환으로 사망했다. 그러므로 구 씨의 친정이 되는 구사맹의 집은 장남인 구성의 것이 되었을 것이다. 구 씨는 오빠인 구성의 집에서 머무르고 있는 것이 분명했다.

"알겠다."

정원군과 하인의 말을 듣고 있던 금부도사가 나섰다.

"정원군마마께서는 초당 대감어르신 댁으로 가시지요. 이분은 소장이 뫼시겠사옵니다."

그러자 정원군이 금부도사에게 물었다.

"전하의 명이 있으셨던 것인가?"

주변의 시선을 의식한 금부도사가 잠시 망설이더니 대답한다.

"그러하옵니다."

잠시 두 사람 사이에 침묵이 흘렀다. 정원군이 내가 서 있는 방향으로 돌아섰다. 그런데 그는 나를 바라보고 있지 않았다. 아니, 그러지 못하고 있었다. 그는 내게 무언가 말하기를 원했다. 그러나 그 역시 주변의 시선을 의식하고 있는 것 같았다.

"몸을 보중하시오."

한참 뒤 그는 다시 내게서 등을 보이며 짧은 인사를 건넸다. 정원군이 돌아서자, 금부도사가 자신을 따라오라는 눈짓을 내게 보내더니 앞장서서 성문 쪽으로 걸었다. 금부도사를 알아본 성문의 군졸들이 길을 내어주었다. 그러나 성문으로 몰려든 사람들로 인해 그 길은 금방이라도 닫힐 듯 보였다. 나는 길이 사라지기 전에 금부도사의 뒤를 쫓을 생각으로 성문으로 향하다가 마지막으로 정원군을 돌아보았다.

5년의 유배 생활을 함께해왔던 그였다. 내가 가장 힘들던 시절을 묵묵히 곁에서 함께해준 사람이었다. 그는 여전히 한결같은 모습으로 나를 바라보고 서 있었다. 그리고 우리는 성문 앞에서 덧없이 갈라졌다.

금부도사가 나를 궐로 데려갈 것이라고 생각했다. 그러나 얼마 지나지 않아 그것은 나의 착각이었음이 밝혀졌다. 금부도사가 나를 데려간 곳은 낯선 저택이었다. 금부도사는 저택의 닫힌 문 앞에서 문지기를 찾았다. 그의 부름에 달려온 문지기가 그를 알아보고는 문을 활짝 열어주었다.

"이곳이 어딘가요?"

열린 문 앞에서 금부도사에게 물었다. 금부도사는 나를 흘깃 쳐다보며 짧게 대꾸했다.

"곧 아시게 될 거요."

나는 성문 앞에서 그가 정원군에게 '전하의 명'을 언급했던 사실을 떠올리며, 혼에 대해 물으려고 했다. 그러나 불쑥 나타난 한 중년의 여종으로 인해 묻기도 전에 입을 닫아야 했다.

"이제야 오셨습니까, 나으리."

여종이 공손하게 금부도사에게 인사를 올렸다. 금부도사는 나를 가리키며 여종에게 말했다.

"잘 뫼시도록 하게."

"예, 나으리."

"진사 나으리께서는 어디 계신가?"

"사랑채에 계십니다."

"알겠네. 그리로 가지. 자네는 어서 이분을 뫼시게."

말을 마친 금부도사는 사랑채가 있는 쪽으로 몸을 틀었다. 나는 그가 나를 버려두고 간다는 것을 알고는 그를 불러 세웠다.

"저……!"

그가 걸음을 멈추고 돌아섰다. 나는 말을 꺼내야 할지 말아야 할지를 고민했다. 내가 묻고 싶은 것은 나를 이곳으로 데려오라고 그에게 명했을 혼에 대한 것이었다. 그러나 이곳에 혼은 없었다. 더욱이 이곳이 궐로 보이지도 않았다. 그렇다고 실망부터 한 것은 아니었다. 적어도 혼이 나를 이곳으로 보낸 이유라도 알고 싶었다. 그의 명을 받았다고 말한 금부도사라면 그 이유를 알고 있을 것 같았다.

"내게 묻고 싶은 것이 있으시오?"

오히려 그가 편하게 물으라는 듯 반문해온다. 하지만 어디까지 알고 있을지 모르는 여종의 존재가 거슬려서 쉽사리 입을 열지 못했다. 금부도사는 내가 말을 잇지 않자, 무뚝뚝한 표정으로 나를 두고 가버렸다.

그가 사라지자 여종이 나를 안채 쪽으로 안내했다. 그러나 도착한 곳은 안채가 아니었다. 안채에서도 하나의 문을 더 지나야 있는 독립된 작은 별당이었다. 그녀는 별당 바깥쪽에 달린 판문을 열고 들어갔다. 나는 그녀의 뒤를 따라 판문 안으로 발을 들여놓았다.

판문 안에는 작은 부엌이 있었다. 미리 불을 때어놓았는지 아궁이의 솥에는 끓는 물이 가득 차 있었다. 또 한쪽에는 목욕을 할 수 있는 커다란 통도 마련되어 있었다. 여종은 재빨리 솥에서 물을 떠 통 안으로 부어넣으며 내게 말했다.

"먼 길에 노곤하셨을 터이니 우선 씻으시지요."

내가 도착하기 전부터 모든 것이 준비되었다는 말투였다. 나로서는 궁금한 것 투성이였다. 그러나 통을 가득 채운 뜨거운 물에서 피어나는 훈훈한 김이 당장 개운하게 씻고 싶은 마음을 부채질했다.

"더 도와드릴 일은 없나요?"

목욕 준비를 끝마친 여종이 내게 물어왔다. 나는 그녀에게 물어보려던 말을 한숨으로 돌린 채 고개를 저었다.

"없어요."

"그럼 쇤네는 문밖에 있을 터이니, 필요하신 것이 있으시다면 언제든지 불러주시지요."

그녀가 나간 후 옷을 벗고 목욕통 안으로 들어갔다. 목욕하기에 딱 알맞은 온도로 맞춰진 물속에서 긴장감이 풀리며 몸이 나른해지기 시작했다. 제주를 출발한 지 열흘 남짓. 제대로 씻어본 것이 얼마만인지 몰랐다. 제주에서 도성까지의 긴 여정 동안 쌓였던 피로가 따뜻한 물속에서 모두 녹아내렸다.

목욕을 마쳤을 때쯤 날은 어둑해져 있었다. 나는 여종이 별당의 촛불을 켜는 동안 준비되어 있던 옷으로 갈아입었다. 모든 준비가 끝나자 여종은 내 앞으로 거울을 내밀었다. 제주에는 거울이 없어 물에 비친 모습을 제외하고는 내 얼굴을 볼 수 있는 방법이 없었다. 난 그렇게 5년 만에 27살이 된 내 얼굴과 마주했다.

거울 속 내 모습은 상당히 낯설었다. 5년 전 생기 가득하던 낯빛은 이제 창백하리만치 새하얗게 보였고, 얼굴은 거의 반쪽이 되어 허약해 보이기까지 했다. 이런 모습으로 혼을 만나야 한다는 생각에 덜컥 겁까지 났다. 나는 거울을 한쪽으로 밀어버리며 여종에게 물었다.

"여기가 어디죠?"

예민해져 날카롭게 묻는 나를 보며 여종은 당황했다. 그녀는 진사 어르신이 오시면 모든 것을 설명해 주실 거라는 말만을 남긴 채 별당을 떠났다.

이제 나는 홀로 남겨졌다. 훈훈한 방의 열기가 졸음을 불러왔다. 그러나 어딘지도 모르는 낯선 곳에서 긴장을 모두 내려놓은 채 잠에 빠져들 수는 없었다.

대체 이곳은 어디일까? 혼은 왜 나를 하필 이곳으로 보낸 것일까?

정원군의 여인으로 유배를 떠났던 내가 다시 궐로 돌아갈 수 없다는 것쯤은 나도 안다. 하지만 어딘지도 모르는 곳으로 날 보낸 혼의 생각을 읽을 수 없어 그저 답답하기만 하다.

분명히 금부도사를 보낸 것은 그다. 아니, 이제는 정말 그가 금부도사를 보낸 것인지 의심스럽기까지 했다. 차라리 금부도사를 통해 짧은 서신이라도 내게 보내주었다면, 이렇게까지 불안감을 느끼지는 않았을 것이다. 그러나 낯선 곳에 남겨진 불안감은 시간이 지날수록 아무런 준비도 없이 혼을 만나게 될 걱정으로 뒤바뀌고 있었다.

'그와 재회하게 된다면……. 제주에서 잃은 아이에 대해 어떻게 말문을 열어야 할까?'

내가 지키지 못했던 그와 나의 아이. 난 두 팔로 다리를 끌어안으며 길게 한숨을 내쉬었다. 그때, 방문 밖 대청으로 올라오는 사람의 발소리가 들려왔다. 여종이 '진사 어르신'이 찾아와 모든 것을 설명해줄 것이라고 말했다. 저 발소리의 주인공이 진사라는 사람일까?

나는 자리에서 일어섰다. 그리고 방문 앞에서 발소리의 주인이 자신의 존재를 알리기 위해 소리를 내어주길 기다리고 있었다. 그런데 대청으로 올라온 사람은 더 이상 아무런 소리도 내지 않는다. 그러나 도로 대청을 내려가는 발소리도 들려오지 않았다. 나는 그것을 이상하게 여기며 먼저 방문을 열었다.

방문과 대청 사이에는 분합문(分閤門)이 있었다. 그 아래 여종이 켜두고 간 촛불이 문밖에 선 이의 그림자를 분합문 위에 드리우고 있었다. 갓을 쓴 사내의 인영이었다. 나는 그가 여종이 말한 '진사 어르신'이라고 생각했다.

그런데 그 그림자의 주인은 문밖에 우두커니 서서 움직일 기미를 전혀 보이지 않았다. 그 역시 촛불로 인해 분합문에 비춰진 내 인영을 마주하고 서 있을 것이다. 그러나 그 사내는 계속 그렇게 한참동안 말없이 같은 자리에 서 있기만 할 뿐이었다.

"저……."

그가 기척을 내기만을 기다리던 내가 먼저 조심스럽게 분합문 밖의 사내를 향해 소리를 냈다. 동시에 그림자가 내 목소리에 반응하며 미세한 움직임을 보였다. 그 순간 잔잔하던 내 심장이 빠르게 뛰기 시작했다. 그 심장의 고동 소리는 그 사내가 결코 내가 예상하고 있는 '진사 어르신'은 아닐 거라는 확신을 주었다.

나는 떨려오는 가슴을 진정시키려고 노력하며 분합문으로 천천히 다가갔다. 이제 문밖의 사내는 문으로 가까워지며 점점 커지는 나의 그림자를 알아챘을 것이다. 이윽고 나는 문고리를 잡을 수 있을 정도로 문에 가까워졌다. 그리고 그곳에서 사내의 진정되지 않은 숨소리를 들었다. 이곳까지 바삐 오는 동안 가다듬지 못한 숨소리가 아니라면 긴장을 누그러뜨리지 못한 마지막 숨의 자취일 것이다. 난 기도를 지나는 숨까지 잡아먹을 듯한 떨림을 애써 누르며 분합문 밖의 사내를 향해 다시 입을 열었다.

"누구……세요?"

탁!

내 물음이 끝나기가 무섭게 그 사내가 두 손으로 분합문을 열어젖히며 모습을 드러냈다. 하얀색 도포 위로 왕족을 상징하는 붉은 허리띠를 맨 사내는 고개를 숙이고 있었다. 갓을 쓴 머리를 깊게 숙인 채, 그는 그렇게 내 앞에 모습을 드러냈다.

"……!"

비록 얼굴을 정면으로 바라보지 못해도, 마치 죄인인 양 고개를 들어 올리지 못해도, 들썩임을 누르는 넓은 어깨를 본 순간 나는 그가 누구인지 확실하게 알 수 있었다.

무슨 말로 말문을 떼야 할까…….

무슨 말로 첫 말을 건네야 할까…….

난 당장이라도 터지려는 울음을 참기 위해 아랫입술을 살짝 깨물었다. 그러나 그는 여전히 고개를 들어 이런 나의 모습을 보지 못한다. 그에게서 이젠 그 무엇으로도 감출 수 없는 그의 신분의 무게가 느껴진다. 난 천천히 무릎을 굽히며 그에게 인사를 올렸다.

"전하……."

말이 끝나기도 전이었다. 분합문을 잡고 있던 그의 두 손이 날 향해 뻗어오더니 그대로 나를 힘껏 끌어안았다.

"경민아!"

울먹이는 그의 목소리가 애달프게 내 이름을 부른다. 5년 만에 듣는 혼의 목소리였다. 여전히 변함없이 따뜻하게 들리는 그 소리에 나는 참고 있던 울음을 그의 품 안에서 쏟아냈다.

"미안해……. 미안해, 혼아……."

내 입에서 울음과 함께 제일 먼저 나온 말은 미안함이었다.

"우리 아이를, 우리 아이를……."

우리 아이를 지키지 못했어.

널 위해서 떠난 제주 유배길에서, 나는 너무 욕심을 부렸나 봐.

너도, 아이도 지킬 수 있을 거라고 너무 자신만만했었나 봐…….

혼아. 미안해…….

"미안해. 아이……. 지키지 못해서……. 미안해, 혼아……."

멈출 수 없는 눈물이 혼의 옷자락을 적셔나갔다. 혼은 그런 나를 더욱 강하게 끌어안으며 내 귓가에 속삭였다.

"아무 말 말거라. 내게 미안해하지도 말거라. 네가 이곳에 있지 않느냐? 네가 지금 내 곁에 있지 않느냐? 그것이면 되었다. 그것이면 되었다, 경민아……."

줄곧 참아왔던 눈물이었다. 내가 사랑하는 사람에게서만 위로받을 수 있다고 믿어왔기에 참았던 눈물이었다. 오늘과 같은 그와의 재회를 바라고 또 바라며 참아왔던 눈물이었다.

혼과 떨어져 나 홀로 겪어내야 했던 큰 아픔. 그리고 아무리 내리누르고 참아도 숨길 수도 감출 수도 없었던 응어리진 슬픔이 모두 터져 나왔다. 이 세상 유일하게 그 아픔과 슬픔을 나눌 수 있는 사람. 나는 지금 그 사람과 함께였다.

물기가 남은 내 얼굴을 쓰다듬는 혼의 손길이 한없이 조심스럽다.

"많이 야위었구나."

난 고개를 저었다.

"아니, 제주에서 아주 잘 먹고 잘 지냈는걸."

입으로는 거짓을 말할 수 있지만 겉모습은 거짓을 말하지 못한다. 혼의 눈빛이 슬프게 변한다. 나는 지금 그가 나를 보며 가슴아파한다는 걸 안다. 그러나 지금 그에게 한 말은 거짓이 아니었다.

제주에서의 유배 생활은 분명 힘들 때도 있었다. 그러나 혼과 함께하는 지금 이 순간, 힘들었던 일들은 모두 잊어버리게 되었다. 하나라도 억지로 기억해내 말하려고 해도, 생각나는 건 제주의 푸른 하늘과 상쾌한 바람뿐. 겨울에는 추위로 고생을 했다. 하지만 기억나는 건 그때 보았던 겨울의 풍경, 달빛을 받아 반짝이던, 소복이 쌓인 눈들이다. 마치 한 편의 동화책을 읽은 듯, 그 내용을 아주 재미있게 혼에게 들려주고 싶을 정도로.

"하지만 기억나면 이야기해줄게."

재치 있게 말을 받는 나에게서 그는 5년 전의 모습을 발견한 모양이다. 그는 짧게 피식 웃으려고 했지만, 결국 웃지 못했다. 안타까움에서 웃음으로 가는 그 선을 넘지 못한 그의 얼굴은 지금 슬픔으로 일그러진 듯 보일 뿐이다. 나는 그런 그의 표정에서 그가 아주 오랫동안 웃음을 잃고 살았다는 것을 알 수 있었다.

그가 웃음을 잃었던 것은 언제부터일까? 내가 제주로 유배를 떠났던 5년 전부터일까?

나는 그의 품에 기대어 누워 내 두 손으로 그의 얼굴을 감쌌다. 그리고 천천히 고개를 들어 그의 입술에 내 입술을 갖다 대었다. 내 입술이 온기를 잃은 그의 입술에 닿는 순간, 작은 온기를 그에게 나누어주었지만 그뿐이었다. 그러나 기적처럼 작은 변화는 일어났다. 그가 예전과 비슷한 미소를 지었던 것이다. 일단 나는 그것으로 만족했다. 비록 그 미소가 슬픔을 완전히 벗어내지 못한 미소라고 할지라도 말이다.

내가 먼저 시작한 입맞춤이 끝나고, 그가 나를 다시 자신의 품으로 끌어안는다. 이번에는 혹시라도 내가 으스러지기라도 할까 봐 아주 살며시, 아이를 다루듯 부드럽게 끌어안는다. 나는 그의 품 안에서 넓은 그의 등을 한 손으로 쓸어내렸다. 5년간의 그의 고난을 위로하듯.

제주에서 지내는 5년 동안 매일같이 생각했다. 아빠에게 들었던 이야기든, 아니면 내가 알고 있던 역사 지식이든 그에 대해 듣고 배웠던 모든 기록들을 지루할 정도로 반복해 떠올렸다. 그것은 그를 향한 걱정이자 그를 향한 그리움의 표현이었다.

5년이라는, 결코 짧지 않았던 그 시간. 그는 여전히 명나라가 인정하지 않은 세자였고, 영창대군의 탄생과 더불어 아버지 선조조차 인정하지 않는 세자가 되어버렸다. 거기에 영창대군의 탄생으로 조정은 둘로 갈라져 각각 세자인 혼과 영창대군을 지지하는 파로 나뉘었다. 훗날 사람들은 혼을 지지한 대신들을 대북(大北), 영창대군을 지지한 대신들을 소북(小北)이라고 부르게 된다.

혼은 이처럼 정치적으로도 혼란한 시기를 소리 없이, 존재감 없이 보냈다. 내가 그의 곁에 함께하지 못했던 5년이라는 시간 동안 그는 시종일관 침묵하며 수행자처럼 지내왔을지도 모를 일이다.

"네가 더 힘들었었지?"

내 물음에 혼이 긴 한숨을 내쉬더니 고개를 들어 나를 향해 말했다.

"네가 그리워도 그립다 말할 수 없고, 아무리 네 소식을 듣길 바라고 바라도 그 누구에게도 물을 수가 없는 날들이 매일같이 찾아왔다. 그랬기에 내게는 궐이 유배지나 다름없었다."

궐을 '유배지'라고 표현한 세자가 과연 조선 역사상 몇이나 될까?

내가 조선으로 와 그를 만나기 전에도 궐은 그에게 새장과도 같은 곳이었다. 세자라는 무거운 짐을 지고 살아가야만 하는, 그러나 벗어날 수 없는. 왕의 자리를 얻기 전까지 그는 궐이라는 새장 속에서 갇혀 살아야만 했을 것이다.

그 새장 속으로 발을 들인 것은 바로 나다. 아빠를 찾기 위해서 조선으로 왔고, 그를 만났다. 내가 잠시라도 그에게 궐이 새장이라는 사실을 잊을 수 있게 해주었다면, 내가 제주로 떠난 뒤 그가 처하게 될 상황을 나는 왜 조금도 예상하지 못했던 것일까? 자책해보았자 5년이라는 시간은 이미 우리를 지나 저 멀리 가버렸다.

"아느냐? 하루에도 수도 없이 너와 제주로 유배를 떠난 이가 부야가 아닌 나이기를 간절히 바랐다. 매일 아침 눈을 뜨고 제일 먼저 남쪽을 바라보지 못하면 불안하여 일과를 시작할 수가 없었다. 이루 말할 수 없는 초조함이 하루도 거르지 않고 나를 찾아왔다."

'나도 그랬어. 혼아…….'

"네가 제주에서 아이를 잃었다는 소식은 일 년이 지난 뒤에 알게 되었다. 일 년이나 뒤에 말이다. 일국의 세자로서 연모하는 여인조차 지키지 못한 내 자신이 얼마나 한심하였는지!"

그의 애절한 말에 난 가슴이 아파왔다. 난 안타까운 시선으로 그의 눈동자를 응시했다. 그런 나의 눈동자와 마주한 혼이 자책하듯 내 시선을 회피하며 말을 이었다.

"영창이 태어나고 나서야 깨달았다. 처음부터 아바마마의 마음 속 세자의 자리가 내 것이 아니라는 사실을 말이다. 십 년이 넘도록 아바마마가 바라는 세자의 모습을 갖추기 위해 자중해왔던 나의 모든 것들이 다 부질없음을 깨달았을 때, 네가 미치도록 그리웠다."

혼의 말은 나의 가슴으로 절절히 스며들며 파장을 일으켰다.

"경민아. 너는 내가 가진 허울 좋은 세자의 자리를 지키기 위해 그 머나먼 제주로 떠났었지. 그러나 그 세자의 자리가, 그리고 이제 내가 얻게 된 이 군왕의 자리도, 너와 함께할 수 없는 자리라면 나는 원하지 않는다."

나는 한 손으로 그의 얼굴을 어루만졌다. 그의 시선을 다시 내게로 돌리기 위해서였다. 우리는 눈을 맞춰야 했다. 시선을 나누고 마음을 나누고 그것도 부족하다면 5년간 서로 다른 공간에서 겪어왔던 슬픔과 아픔까지도 모두 함께 나눠야 했다. 나는 그렇게 해야 한다고 생각했다. 바로 지금.

내 손길에 혼의 시선이 다시 나의 얼굴로 돌아왔다. 나는 애써 밝은 표정을 지으려 노력하며 그에게 약속했다.

"오 년 전과 같은 일은 다신 우리에게 일어나지 않을 거야. 앞으로 나는 계속 너와 함께할 거니까."

내 약속을 들은 혼이 무언가 결심한 듯 날 향해 입을 열었다.

"국상이 끝나는 대로 너를 빈으로 맞을 것이다."

압구정 메밀꽃밭에서 그가 내게 했었던 약속.

매년 제주에 메밀꽃이 가득 필 시기가 찾아오면, 나는 반복해서 그 날의 꿈을 꿨다. 그러나 그것은 조선의 왕이 될 그에게 어떤 부귀나 영화를 바라기 때문이 결코 아니었다. 내가 그에게 바라는 것은 단지 그의 곁에서 함께할 수 있는 자리였다. 내가 아는 역사에 내 이름은 존재하지 않는다. 그러기에 그가 내게 한 '빈으로 맞겠다'는 약속을 지키지 못하더라도 실망하지 않을 것이다. 난 그저 그와 함께할 수 있기만을 바라니까.

5년간의 제주에서의 그리움. 그 그리움의 시간동안 내가 바란 것은 단지 그의 곁에 함께하는 것이었다. 단지 그의 생 마지막 순간까지 그의 곁에 머물 수만 있다면 족하다고 생각했다.

혼이 그의 말에 아무런 대답도 하지 않는 나를 물끄러미 응시한다. 아마도 내가 그의 말을 믿지 못한다고 여기는 것 같았다. 조금 뒤, 그는 주변을 둘러보며 내게 물었다.

"여기가 어디인 줄 아느냐? 이곳은 진사 노수눌의 사가다. 대비의 외가이기도 하지."

"대비마마의 외가라고?"

혼은 왕이 되었다. 왕이 된 그가 대비라고 칭하는 사람은 단 한 사람뿐이다. 바로 인목왕후, 아니 이젠 대비가 된 김 씨였다.

"정확히는 대비의 외조부인 노기의 양자 노수눌의 집이다."

혼이 말을 이었다.

"국상이 끝나는 대로 넌 노수눌의 양녀가 되어 간택후궁으로서 입궐하게 될 것이다."

일반적으로 조선시대에 왕의 여인이 되는 길은 두 가지였다. 정식 간택을 통해서 후궁이 되는 간택후궁과 궁녀의 신분으로 승은을 입어 후궁이 되는 승은후궁이었다. 이 두 가지의 경우에서 간택후궁은 승은후궁보다 대우를 높게 받았다. 간택후궁은 정식으로 가례를 올리고 왕의 후궁이 되기 때문이었다.

"하지만 나는 나인이었는걸. 아무리 반가의 양녀가 된다 하더라도 어떻게 간택후궁이……."

내 말이 끝나기도 전에 혼이 단언하듯 말했다.

"나인 김경민은 제주에서 유배 중 죽었다."

그 순간 제주에서 금부도사가 내 앞에서 검을 꽂으며 했던 말이 떠올랐다. 지금까지의 정황으로 보자면 금부도사가 그런 행동을 했던 것은 모두 혼이 시킨 것이 분명했다. 그리고 혼이 그래야만 했던 이유도 짐작할 수 있었다.

나는 나인의 신분으로 정원군과 사통했다는 죄로 유배형에 처해졌다. 그러니 유배에서 풀려났다고 하더라도 다시 나인이 되는 것은 불가능했다. 혼의 곁에 머무는 것은 더더욱 불가능한 일이었다. 그러나 새로운 신분을 가지게 된다면? 혹시라도 간택후궁으로 입궐한 나를 알아보는 이가 있더라도 감히 제주에서 죽은 나인이 새로운 신분을 가지고 간택후궁이 되었다는 건 상상조차 하지 못할 것이다.

"그래서 내가 노 진사의 양녀가 되어야 하는 거구나."

"그렇다."

날 잡은 혼의 손에 작은 힘이 가해진다. 그는 이어질 내 반응을 걱정하고 있는 것 같았다. 물론 그가 지금 하는 걱정과 내가 진짜 하고 있는 걱정은 본질적으로 달랐다. 조선에서는 가문과 그 가문을 대표하는 성씨는 매우 중요하다. 아마도 성을 버려야 입궐할 수 있다는 말에 내가 흔들림을 보인다고 혼은 생각하는 것 같았다.

그러나 내 걱정은 혼이 생각하는 것과는 전혀 다른 것이었다. 이 조선에서 미래에서 온 나의 존재를 확인시킬 수 있는 것은 내 이름뿐이었다. 유일하게 남은 것이었는데……. 내 모든 흔적이 사라지고 다시 태어나는 기분이다. 전혀 다른 신분으로 말이다. 그렇게 되면 혹시라도 아빠를 만나는 데 문제가 생기는 것은 아닐까? 문제가 되지 않는다면 바뀌는 건 큰 상관은 없지만.

"성이 바뀌는 것이 싫은 것이냐?"

결국 혼이 먼저 내게 조심스럽게 묻는다. 나는 혼을 걱정시키는 것이 싫어 싱긋이 웃었다.

"아니, 싫지 않아. 네 곁에만 있을 수 있다면, 내겐 성이나 이름은 중요하지 않으니까. 그리고 난 언제나 네겐 김경민이지?"

혼도 이런 내 반응에 안도의 한숨을 내쉰다.

"물론이다."

나는 그의 어깨에 머리를 기대려다가 불현듯 떠오르는 것이 있어 다시 물었다.

"하지만 대비마마께서는 나를 아시는데? 그런데 여기가 대비마마의 외가라면서? 그럼 대비마마께서도 나에 대해 다 아시는 거야?"

혼은 별로 놀랄 일이 아니라는 듯 고개를 끄덕였다.

"그렇다. 다른 이들처럼 대비께서도 너와 정원군의 사이에 대해 오해하고 계셨다. 허나 네가 그럴 수밖에 없었던 연유를 밝히고, 또 정원군이 나를 위해 거짓으로 나선 것이라 해명해드리니 수긍하시고 도와주신 것이다."

혼의 말을 듣자니, 그와 대비의 사이는 좋아 보였다. 그것은 이상한 일이었다. 내가 아는 역사에서 대비와 광해군의 사이는 결코 좋지 않았다. 인목왕후가 궐에 들어온 그 순간부터 그들은 정적이 되었다고 후대의 역사는 말하고 있었다. 그때부터가 아니라고 하더라도 영창대군이 태어난 뒤부터는 사이가 나빠졌어야 옳았다. 그럼 아직 그들의 사이가 나빠지는 시기가 아닌 걸까? 혼이 대비의 부친 김제남과 아들 영창대군을 제거하게 되는 계축옥사는 몇 년 뒤의 일이다. 그때에 이르러서야 혼은 대비와 정적이 되는 걸까?

내 기억 속 대비 김 씨는 짓궂은 장난을 좋아하긴 해도 착한 여인이었다. 그런 여인에게 몇 년 뒤 닥칠 불행과, 그 불행을 불러오게 되는 사람이 내가 사랑하는, 지금 내 앞에 있는 혼이라는 사실은 나에게 걱정과 근심을 주었다.

그때, 걱정 가득한 내 표정을 빤히 바라보던 혼이 두 손으로 내 얼굴을 부드럽게 감싸 쥐었다.

"아무것도 걱정하지 말거라. 앞으로는 네게 좋은 일만 있을 것이다. 결단코 다시는 나를 위해 희생하려고 생각하지 말거라. 오로지 좋은 일이 일어날 것이란 기대만 품거라. 나쁜 것은 보지도 말고, 보려 하지도 말거라. 그저 내 곁에서 웃으며 지내거라. 알겠느냐, 경민아?"

나는 촛불에 반사되어 귤빛으로 흔들리는 그의 눈동자를 가만히 바라보았다.

광해군의 재위기간은 16년. 임금의 자리에서 물러난 뒤 19년의 여생까지 포함한다면 앞으로 그와 나에게는 30년이 넘는 시간이 남아있었다. 난 그를 사랑하면서부터 마음먹었던 다짐을 다시 한 번 되새겼다. 모든 희로애락을 그의 곁에서 함께하겠다는 그 다짐을 말이다.

"알았어. 네 말대로 할게."

그는 마음이 놓이는 듯 환한 미소를 지었다.

미영이의 위기

대비 김 씨의 어머니 광주 노 씨는 노기(盧埼)의 딸이었다.

노기는 대비 김 씨의 어머니를 포함하여 총 1남 5녀를 두었다. 노기의 외아들이나 다름없었던 장남 노수겸(盧守謙)은 일찍 죽었기 때문에 노기는 형님 노개(盧塏)의 셋째 아들인 노수눌(盧守訥)을 양자로 들여 대를 이었다. 그 때문에 노수눌은 고향 광주에서 상경해 도성에서 살게 되었다. 노수눌은 43세가 되던 지난해, 겨우 진사가 되었다. 그에게는 늦은 나이에 얻은 딸 하나가 있었는데, 올해 11세로 성산 이 씨 군미(君美)와 정혼하여 올해 혼례를 올릴 예정이었으나, 국상으로 인해…….

"미뤄졌다고?"

올해 11세의 소녀는 두 눈을 반짝이며 연신 고개를 끄덕인다.

노민영(盧珉英). 바로 노수눌의 하나뿐인 외동딸이자 법적으로는 나의 여동생이 된 아이다.

"민영 아가씨, 이제 그만 나오셔요."

"싫어. 싫다니까."

유모로 보이는 이가 문가에 앉아 그녀를 재촉하는데도 불구하고 이 당돌한 소녀는 딱 잘라 거절한다. 나는 웃음이 터지려는 것을 간신히 참은 채, 담담하게 민영이 가져온 노 씨 집안의 가계도를 다시 한 번 살폈다. 가계도에는 노수눌이 직접 적은 주석이 곳곳에 달려 있었다.

노수눌, 그러니까 노 진사는 남녀유별임을 내세워 자신의 딸에게 가계가 적힌 서신을 전하게 했다. 겸사겸사 딸인 민영을 내게 인사시키려는 뜻이었지만, 민영은 인사만 하고 곱게 물러갈 성품의 소녀가 아닌 듯했다.

"도성에는 언제 오셨어요? 광주목에서 도성까지는 며칠이나 걸려요? 도성에는 처음이세요?"

"아니, 처음은 아니야."

나는 순수한 눈망울을 가진 어린 소녀 앞에서 거짓말을 하지 못했다.

"정말요? 그런데 왜 우린 처음 본 거예요? 왜 지난번 도성에 오셨을 때, 저를 만나지 않으셨어요?"

외동딸이라서 그럴까? 아니면 법적인 '언니'가 새로 생겨서 마냥 좋은 것일까. 언니라기에는 10살이 넘는 나이 차이가 있는데도 불구하고 그녀의 호기심 어린 질문은 끝없이 쏟아졌다.

"그건…… 아마도 그때 네가 태어나지 않아서였을 거야."

"그렇구나. 그런데 전 왜 지금까지 둘째 백부님께 따님이 있다는 이야기를 듣지 못하였을까요?"

내가 새롭게 얻게 된 신분 자체가 거짓이다. 그러니 민영이 나에 대해 들은 적이 없는 것은 당연했다. 난 눈치껏 둘러대기 위해 노 진사가 보내온 가계도를 다시 살펴보려 시선을 내렸다. 그때 민영이 자신의 얼굴을 내 앞으로 불쑥 들이민다. 갑작스런 민영의 행동에 놀란 내가 눈을 크게 뜨자, 민영이 소리 내며 웃는다. 엉뚱한 그녀의 행동에 나도 결국 소리 내어 웃고 말았다.

"언니, 도성 구경하실래요?"

"도성 구경?"

"저와 같이 시전도 구경하시고요!"

"아버님께 허락은 받고 말이지?"

"어머? 당연히 아니지요."

내가 이 소녀를 과소평가한 것 같다. 허락과는 거리가 먼 소녀라는 걸 깨달았어야 했는데.

"그럼 아버님께 허락을 받고 나가는 게 어떨까?"

"절대 허락 안 하실걸요. 요즘처럼 뒤숭숭한 때는 더더욱요!"

민영이 말을 덧붙였다.

"이대로라면 전 혼례 날까지 바깥 구경은 하지도 못할 거예요."

칭얼대며 민영은 내게 동정을 구했다. 보통을 뛰어넘는 이 소녀를 보며 내가 다시 웃음을 터트리려는 찰나, 그녀의 말 중 한마디가 내 주의를 끌었다.

"요즘처럼 뒤숭숭한 때라니?"

"요즘 옥사가 있어서 하루가 멀다 하고 죄인들이 의금부로 끌려가거든요. 사내니 여인이니 가리지 않고 고초를 겪는대요."

"옥사?"

"네. 임해군마마와 연관이 있는 자라면 신분의 고하에 관계없이 죄다 의금부행이래요."

혼과 재회한 후 국상만 생각하느라 잊고 있던 것이 있었다. 바로 옥사(獄事)였다. 광해군 시대를 이야기할 때 결코 빠지지 않는 것이 바로 즉위 초부터 시작된 옥사였다. 그 옥사의 첫 문을 여는 것이 바로 '임해군의 옥사'다.

혼의 동복형인 임해군. 혼이 즉위하자마자 임해군은 국상 기간임에도 탄핵을 받는다. 반역 혐의로 누명을 쓴 것이다. 이 사건은 정치적으로도 매우 복잡한 문제가 얽혀 있었다.

혼이 즉위한 이 해에는 조선 정국이 많이 혼란스러웠다. 영창대군을 지지하던 소북파 대신들이 소수이기는 하지만 조정에 상당히 남아있었다. 이들은 혼의 즉위에 불만을 가지고 있었다. 거기에 명나라에서는 어째서 적통대군인 영창대군이 선조의 뒤를 이어 왕위에 오르지 않았냐고 물으며 혼의 책봉교서를 내려주지 않았다. 조선에서는 영창대군이 어리다는 이유를 들었다. 그러자 이번에는 왜 선조의 장자인 임해군이 아니라 차남인 광해군이 왕이 되었는지를 물었다. 말이 묻는 것이지, 사실상 세자로도 인정하지 않았던 광해군을 왕으로서도 인정하지 않으면서 조선 길들이기에 나선 것이다.

책봉교서가 늦어질수록 조정은 혼란스러워진다. 왕이 마음껏 정치를 할 수 없는 상황이 오고, 이 상황이 계속되다 보면 영창대군을 지지하는 세력의 목소리가 커진다. 혼의 왕권을 위협하는 요소가 되는 것이다. 물론 영창대군에 얽힌 이 문제는 몇 년 후에 실제가 된다.

혼이 내게 말했던 '걱정'이 바로 이것일까?

"언니?"

한동안 말이 없는 나를 민영이 걱정스러운 얼굴로 올려다본다. 나는 깊은 생각에서 빠져나와 민영을 향해 미소를 지으며 말했다.

"나갈까?"

이것이 바뀔 수 없는 역사라면 깊게 생각하지 말자. 어차피 지금 일어나는 일들은 내가 아는 역사에서는 당연히 일어나야 하는 일들이니까.

광화문 앞 육조거리로 가는 길에는 시전이 줄지어 늘어서 있었다. 그런데 유독 시전에서 육조거리로 들어서는 길목이 상당히 혼잡했다. 나는 그 속에서 그만 민영을 놓치고 말았다.

이렇듯 혼잡한 데는 이유가 있었다. 육조거리에서 조계사 인근에 위치한 의금부까지 가는 길에는 발 디딜 틈도 없이 많은 군중들로 가득했던 것이다. 길에 몰려든 군중들을 제대로 통제하지 못한 병사들에게 금부도사가 화를 내고 있었다. 이미 병사들의 통제를 넘어선 군중들은 서로를 밀고 밀치며 좋은 자리에서 구경하기 위해 몸싸움까지 벌이고 있었다. 그 사이 간신히 트인 좁은 길 가운데로, 포승줄에 묶인 죄인들이 병사들의 감시를 받으며 줄지어 걷고 있었다.

죄인들 중에는 여자와 아이들도 있었다. 사람들은 죄인들을 향해 화

풀이라도 하듯이 돌을 던지기도 했다. 병사들이 이를 막으려 했지만 막무가내였다. 나는 혼잡한 사람들 사이로 사라져버린 민영이 위험해질까 걱정되어 그녀를 찾기 위해 동분서주했다.

탁!

"아얏!"

누군가 던진 돌에 끌려가던 죄인 하나가 맞은 모양이었다. 어린아이들의 울음소리에 섞여, 어쩌면 묻혀버릴 수도 있었던 그 소리가 내 발걸음을 붙잡았다. 나는 고개를 돌려 끌려가는 죄인들 틈에서 방금 전 짧은 비명을 내지른 여인을 발견해냈다.

'미영이?!'

그녀는 미영이였다. 돌에 맞은 미영이는 이마에서 피를 흘리고 있었다. 생각지도 못한 곳에서 미영이를 발견한 나는 놀라 제대로 소리조차 낼 수 없었다.

"어서 움직이지 못하느냐!"

병사는 피를 흘리며 주저앉은 미영이에게 손톱만큼의 동정심도 보이지 않고 재촉만 했다. 미영이는 힘없이 일어서 다리를 질질 끌며 걷기 시작했다. 그녀의 머리에서 붉은 핏방울이 뚝뚝 땅으로 떨어졌다. 그것을 본 내 몸이 오들오들 떨렸다. 이 순간 머릿속에 떠오르는 생각은 단 하나뿐이었다. 미영이는 죄인이 아니었다. 그녀는 죄인들과 함께 걸어가야 하는 사람이 아니었다. 정신을 차린 나는 미영이를 부르며 군중들 사이를 비집고 들어갔다.

"미영아! 미영아!"

미영이도 자신을 부르는 내 목소리를 듣고는 고개를 들었다.

"미영아!"

몇 번이나 미영이의 이름을 목이 터져라 외쳤을까? 미영이가 드디어 군중들 틈에서 나를 찾아내고는 걸음을 멈췄다.

"언니……?"

"미영아!"

"언니!"

미영이가 애처로운 목소리로 나를 불렀다. 멈춰선 미영이에게로 다가온 한 병사가 예고도 없이 단단한 육모 방망이로 미영이의 어깨를 강하게 내리쳤다.

"악!"

방망이질을 당한 미영이가 바닥에 주저앉았다. 나는 미영이에게 다가가려고 했다. 그러나 몰려든 군중들을 여자의 몸으로 밀치고 지나간다는 것은 쉬운 일이 아니었다.

"미영아! 때리지 말아요! 때리지 말라고요! 미영……!"

혼잡한 군중들 틈에서 끊임없이 미영이의 이름을 외치던 나의 손목을 누군가가 잡더니 밖으로 끌어냈다. 나는 누군지도 모르는 사람의 손에 끌려나가면서도 미영이에게서 눈을 떼지 못했다. 그렇게 미영이는 점점 내 시야에서 멀어졌다.

군중들 밖으로 완전히 끌려나온 나는 그제야 나를 끌어낸 이의 얼굴을 확인할 수 있었다.

"정원군마마……."

"그대가 어찌 이곳에 있는 것이오?"

정원군은 내게 화부터 냈다가, 숨을 가다듬으며 주변을 살폈다.

"그대는 이곳에 있어선 아니 되오. 분명 노수눌의 사가에서 머물고 있어야 할 그대가 아니오?"

그는 내가 머무는 곳을 알고 있었다. 그렇다는 말은 내가 노수눌의 양녀가 되어 후궁으로 입궐한다는 것도 알고 있다는 말이 된다.

"그 사정을 설명할 여유가 없어요. 미영이를 구해야 해요. 정원군마마, 미영이를 구해주세요!"

새삼스럽지만 난 그가 종친임을 떠올리며 도움을 구했다. 정원군이 내게 되물었다.

"미영이라면 지난날 행궁에서 그대의 동무였던 그 나인 말이오?"

"맞아요. 그 아이예요! 지금 그 아이가 의금부로 끌려가는 죄인들 틈에 있어요. 하지만 미영이는 잘못한 게 없어요. 미영이는 이번 옥사와 아무런 관련이……."

미영이의 억울함을 대변하던 나는 미영이가 임해군 처소의 나인이었다는 사실을 기억해 냈다. 미영이는 임해군의 나인이라는 사실 하나 때문에 이 옥사에 억울하게 연루되었다는 생각이 든 것이다.

"미영이는 임해군마마 처소의 나인이었어요. 하지만 이번 옥사와는 아무런 관련이 없을 거예요!"

"그대는 정말……."

미영이의 억울함을 대변하는 나를 보며 정원군이 길게 한숨을 내쉬었다. 그것은 그답지 않은 행동이었다. 한숨을 내쉬더라도 다른 이의 앞에서는 그런 모습을 보이지 않기 위해 자제하는 사람이었다.

"언니!"

민영의 목소리가 가까운 곳에서 들렸다. 민영이 나를 발견하고 다가오고 있었다. 정원군이 내게 물어왔다.

"누구요?"

"노 진사의 여식이에요. 이제 제 여동생이 되었고요."

정원군이 알겠다는 표정으로 자신의 갓을 고쳐 잡으며 낮은 목소리로 내게 속삭였다.

"가보시오. 그리고 입궁하는 날까지 노수눌의 사가에서 나올 생각은 마시오."

"하지만 미영이는요?"

"그대의 말대로 그 나인이 억울하다면 곧 풀려나게 될 것이오."

싸늘한 표정으로 말을 마친 정원군은 나를 홀로 둔 채 자리를 떠났다.

정원군과 헤어진 후 민영과 사가로 돌아온 나는 불안함에 안절부절못했다. 정원군의 말대로 미영이가 억울하다면 풀려나겠지만, 반대로 억울함을 증명할 수 없다면 쉽게 풀려날 수 없을 것이란 생각이 들어서였다.

지난날 수라간 궁녀로서 누명을 쓰고 옥사에 갇혀있던 나를 찾아와 준 것은 미영이였다. 밤을 틈타 나를 찾아온 미영이는 좁은 창문 밖으로 내민 내 손을 잡고는 눈물을 흘렸었다. 그때 그녀에게 느꼈던 고마움이 마치 어제 일처럼 떠오르자, 나는 가만히 있을 수만은 없었다.

한성부 중부 견지방(堅志坊).

보신각에서 조계사로 가는 길목에는 조선 사람이라면 이름만 들어도 벌벌 떨게 된다는 의금부가 위치하고 있었다. 늦은 저녁. 나는 몰래 사가를 빠져나와 의금부에 도착했다.

의금부 정문 앞에는 긴 창을 든 병사들이 위협적인 표정으로 서 있었다. 난 그들 몰래 안으로 들어갈 궁리를 하며 주변을 서성였다. 그러나 아무리 생각해도 그들을 지나치지 않고 몰래 들어갈 방법은 없다는 생각이 들었다. 결국 직접 부딪치기로 결심하고 병사들이 서 있는 정문으로 걸음을 옮기려 할 때였다. 내 뒤에서 누군가 낚아채듯 한 팔을 잡아당겼다.

"정원군마마?"

그는 다름 아닌 정원군이었다. 나는 낮에 그가 내게 노 진사의 집에서 나오지 말라고 말했던 것을 기억하고는 잔뜩 움츠러들었다. 늦은 시각 의금부까지 온 것은 그의 충고를 무시한 행동이라는 것을 스스로 잘 알아서였다.

"경민, 내 말하지 않았소? 그대는 입궐 전까지 노수눌의 사가에서 나와서는 절대 아니 되오."

그의 목소리는 화난 듯 들렸다.

"돌아가시오. 어서."

"그럴 순 없어요."

"경민!"

"미영이를 만나야 해요. 도와주세요."

"불가하오."

단호하게 불가하다고 말하는 정원군. 그때 그의 뒤에서 누군가 걸어오며 나를 불렀다.

"항아님."

난 목소리의 주인공을 단번에 알아보았다. 그녀는 운영이였다.

"운영?"

반가운 마음에 운영에게로 가려는 나를 본 정원군이 그때까지 잡고 있던 내 팔을 놓아주었다. 난 운영에게로 달려가 그녀의 손을 잡았다.

"무사히 돌아오실 줄 알았어요. 이렇게 무사히요!"

운영은 말을 잇지 못하고 눈물을 흘렸다. 나 역시 그런 그녀의 손을 잡고 터져 나오려는 눈물을 참았다. 재회의 기쁨에 눈물을 흘리기에는 한 사람이 이곳에 없었다. 바로 미영이였다. 미영이는 지금 의금부의 감옥에 갇혀있을 터였다.

"운영아. 너도 알고 있었어? 미영이가 의금부로 끌려간 걸 알고 있었냐고?"

내 질문에 운영은 자신의 눈에서 흐르는 눈물을 훔쳐냈다.

"말씀드릴 게 많아요. 아주 많이요."

우리 세 사람은 운영이 사는 초가로 자리를 옮겼다.

운영과 내가 좁은 방 안에서 대화를 나누는 동안, 정원군은 문밖에서서 자리를 비켜주었다. 금방이라도 꺼질 듯 아슬아슬한 작은 촛불 하나만이 밝혀진 방 안에서, 운영이 정원군과 내가 제주로 유배를 떠났던 5년간의 이야기를 시작했다.

"항아님께서 유배를 가신 후 전 궐을 나왔어요. 자연히 미영 항아님의 소식도 들을 수 없었고요. 그러다가 몇 해 전 미영 항아님이 제 집으로 찾아오셨어요."

"미영이가?"

궐 나인의 신분으로는 궁궐 밖을 자유롭게 출입할 수 없다는 것을 잘 아는 내가 반문하자, 운영이 고개를 끄덕였다.

"예. 그때 임해군마마께서 궐을 나오셔서 새 사저로 옮기셨대요. 미영 항아님도 임해군마마 일가를 따라 나오셨던 것이고요."

"그럼 미영이도 궐 밖에서 살게 된 거니?"

"네. 덕분에 종종 제 집을 찾아주셨어요. 제 아들들에게 귀한 간식도 가져다주시고요. 그런데 몇 달 전 선대왕마마께서 승하하시고 세자저하께서 즉위하시자마자 바로 임해군마마께서 역모로 심문을 받게 되셨어요. 급기야 임해군마마 사가에서 일하는 이들까지 죄다 끌려가게 되었고요."

"거기에 미영이가 포함된 거구나."

"예, 그런 것 같아요."

임해군 옥사가 일어난다는 사실을 난 이미 알고 있었다. 단지 그 옥사에 미영이가 연루될 거라고는 상상조차 하지 못했다. 만약 이럴 줄 알았더라면 진작 미영이를 임해군 처소에서 빼내도록 노력했을 것이다. 후회하기에는 이미 그 때가 늦어버렸지만.

"미영이는 억울해. 이번 옥사와 아무런 관련이……."

새삼스럽게 미영이의 억울함을 주장하려던 나는 말끝을 흐리며 입을 다물었다.

임해군은 평소 당파를 막론하고 백성들에게까지 민심을 잃었던 왕자였다. 오죽하면 선조도 왜란이 일어났을 때 장자인 임해군을 놔두고 차남인 광해군 혼을 세자로 세웠으니 말이다. 이번 옥사 역시 평소 그의 단정하지 못했던 품행과 정치적인 이유가 한데 뒤섞여 일어나게 된 것이었다. 조선의 새 국왕으로 즉위한 혼의 왕권을 강화시키는 과정에서 피해갈 수 없는 역사적 사건이었던 것이다. 그러니 임해군의 나인인 미영이가 억울하다면 임해군 역시 억울한 것이다.

"저도 그렇게 생각해요. 그러니 곧 풀려나시겠죠?"

아니, 장담할 수 없다. 임해군이 죽는 것은 내년. 현 국왕의 유일한 동복형제이자 왕자인 임해군도 죽게 될 텐데, 일개 나인이 살아남는 것은 불가능했다. 정원군도 나서서 도와주지 못할 상황이라면, 이제 미영이를 구할 수 있는 사람은 단 한 사람뿐이었다.

혼이다. 혼을 만나야 한다. 하지만 그러기엔 시기가 좋지 않다. 국상에 옥사까지 겹쳐 혼의 새 조정은 안팎으로 시끄러웠다. 자주는 아니더라도 가끔조차 그가 나를 만나러 오지 못하는 것, 매일 내관을 보내 안부만 확인해야 하는 것은 이 모든 일들이 해결될 기미가 보이지 않기 때문일 것이다. 그러나 상황이 모두 해결되기를 넋 놓고 기다리다가는 미영이가 더 위험해진다. 그러니 혼이 나를 보러 올 수 없다면, 그에게 서신이라도 적어 부탁하는 것이 어떨까?

그러나 나는 쉽게 판단이 서지 않았다. 혼은 더 이상 세자가 아니다.

이 조선의 국왕이었다. 국왕으로서 그가 헤쳐나가야 할 일들이 가득 쌓여있는 지금, 사적으로 미영이의 일을 부탁해야 한다는 것이 마음에 걸렸다.

난 문을 열고 밖으로 나왔다. 문이 열리는 소리를 들은 정원군이 나에게로 다가왔다. 나는 그를 향해 입을 열었다.

"지금이 어떤 시기인지는 잘 알고 있어요. 무엇보다 제가 입궐 전까지 얌전히 지내야 한다는 것도 알고요. 하지만 미영이를 이대로 놔둘 순 없어요."

임해군에게 닥칠 미래를 아는 건 나뿐이다. 그러나 그의 나인인 미영이의 미래에 대해서는 나는 알지 못한다. 이 상황에서 내가 미영이를 구하려고 시도하는 건, 나를 위험에 빠트리는 일이 되는 걸까?

"경민."

내 결심이 선 것을 확인한 정원군은 더 이상 나를 말리려 하지 않는다. 5년간 제주에서의 힘든 유배 생활을 나와 함께 보냈던 그였다. 그 시기를 포함해 내가 조선에서 살아온 지난 9년의 시간 속에 그는 늘 내 주변에 있었다. 그는 이제 나의 성격을 어느 정도 파악한 것이 분명했다. 그러니 내가 올 것을 알고 이 늦은 시간에 운영을 데리고 의금부로 온 것이겠지.

그는 나를 염려하고 걱정한다. 나를 향한 그의 끝이 보이지 않는 걱정은 얼마의 시간이 더 지나야 내게서 온전히 떠나갈 수 있을까? 적어도 그때가 오기 전까지, 나는 잔인하게도 그의 마음을 모르는 듯 철저히 외면해야만 한다.

"정원군마마께 부탁드릴 것이 있어요."

혼에게도 부탁할 수 없고, 정원군도 도와줄 수 없다면…….

"무엇이오?"

"중전마마를 뵐 수 있게 해주세요."

"그 나인의 일을 중전마마께 고해 도움을 구할 생각인 것이오?"

나는 정원군의 말에 고개를 끄덕였다.

일반적으로 광해군 시대에는 그의 즉위를 지지했던 대북파 정인홍과 이이첨을 비롯한 대북 신하들이 정국을 주도한 것으로 알려져 있다. 그것은 사실이다. 그러나 초반 몇 년간은 그렇지 않았다. 혼은 즉위 후 당파를 아우르는 관직 임명으로 정국의 균형을 잡아나갔다. 그 덕으로 안정적인 전후 복구사업이 시작될 수 있었던 것도 바로 이 시기였다. 그러다보니 혼의 즉위 초, 당파와 상관없이 어깨에 힘을 넣고 다닐 수 있었던 사람은 외척인 중전 유 씨의 오빠 유희분이었다. 그리고 유희분의 뒤에는 중전 유 씨가 있었다.

"경민."

중궁전. 중전 유 씨가 나를 반갑게 맞이했다. 아직 국상이 끝나지 않아 상복을 벗지 않았고 중전의 책례도 하지 못했음에도 그녀는 중궁전의 새 주인이 되어 있었다.

"그 먼 제주에서 얼마나 고생이 많았는가? 근래에 전하를 통해 자네의 소식을 듣고는 있었네. 내 한번 자네를 궐로 부르고 싶었네만, 아직 시기가 아닌 듯하여 그러지 못하였네. 헌데 무슨 일로 나를 보자 청하였는가?"

"중전마마, 간청드릴 일이 있어 이렇게 찾아뵈었습니다."

"간청? 말해보게."

"제 동무 나인이 역모와 관련하여 억울한 고초를 당하고 있습니다. 지금 의금부에 있는데, 그 나인을 구해주십시오."

"동무 나인이라……."

중전이 말끝을 흐리며 잠시 내게서 시선을 거두었다. 나는 그런 중전에게 다시 한 번 간청했다.

"중전마마. 그 나인은 억울합니다."

"혹 그 나인의 이름이 이미영인가?"

난 중전의 입에서 나온 미영이의 이름에 놀랐다.

"중전마마께서 미영이를 아시나요?"

"그렇군. 그 아이였어. 헌데 양화당 나인이었던 자네가 어찌 임해군의 나인과 동무일 수 있단 말인가?"

"지난날 궐에서 우연히 만나 친분을 쌓게 되었습니다."

중전이 긴 한숨을 내쉬며 나를 설득했다.

"다른 이도 아닌 자네의 동무라 하니 내 도와주고 싶네만, 그 나인의 일이라면 어려울 듯싶네."

"어려우시다니요?"

"그 나인은 전하께서 동궁이시던 시절, 임해군의 명으로 매일 밤 전하를 염탐한 죄가 있다고 알고 있네."

"염탐이요?"

미영이가 임해군의 명으로 혼을 염탐하는 일을 했을 리가 없다. 그것은 분명 오해였다. 미영이가 거의 매일 밤 동궁전 담벼락에 숨어서 혼을 지켜보았던 것은 사실이다. 그러나 그것은 미영이가 혼을 짝사랑했기 때문이었다.

"그건 아니에요. 미영이가 몰래 전하를 본 적은 있었어요. 하지만 그건 전하를 흠모해서이지, 절대 전하께 해를 끼치기 위해 그런 것이 아니에요."

"경민."

중전이 자애로운 목소리로 내 이름을 불렀다.

"자네가 이처럼 나서는 것을 보아하니, 그 나인이 자네와 퍽이나 가까운 동무 사이인 듯싶군. 그렇다면 알겠네. 내 오라버니를 의금부로 보내 그 나인의 죄상에 대해 다시 한 번 살피게 하고, 억울함이 있다면 풀려날 수 있도록 조처하겠네. 그러니 혹여라도 이 일을 전하께 아뢰어 심기를 어지럽히려 해서는 안 될 것이야. 알다시피 지금 전하께서는 보위에 오르신 지 얼마 되지 않으시어, 국상을 비롯한 여러 중한 일을 처리하시느라 고충이 많으시네. 더욱이 자네는 곧 간택후궁으로서 입궐하지 않는가. 후궁의 소임이란 전하의 근심을 덜어드리는 것이지, 그 반대는 아닐세. 내 말뜻을 알겠는가?"

"알겠습니다……. 중전마마."

중전이 오라버니 유희분을 직접 보내 살펴주겠다는 말에 일단 나는 안심하며 그렇게 하겠다고 대답했다. 나에게서 대답을 들은 중전이 한층 밝아진 목소리로 말했다.

“그러니 너무 근심 말고 노수눌의 사가로 돌아가 얌전히 지내게. 곧 자네의 입궐 날짜가 정해질 것이니.”

“입궐 날짜라니요?”

“국상으로 본궁은 물론이고 원자의 책례도 미뤄지고 있으니, 자네의 가례는 내후년이나 되어야 할지도 모르네. 그러나 그때까지 자네를 지금처럼 궐 밖에서 머물게 한다면, 전하께서 궐 밖으로 나가시는 일이 잦아지지 않겠는가?”

중전은 웃으며 말하고 있었지만, 나는 왠지 모를 부끄러움에 얼굴이 화끈거렸다.

“우선 입궐하여 가례 전까지 궐에서 지내도록 하게. 내 그리 조치를 취해둘 것이니.”

중궁전을 물러나오려는 나를 향해 중전이 말을 덧붙였다.

“대비전에 잠시 들르게나. 대비께서 자네를 노수눌의 양녀가 될 수 있도록 힘써주셨으니 말이야.”

행궁의 소년

선조의 승하로 중전에서 대비가 된 김 씨를 다시 만난 건 5년 만이었다. 그동안 그녀의 얼굴은 많이 수척해져 있었다. 5년 전 나를 향해 반짝이던 장난기 가득하던 눈도 생기를 많이 잃은 듯 보였다. 새 중전이 된 유 씨의 밝은 얼굴을 보고 와서일까? 중전과 대비의 얼굴은 한눈에 대조가 될 정도로 판이하게 달라보였다.

"오랜만이구나, 경민아."

대비의 입에서 나온 내 이름에 그녀의 곁에 앉아있던 변 상궁이 고개를 들어 나를 보았다. 난 제주에서 죽은 것으로 되어 있었다. 그러나 날 노수눌의 양녀로 만들어 새로운 신분을 내려준 것은 대비였다. 그렇다면 변 상궁 역시 내가 살아있다는 사실을 모를 리가 없었다.

"오 년 전, 난 선왕전하와 마찬가지로 네가 정원군의 아이를 가졌다 여기었다. 헌데 얼마 전 중전이 내가 모르던 사실을 이야기해 주더구나. 너와 정원군이 주상을 지키기 위하여 벌인 일에 대해 말이다."

말을 천천히 풀어놓는 대비의 시선은 대비전 안을 아장아장 걸어 다니고 있는 영창대군을 향해 있었다. 이를 알아챈 변 상궁이 자리에서 일어나, 영창대군의 손을 잡고 대비의 곁으로 돌아와 앉았다.

"이제 주상께서 보위에 오르시고 정원군의 유배가 풀렸으나, 너는 다시 입궐하기가 어렵다 들었다. 그래서 내 너를 노수눌의 양녀로 삼도록 주상께 주청하였다. 국상이 끝나고 넌 주상의 후궁이 될 것이다. 그러니 앞으로도 지금처럼 주상을 성심껏 모시도록 하거라."

"성은이 망극하옵니다. 대비마마."

인사를 올리는 나를 보며 대비가 힘없는 미소를 지었다. 나는 그런 그녀의 미소가 왠지 모르게 너무나도 슬퍼보였다.

"오 년이라는 시간이 결코 짧지는 않았겠지."

"예?"

나는 대비의 말뜻을 모르겠다는 얼굴로 그녀를 쳐다보았다. 그러자 대비가 작은 웃음소리를 내며 말했다.

"네가 많이 달라진 것 같구나. 오 년 전에는 지금보다는 더 재미있는 아이였던 것 같은데……. 나 역시 오 년 전에는 지금보다는 더 재미있는 중전이지 않았느냐?"

지쳐 보이는 얼굴로 옛이야기를 꺼내던 대비는 고개를 가로저었다.

"너를 너무 오래 붙잡아두었구나."

그만 물러가라는 대비의 의사 표시에 난 자리에서 일어섰다. 대비는 그런 나를 보며 말했다.

"정식 입궐 후에는 전과 다른 몸가짐으로 지내야 할 것이다."

어리둥절한 표정을 짓는 나를 향해 대비가 말을 이었다.

"주상께서 즉위하신 후 양화당의 나인들은 모두 인빈을 따라 정원군의 사저로 출궁하였다. 그렇다고 하여 새로 입궐하게 될 후궁과 죽은 양화당의 김 나인이 닮았다는 의구심을 품을 이들이 없을 성싶으냐? 분명 그들은 너를 보고 쓸데없는 말들을 지어낼 것이다. 궐이란 그런 곳이다. 허니 말이 단지 말로 끝나려면 네가 몸가짐을 행함에 있어 더욱 조심해야 할 것이다. 전과 변함없는 행동거지로 끊임없이 말들이 나오게 된다면 주상께 누가 되지 않겠느냐?"

그녀의 말에서 혼과 나를 위하는 진심이 느껴졌다. 그럼에도 마음 한편으로 혼란스러움도 없진 않았다. 그녀가 취하는 행동과 말은 내가 알고 있는 역사와 달랐다. 그녀는 혼을 좋아하지 않아야 했다. 그를 도와 내가 자신의 외가의 양녀가 될 수 있도록 해주지 말아야 했다. 내가…… 무언가 잘못 알고 있는 것일까?

그때 내가 일어나는 것을 본 영창대군이 변 상궁의 품에서 벗어나 대비에게 가기 위해 움직였다. 그러자 영창대군의 손에 들려 있던 두 개의 작은 돌조각이 내 앞으로 굴러와 떨어졌다. 그것을 본 난 무의식적으로 몸을 숙여 그 돌들을 집어들었다.

그것은 돌이 아니었다. 원래는 하나인 것으로 보이는, 두 개로 쪼개어진 옥패였다. 쪼개어졌음에도 본래의 영롱한 빛을 잃지 않은 옥에서는 초콜릿 향이 났다. 조선에 온 뒤로는 맡지 못했던 달콤한 초콜릿 향에 나는 잠시 끌렸다.

그런데 이 쪼개진 옥, 어디선가 본 적이 있는 것 같다. 어디서였지?

"어찌 그것을 대군이 가지고 있는 것이냐?"

내가 옥을 유심히 살펴보자, 대비가 기겁해서 변 상궁에게 소리쳤다. 대비의 외침에 변 상궁이 자리에서 벌떡 일어서더니 내게로 다가와 옥을 빼앗듯이 가져가버렸다. 옥은 바로 대비에게 전해졌다. 대비는 옥을 받자마자 조심스럽게 쥐어 들었다. 변 상궁은 마치 큰 죄를 지은 것처럼 대비 앞에 고개를 조아리며 아뢰었다.

"대군 아기씨께서 모르고 꺼내신 듯하옵니다."

"앞으로는 그 누구의 손도 닿지 않게 잘 보관하도록 하여라."

대비전을 나오면서도 나는 한동안 초콜릿 향이 나던 쪼개진 옥에 대한 생각을 끊을 수가 없었다. 영창대군의 손에서 옥이 떨어지기 전까지 대비가 보였던 행동과 돌변한 대비의 행동이 너무 큰 차이가 났기 때문이었다. 분명한 사실은 그 옥이 대비에게는 매우 귀중한 물건임에 틀림없다는 것이다. 이미 깨어져 쓸모없어졌음에도 아들인 영창대군이 가지고 놀지 못하게 할 정도니 말이다.

대비전을 나와 퇴궐하던 길에 나는 주인을 잃은 양화당 앞을 지나게 되었다. 혼의 즉위 이후 인빈은 정원군의 새 사저로 출궁했다고 들었다. 선조가 승하한 이상, 선왕의 후궁인 그녀가 궁궐에 남아있을 이유는 없었다. 과거 그녀와 혼의 어머니인 공빈 사이의 악연을 생각하면 더욱 그랬다.

난 양화당 앞에서 내가 예전에 지냈던, 감나무가 있던 처소를 떠올렸다. 그곳은 내게 아주 특별한 곳이었다. 혼과의 많은 추억이 깃든 장소였기 때문이었다. 지금 그 처소를 다른 누군가가 쓰고 있을지는 모르겠지만, 적어도 감나무라도 다시 보고 싶은 마음이 들었다.

나는 5년 만에 옛 처소로 향했다. 감나무는 그대로였다. 대신 내가 쓰던 처소는 오랫동안 쓰이지 않았는지, 자물쇠로 굳게 잠겨 있었다.

옛 추억들이 새록새록 떠오르는 그 처소 앞을 한동안 서성이던 나는 퇴궐이 늦어지는 것을 깨닫고 돌아섰다. 그런데 내 뒤에 언제부터 있었는지 모르게 한 남자아이가 서 있었다. 백설기처럼 하얀 피부를 가지고 있는 아주 예쁜 아이였다. 만약 입은 옷이 남자아이 것이 아니었다면 여자아이로 착각했을 만큼 예뻤다.

그 아이는 내가 감나무 처소 앞에서 옛 추억에 잠겨있는 사이에 조용히 내 뒤에 다가와 있었던 모양이었다. 아이는 낯선 이를 경계하는 눈빛으로 나의 얼굴을 빤히 올려다보고 있었다.

궁궐을 자유롭게 돌아다닐 수 있는 아이라면 선조의 늦둥이 왕자이거나, 손자들 중 한 명이라는 생각이 든 나는 밝은 목소리로 환하게 웃으며 아이에게 인사를 건넸다.

"안녕?"

그러자 아이의 눈에 힘이 실렸다.

"이름이 뭐야?"

아이는 앵두 같은 작은 입술을 굳게 다문 채 좀처럼 목소리를 낼 기미를 보이지 않았다. 나는 조심스럽게 아이의 앞으로 다가갔다. 다행히 아이는 도망가거나 자리를 떠나려고 하지는 않는 것 같았다.

난 아이를 보며 종이를 생각했다. 나와 처음 만났을 때 종이가 딱 이 아이 또래였다. 아이와 가깝게 선 나는 몸을 숙여 눈을 맞췄다. 아이는 그런 나를 보며 잠시 당황하는 기색을 보였지만, 점차 경계의 눈빛에서 호기심 어린 눈빛으로 변해 나를 보았다.

"우리 인사할래?"

아이는 내가 하는 말을 이해하지 못한 것 같았다. 당연하게도 내가 하려는 인사는 조선식 인사와는 거리가 있었으니까. 난 종이를 처음 만난 날을 떠올리며 아이에게 한 손을 내밀고 방긋 웃었다.

"자."

내가 내민 손을 물끄러미 바라보던 아이가 자신의 작은 한 손을 천천히 꺼내더니, 내 손바닥 위에 올려놓았다. 바로 그 순간, 내 가슴에 큰 돌덩이 하나가 쿵 하고 내려앉으며 숨을 쉬기 어려울 정도로 갑갑한 느낌이 들었다. 숨이 턱 밑까지 막혔다가 순식간에 풀리고, 두 다리에 힘이 풀릴 것 같은 느낌도 받았다. 당혹스러운 느낌에 난 아이를 보며 웃는 것을 잠시 멈췄다.

"명이야! 이 아이가 대체 어디를 간 것인지……."

"아마도 그 감나무가 있는 곳이 아닐까 싶습니다. 막내 아기씨께서 종종 능양군마마와 그곳에서 노시는 것을 본 적이 있습니다."

"그럼 그리로 가보자."

"예, 군부인마님."

누군가를 찾는 여인의 목소리에 아이가 화들짝 놀라며, 내 손 위에 올려놓았던 자신의 손을 거뒀다. 그리고는 소리가 난 방향으로 고개를 돌렸다. 그것을 본 나는 이 아이의 이름이 '명이'라는 걸 알 수 있었다. 아이는 한 손가락을 자신의 입가에 가져다 대었다. 아마도 자신을 찾는 이들에게 소리를 내지 말라고 의사 표현을 하는 것 같았다. 곧 아이는 감나무 뒤로 뛰어가더니, 나무 뒤로 자신의 작은 몸을 숨겼다.

"이쪽입니다."

가까워지는 목소리에 난 감나무에서 몸을 돌렸다. 그곳에는 여종으로 보이는 젊은 여인과 내가 아는 익숙한 얼굴의 한 여인이 서 있었다. 그녀는 바로 정원군의 부인 구 씨였다.

전혀 예상하지 못한 곳에서 정원군의 부인과 맞닥뜨리게 된 나는 놀라 말을 잇지 못했다. 그것은 구 씨도 마찬가지였다. 그녀는 나를 알아보고는 나보다도 더 놀란 얼굴로 입을 열었다.

"너, 너는!"

"군부인마님."

"너는 분명 제주에서……!"

놀라 말을 잇지 못하던 구 씨가 함께 있던 여종에게 말했다.

"넌 다른 곳에 가서 명이 그 아이를 찾아 보거라."

"예, 군부인마님."

여종이 물러가자 둘만 남게 되었다고 생각한 구 씨가 내게 말했다.

"분명 제주에서 죽었다 들었는데 어찌 행궁에 있는 것이냐?"

내가 살아있다는 것은 당연히 정원군이 알고 있었다. 그런데 부인인 구 씨가 그 사실을 모르다니? 정원군이 말을 하지 않았던 걸까?

"정원군마마께 듣지 못하셨습니까?"

"듣지 못하였다니? 그럼 대감께서도 네가 죽지 않았다는 사실을 알고 계신다는 말이냐?"

그녀가 기가 막힌다는 듯 코웃음을 쳤다.

"알 수가 없는 일이로구나. 대감께서 널 죽은 것으로 알라 하시기에 말이 이상하다 싶더니만, 네가 죽지 않았던 것이었다니."

"사정이 있어 죽은 것으로 되었습니다. 그 사정은 정원군마마께서 알려주실 겁니다."

나의 대답이 그녀를 만족시키지 못한 모양이다. 그녀가 어이없다는 표정으로 말했다.

"그 사정이 무엇인지는 몰라도, 피붙이까지 버려야 할 이유라면 난 알고 싶지도 않구나. 매정한 것."

자식까지 버리다니? 나는 그녀의 말을 이해하지 못했다. 그때 감나무 뒤에 숨어있던 아이가 앞으로 달려 나오더니 구 씨의 치마폭으로 파고들었다. 갑자기 튀어나온 아이를 본 구 씨가 놀란 얼굴로 잠시 아이를 바라보더니, 무언가 결심한 듯 담담한 표정으로 아이를 자신에게서 밀어내며 말했다.

"명아, 네 친어미다."

구 씨의 입에서 나온 말에 나는 큰 충격을 받았다. 지금 구 씨가, 누가 누구의 친어머니라고 말한 것일까? 아이는 아직 어려서인지 구 씨의 말을 듣는 둥 마는 둥, 오로지 다시 구 씨에게 안기기 위해 애를 썼다. 구 씨는 그런 아이를 쳐다보지도 않은 채 쌀쌀맞게 말을 이었다.

"뭘 그리 놀라느냐? 네가 제주에서 낳아 도성으로 보낸 아이가 바로 이 명이인 것을 정녕 몰랐느냐?"

"제주에서…… 제가 낳은 아이라니요?"

내 목소리가 떨리고 있었다.

"만덕이를 통해 이 아이를 도성으로 보내지 않았느냐? 태어난 지 얼마 되지 않은 그 작고 어리던 아이를 말이다."

"말도 안 돼요. 그 아이는 죽었어요. 제주에서 죽었다고요."

이젠 내 목소리뿐만 아니라 몸까지도 사시나무 떨리듯 떨려왔다.

"죽었다? 하기는 대감께서도 명이를 보고 놀라기는 하셨지. 그저 명이의 소식을 제주에 계신 대감께 전한 적이 없어 놀라신 줄 알았더니, 대감께서도 명이가 죽은 줄 알았다 하셨지."

나는 구 씨의 설명을 듣고도 믿지 못해 고개를 세차게 가로저었다.

"아니에요. 그럴 리가 없어요. 그 아이는 태어나자마 죽었다고 정원군마마께서!"

구 씨가 내 말을 차갑게 끊으며 단호하게 말했다.

"죽지 않았다."

"죽지…… 않았다고요?"

나는 믿기지 않는 표정으로 명이를 바라보았다. 명이는 구 씨의 치마폭에 매달려 눈물을 글썽거리며 나를 보고 있었다.

"아아, 돌이켜보니 오 년 전 만덕이가 말하기를, 제주에서 배를 타고 육지로 나올 때까지만 하더라도 아이가 숨을 쉬지 않고 있었다고 하였다. 그런데 육지에 오르고 보니 죽은 줄 알았던 아이가 숨을 쉬고 있었다 하더구나. 당시 나는 그 말을 믿지 않았었다만."

"그럴 리가요! 그 아이는, 그 아이는 분명히……."

"어찌 이 아이가 죽었다고 말하는지는 내 모르겠다만, 명이는 네 아이가 맞다. 한 살 무렵 큰 병을 앓아 그 뒤로 말을 하지 못하게 되었다만. 헌데 어찌 이 아이를 버려두고 행궁에 있는 것이냐? 대감의 아이까지 낳은 몸으로 어찌 궐에서 지내는 것이야?"

그러나 내게는 구 씨의 말이 제대로 들리지 않았다. 눈물이 그렁그렁한 눈을 하고 있는 작은 명이만을 바라보고 있었기 때문에.

명이가 내가 제주에서 낳았던 혼과 나의 아이였다. 가슴이 찢어지듯 아팠다. 분명 죽었다고 생각하고 마음속 깊숙한 곳에 묻었던 아이였다. 내가 그 아이를 지키지 못했다 여기고 얼마나 괴로워하고 고통스러워했는데. 그 아이가 살아있다니. 지금 내 눈 앞에 있는 아이가 바로 그 아이라니!

도무지 머리로는 믿을 수가 없었다. 그러나 마음은 달랐다. 저 작은 아이의 손을 잡는 순간 나는 느꼈던 것이다. 말로 설명할 수는 없었지만, 분명 태어나서 단 한 번도 느껴본 적 없는 감정을 저 아이의 손을 잡는 순간 느꼈었다. 그 느낌이 바로 명이라는 저 아이가, 내 아이라는 사실을 알려주는 것이었을까?

"정말, 이 아이가 정말로 제가 제주에서 낳은……."

"그래. 네 아이다. 네가 제주에서 낳은 대감의 아이이다."

"부인!"

갑자기 나타난 정원군이 급히 우리가 있는 쪽으로 걸어왔다. 그는 다짜고짜 구 씨를 향해 화를 냈다.

"무슨 말을 하는 것이오, 지금!"

"무슨 말을 하다니요, 대감? 어찌 제주에서 죽었다 하신 이가 살아서 이 행궁에 있는 것입니까? 어찌 소첩에게는 단 한 마디의 언질도 없으시고."

"그만하시오! 이 일은 부인이 관여할 일이 아니오."

구 씨는 이런 정원군의 태도에 마음이 상한 모양이다. 그녀는 여전히 자신에게 매달리려는 명이를 완강하게 밀어내고는 돌아서 그 자리를 떠났다. 바로 구 씨의 뒤를 따르려던 명이는 몇 걸음 떼지도 못하고 발을 헛디뎌 넘어졌다. 이를 보고 놀란 내가 서둘러 다가가려고 했지만, 정원군의 움직임이 더 빨랐다. 정원군이 넘어진 명이를 일으켜 세워 준 것이다. 명이는 정원군 품에 안겨 소리 없는 눈물만 뚝뚝 흘려댔다.

나는 명이가 실존한다는 사실조차 믿기지 않았다. 뱃속에 열 달 가까이 품었어도 얼굴 한 번 마주하지 못한 채 떠나보냈던 아이였다. 그 아이가 살아서 지금 내 눈앞에 있었다.

"정말인가요? 정말 명이, 이 아이가 제가 낳은 아이인가요?"

눈시울이 뜨거워지고 있었다. 정원군은 그런 나를 보며 안타까운 얼굴로 고개를 끄덕였다.

"그렇소. 그 아이요."

그의 말이 끝나자마자 참을 수 없는 분노가 가슴을 치고 올라왔다. 내 아이, 내 아이가 살아있었음에도 나는 그 사실을 모르고 5년이라는 시간을 보냈다. 뒤늦게 알게 된 지금, 나는 엄청난 충격에 망연자실했다. 그 누구보다도 믿었던 정원군이 이 사실을 내게 감추고 있었다니. 그는 알고 난 뒤에도 바로 내게 사실을 알리지 않았다. 난 참았던 울분을 한데 모아 정원군을 향해 터트렸다.

"왜! 왜였어요? 왜 말씀해주시지 않으셨어요, 왜!"

내 외침에 놀란 명이가 정원군의 품 안으로 더욱 파고들었다. 그것을 본 나는 정원군에게 화를 내던 것을 멈춘 채, 그의 품 안에 있던 명이를 강제로 끌어안고 눈물을 쏟아냈다.

정원군은 이런 나를 막지 않았다. 그러나 강제로 내 품으로 끌려온 명이는 나에게서 벗어나기 위해 발버둥을 쳤다. 여리고도 작은 힘이었다. 나는 그 작은 힘을 억지로 누르면서까지 아이를 내 품에서 놓지 않고 더욱 힘주어 끌어안았다. 그러나 명이는 발버둥을 그치려 하지 않았다. 명이에게 나는 오늘 처음 만난 낯선 사람일 테니까. 그 사실을 잘 알면서도 내 품을 벗어나려고 애쓰는 명이로 인해 마음이 깨질 듯이 아팠다.

난 결국 명이를 내 품에서 놓아주었다. 명이는 기다렸다는 듯이 정원군에게로 다가가 그의 뒤로 숨었다.

"살아있다고 왜 말씀을 안 하신 거예요?"

울며 묻는 나를 향해 정원군이 한숨 섞인 변명을 했다.

"나 역시 죽은 줄 알았소. 도성에 돌아와서야 이 아이가 살아있었다는 사실을 알게 되었소."

"그럼 알게 된 뒤에 왜 제게 알려주시지 않으셨나요? 왜요!"

정원군이 난처한 기색으로 주저하던 그때였다. 열서넛 남짓의 소년이 우리가 있는 쪽으로 다가왔다. 명이는 그 소년을 보자마자 달려가 안겼다. 정원군이 그 소년을 향해 입을 열었다.

"종아, 명이를 데려가거라."

"예, 아버님."

그 소년은 바로 종이였다. 어린 시절 나와 헤어진 종이는 나를 알아보지 못하는 것 같았다. 그저 자신의 아버지인 정원군의 앞에서 눈물을 쏟고 있는 한 여인에 대해 궁금증을 가득 품은 얼굴로 명이의 작은 손을 잡고는 돌아섰다. 나는 명이를 보내고 싶지 않았다. 이런 나의 마음을 읽은 정원군이 내 팔을 붙잡았다.

"경민."

"놓아주세요!"

"지금 명이를 쫓아가 어찌하려는 것이오?"

"명이를 데려갈 거예요. 그리고 전하께 말씀드릴 거예요. 아이가 살아있다는 사실을요."

"경민!"

정원군이 소리쳤다. 그 사이 명이는 종이의 손을 잡은 채 가버렸다. 정원군의 외침에 나는 잠시 주춤하며 그의 두 눈을 바라보았다. 나를 바라보는 정원군의 눈빛은 분명한 금기, 그 이상의 것을 말하고 있었다. 절대로 명이의 존재를 혼이 알아서는 안 된다고 말하는 것 같았다. 하지만 그 이유를 알고 싶은 마음은 추호도 없었다.

"지금은 때가 아니오. 그래서 그대에게 미안한 일이 될 것을 알고 있음에도 말하지 않은 것이오."

무너질 기미가 보이지 않는 그의 단호함에 나는 애원했다.

"제발요……. 제발요, 정원군마마. 명이는 전하의 아이예요. 그러니 알려드려야 해요. 아이가 살아있다는 사실을요."

내 눈에서 멈출 줄 모르고 흐르는 눈물을 본 정원군의 안색이 어두워졌다. 그는 차마 그런 내 얼굴을 계속 바라보지 못했다. 내게서 고개를 돌린 그가 어렵게 말을 이어나갔다.

"때가 되면 내 직접 전하께 말씀드릴 것이오. 그러나 지금은 아니오. 지금은 모두에게 명이는 나의 소생으로 알려져야 하오."

"제가 말하는 건 명이에게 당장 명분을 주자는 것이 아니에요. 전하의 소생이라는 것을 밝히자는 것도 아니고요. 적어도 살아있다는 것만이라도 전하께 알려드리고 싶어서 그래요."

"경민."

정원군의 시선이 다시 내 눈을 향했다.

"나 역시 전하께 알려드리고 싶소. 허나 지금은 그때가 아니오."

"그럼 그때가 언제인가요?"

내 물음에 정원군은 답을 주지 못했다. 단지 난처한 기색만 가득 드러냈을 뿐이다.

"경민. 모든 이들이 알게 되어도, 전하께서는 절대 명이가 전하의 소생이라는 것을 아셔서는 아니 되오."

끝까지 명이에 대해 혼에게 말해서는 안 된다는 정원군의 태도에 화가 난 나는 그를 밀어내며 물었다.

"그 연유가 무엇인데요? 말씀해보세요, 정원군마마."

정원군은 잠시 망설이다가 대답했다.

"곧 그대도 알게 될 것이오. 그러나 내 입으로 말해줄 순 없소."

나는 정원군을 향한 분노로 입술을 깨물었다. 그가 신중한 태도의 소유자라는 것은 원래부터 알고 있던 사실이었다. 그러나 지금 내게는 그런 그의 신중한 모습이 오히려 강한 분노를 일으켰다. 답답하고 고지식한 사람으로밖에 보이지 않았다.

나는 애써 화를 삼키며 그를 노려보았다.

"지금 전하를 뵈러 가진 않겠어요. 제 신분으로는 임금이 되신 그분을 당장 마음대로 뵙는 것이 불가능하다는 것을 잘 알고 있으니까요. 하지만 전하를 뵐 기회가 생긴다면, 그때는 반드시 명이에 대해서 말씀드릴 거예요."

정원군과 헤어진 후 돌아오는 가마 안에서 나는 평생 쏟을 눈물의 절반을 쏟았다.

제주에서 죽은 줄로만 알았던 아이가 살아있었다. 비록 말을 하지 못한다고 하지만, 아이는 건강해 보였다. 그러나 그 기쁨도 잠시, 아이는 나를 밀어냈다. 정원군의 아이로 자란 아이에게 나는 낯선 사람일 뿐이었다.

별당으로 돌아온 나는 슬픔을 진정시키며 혼에게 서신을 쓰려고 노력했다. 하루가 멀다 하고 내 안부를 묻기 위해 혼이 보내는 내관이 있었다. 그 편에 서신을 써서 보내면 된다는 생각이 들어서였다. 그러나 밤이 깊도록 한 줄도 쓸 수가 없었다. 무슨 말로 시작해야 할지 감이 잡히지 않아서, 그리고 혹여 서신이 유출될까도 걱정되어서였다.

나는 결국 훈을 직접 보면 내 입으로 이 사실을 전하기로 결심했다. 그러나 결심을 한 후에도 쉽사리 잠이 오지 않았다. 낮에 행궁에서 보았던 명이의 모습만 아른거렸다. 차라리 명이의 존재를 몰랐다면 모를까. 존재를 알게 된 지금, 기쁨과 불안함이 뒤섞인 복잡한 감정이 끊임없이 한숨만 만들었다.

불을 끄고 자리에 누웠다. 끝이 보이지 않을 것 같은 긴 밤이었다. 자다 깨다를 반복하던 내가 다시 깨어난 것을 깨닫고는 누운 채 긴 한숨을 내쉬었을 때였다.

"어찌 그리 한숨을 내쉬는 것이냐?"

어둠 속에서 훈의 낮고 부드러운 목소리가 들려왔다. 놀란 나는 감고 있던 눈을 번쩍 떴다. 그가 내가 누워있는 이부자리 옆에 앉아서 나를 바라보고 있었다. 나는 그를 발견하자마자 상체를 일으키며 두 팔로 그의 목을 끌어안았다. 품 안에서 더욱 가깝게 느껴지는 그의 체향에, 나는 그가 내 곁에 있음을 온 몸으로 느낄 수 있었다.

"훈아……."

목멘 소리가 겨우 나왔다. 훈은 그런 나를 어린아이처럼 다독이며 말했다.

"내가 있어 놀라지 않았느냐?"

나는 그의 품 안에서 세차게 고개를 저었다.

조금 뒤 훈이 나를 품에서 떼어놓고는 촛불에 불을 붙였다. 불이 켜지고 그의 얼굴과 마주했을 때, 난 바로 명이의 얼굴을 떠올렸다. 잠깐

보았을 뿐이지만 나의 뇌리에 단단히 박힌 명이의 얼굴은 분명 혼을 닮아 있었다. 이를 깨달은 나는 왈칵 눈물이 쏟아지려는 것을 간신히 참아내며 바로 명이의 이야기를 하기로 마음먹었다.

"혼아."

내가 그를 부르자, 그가 고개를 돌려 나를 바라보았다. 그의 얼굴에는 따뜻하고도 내게 평온함을 주는 미소가 가득 담겨 있었다. 그러나 곧 그 미소가 사라졌다. 그가 미간을 살짝 찌푸리며 한 손을 내 얼굴에 갖다 대었다.

"많이 수척해졌구나. 어찌 지난번 보았을 때보다도 더 얼굴이 안되었어? 어디 아프기라도 한 것은 아니냐?"

"아니야, 난 괜찮아. 걱정시켜서 미안해."

혼이 내 손을 잡아주며 빙그레 웃는다.

"미안한 것은 아느냐?"

그러더니 혼의 얼굴이 점점 내 얼굴 가까이로 다가온다. 그러나 온통 명이의 생각뿐인 나는 가까워지는 그의 얼굴을 마주하면서도 명이의 얼굴만을 머릿속에 그리고 있었다. 뒤늦게 난 그의 입술이 내 입술에 닿으려고 한다는 것을 알아차렸다. 난 입술이 닿기 직전 뒤로 몸을 뺐다. 이런 나의 행동에 당황한 혼의 눈에 힘이 실렸다. 어색해진 상황 속에서 난 서둘러 말을 꺼냈다.

"할 말이 있어, 혼아."

"그래? 무엇이냐?"

혼이 무언가 아쉬운 듯 큰 숨을 들이쉬며 말한다. 무심코 그의 마음을 밀어낸 미안함도 잠시, 나는 진지한 태도로 내 말을 듣겠다는 그의 얼굴을 보며 명이의 이름을 꺼냈다.

"명이……. 알아?"

"명이?"

되묻는 그의 표정을 보자니 내 말을 이해하지 못한 게 분명하다. 나는 말을 바꾸었다.

"정원군의 아들, 이명."

그제야 내가 말하는 명이가 누구인지 알아챈 혼이 웃으며 대답한다.

"아, 능풍도정 말이냐."

그가 명이를 안다고 말하자, 내 가슴이 철렁 내려앉았다. 내가 제주에 유배를 간 사이, 명이는 도성에서 정원군의 아들로 자랐다. 그러니 혼도 명이가 자라는 것을 곁에서 보았을 것이다. 자주는 아니더라도 말이다. 그런데 지금 그 아이가 혼의 아들이라는 사실을 말한다면 혼은 크게 놀라겠지?

"본 적 있어?"

"물론이다. 정원군이 유배 중일 때 태어났지. 어느 날 갑자기 군부인이 그 아이를 데리고 입궐해 아바마마를 뵈었다. 전염병이 휩쓸고 지나간 지 얼마 되지 않아서였지. 아바마마는 물론이고 많은 종친들이 놀랐었다. 회임한 사실을 말하지 않았었더구나. 군부인의 말로는 정원군이 죄인 된 몸이라 회임 사실을 밝힐 수 없었다 하였다. 그 당시만 하더라도 건강해 보이던 아이였는데, 첫 입궐 후 며칠 뒤 심히 앓더니 말을 하지 못하게 되었다더라. 그때 그 아이를 치료했던 의관 허준의 말로는 인후에는 문제가 없어 말하는 데 지장이 없다 하였는데, 수년이 지나도록 아직까지 말을 하지 못하더구나."

마치 남의 이야기를 하듯 명이에 대해서 말하는 혼을 보며 난 무겁게 침을 삼켰다. 드디어, 그에게 사실을 말해줄 때가 온 것이다.

"혼아."

사실을 밝힐 때까지 참으려고 했던 눈물이 그의 이름을 부르는 순간 흘러내리고 말았다. 내 눈물을 본 혼의 얼굴에 놀란 기색이 어렸다.

"경민아?"

"그 아이가, 그 아이가 말이야."

우리 아이야.

내가 제주에서 낳은 아이. 너도 나도 죽은 줄만 알았던 아이.

그 아이가 바로 명이야.

"그 아이가……."

내 말이 끝나기도 전에 혼이 내 말을 잘랐다.

"알고 있다."

"뭐?"

"나도 알고 있다."

"무엇을 알고 있다는 거야?"

혼의 말에 놀란 내가 되묻자, 혼이 슬프게 웃으며 말한다.

"우리의 아이가 살아있다면, 딱 명이 그 아이의 나이쯤 되었겠지. 그 아이를 보고 먼저 간 아이가 생각나 이리 우는 것이 아니냐?"

"난!"

그것이 아니었다. 그러나 혼은 잘못 알고 있었다. 아니, 오해하고 있었다. 사실을 밝혀야 한다. 나는 고개를 저으며 황급히 말을 꺼냈다.

"그게 아니야. 내가 우는 건 명이가 바로 우리의……. 악!"

내가 하려는 말을 미처 하기도 전에, 찌릿한 통증이 내 머리에 찾아왔다. 이어 그 통증은 온몸으로 퍼졌다. 나는 그 통증을 이기지 못하고 얼굴을 찌푸린 채 눈을 질끈 감고 말았다.

"경민아?"

나는 이 통증을 기억하고 있었다. 이젠 아주 오래전이 되어버렸지만, 지금 내 곁에 혼이 있기에 나는 그 오래전의 일을 바로 떠올릴 수 있었다. 혼이 처음 미래로 왔던 날. 그리고 나를 만났던 그날. 그가 알아서는 안 되는, 역사를 바꾸게 될지도 모르는 일을 알게 되려는 순간 내게 찾아왔던 바로 그 통증이었다.

"경민아? 왜 그러느냐? 어디가 아픈 것이냐?"

나는 남아있는 통증의 아픔을 애써 무시하며 그의 팔을 붙잡았다. 그리고 그를 바라보며 다시 입을 열었다.

"명이가 말이야. 명이가 우리의……. 아악!"

방금 전보다도 더 큰 통증이 찾아왔다. 이번에는 머리뿐만이 아니었다. 소리가 나와야 하는 목에서는 찢어질 듯한 아픔까지 느껴졌다. 나는 더 이상 말을 하지 못한 채, 혼의 품 안으로 힘없이 쓰러졌다.

"경민아? 경민아! 게 밖에 누구 없느냐?!"

나를 품에 안은 혼이 밖을 향해 다급하게 외쳤다. 곧 안으로 사복 차림의 최 내관이 뛰어 들어왔다.

"전하. 부르셨사옵니까?"

"의원을 불러라! 어서!"

나는 목의 통증을 이겨내기 위해 한 손으로 목을 눌렀다. 그리고 다른 손으로 잡고 있던 혼의 팔을 힘주어 잡으며 고개를 저었다.

"나, 나는……."

그러나 혼은 나를 보고 있지 않았다. 급히 나가지 않는 최 내관을 향해 호통 쳤다.

"뭣하고 있는 것이냐?! 어서 의원을 부르라 하지 않았느냐!"

"예, 전하!"

최 내관이 나가고 혼은 다시 나를 돌아보았다. 그는 제 품 안으로 쓰러진 내 얼굴을 살펴보았다가, 내 이마에 손을 얹기도 했고, 어쩔 줄 몰라 하며 내 손을 주무르기도 했다. 그 사이 내 통증은 거짓말처럼 사라져 있었다. 그러나 통증의 여파는 컸다. 특히 찢어지듯이 아팠던 목이 그러했다. 그 아픔을 다시 느끼게 될지도 모른다는 두려움에 나는 조심스럽게 입으로 숨을 쉬며 고개를 들었다.

"나는 괜찮아."

다행이었다. 목소리를 내도 아까와 같은 아픔은 더 이상 느껴지지 않았다. 그러나 나는 조금 전 일로 깨달은 것이 있었다. 지금 다시 혼에게 명이의 이야기를 꺼낸다면, 나는 똑같은 통증을 느끼게 될 거란 걸.

한결 편해진 목소리로 괜찮다고 말하는 나를 혼이 강한 힘으로 끌어안았다. 빠르게 뛰고 있는 그의 심장 소리가 들렸다.

어째서일까? 왜 명이의 존재를 그가 알아서는 안 되며, 만약 혼이 알게 된다면 대체 어떤 '역사적 변화'가 일어나기에 내가 말을 할 수 없는 것일까? 나는 이해할 수가 없었다.

최 내관이 데려온 의원은 내가 아무런 병증을 보이지 않는다고 말했다. 혼은 그 말을 믿지 않았다. 최 내관에게 무능한 의원을 데려왔다며, 의관을 데려오라고 명령한 것이다. 결국 내가 나섰다. 장난이었다며 난 괜찮다고 둘러댔다. 혼은 그런 내 말을 곧이곧대로 믿으려 하진 않았지만, 억지로라도 밝은 얼굴을 하고 있는 나를 보고 할 수 없이 최 내관을 물렸다.

혼은 이부자리에 나를 조심스럽게 눕힌 뒤, 내 손을 잡아주었다. 그는 혹시라도 내가 아까와 같은 증세를 보일까 걱정하고 있었다. 나는 그의 걱정을 덜어주려 누운 상태에서 그를 올려다보며 눈웃음을 지어 보였다. 혼은 그런 나를 바라보며 조금은 마음이 놓인 것 같았다. 그도 내 웃음에 화답하는 미소를 보냈지만 잠깐이었다.

날이 밝아오려는지 촛불의 빛이 약하게 흔들렸다. 이를 알아챈 혼이 촛불 쪽으로 고개를 돌렸다. 나는 그의 옆모습을 찬찬히 살폈다.

시원스런 넓은 이마와 큰 두 눈. 단단하게 오뚝 선 코와 항시 물기 어린 듯한 매력적인 입술까지. 이젠 지금의 그에게서 처음 만났을 때의 모습을 찾는 것은 불가능했다. 그는 사내가 되었고 군왕이 되었다. 그러나 지금 그와 겹쳐졌던 그의 십대 모습에서 세월을 조금만 더 거슬러 올라간다면 명이와 꼭 닮은 모습을 찾을 수 있을 것만 같았다.

어째서 명이의 존재를 그에게 알려서는 안 되는 것일까? 명이가 살아있다는 사실을 알면 혼은 그 누구보다도 기뻐할 것이다. 그러면 명이를 잃었다고 생각하고 괴로워한 5년간의 나는 존재하지도 않았던 것처럼 먼 과거 속으로 사라질 것만 같았다. 아아, 그가 명이를 보고 기뻐하는 모습만 볼 수 있다면…….

불가능해진 듯 보이는 혼과 명이의 상봉을 상상하던 내 눈에서 소리 없는 눈물이 흘렀다. 그때 내게로 다시 시선을 돌린 혼이 울고 있는 나를 발견했다.

"경민아? 어디가 아픈 것이냐?"

"아니, 아니야. 아픈 게 아니라 함께 있어서, 그게 너무 좋아서……."

변명하듯 말을 돌리는 나를 내려다보며 혼이 깊은 한숨을 내쉬었다.

"경민아, 내가 그렇게 네게 믿음직한 지아비가 되지 못하는 것이냐?"

"응?"

"내가 세자이던 시절, 너는 힘든 일이 있어 눈물을 보일 때면 항상 좋아서 그리 운다 말하였지. 허나 그것은 거짓이었다. 내게 걱정을 끼치기 싫어 그리한다는 것은 알고 난 더 이상 묻지 않았지. 그러나 아느냐? 네가 눈물을 흘리는 것을 볼 때마다, 나는 스스로를 책망한다."

"혼아."

"내가 말하지 않았느냐? 근심하지 말라 했다. 걱정하지 말라 했다. 앞으로 네게는 좋은 일만 일어날 것이라 하지 않았느냐? 무엇이 문제인 것이냐. 무엇이 너를 이토록 염려하게 하여 눈물을 흘리게 하는 것이냐? 말해 보거라."

그는 내가 하는 그 어떤 말도 들을 준비가 되어있는 얼굴이었다. 그러나 나는 말할 수 없었다. 말을 하고 싶어도, 역사에 반하는 사실은 말할 수 없는 시간여행자의 한계에 갇혀있었으니까. 혼은 영원히 이런 나의 고충을 알 수가 없을 것이며, 나 또한 이를 그에게 이야기할 수 없을 것이다. 나를 향한 그의 사랑의 크기만큼, 내가 안고 가야 할 무게는 내가 감당하기 어려울 정도로 큰 것이다. 폐주가 될 남자를 사랑하게 된 순간부터 정해진 운명과 같다.

"이 나라의 지존이 되어서도 연모하는 이의 눈물을 보아야만 한다면, 내가 이 자리에 오르기 위해, 그래서 너를 다시 만나기 위해 참고 견뎌왔던 세월이 얼마나 덧없이 느껴지는지 아느냐?"

그는 자신의 마음속에 있는 말들을 거리낌 없이 솔직하게 털어놓았다. 하지만 나는 그러지 못했다. 그러는 것이 불가능했다. 명이의 존재를 그에게 털어놓을 수가 없다면, 다른 무엇도 털어놓는 것이 불가능해진 것이다.

닫힌 한지 창에 약한 새벽빛이 어슴푸레 비추이기 시작했다. 그때까지도 혼은 나와 함께 별당에 머물렀다. 혼은 나를 한 팔로 끌어안았고, 난 그런 그의 가슴에 등을 대고 누워있었다. 그렇게 우리는 잠들지 않은 채, 새벽빛이 창을 비추기 시작하는 순간에도 아무 말 없이 함께했다.

밖에서 혼을 초조하게 기다리고 있을 최 내관은 아무런 기척을 내지 않았다. 이제 혼은 국왕이었다. 조바심을 내며 매사 한 치의 실수도 없이 행동해야만 했던 세자 광해군이 아닌 것이다. 그는 자신이 머물고 싶은 곳에 당당히 머물 수 있었다. 그리고 그가 함께하고 싶은 이와 함께할 수 있었다. 이를 위해 그는 지난날 많은 수모와 고통의 시간을 이겨냈을 것이다.

나는 그런 그를 궁궐로 돌려보내고 싶지 않았다. 돌아갈 시간이 왔다고 말하고 싶지 않았다. 서로 바라보고 있지 않더라도, 서로 말을 주고받지 않더라도 이렇게 함께할 수 있는 시간을 포기하고 싶지 않았기 때문이었다. 우린 이 시간을 위해 지난 5년이라는 짧지 않은 세월을 이별해야만 했었다. 그러기에 나에게는 그와 함께하는 이 시간이 너무나도 소중했다. 조금만, 조금만 더 그와 함께 있고 싶었다.

그의 마음도 분명 이런 나의 마음과 같을 것이다. 그러기에 그도 떠나지 않고 계속 머물고 있는 거겠지.

"흠흠. 항아님. 더 이상 전하께서 지체하셔서는 아니 되십니다."

밖에서 최 내관이 나를 향해 말했다. 혼이 별당을 떠날 마음이 없다면, 나만이 그를 보낼 수 있다고 판단한 것이다. 물론 최 내관은 혼이 잠들지 않은 것을 알고 있을 것이다. 에둘러 내게 말하는 것처럼 혼에게 말을 전하는 것일 수도 있다. 그리고 혼은 이런 최 내관의 말을 분명히 알아들은 게 확실하다. 최 내관의 말이 끝나자마자 나를 자신의 품으로 더욱 강하게 끌어안은 것이다.

나는 그런 혼의 품에서 빠져나오려고 했다. 최 내관의 말이 틀리지 않아서였다. 혼은 더 이상 모든 행동을 조심해야 하는 세자의 위치는 아니었지만, 군왕이 되었다. 그에게는 군왕으로서의 할 일이 있었다.

"전하."

나는 그의 이름을 부르지 않았다. 대신 그의 위치를 일깨워주기 위해, 그래서 이젠 그가 떠날 시간이 왔다는 것을 알려주기 위해 존칭으로 불렀다. 혼은 그것이 마음에 들지 않는지, 나를 으스러지도록 끌어

안으며 자신의 입술을 내 목 언저리에 묻는다.

그의 입술이 닿은 곳이 간지러웠다. 나는 키득키득 웃었다. 내 웃음에 혼의 입술이 살짝 떨어졌다. 그 순간 난 몸을 돌려 그와 얼굴을 마주했다. 그의 크고 까만 눈이 나를 불만스레 빤히 쳐다보고 있었다. 나는 입술을 삐쭉거리며 토라진 목소리로 그를 향해 말했다.

"가셔야지요."

"어딜 말이냐?"

내가 하는 말을 이해하지 못한다는 듯 혼이 반문한다.

"전하께서 계셔야 하는 곳이요."

"내가 있어야 할 곳은 이곳, 네 곁이다."

전하라는 호칭을 사용하며 말을 꺼냈을 때부터, 혼이 내 말을 장난으로 받을 거라고 생각했었다. 하지만 이렇게 가까운 거리에서 진지한 얼굴로 말할 줄은 전혀 예상하지 못했다.

할 말을 잃어버린 나는 얼굴이 뜨겁게 달아올랐다. 나와 얼굴을 마주하고 있는 혼이 이를 놓칠 리가 없었다. 괜히 분위기가 이상하게 흘러가는 것 같아, 나는 혼의 시선을 피해 고개를 숙였다. 그러자 혼이 내 턱을 잡아 들어 올렸다. 다시 나의 시선의 주인은 그가 되었다. 그는 나의 얼굴을 요모조모 살펴보더니 천천히 입을 열었다.

"나를 보내고 싶으냐?"

가끔 그가 하는 말이 장난인지 진담인지 구별이 가지 않는다. 이미 내가 할 대답을 알면서도 이처럼 질문을 해올 때는 더욱 그렇다. 그러나 이번에도 나는 그에게 져주는 쪽을 택했다.

"아니."

그제야 원하는 답을 얻은 혼이 피식 웃는다. 하지만 난 웃을 수 없었다. 이런 사소한 장난까지도 너무 애타게 그리워했던 시간이 있어서였다. 난 지금이 너무나도 소중했다. 웃음으로 흘려보내기에는 너무나도 간절하게 그리워했던 순간이었다.

혼이 내 이마에 짧게 입을 맞추더니 나를 놓아주며 자리에서 일어섰다. 그가 흐트러진 의관을 고쳐 잡는 사이, 나 역시 자리에서 일어나 바닥에 있던 그의 갓을 들어 건넸다. 갓을 받아 쓴 그가 갓끈을 매며 지나가듯 내게 말을 던졌다.

"사내아이였다지."

"응?"

"우리 아이 말이다."

난 어리둥절한 얼굴로 혼을 응시했다. 혼은 그런 나를 보며 씁쓸하게 웃었다.

"정원군이 제주에서 돌아온 날, 궐로 불러 물었다. 제주에서 죽었다던 아이가 남아였는지, 여아였는지 말이다."

"그랬어?"

혼이 명이에 대해서 조금이나마 정원군에게 들었다는 사실을 알게 된 나는 당황하며 말끝을 흐렸다. 혼도 당황한 나를 보고는 아이의 이야기를 꺼낸 것이 실수라고 생각한 것 같았다. 그는 미안한 기색이 역력한 얼굴로 짧게 한숨을 내쉬었다. 난 애써 그를 향해 담담하게 웃어 보였다. 그러자 그런 나를 보며 혼이 말했다.

"그 아이가 살아있었더라면 이 나라의 국본으로 세웠을 것이다."

갑작스럽게 듣게 된 엄청난 이야기에 나는 놀란 눈으로 혼을 올려다보았다. 그가 즉위하였지만 아직 정식으로 세자가 결정되지는 못했다. 그러나 세자가 될 이가 누구인지는 모든 조선 사람들이 다 알고 있었다. 바로 그의 유일한 아들인 원자 이지였다. 그런데 혼은 우리 아이가 살아있었더라면 세자로 세웠을 것이라고 말한다.

정원군은 이런 혼의 속마음을 알고 있었던 것일까? 그래서 혼에게 명이의 이야기를 꺼내지 말라고 했던 것일까? 그렇다면 정원군이 말한 '때'는 바로 세자의 책봉식이 끝난 후가 될 것이다. 이지가 정식 세자가 된 다음 말이다.

"진심이야?"

믿기지 않는다는 얼굴로 나는 그에게 물었다. 그러자 그가 숨을 죽이며 나를 향해 또렷한 어조로 말했다.

"진담이다."

나는 할 말을 잃은 채 멍하니 혼의 두 눈을 응시했다.

명이는 살아있다. 만약 명이가 살아있다는 것을 혼이 알게 된다면……. 그러나 혼에게 명이는 이미 죽은 아이이다. 태어난 날 숨을 거둔 아이이다. 그러니 순전히 아이를 잃은 나를 거짓으로라도 위로하고자 한 말이 아닐까?

"그만 궐로 돌아가야겠구나."

"으응? 뭐라고?"

너무나도 놀라운 이야기를 들어서일까? 난 그의 말을 놓치고 말았다. 혼은 손등으로 내 이마를 살짝 두드리며 짧게 웃었다.

"과인이 말을 하고 있는데, 생각을 어디에 두고 있는 것이냐?"

"아, 미안."

그가 장난을 친다는 것을 알았음에도 내 반응은 시큰둥했다. 적어도 혼이 기대했던 반응은 아니었다. 혼은 그런 나를 두고 무리하게 장난을 계속할 생각은 없는 모양이다. 그는 날 두고 돌아섰다.

"혼아."

내 부름에 돌아섰던 그가 다시 내 쪽으로 돌아섰다. 나는 그를 향해 조심스럽게 입을 뗐다.

"우리 아이가 살아있었더라면 국본으로 세웠을 거라는 그 말, 혹시 정원군마마에게도 한 거야?"

잠시 기억을 더듬듯 시선을 아래 어딘가에 두며 살짝 눈썹을 찌푸린 혼이 내게 말했다.

"그랬다. 그랬었지."

혼의 대답을 듣고 나서야 모든 것이 확실해졌다. 왜 내가 명이의 이야기를 혼에게 하려는 순간 통증을 느꼈는지, 그리고 왜 정원군이 아직은 혼이 명이의 존재를 알아서는 안 된다고 했었는지를.

혼이 궐로 돌아간 그날 오후 정원군이 명이와 함께 찾아왔다. 명이는 여전히 나를 낯설어하는 얼굴로 쳐다보았지만, 오늘따라 기분이 좋은지 경계하는 눈빛은 없었다.

여종이 약과가 가득 담긴 접시를 가져오자, 나는 약과를 하나 들어

명이에게 건넸다. 명이는 별다른 거부감 없이 내게로 다가오더니 약과를 받았다. 명이가 약과를 깨작깨작 먹는 사이, 난 명이에게 꽂힌 시선을 떼지 못했다.

정원군은 한동안 그런 나를 보며 아무 말도 하지 않았다. 그는 내가 먼저 말문을 떼기를 기다리고 있는 것 같았다. 내가 건넨 약과를 다 먹은 명이의 시선이 약과 접시를 향했다. 나는 다시 약과를 하나 더 집어 명이에게 주었고, 이번에 아이는 내 곁으로 조금 더 가까이 다가와 앉아 약과를 먹었다. 나는 조금이라도 내게 가까이 다가와준 명이가 너무나도 고마웠다.

"때가 아니라고 하셨지요? 이제 그 말뜻을 이해할 것 같아요."

나는 명이에게서 잠시 눈을 떼고 정원군을 보았다.

"전하께서 말씀하셨어요. 그 아이가 살아있다면, 국본으로 세우셨을 거라고요."

명이를 제외하고는 우리 두 사람만이 있는 별당 안이었다. 바깥에서 누가 엿듣고 있을 리도 없는데 '국본'이라고 말하는 내 목소리가 저절로 작아졌다.

"경민……."

"하지만 명이는 아픈 아이잖아요? 그러니 전하께서 명이의 존재를 아시더라도 이 아이가 그 자리에 오르는 일은 일어나지 않을 거예요. 그렇지 않나요?"

내가 아는 역사에 명이의 이름은 없다. 내 이름 역시 없다. 내가 그림자처럼 혼의 곁에서 살아야 할 존재였다면, 명이 역시 그렇게 된다는 것일까? 나는 그렇게 되어도 상관없다고 생각했다. 혼의 그림자로서 역사에 이름을 남기지 않아도, 그의 곁에만 있을 수 있으면 족했으니까. 그러나 명이는 다르다. 명이에 관해서만큼은 내 생각도 갈피조차 잡기가 어렵다. 내가 바라는 건, 단지 혼이 명이의 존재를 알게 되는 것뿐인데. 그것뿐인데.

"과연 그렇게 생각하시오?"

되묻는 정원군의 말이 쌀쌀맞다.

"그렇게 생각하다니요?"

"그대의 말을 들으니, 아직 전하께 명이의 존재를 말씀드리지 않은 것이오?"

"네. 말씀드리지 않았어요."

아니, 말하려고 했었다. 시간여행자로서 느껴야 하는 '통증'이 아니었다면 나는 혼에게 모든 사실을 다 말했을 것이다. 그러나 정원군은 결코 이해할 수 없을 것이다. 내게 '통증'이 일어나는 것, 그것은 시간여행자의 말 또는 어떠한 행위로 정해진 역사가 뒤바뀔 때이다. 정확히는 그러한 일이 일어나지 않도록 시간여행자가 시간에게서 '경고'를 받는 것이다.

명이의 존재를 혼이 알게 되는 순간 바뀌게 될 역사는…….

"그대가 말씀드리지 못했다는 것은, 전하께서 명이의 존재를 알면 반드시 뜻을 이루려 하실 것을 알기 때문이 아니오?"

정곡을 찌르는 정원군의 말에 나는 아무런 대꾸도 하지 못했다. 정원군의 말은 옳았다. 혼은 진담이라고 내게 말했다. 그 말을 하는 순간 그의 눈에는 그 어떠한 작은 흔들림도 없었다. 결코 나를 위로하기 위해 꺼낸 말이 아니었다. 나는 내 생각을 접기 위해 말을 돌렸다.

"엄연히 세자가 되셔야 할 원자께서 계세요."

"그러나 단 한 명뿐이시오. 전하께는 원자 외에는 아직 다른 소생이 없으시오."

"명이는 아픈 아이잖아요."

"허 의관의 말로는 못 나을 병도 아니라 했소. 무엇보다도 경민. 그대는 그대가 입궐한 뒤의 일은 생각해 보지 않은 것이오?"

"제가 입궐한 뒤의 일이요?"

질문의 뜻을 완전히 이해하지 못한 나의 반문에 정원군의 표정이 심각해졌다.

"그대가 전하의 후궁이 된 이후의 일 말이오. 그대의 소생이 오직 명이만 있을 것이라고 생각하는 것은 아니겠지."

"아직 생각해 보지 않았어요."

명이의 존재를 혼에게 알리지 못했다. 그런 상황에서 다른 아이를 생각하다니. 정원군이 그런 나를 보며 긴 한숨을 내쉬었다.

"경민. 원자께서는 몸이 약하시오. 어릴 때부터 잔병치레가 심하셨소. 만약 잘못되시기라도 하신다면."

그는 자신의 말이 지나쳤음을 깨달았는지 잠시 숨을 고른 뒤 말을 덧붙였다.

"세자의 자리는 영창대군의 것이 될 수도 있소."

"그런 일은!"

영창대군은 유배 후 죽는다. 역사를 알고 있는 나는 세자의 자리가 결코 영창대군의 것이 되지 않는다는 것을 알고 있다. 그러나 그 사실을 정원군에게 털어놓을 순 없었다. 또 털어놓는다고 해서 정원군이 믿을지도 미지수다. 설사 그가 믿는다고 하더라도 역사가 바뀔 만큼의 일이 되지 않는 이상, 내게 해가 미치지는 않을 테지만.

"그런 일은 없을 거예요."

나는 단호하게 부정하는 것으로 말을 마무리했다. 하지만 정원군의 염려는 이 시대 관점에서는 절대 무리가 아니었다. 실제 몇 년 뒤 영창대군을 비롯해 대군을 지지하는 소북파가 대북파에 의해 숙청된다. 그 이유는 지금 정원군의 염려와 같았다.

모두 알다시피 혼에게는 원자 이지 외에는 다른 소생이 없다. 이 상황에서 정원군의 말대로 원자가 잘못된다면? 그것은 영창대군을 지지하는 소북파에게는 하늘이 준 기회나 다름이 없을 것이다. 여기에 혼의 존재가 사라진다면 아주 자연스럽게 영창대군이 보위를 물려받게 될 테니까. 그러니 정원군과 같이 미래의 일을 알 수 없는 이 시대 사람들은 영창대군의 존재가 혼에게 위협이 된다고 여길 수밖에 없는 것이다.

하지만 아직 일어나지 않은 미래의 일을 알고 있는 내게도 여전히 의문으로 남는 문제가 있었다. 바로 내가 아는 역사에는 없는 혼의 또 다른 아들, 명이의 존재다.

나는 말을 덧붙였다.

"원자께서 세자가 되실 거예요. 반드시 그렇게 되실 거예요."

내 말에 무언가 말하려던 정원군이 입을 굳게 다물었다. 그는 조심성이 많은 사람이었다. 내게 무언가 말하려 한다면, 몇 번이고 고민한 뒤에야 그 말을 꺼낼 사람이었다. 그랬기에 나는 그가 말을 꺼내기만을 가만히 기다렸다. 내 예상대로 그는 조금 뒤, 고민한 기색이 역력한 표정으로 입을 열었다.

"경민. 그대가 왜 대비의 외숙부인 노수눌의 양녀가 되었는지 그 이유를 알고 있으시오?"

"간택후궁으로 입궐하기 위해 대비마마께서 도우신 것으로 알고 있어요. 아닌가요?"

"내가 말하려는 것은, 그러니까 왜 하필 노수눌의 양녀가 되었는지를 아느냐는 말이오."

"전하께 들었어요. 대비마마께서 모든 사정을 들으시고 도와주셨다고요. 대비마마도 뵈었는데, 같은 이야기를 하셨어요."

"그렇다면 노수눌을 천거한 이가 다름 아닌 중전이시라는 것도 대비께서 말씀하셨소?"

"중전께서요?"

"그렇소. 일전에 대비마마를 뵙고 알게 되었소. 그대의 양부가 될 이를 노수눌로 삼으라 천거한 것이 다름 아닌 중전이시라 하오."

"그게 뭐가 잘못된 건가요?"

"경민. 노수눌은 본디 대비의 외숙부가 되는 이나, 양자로 이 집안에 들어왔기에 대비와 교류가 없었소. 또한 불혹이 넘어 진사가 되었기에 관직에 뜻을 두지 않고 이곳에 은거하다시피 지내온 이요. 대비께서도 노수눌을 직접 만난 적이 단 한 번도 없다 하시더군. 그런데 그런 노수눌을 왜 중전께서 그대의 양부로 천거하셨다 생각하시오?"

"전 잘 모르겠어요."

정원군은 잠시 망설이다가 말을 이어나갔다.

"지금의 원자는 병약하시고, 중전마마의 소생은 원자가 유일하오. 만약 그대가 주상전하의 후궁이 되어 왕자를 생산하고 든든한 외척까지 지니게 된다면 어떤 일이 일어날 것 같소? 그대의 외척이 된 이들은 병약한 세자를 물리고 그대 소생의 왕자를 세자로 세우라 전하께 주청을 드릴 것이오. 전하께서도 그대를 총애하시는 만큼, 그들의 주청을 거절할 이유가 없으시겠지."

"말도 안 돼요. 일어나지도 않은 일이에요."

"그러나 그 일어나지도 않은 일을 염려한 것이 다름 아닌 중전이시오. 그러기에 그대와 훗날 그대의 소생이 될 이들에게 아무런 힘이 되어주지 못할 노수눌이 양부가 되도록 대비께 천거한 것이오."

나는 중전의 모습을 떠올렸다. 내가 아는 그녀는 혼이 세자이던 시절, 나를 동궁전 나인으로 데려가기 위해 양화당까지 찾아왔던 사람이었다. 혼이 나를 마음에 둔 것을 알고 우리를 도와주려 한 사람이었다. 평상시에는 세자였던 혼보다도 더 속내를 잘 드러내지 않는 그녀가 자신의 속을 내게 꺼내보였던 것은 단 한 번, 정명공주가 태어나던 날 밤이었다. 사라진 혼을 찾아와달라고 내게 부탁했던 그날. 그때 그녀는 자신의 가문의 부귀영화를 위해 혼이 보위에 올라야 한다고 말했다.

혼이 보위에 오른 지금, 그녀는 자신의 유일한 아들인 원자 이지가 무탈하게 보위에 오르기를 바랄 것이다. 그녀는 자신의 가문의 부귀영화를 위해 사는 여인이었으니까. 그러니 정원군의 말이 맞다면 이것이 뜻하는 바는 한 가지뿐이다.

'혼의 후궁으로서 다른 그 어떤 욕심도 부리지 않고, 일평생을 조용히 지낼 것.'

여기까지 생각이 미치자 나는 놀란 기색을 감추지 못했다.

중전이 가문의 부귀영화를 그 무엇보다도 중요하게 여긴다는 것은 알고 있었다. 그러나 이처럼 치밀할 줄은 예상하지 못했다. 그러나 한편으로는 그런 그녀의 뜻이 옳다고 여겼다. 적어도 우리는 서로 원하는 바가 달랐다. 그런 이상 우린 적이 될 사람들이 아니었다.

더욱이 내가 아는 역사가 그대로 이뤄진다면, 원자는 곧 세자가 될 것이고 혼이 폐위된 후에는 강화도로 유배되었다가 그곳에서 죽게 된다. 지금으로부터 15년 뒤의 일이다.

난 명이가, 또는 아직 태어나지 않은 내 아이가 그런 결말을 맞이하게 되는 자리에 앉기를 바라지 않았다. 혼 역시 그 자리를 지키기 위해 얼마나 오랜 인고의 세월을 보냈던가. 세자의 자리는, 이 조선의 왕이라는 자리는 결코 쉽게 얻어 쉽게 지킬 수 있는 자리가 아니었다.

지금 정원군이 내게 하는 말들은 많은 것을 알려주고 있다.

난 혼이 폐위된 이후에도 그와 함께할 생각만 했었다. 그러나 전혀 예상하지 못했던 명이의 존재. 명이가 지금처럼 정원군의 아들로 살아간다면, 훗날 종이가 왕이 되어도 안전할 것이다.

내가 너무 앞서 생각하는 걸까? 내가 바라는 건 우리 세 사람이 함께하는 것뿐인데.

"그렇다면 전 중전마마의 뜻대로 노 진사의 양녀가 되었으니, 더 이상 제가 걱정할 것은 없겠네요."

"아니오."

"아니라니요?"

"대비께서는 그대가 양화당 나인이었다는 사실을 알고 계시지 않소? 혹여 대비께서 마음이 바뀌어 그 사실을 밝혀 전하를 곤궁에 빠트리실지도 모르는 일이오. 허나 대비의 외가가 그대와 관여된다면, 마음이 바뀌신다 하더라도 그 사실을 밝히기는 어려우시겠지."

정원군의 말대로라면 나를 노수눌의 양녀로 삼게 천거한 중전의 계획에는 여러 계산이 깔려 있었던 것이다.

"전하께서도 이 사실을 알고 계시나요?"

"내가 알기로는 전하께서는 대비께서 직접 노수눌을 천거한 것으로 아시오. 중전께서 관여한 사실은 아직 모르시는 것 같소."

내가 귀양에서 풀리기도 전에, 후궁으로 입궐하기도 전에 중전 유 씨는 모든 것을 치밀하게 준비하고 있었다.

"그럼 전하께서는 평생 명이의 존재를 모르셔야 하나요?"

나는 속상함과 안타까움이 뒤섞여 애꿎은 입술을 깨물었다. 정원군이 그런 나를 보며 대답했다.

"그것은 아니오. 명이의 존재가 원자께 위해가 되지 않는다고 판단될 때 말씀드리는 것이 옳다고 여기오."

"그게 언제일까요?"

"원자께서 정식 세자로 책봉되시고, 어느 정도 시간이 흐른 뒤가 되지 않을까 싶소."

정원군도 확답을 주진 못한다. 분명한 사실은 지금 이 상황에서 명이의 신분이 밝혀진다면, 난 세자의 자리를 놓고 중전과 대립할 수밖에 없다는 것이다. 난 이 일에 대해 생각해 본 적이 없었다.

혼이 왕이 되기 전까지 중전과 한배를 탔던 사이라고 생각해서일까? 그렇지 않더라도 세자빈과 일개 나인이라는 신분을 의식하며 '감히' 훗날의 이런 상황을 상상하지 못했던 것일까? 내가 혼의 후궁이 된다면, 과거 의인왕후와 인빈이 혼과 신성군을 두고 대립했던 것과 같은 일이 펼쳐지게 되는 것일까? 나는 그것을 바라지 않는다.

명이가 두 번째 약과를 다 먹었을 때, 정원군은 자리에서 일어섰다. 명이도 자리에서 일어서더니 정원군에게 다가가 그의 손을 잡았다. 이제 그만 헤어져야 한다는 생각에 눈물이 날 것 같았다.

"원한다면 명이를 오늘 하루 이곳에 두고 가겠소."

"……!"

정원군의 말을 알아들은 명이가 고개를 들어 정원군을 본다. 아이는 자신을 두고 간다는 말을 알아듣고 겁을 집어먹은 얼굴이었다. 나는 그런 명이의 마음을 읽고는 고개를 저었다.

"아니에요. 괜찮아요. 아직은 때가 아니겠죠."

스스로를 위안하듯 말을 하며, 난 궁금하던 어떤 일을 뒤늦게 떠올렸다.

"군부인께서도 다 아시나요?"

명이가 혼의 아이라는 것. 지난번에 만난 그녀는 명이가 정원군과 나의 아이라고 알고 있었다.

"모르오."

정원군이 짧은 대답을 먼저 주고는 덧붙였다.

"오직 그대와 나만 알고 있는 사실이오."

"그렇군요."

나는 한숨 섞인 대답을 했다. 그런 나를 물끄러미 바라보던 정원군이 명이에게 말했다.

"명아, 인사드리거라."

정원군의 말을 들은 명이가 잡았던 정원군의 손을 놓고는 두 손을 가지런히 배 위에 포갰다. 그리고는 나를 향해 고개 숙여 인사를 올리고는 다시 정원군의 손을 잡았다. 그런 명이와 눈을 마주치며 나는 억지로라도 환한 미소를 보여주려 애썼다. 아이와 친해지고 싶었다. 진심으로.

"명이의 병세에 대해서 의원이 다른 말을 하진 않던가요?"

"인후에는 문제가 없어 말하는 데 지장이 없다 하였소. 단지 왜 말을 하지 못하는 것인지는……. 허나 걱정 마시오. 명이는 건강해질 것이오. 말도 하게 될 것이고."

위로 섞인 정원군의 이 말을 혼에게서 들었다면 얼마나 좋았을까. 그러나 혼은 명이에 대해 모른다. 혼에게 명이는 그저 정원군의 막내아들일 뿐이다.

"그렇게 되겠죠. 꼭 그렇게 될 거예요."

정원군이 명이의 손을 잡고 별당을 나섰다. 나는 마루에 서서 그들이 보이지 않을 때까지 바라보고 있었다. 문득 오래전, 지금 명이 또래였던 종이와 헤어지던 날이 떠올랐다. 군부인의 손에 이끌려 퇴궐하며 종이가 애처롭게 날 불렀을 때 마음이 아팠었다. 그러나 지금 명이가 정원군의 손을 잡고 나에게서 멀어지는 것은 그때와 비교가 되지 않을 정도로 가슴이 찢어지듯 아파왔다.

시간의 뒤틀림

5월 말. 끝이 보이지 않을 것 같던 임해군 옥사와 관련한 추국(推鞫)이 모두 마무리되었다. 임해군은 죄인이 되어 강화도 교동으로 유배를 떠났다. 그와 함께 '역모죄'에 연루된 이들은 대부분 처형되거나 임해군과 마찬가지로 유배형에 처해졌다. 임해군의 옥사는 정인홍과 이이첨 등 혼의 즉위를 지지한 대북에게 반대파인 소북을 일부 제거하고 정권을 장악할 수 있는 기회를 준 사건이었다.

그러나 주모자로서 살아남은 임해군은 끊임없이 혼을 괴롭히는 문젯거리로 남았다. 명나라에서는 장자인 임해군이 왕이 되지 않은 이유를 끊임없이 물어오며 혼의 책봉교서를 내려주지 않았다. 대신들은 임해군을 처형해야 한다는 쪽과 왕의 형이니 처형만큼은 면해주어야 한다는 쪽으로 양분되었다. 옥사가 끝난 뒤에도 오랫동안 조정을 시끄럽게 만들었던 이 문제는, 다음해 이이첨이 심복을 시켜 임해군을 살해함으로써 마무리된다.

미영이는 진도 유배형에 처해졌다. 정원군으로부터 그 소식을 들은 뒤 나는 보따리를 꾸렸다. 진도까지 먼 길을 떠나는 미영이에게 필요한 물품들을 직접 챙겨주고 싶어서였다. 물건은 미영이가 유배를 떠나는 날 아침 운영이 가지러 오기로 했다.

당일 아침, 하늘은 비라도 내릴 듯 짙은 회색빛 구름만 가득했다. 해가 구름에 가려진 우중충한 날. 나는 운영이 늦는 것에 초조해하며 방안에 앉아 창밖 하늘만 쳐다보았다. 운영이 너무 늦어지면 미영이에게 보따리를 전하지 못하게 될까봐 걱정했던 것이다.

무료한 기다림의 시간이 이어졌다. 난 운영이 오기 전까지 빠트린 것은 없는지 보따리를 다시 확인해볼 생각이었다. 보따리를 풀기 위해 손을 뻗었을 때, 열린 창문 밖으로 사람의 그림자가 느껴졌다. 그곳에 운영이 있었다. 그녀는 열린 창을 통해서 별당 안의 나를 바라보고 있었다. 먼 거리는 아니었기에 나는 운영의 얼굴을 똑똑히 볼 수 있었다. 운영은 울고 있었다.

왜 늦었냐는 말이 나오기도 전에 운영의 눈가가 부어오른 것을 본 나는 밀려오는 불안감에 자리에서 벌떡 일어서 밖으로 나갔다. 내가 밖으로 나오는 것을 보았음에도 운영은 내가 있는 쪽을 계속 바라만 볼 뿐, 걸음을 옮기진 못했다. 난 신을 신고 그녀에게로 다가갔다.

"왜 이렇게 늦었어?"

나를 마주한 운영이 울먹였다.

"미영이가 벌써 유배지로 떠난 거야?"
"그게요, 항아님."
"도대체 왜 그래? 운영아, 왜 우는 거야?"
운영이 덜덜 떨리는 손으로 내게 무언가를 건넸다. 그것은 한글로 적힌 시가 있는 천 조각이었다.

바라만 보아도 행복하여라
두리둥실 밝은 달 아래
바라만 보아도 행복하여라

높으신 분의 걸음걸음마다 달빛이 어리고
낮은 담 높은 담 가릴 것 없이
달빛보다 빛나는 높으신 분의 눈빛
보는 것 어렵지 않어라

고요한 세월
계절 바뀌어 달님이 해님 되셨으니
짧은 생에 바랄 것 없어라

'짧은 생에 바랄 것 없어라…….'
"미영이에게 무슨 일이 생긴 거니?"
내 물음에 운영이 큰 소리로 울음을 터트리며 바닥에 주저앉아 소리쳤다.

"미영 항아님께서…… 자진하셨어요."

"자진? 미영이가 죽었다고 말하는 거야, 지금? 거짓말. 미영이가 왜 죽어? 유배형이 내려졌다고 했잖아. 그런데 미영이가 왜 죽냐고!"

운영은 소리 내어 울 뿐, 내게 대답을 주지 못했다.

"의금부로 가야겠어."

"항아님!"

주저앉은 운영이 내 치맛자락을 붙잡았다. 나는 미영이에게 무슨 일이 일어난 것이라고 확신했다.

"놔! 내 눈으로 직접 확인할 거야. 그 전까지 난 절대 믿지 않아! 믿지 않을 거야."

난 운영을 뿌리치고는 집을 나섰다.

내가 도착했을 때, 의금부 정문은 활짝 열려 있었다. 지난번에 왔을 때 보았던 위협적인 얼굴의 병사들도 없었다. 이상한 일이었다.

나는 누구의 제지도 받지 않은 채 의금부 정문을 지나 안으로 들어갔다. 맨 먼저 보이는 의금부의 넓은 마당 앞에는 줄지어 늘어선 시신들이 즐비했다. 몇몇 시신들 곁에서는 고인의 가족들이 울부짖으며 곡을 하고 있었다. 그제야 나는 정문이 열려 있었던 이유를 깨달았다. 가족들이 시신을 찾아갈 수 있도록 문을 열어뒀던 것이다.

그 시신들 사이에서 난 미영이를 발견했다. 곁에는 그녀의 가족으로 보이는 노파가 눈물을 흘리고 있었다.

“아이고 내 새끼…….”

‘아니야! 그럴 리가 없어!’

나는 미영이에게로 달려갔다. 숨이 끊어진 지 오랜 시간이 지난 듯 미영이의 얼굴은 새파랗게 식어 있었다.

“미영아! 네가 왜 죽어? 왜 죽어야 하는데!”

나는 눈물을 쏟으며 미영이를 불렀다. 그러나 두 눈을 감고 있는 미영이에게서는 대답이 돌아오지 않았다.

나는 믿을 수가 없었다. 미영이가 스스로 목숨을 끊다니? 미영이는 활발한 성격이었다. 아무리 힘든 일이 닥쳤다고 하더라도 목숨을 끊을 아이는 아니었다. 게다가 그녀는 유배형을 받았다. 언젠가는 풀려날 수 있다는 희망을 가지고 떠나는 유배길이 되었어야 했다. 나는 미영이의 시신 앞에서 털썩 주저앉았다.

우중충한 날씨가 결국 비를 불러왔다. 천천히 떨어지던 빗발이 세지기 시작했고, 의금부의 나졸들은 비를 피해 건물 안쪽으로 이리저리 뛰어다녔다. 나는 빗속에서 비틀거리며 일어서려다가 멀찍이 비를 피해 처마 밑에 서 있는 한 남자를 발견했다. 갓을 쓴 남자는 한 눈에 보더라도 매우 품질이 좋아 보이는 비단옷을 입고 있었다.

그는 내가 누구인지는 모르는 것 같았다. 단지 미영이의 시신 곁에 있는 나를 호기심 어린 눈빛으로 쳐다보고 있었다. 그러나 나는 그가 누구인지 알아보았다. 5년 전 행궁에서 나인으로 지내던 시절, 지나가는 그를 멀리서나마 종종 본 적이 있었기 때문이었다. 그는 바로 중전의 오빠인 유희분이었다.

비는 완전한 폭우가 되었다. 난 의금부를 나와 바로 앞도 내다볼 수 없을 정도로 우악스럽게 쏟아지는 비를 맞으며 걷고 있었다.

5년 만에 미영이를 만났던 육조거리를 비틀거리며 힘겹게 걷던 나는, 작은 웅덩이에 발이 걸려 앞으로 넘어지고 말았다. 비를 피해 뛰어다니는 사람들의 시선이 길 한가운데에 엎어진 나를 향한다는 걸 알고 있었지만 난 스스로 일어날 힘이 없었다.

의금부에서 유희분을 보았다. 난 중전에게 미영이의 구명을 요청했고, 중전은 오빠 유희분을 보내서 잘 처리해주겠다고 말했다. 그런데 미영이는 자진했다. 난 이 상황이 도무지 이해가 되지 않았다.

유배형으로 끝난 미영이는 왜 죽었을까? 유희분은 왜 의금부에 있었던 걸까? 혹시 그는 미영이가 유배형이 되도록 노력했던 자신의 수고가 그녀의 죽음으로 물거품이 된 것을 확인하러 온 것일까? 적어도 중전에게 결과를 보고해야 했을 테니 말이다.

'그분이 곧 왕이 되시겠지요? 그런 분이 왕이 되신다면, 전 세자저하를 위해서 죽어도 여한이 없을 것 같아요!'

그러나 생각해도 달라지는 건 없다. 미영이는 죽었으니까. 조선에 와서 처음으로 사귀었던 친구였다. 보모상궁에서 쫓겨나 수라간으로 가게 된 나에게 끝까지 의리를 지켰던 그녀였다. 내가 누명을 썼을 때도 위험을 무릅쓰고 찾아와 위로해줬던 그녀였다. 힘든 양화당 퇴선간 시절에도 내가 웃음을 잃지 않았던 건 그녀의 노력이 적지 않아서였다.

그러나 난 그런 미영이를 위험에서 지켜주지 못했다.

조선으로 오기 전, 고모가 내게 말했었다. 조선에서 산다는 것. 그것은 죽은 듯이 살아야만 한다는 것이라고. 나는 그 '죽은 듯'이라는 위험성 깊은 말을 심각하게 생각하지 못했다. 그 결과 미영이를 잃은 것일까? 만약 미영이의 죽음이 당연히 일어나야 할 역사였다면, 그것을 바꾸려고 시도했던 내가 위험에 빠져야 했다. 통증을 느끼고 죽음으로 내몰렸어야 했다. 그러나 그런 일은 벌어지지 않았다. 난 살아있다. 이런 일을 겪고도 숨을 쉬고 있다.

비를 맞으며 흙투성이가 되는 것도 개의치 않고 소리 내어 울었다.

나는 무엇을 위해 이 조선으로 왔을까?

'아빠.'

내 머릿속에서 나오는 정답은 여전히 변함이 없다. 아빠를 만나려면, 적어도 내가 예정했던 시기에 아빠를 만나려면 10년의 세월이 더 흘러야만 한다. 그때까지 나는 견딜 수 있을까? 버텨낼 수 있을까? 또 누군가를 잃을지도 모른다. 이렇게 미영이를 잃은 것처럼, 또다시.

"이보시오. 어디 아픈 것이오?"

지나가던 한 남자가 걱정스레 나를 불렀다. 아마도 엎드려 울고 있는 나를 이상하게 여긴 듯싶었다. 그러나 아무리 이상해 보인다고 해도 여기는 조선시대. 내가 양반집 규수의 옷차림을 하고 있는 만큼 남자로서 함부로 말을 걸어서는 안 된다. 그도 말을 건 것이 예에 어긋난다고 판단한 모양이다.

"비가 쉽게 그칠 것 같지 않소. 어서 비를 피하시오. 감기, 아니 고뿔이라도 들면 중병이 될지도 모르니."

말을 마친 그가 다시 나를 지나쳐 앞으로 걸어가기 시작했다.

'감기?'

감기는 18세기부터 쓰이기 시작한 말이다. 그러나 지금은 17세기의 조선이다. 한 세기나 후에 쓰이는 말을 아는 사람이 이 조선에 존재할 리가 없다. 난 고개를 번쩍 들었다. 패랭이를 쓰고 걸어가는 남자의 뒷모습이 보였다. 얼굴은 볼 수 없었지만 그 남자의 체형만큼은 눈에 익숙하다는 것을 깨달았다.

'설마!'

난 엎드렸던 몸을 힘겹게 일으켜 세웠다. 그 남자를 쫓아가기 위해서였다. 그러나 오랫동안 땅에 닿아있던 무릎에는 쉽사리 힘이 들어가지 않았다. 조급한 마음에 난 점점 멀어지는 그 남자의 등 뒤에 대고 소리를 쳤다.

"아, 아빠?"

걸어가던 남자가 잠시 멈칫하는 것이 보인다. 그러나 그것도 잠시, 그는 자신이 잘못 들었다고 생각했는지 계속 앞으로 걷기 시작했다. 나는 다시 한 번 목에 힘을 주어 큰 소리로 외쳤다.

"아빠!"

그의 걸음이 완전히 멈췄다. 그는 한참을 선 자리에서 망설이더니, 이윽고 천천히 몸을 돌려 나를 보았다. 내 예상이 정확하게 맞아떨어졌다. 패랭이를 쓴 남자는 바로 나의 아빠, 김영찬이었다.

1592년 임진년의 가을. 나의 아빠 김영찬은 함경도 회령에서 돌아가셨다. 그리고 난 아빠를 다시 만나기 위해, 아빠에게 일어날 죽음에 대해 알려드리기 위해 돌아올 수 없는 시간여행을 선택했다. 만약 아빠가 돌아가신다는 사실을 바꿀 수 없다고 하더라도, 단 한 번만이라도 아빠를 다시 보기 위해서. 그렇게 오게 된 1599년의 조선. 그로부터 9년의 세월이 흐른 1608년의 봄. 나는 드디어 아빠와 재회했다.

우리는 비를 피해 한적한 정자에 나란히 서서 대화를 시작했다.

"네가 정말 우리 경민이라고?"

"네. 아빠."

재회의 기쁨을 느끼기 전에 우리에겐 설명이 필요했다. 먼저 지금의 아빠는 1592년 함경도 회령에서 돌아가실 무렵의 아빠가 아니다.

"우리 경민이는 지금 열다섯 살인데. 넌 아무리 봐도……."

27살. 18살에 조선으로 온 나는 9년이 지난 지금 27살이 되었다. 아빠는 그런 나를 앞에 두고 상당히 혼란스러워하신다. 당연하다. 9년의 시간이 지난 지금 나는 더 이상 18살 소녀의 모습을 하고 있을 리가 없었다. 게다가 지금 내 눈 앞의 아빠는 12년 전의 아빠다. 9년 전 돌아가신 아빠가 아니라.

"드릴 말씀이 있어요, 아빠."

아빠에게 그 사실을 말씀드릴 수 있을까? 지금의 아빠가 3년 뒤에 겪게 될 일을 알려드릴 수 있을까?

"말해보렴."

"아빠가 아는 제가 열다섯 살이라고 하셨죠?"

"그래."

"그런데 삼 년 뒤에 말이에요."

나는 숨을 골랐다.

"아빠가 함경도 회령에서……."

천천히 말을 떼는 나는 '통증'을 느끼지 않았다. 그에 놀라면서도 다른 한편으로는 안심하던 바로 그때였다. 아빠의 모습이 금방이라도 사라질 듯이 깜빡거리며 희미해지기 시작했다.

당황한 내가 하려던 말을 멈추자, 사라질 듯 보였던 아빠의 모습도 원래대로 돌아왔다. 아빠 역시 적지 않게 놀란 표정이셨다.

"시간의 뒤틀림이구나. 우리는 지금 시간의 뒤틀림에서 만난 거야."

조선으로 오기 전, '시간의 뒤틀림'에 대해 고모에게서 딱 한 번 들은 적이 있었다. 고모가 내게 말해준, 아빠를 다시 만날 두 가지 방법 중 하나인 그것은 아주 우연한 만남을 기대하는 방법이었다. 과거에 아빠가 나타났던 장소에 내가 미리 가서 기다리고 있다가 그 시간에 나타나는 아빠와 만나는 것. 그러나 정확한 날짜와 시간에 대한 정보가 없다면 사실상 불가능한 방법이었고, 실제 만난다고 하더라도 시간이 허락한 그 뒤틀림 속에서 얼마나 함께 있을 수 있을지 모르기 때문에 나는 이를 포기하고 두 번째 방법을 택해 조선으로 온 것이었다.

"지금 아빠와 만난 게 시간의 뒤틀림 때문이라고요?"

"그래. 방금 네가 말하려고 했던 것, 나의 미래에 일어날 일에 대해서지?"

나는 고개를 끄덕였다.

"그렇다면 네가 말하는 순간, 나는 사라지게 된단다."

"사라져요? 왜요?"

"시간여행자는 자신의 미래에 일어날 일에 대해 알아서는 안 되기 때문이야."

"그럴 수가! 하지만 알려드려야 해요. 아빠에게 무슨 일이 일어나는지요. 그걸 위해 제가 지금 이 조선에 있는 거고……."

"경민아."

12년 전의 아빠가 내 이름을 부른다.

"네가 이 조선에 온 지 얼마나 되었니?"

"내년이면 딱 십 년이 돼요."

"십 년이라……."

아빠의 목소리에 답답한 한숨이 녹아들었다.

아빠가 내게 다시 물었다.

"네가 무슨 이유로 이 조선에 십 년이나 있어야 했는지 짐작할 수 있을 것 같다. 하지만 더 이상 나에게 일어날 일에 대해 말하려 하지 말거라. 아무것도."

"왜요? 아니, 전 그럴 수 없어요, 아빠! 지난 십 년 동안 아빠와 만날 이 순간만을 기다렸는걸요!"

"바로 그래서야. 넌 나를 위해 지금 이 조선에 와 있다는 게 아니니? 십 년 동안 말이야."

"그건 당연히 아빠를 위해서……."

"아니다, 경민아. 내가 막을 수 있었더라면, 절대 널 십 년이나 조선에 머물게 하지 않았을 거야."

아빠는 내가 조선으로 온 것을 막지 못한 것을 자책하는 말투로 말하고 있었다.

"그간 네게 많은 힘든 일이 있었겠지? 여기는 현대와는 전혀 다른 곳일 테니까."

"힘들기는요. 아빠도 알잖아요. 전 어렸을 때 조선에서 살았는걸요. 적응하는 건 그렇게 어렵지 않았어요."

꿈과 같은 아빠와의 재회였다. 난 아빠를 걱정시키고 싶지 않았다. 하지만 아빠는 그런 나의 속마음을 뻔히 들여다보는 것 같다.

"경민아. 분명 넌 십 년에 가까운 세월을 이 조선에서 지내면서 목숨을 잃을 뻔한 위기를 많이 만났을 거다. 다른 사람들보다도 더 많이. 그렇지 않니?"

아빠의 말을 듣고 돌이켜보니 틀린 말은 아닌 것 같았다. 단순히 미래 사람으로서 조선에 적응하는 과정치고는 내겐 위험한 일들이 많이 일어났었다. 호랑이를 만나 다쳤던 것부터 시작해서, 두창에 걸려 사경을 헤맸던 일, 제주에서 명이를 낳다가 죽을 뻔한 일까지 생각하면 아빠의 지적은 분명 틀리지 않다.

"목숨을 잃을 뻔한 위기요?"

"그래. 나처럼 잠깐씩 시간여행을 하는 것과는 달리 넌 오래도록 과거의 시간 속에 머물고 있지 않니? 그런 경우 너는 자연스럽게 과거의 시간 속에 섞여 들어가게 된단다. 하지만 '시간'은 미래에서 온 네가 그렇게 되는 것을 원하지 않지. 그 때문에 '시간'은 시간여행자가 미래의 일을 의도적으로 말하지 않는다고 하더라도 끊임없이 시간여행자를 죽음으로 내몰려고 시도한단다. 아마도 그동안 너는 '시간'이 만든 함정 속에 수도 없이 빠졌을 거다. 그때마다 살아남았기에 지금 나와 만날 수 있었던 것이겠지만……."

"혹시 그게 병을 앓거나, 맹수의 공격을 받거나 하는 건 아니겠죠?"

함정이란 말에 나는 머릿속에 보이지 않는 '시간'이 만든 블랙홀 같은 구멍을 생각하며 물었다. 그러나 내 질문에 아빠의 표정이 급격하게 어두워진다.

"그런 일들을 겪었던 거니?"

"아, 아니요……. 전혀요!"

나는 아빠를 안심시키기 위해 부정했다. 그러자 아빠가 다시 길게 한숨을 내쉬었다. 나는 마치 아빠에게 꾸지람을 들은 15살 소녀처럼 고개를 숙였다. 아빠와 눈을 마주치는 것이 어렵다. 눈물이 나올 듯했지만 참을 수는 있었다. 바로 이 날을 위해서 난 조선으로 왔고, 많은 힘든 일을 겪어오면서도 버텨낼 수 있었다. 그러나 재회한 아빠는 내가 조선으로 온 것을 가슴 아파하시는 것 같다. 왜 이렇게 죄송스러워지는 것일까. 아빠를 위해 조선으로 온 것이 잘못이었던 걸까?

아빠는 고개 숙인 나를 보며 내 이런 마음을 읽으신 모양이다. 한층 밝아진 목소리로 나를 부르셨다.

"경민아. 그래도 난 십이 년 뒤의 너와 만나서 매우 기쁘단다."

"아빠……."

난 고개를 들어 아빠와 시선을 나눴다. 아빠는 그런 내게로 다가와 나의 어깨를 두드려주셨다. 오랜만에 닿는 아빠의 손길에 난 참고 있던 눈물을 쏟았다.

"바보같이. 이런 예쁜 아가씨가 되어서 눈물이나 흘리다니."

나는 아빠의 농담에 눈물을 훔쳐내며 애써 웃으려고 노력했다. 아빠는 안쓰러운 시선으로 나를 바라보다가 생각난 듯 물었다.

"시간의 뒤틀림에 대해서 어떻게 알고 있었던 거니?"

"그건 고모가 말씀해 주셨어요."

"영아가? 영아를 만났단 말이야?"

"네."

내가 고모를 만났다는 말에 아빠는 고개를 갸웃거리더니 어색한 미소를 지으셨다. 나는 그런 아빠의 행동의 이유가 궁금해졌다.

"고모를 만나면 안 되나요?"

"아니다. 영아는 결혼과 동시에 미국으로 떠날 때, 다시는 한국으로 오지 않겠다고 했었거든. 그래서 의외라고 생각했단다."

고모가 한국으로 온 이유는 아빠의 죽음을 알리는 내 전화 때문이었다. 그랬기에 아빠의 말을 듣는 순간 내 얼굴은 딱딱하게 굳어버렸다. 아빠는 그런 나의 변화를 알아채지 못한 채 말을 이었다.

"영아가 네게 어디까지 말해주었는지는 몰라도, 영아 역시 다 알고 있지는 않아. 우리 집안에서는 여자아이에게는 되도록 일평생 자신이 시간여행자라는 사실을 말해주지 않기 때문이란다. 그 이유는 너도 알고 있겠지만."

아빠가 말하는 이유란 여자는 과거를 거슬러갈 수는 있어도 돌아오지는 못한다는 것.

"영아와 너는 특별한 경우였단다. 어쨌든 우리가 만난 이유가 시간의 뒤틀림 때문이라면 우리가 함께 있을 수 있는 시간이 얼마나 남았는지는 나도 모른단다. 그러니 내가 사라지기 전에 너에게 몇 가지 알려줄 사실이 있다. 보렴."

아빠는 옷 속에서 작은 수첩과 연필을 꺼냈다. 그리고 수첩의 빈 종이에 연필로 큰 원을 그리고는 그 큰 원 안에 작은 원을 또 그려 넣으며 말했다.

"이 두 개의 원을 '시간'이라고 정의하자. 정확히는 '살아있는 시간'이라고 부르는 게 더 설명하기 쉬울 것 같구나."

"'살아있는 시간'이요?"

"그래. 지금으로부터 대략 이천 년 전, 고구려라는 나라가 막 이 땅에 탄생하던 시기, '살아있는 시간'은 고구려의 한 제사장에게 시간여행을 할 수 있는 권한을 내려주었단다. 그의 자손들에게도 그것을 허락했지. '살아있는 시간'이 정한 역사의 틀이 어긋날 경우, 우리 가문 사람들을 보내 그것을 바로잡게 하기 위해서였다. 처음에 우리는 '시간'을 도와 역사를 바로잡는 일을 했지. 그런데 어느 순간 우리의 조상 중 누군가가 이런 욕심을 가지게 되었어. 시간을 여행할 수 있는 능력으로 과거의 역사를 바꿔보자고."

'과거의 역사를 바꾼다?'

"이러한 욕심은 결국 '시간'의 분노를 가져왔고, 그 이후 우리는 정해진 역사의 흐름에 역행하거나 그에 영향을 주게 될 경우 경고의 의미로 통증을 느끼게 되었단다. 하지만 예외가 있단다."

"예외요?"

"그래. 이걸 보렴."

아빠는 자신이 그린 그림을 내 앞에 내밀었다. 나는 아빠가 건네준 수첩을 받아 그림을 쳐다보았다. 아빠가 나를 향해 말했다.

"십 년을 주기로 큰 원의 시간에는 구멍이 생긴단다. 그리고 십 년을 이 시대에서 머무른 너는 곧 이 큰 원 안의 시간으로 자연히 편입될 거란다. 다시 말하자면 미래의 김경민은 애초에 존재하지 않았던 것처럼 사라지고, 이 시대를 살아가는 사람으로서 다시 태어나게 되지."

"다시 태어난다고요? 제가요?"

나는 '다시 태어난다'라는 말의 의미를 제대로 이해하지 못해 고개를 갸웃했다. 이를 본 아빠가 말했다.

"표현상으로 그렇다는 말이야. 아마 네가 이 시대에 자연스럽게 편입되도록 하기 위해 시간은 십 년이 되기 전에 네게 새로운 신분이나 이름을 주게 될 거다."

나는 내가 노 진사의 양녀가 된 것을 떠올렸다. 그것은 혼의 후궁으로서 입궁하기 위해 중전의 건의로 대비가 나서서 성사된 일이었다. 하지만 아빠의 말을 들으니 눈에 보이지 않는 '시간'이 그런 상황을 만들었을지도 모른다는 생각이 들었다.

"또 너는 십 년이 되면, 더 이상 경고로서의 통증을 느끼지 않을 거야. 이 큰 원의 시간 안에서는 시간여행자로서의 제약을 받지 않기 때문이지. 이 시대의 사람이 되었으니까. 지난 십 년간 너를 과거의 시간

속에서 몰아내려 하던 시간도 더 이상 너를 몰아내려 하지 않을 거란다. 단, 이 작은 원에 해당하는 시간의 역사에 영향을 주게 된다면 이야기는 달라지지만."

"어떻게요?"

"시간은 원래의 역사의 흐름을 수호하기 위해 또다시 너를 공격하게 된다."

"시간이 공격을 해요?"

"네가 속한 이 시대의 상황이 널 위험한 상황으로 끌어들인다는 말이다. 그 시간의 공격에서 네가 이긴다면, 지금까지 네가 알고 있는 역사와는 전혀 다른 역사가 새롭게 만들어지게 될 거다. 하지만 진다면 넌 죽게 될 수도 있어."

죽는다는 말에 싸늘한 한기가 내 몸을 훑고 지나갔다. 나는 이제 내가 절대 손대서는 안 된다는 작은 원의 시간에 대해 알고 싶어졌다. 알아야 조심할 수 있는 것이고, 공격도 피할 수 있을 테니까.

"그럼 그 작은 원의 시간은 뭐죠?"

"그건 바로 네가 알고 있는 역사, 바로 그 자체란다. 네가 듣고 배우고 익혀서 알게 된 지식 안에서의 역사 말이야. 그 범위 안의 역사에 역행하는 일만 벌이지 않는다면 네게는 아무런 일도 벌어지지 않을 거야. 이 조선에서 생을 다하는 그날까지 말이다."

작은 원의 시간이 내가 알고 있는 역사라면 그 속에는 혼이 폐위되고 오랜 유배 생활 끝에 제주에서 죽는다는 내용도 포함되어 있다. 그 외에도 아버지의 가르침으로 알게 된 광해군 시대의 역사들까지 합한다면 일반인들보다는 조금 더 광해군 시대의 역사를 알고 있다고 할 수 있다. 그런데 내가 그 역사를 바꾸려고 시도한다면?

성공한다면 혼은 폐위되지 않는다. 종이는 왕이 되지 못할 것이고, 병자호란 같은 치욕스런 사건이 일어나지 않을 수도 있다. 하지만 이것은 내가 알고 있는 역사, 즉 아빠가 말한 이 작은 원의 시간을 건드리는 일이다. 결과적으로 시간과 맞선다는 것.

오랫동안 대답이 없는 나를 향해 아빠가 다짐을 받듯이 물었다.

"경민아, 그런 어리석은 짓을 해서는 절대 안 된다. 알겠니?"

나는 아빠를 보며 그러지 않겠다는 의미로 고개를 한 번 끄덕였다. 내가 바라는 건 역사가 바뀌는 것이 아니었다. 이 시대에서 만나 사랑하게 된 혼과 함께하는 것. 그리고 그런 우리 곁에 명이만 함께한다면 더는 바라는 것이 없었다.

애초부터 내겐 큰 욕심 따위는 없었던 것 같다. 무모하긴 했지만 아빠를 다시 만나 위험을 알려드리겠다는 정도가 내가 조선으로 온 이유였으니까. 그것도 내겐 큰 용기를 낸 것이나 다름없었다. 시간여행자로서, 어린 시절 한 번의 실수로 세종조의 조선으로 5년이나 갔었던 일로 인해, 나는 역사를 바꾼다는 것이 얼마나 무모하고 바보 같은 짓인지를 끊임없이 들어오지 않았던가?

아빠는 그런 나를 한참 동안 바라보시다가 입을 열었다.

"경민아, 천상열차분야지도(天象列次分野之圖)를 알고 있니?"

"만 원 지폐 뒷면에 그려진 그 천문도요?"

"맞아. 천상열차분야지도는 원래 각석으로 총 세 개가 제작됐지. 그

중 지폐 뒷면에 그려진 것은 태조 사 년에 완성된 국보 이백이십팔 호인 천상열차분야지도란다."

"알아요. 어렸을 때 아빠와 덕수궁에 가서 본 적이 있잖아요."

나는 어린 시절 아빠와 갔던 덕수궁에 전시되어 있던 천상열차분야지도를 기억해 냈다. 그로부터 오랜 시간이 지났음에도 그 천문도를 떠올릴 수 있었던 것은 그때 있었던 일 때문이었다. 당시 아빠는 천상열차분야지도 각석 앞에서 아주 오랫동안 그것을 바라보고 서 계셨다. 내가 아빠를 끊임없이 불렀는데도, 아빠는 나의 목소리를 전혀 듣지 못할 정도로 그 각석에 집중하고 계셨었다.

"그 천상열차분야지도의 원본은 원래 고구려의 석각 천문도였단다. 그건 알고 있지?"

"네. 아빠가 어렸을 때 한번 말씀해주셨잖아요."

"그 고구려의 천문도를 만든 것이 바로 우리 시간여행자 가문의 조상이었단다."

"우리 조상이요?"

"그래. 그 역시 시간여행자였지. 시간의 비밀을 풀고자 하늘의 별자리를 연구했었던. 그는 마침내 별자리에서 그 답을 찾아내 천문도에 새겼다. 그러나 고구려의 평양성이 함락되던 날 그 천문도는 대동강에 빠져 유실되었다. 남은 것은 단 한 개의 탁본뿐이었어. 그리고 수백 년 뒤, 그 탁본은 조선을 건국한 태조 이성계의 손에 들어갔지. 이성계는 당대 최고의 천문학자를 불러 그 탁본을 바탕으로 새로운 천문도를 만들게 지시했단다. 바로 그 천문도가 네가 알고 있는 천상열차분야지도

란다. 이성계는 그 지도를 돌에 새겼지."

"그런데 그 지도를 새긴 각석이 왜요?"

"평범한 사람들에게는 그저 각석 천문도로 보이겠지만, 우리 시간여행자들에게는 다르다. 고구려의 천문도를 담고 있는 천상열차분야지도 각석은 '살아있는 시간'의 제약을 넘어 '시간'을 자유롭게 넘나들 수 있게 해주는 시간의 문이자 열쇠이기 때문이지."

"하지만 아빠. 우리는 이미 과거로 거슬러 올라갈 수 있잖아요. 그 지도가 시간여행을 할 수 있는 문이라고 해도, 필요가 없지 않나요?"

"맞다. 그렇지만 경민아, 우리가 시간여행을 하는 데 있어서 한 가지 제약이 있지 않니? 천문도의 문은 그 제약을 넘어서게 해준단다."

아빠가 말하는 제약은 한 가지뿐이다. 바로 같은 사람이 존재하는 시대로 시간여행을 할 수 없다는 것이다. 그래서 아빠는 단 한 번도 죽은 엄마를 만나러 과거로 갈 수 없었다. 죽은 엄마가 살아있는 시대에는 또 다른 아빠가 이미 존재하기 때문에.

아빠가 말을 이었다.

"지금까지 우리 조상들 중에서 그 천문도를 사용한 사람은 없었다. 그래서 그 시간의 문을 이용해 '시간'을 넘나들 경우 정확히 어떤 일을 겪게 되는지 알려지진 않았다. 나 역시…… 한때 시간의 문을 이용한다면 네 엄마를 살릴 수 있지 않을까 생각한 적은 있었지만 실행에 옮기지는 못했지."

아빠의 말이 슬프게 들렸다. 난 아빠에게 물었다.

"왜 그러지 않으셨어요?"

"내가 시간의 문을 지났는데도 네 엄마를 살리지도 못하고 돌아오지도 못하게 될 경우를 생각했기 때문이지. 그렇게 되면 어린 넌 혼자 남게 되지 않겠니?"

난 그제야 아주 오랫동안 천상열차분야지도 앞에서 자리를 떠나지 못하고 있었던 아빠의 모습을 이해할 수 있었다.

아빠는 그때 엄마를 생각하고 있었을 것이다. 그리고 몇 번씩, 시간의 문을 지나 엄마를 다시 한 번만 보고 싶다고, 또 엄마를 살릴 수 있다면 살리고 싶다고 생각했을 것이다. 나 역시 무리한 시간여행으로 조선에 왔던 것은 돌아가신 아빠를 한 번만이라도 다시 보기 위해서였으니까. 그러나 그 당시의 아빠는 그러지 못했다. 성공한다면 우리 가족은 다시 함께할 수 있을지도 모르지만, 실패한다면…… 나는 홀로 남았을 테니까.

"왜 지금 그 천문도에 대해 알려주시는 거예요?"

"네가 그 천문도에 새겨진 시간의 문을 열게 될 일이 생길지도 모른다고 생각하기 때문이다."

아빠가 무겁게 침을 삼키며 말을 이었다.

"네가 만약 '시간'과 싸우게 되고, 그 싸움에서 지게 되어 위험이 찾아온다면……."

아빠의 말이 다 끝나기 전이었다. 아빠의 몸이 사라지려는 듯 다시 희미하게 깜빡거리기 시작했다. 조금 전과는 달랐다. 아까는 내가 하려던 말을 멈춤으로써 아빠가 사라지는 것을 막을 수 있었다. 그러나 이번에는 나는 그 어떠한 말도 아빠에게 하지 않고 있었다. 그랬기에 나는 아빠와의 헤어짐을 예감했다. 아빠 역시 나와 같은 생각이었는지, 나를 향해 다급히 말했다.

"너를 다시 만나러 오마. 네가 이 조선에서 결코 혼자가 되지 않도록, 반드시 너를 찾아낼 거다."

나는 나를 향한 아빠의 걱정을 알 수 있었다. 나는 다시 만나게 될 때까지 조금이나마 아빠의 걱정을 덜어드리고 싶었다.

"전 잘 지내요. 지금까지도 잘 지내왔고요. 그러니 걱정 마세요, 아빠. 다시 만날 때까지 전 이곳에서 잘 지내고 있을 거예요."

"정말로 잘 지내고 있는 거니?"

아빠가 믿지 못하겠다는 말투로 되물었다. 난 활짝 웃었다.

"그럼요. 아주 잘 적응하고 지내는걸요."

그러나 아빠는 여전히 걱정스러운 얼굴로 나를 바라보고 있었다. 순간 나는 아빠에게 혼에 대해 말하고 싶어졌다. 또 명이에 대해서도. 하지만 그 많은 이야기를 풀어놓기에는 우리에게 시간이 없었다.

혼은 아빠에게 있어 역사 속 인물인 광해군이었다. 하지만 이제는 아빠의 딸이 사랑하는 사람이 되었다. 그러니 아빠는 혼에 대해서 알아야 할지도 모른다. 그가, 내가 사랑하는 사람이라는 사실을.

"아빠."

"응?"

"저…… 사실 이곳에 사랑하는 사람이 있어요."

전혀 예상하지 못했다는 듯 아빠의 얼굴이 조금 놀란 표정이다.

"그 사람은……."

아빠의 몸이 완전히 사라지려는 순간이었다.

"광해군이에요."

아빠의 눈이 아주 놀란 듯 커졌을 때였다. 아빠는 그대로 내 눈앞에서 완전히 사라졌다. 처음부터 존재하지 않았다는 듯이. 그 어떤 흔적조차 남지 않은 아빠가 서 있던 자리를 바라보며 나는 깊은 한숨을 내쉬었다. 마치 잠깐 꿈을 꿨던 것 같은 시간이었다.

가슴 안에 한숨이 가득 차는 것 같지만, 희망이 생겼다. 아빠를 다시 만날 수 있다는 희망. 아빠가 9살 때 실종되었던 어린 나를 5년 만에 찾아냈듯이, 반드시 지금의 나도 찾아내실 거라고 확신했다. 그것이 언제인지는 모르지만, 그때에 아빠와 혼이 만나기를 바랐다. 명이도 함께.

장대처럼 퍼붓던 비가 잠시 소강상태에 들어갔다. 나는 하늘을 올려다보며 여운이 남은 아빠와의 재회를 생각하며 씁쓸한 미소를 지었다. 그때, 내 머릿속에 스치듯 떠오르는 기억이 하나 있었다.

'경민아, 광해군에 대해서 알고 있니?'

그것은 지금으로부터 12년 전의 일. 어느 날 학원을 갔다온 내게 아빠가 처음으로 꺼내셨던 광해군에 대한 이야기. 선조의 아들 광해군이 아닌, 임진왜란을 겪었던 세자 광해군이 아닌, 그저 나와 마찬가지로 어머니를 일찍 잃은 어느 한 남자에 대한 이야기를…….

그날을 시작으로 아빠는 광해군 연구에 3년이 넘도록 매진하셨다.

'아빠는 이미 모든 걸 알고 있었던 걸까?'

12년 전의 아빠라면 그럴 수 있다. 지금 내가 만났던 아빠가 바로 12년 전의 아빠였으니까. 그리고 난 그 아빠에게 내가 사랑하는 사람이 바로 광해군 이혼이라는 사실을 이야기했다.

'아빠는 모든 걸 다 알고서 내게 광해군에 대한 이야기를 들려 주셨던 걸까?'

내가 그에 대해 자세히 알 수 있었던 것은 모두 아빠 덕분이었다. 그러나 그 시작이 다름 아닌, 12년 뒤의 나 자신이 12년 전의 아빠를 만나 광해군 이혼을 사랑하고 있다는 사실을 말했기 때문이라면……?

나는 놀라움으로 입을 다물지 못했다.

광해군 이혼이 내게 역사 속의 인물이 아니라 마치 가까운 이웃처럼 느껴지기 시작했던 것은 아빠가 들려준 이야기 속의 혼을 만나서면서부터였다. 조선에 와서 그를 만나고 그는 내가 사랑하는 사람이 되었다. 아빠는 12년 후의 나를 통해서 그 사실을 듣게 된 것이다.

'네게…… 말하지 않은 사실이 있단다. 네가 스무 살이 되기 전, 내가 죽게 된다는 걸 난 알고 있었다.'

그렇다. 아빠는 이미 모든 것을 알고 계셨던 것이다. 내가 과거의 조선으로 가게 될 것이라는 것도, 혼을 만나 사랑하게 될 것이라는 것도. 진솔한 애정을 숨기지 않고 드러내셨던 것도 바로 12년 전부터였다. 아빠는 자신에게 죽음이 찾아오리란 것도 예상하셨던 것 같다. 그럼에도 자신의 죽음을 바꾸려고 노력하기보다는, 광해군에게 초점을 맞추는 것을 선택하셨다. 자신의 남은 인생보다도 딸인 나의 인생을 위해서……. 광해군 이혼에 대해 내게 가르쳐주셨던 것이다.

그칠 듯 말 듯한 비가 며칠 동안 쉬지도 않고 내렸다. 그 사이 나는 아빠와의 재회와 미영이의 죽음에 대한 충격으로 감기를 앓아 별당을 떠나지 못했다.

나는 아파 누워있는 동안, 아빠가 들려주신 이야기들 중에서 유독 천문도와 관련해 많은 생각을 했다.

아빠의 말에 따르면 천상열차분야지도를 새긴 각석은 시간여행자에게 '시간의 문'이었다. 그 문을 넘었을 때 동시간대의 자신과 공존할 수 있다는 사실을 제외하면, 문 너머에 어떤 시간이 존재하는지, 또 어떤 일들이 벌어지는지에 대해서는 알려진 것이 없었다. 그러나 아빠가 그 시간의 문을 돌아가신 엄마를 살릴 하나의 기회로 본 것처럼, 내게도 그 각석에 새겨진 천문도는 아빠를 살릴 수 있는 기회로 보였다. 나는 시간의 문을 넘어 아빠를 살릴 방법에 대해서 고심했다.

비가 완전히 그친 것은 종묘 중건을 위한 낙성식 날 아침이었다. 그 날 정원군이 명이를 데리고 찾아왔다. 명이가 천진난만한 얼굴로 건네는 들꽃 다발을 받아든 나는, 며칠간 고심한 일에 대한 답을 단번에 찾을 수 있었다.

난 명이를 둔 채 시간의 문을 넘을 수 없다. 게다가 명이가 자신의 아들이라는 사실도 아직 모르고 있는 혼까지 남겨둔 채, 실패할지도 모르는 위험을 감수하면서까지 미지의 문을 넘고 싶지 않았다. 차라리 나를 다시 만나러 오겠다고 약속한 아빠를 기다리며 이곳에서 사는 것이 나았다. 내가 사랑하는 사람들과 살아가면서, 종종 나를 찾아와줄 아빠까지 함께 오래도록 행복하게 사는 것이 유일한 길이라고 여겼다.

지난날 아빠 역시 나와 비슷한 고민을 하셨을 것이다. 아빠는 자신이 그 문을 통과한 후에 남겨질 나를 걱정하며, 엄마를 살릴 수 있는 유일한 기회가 될지도 모르는 천문도의 문을 포기하셨다. 아빠는 나와 함께하는 삶을 선택하신 것이다.

나는 명이의 얼굴을 바라보며, 그때 아빠의 마음을 조금이나마 알 수 있을 것 같았다.

"명이가 그대를 위해 직접 만든 것이오."

"명이가요?"

"그렇소. 그대가 아프다는 말을 듣고 병문안을 간다 하였더니, 아침 일찍 이리 들꽃을 모아 만들어왔더군."

정원군은 내 병색을 살피며 명이를 칭찬하는 말을 한다. 나는 꽃향기를 맡으며 명이를 향해 웃었다. 꽃다발 사이로 웃는 나의 두 눈과 마주한 명이의 얼굴이 붉은 사과처럼 익었다. 난 꽃다발을 한쪽에 소중히 놓아두고는 명이에게 말했다.

"이곳 별당에도 꽃이 많이 피었는데. 함께 볼래?"

명이는 망설임 없이 고개를 끄덕이며 자리에서 일어섰다.

나와 함께 앞마당으로 나온 명이는 담벼락을 따라 핀 꽃들을 한참 살폈다. 그러다가 어느 들꽃이 명이의 마음을 사로잡았다. 명이는 그 꽃을 시작으로 주변의 꽃들을 꺾어 모으기 시작했다.

한참 뒤 꽃들이 명이의 작은 손을 가득 채웠다. 명이는 그것을 내게로 내밀었다. 나는 웃으면서 그 꽃들을 받아주었고, 명이도 그런 나를 보고 웃었다. 이런 우리 모자의 모습을 멀찍이 서서 지켜보던 정원군이 슬쩍 내 곁으로 다가와 섰다. 나는 정원군이 곁으로 다가온 것을 알아채고 명이를 바라보며 그에게 물었다.

"후에라도 전하께서 명이의 존재를 아시면 기뻐하실까요?"

당연히 기뻐해야 할 일을 말하는 내 목소리에는 염려가 묻어났다. 정원군은 그런 내 속을 알아채고 되물었다.

"혹여 전하께서 노여워하실까 그러는 것이오?"

정원군은 정확히 내 마음속 깊은 곳에 숨은 걱정거리를 짚었다. 난 정원군을 돌아보며 고개를 한번 끄덕였다. 정원군은 걱정으로 가득한 내 얼굴을 물끄러미 쳐다보더니 입을 열었다.

"전하께서는 매우 기뻐하실 것이오."

장담할 수는 없지만, 내게는 위로가 되는 말이다.

"고마워요."

난 정원군을 향해 고마움을 표했다. 그 사이 또 다른 꽃다발을 만든 명이가 이번에는 그것을 정원군에게 건넸다. 정원군은 그런 명이의 행동에 피식 웃더니, 별 주저 없이 그것을 받아들었다.

"네가 어찌 이곳에 있는 것이냐?"

갑자기 들려온 목소리에 나는 고개를 돌려 소리가 나는 방향을 쳐다보았다. 바깥채와 별당을 잇는 문 앞에 도포 차림에 갓을 쓴 혼이 서서 우리를 바라보고 있었다. 오늘은 종묘 낙성식이 있었다. 식이 일찍 끝났다고 하더라도 혼은 하루 종일 바빠, 다른 날과 마찬가지로 이곳에 찾아올 시간은 없다고 생각했던 나였다. 나는 갑작스런 혼의 등장에 놀라 눈만 동그랗게 뜬 채, 한동안 그를 멀뚱히 바라만 보고 서 있었다. 나와 마찬가지로 혼의 등장에 당황하고 있었던 정원군이 뒤늦게 그의 곁으로 다가가 인사를 올렸다.

"전하."

혼은 정원군의 인사를 받지 않았다. 그를 쳐다보지도 않았다. 혼은 무언가 상당히 불쾌한 얼굴이었다. 혼은 정원군을 무시하고 곧장 내 곁으로 다가왔다. 나는 정원군을 의식하고는 혼에게 예를 갖춰 인사하기 위해 몸을 숙이려 했다. 그러나 이를 먼저 알아챈 혼이 내 손을 잡아 인사를 하지 못하게 하고는 물었다.

"아프다 들었다. 몸은 어떠하냐?"

"그게……. 지금은 많이 나아졌습니다."

내 입에서 나온 높임말이 혼의 심기를 어지럽힌 모양이다. 혼의 미간에 살짝 주름이 졌다. 하지만 나 역시 이유가 있었다. 여기에는 정원군은 물론이고 명이도 있다. 그리고 그는 이제 세자도 아닌 이 조선의 국왕이었다. 단둘이 있는 상황도 아닌데 편하게 말을 놓기에는 무리가 있다고 생각했다. 그는 상관없다 하더라도 말이다.

그때 명이가 내 뒤에 서서 작은 손으로 내 치맛자락을 힘껏 움켜잡는 게 느껴졌다. 명이는 떨고 있었다. 혼도 내 뒤에 숨어있는 명이를 발견하고는 시선을 주었다.

"이 아이는 누구냐?"

혼이 명이를 보며 중얼거렸다. 그러자 정원군이 나섰다.

"능풍도정이옵니다. 전하."

"아, 이명이구나."

정원군의 말에 혼이 기억난다는 듯이 고개를 끄덕였다. 난 명이를 그에게 인사시키고 싶었다. 난 내 치맛자락을 붙잡은 명이를 떼어내고는 혼의 앞으로 밀었다.

"명아, 어서 인사 올리렴. 주상전하시잖니."

난 웃으며 명이에게 말했지만, 명이는 웃지 않았다. 아니 못했다. 명이는 금방이라도 울음을 터트릴 것 같은 얼굴로 내 품에 안겨들었다. 혼은 그런 명이를 가만히 내려다보더니 말했다.

"정원군. 능풍도정을 데려가라."

"예, 전하."

혼의 명이 떨어지자마자 정원군이 내 곁으로 다가왔다. 정원군이 자신을 데려가려는 것을 아는 명이는 재빨리 내게서 떨어져 정원군에게 달려갔다. 하지만 정원군은 달려온 명이를 챙겨줄 새도 없이 혼에게 사죄를 올렸다.

"신이 자식을 제대로 가르치지 못하였사옵니다. 신의 불찰이오니, 용서하여주십시오."

"되었으니, 그만 물러가라."

"황공하옵니다. 전하."

인사를 올린 정원군이 명이의 손을 잡고 별당을 나섰다. 나는 내게서 멀어지는 명이를 보며 속상하고 안타까운 마음이 들었다. 아직은 서로가 부자사이라는 것을 모르더라도, 웃으며 인사하는 사이조차 될 수 없는 걸까?

나는 멀어지는 정원군과 명이에게서 오랫동안 시선을 뗄 수가 없었다. 그런 나를 혼이 불렀다.

"경민아."

"예, 전하."

"전하라니."

그가 한숨을 쉬며 내 손을 잡았다. 그제야 나는 그의 얼굴을 똑바로 바라보았다. 그는 내가 무의식중에 높임말을 쓴 것이 마음에 들지 않았던 것이다.

"미안해."

내 입에서 사과의 말이 나오자, 혼은 입가에 미소를 담은 채 말했다.

"네가 이리 능풍도정과 가까운지 몰랐구나."

"명이가 예쁜 아이니까……. 그래서 가깝게 지내고 있었어."

더듬거리며 핑계거리를 찾는 나를 보며 혼이 아쉬움이 담긴 얼굴로 웃었다.

"그랬구나. 허나 능풍도정은 나를 좋아하지 않는다."

난 명이가 혼을 좋아하지 않는 이유를 알고 싶었다. 그러나 혼은 이 말을 끝으로 더 이상 명이에 대해 말하려 하지 않았다.

입궐하다

광해군 1년인 1609년.

내가 조선으로 온 지 꼭 10년이 되던 이 해, 명으로부터 혼의 즉위교서가 도착하고 정국은 안정을 찾았다. 그해 가을, 노 진사의 딸 민영은 국상으로 미뤄졌던 혼례를 치렀다. 나는 대상제(大祥祭, 국상이 모두 끝났음을 알리는 제사)가 끝난 가을 무렵 입궐례(入闕禮, 간택된 규수가 가례 전 입궐하는 것)를 치렀다.

원래 간택에 뽑힌 규수는 우선 별궁으로 입궐하여 가례 전까지 훈육상궁의 지도를 받는 것이 일반적이다. 그러나 왜란 후 대부분의 궁궐이 파괴된 상황에서 따로 별궁을 마련했다가는 사치를 조장한다는 여론과 맞닥트릴 수 있었다. 이 때문에 나는 가례 전까지 행궁의 빈 전각 한 곳에 머무르기로 정해졌다.

가례도감(嘉禮都監, 가례와 관련된 일을 맡는 임시관청)이 설치되기도 전에 간택후궁이 입궐례를 먼저 치르는 것은 상당히 이례적인 일이었다. 그러나 대비의 외척이라는 나의 새로운 신분과 중전의 적극적인 뒷받침 속에 나의 입궐례는 조속히 이뤄졌다.

"여기는 홍 상궁이네. 훈육상궁으로서 자네의 궐 생활을 도울 걸세. 정식 가례를 올린 후에는 지밀상궁으로 곁에 두게나."

나는 입궐하자마자 법도대로 제일 먼저 중궁전의 중전을 찾아가 인사를 올렸다. 그녀는 내게 홍 상궁이라는 여인을 소개했다.

"지밀상궁으로 이만한 이를 찾기도 쉽지 않을 걸세. 홍 상궁이 자네의 궐 생활에 어려움이 없도록 잘 도와줄 게야."

나는 속내가 드러나지 않는 표정으로 고개를 숙이고 있는 홍 상궁을 한번 쳐다보았다. 중전 역시 홍 상궁을 보며 말했다.

"국상으로 인해 노 규수의 합환례(合環禮, 혼인식)가 늦어지고 입궐례만 간소하게 치러졌다 하나, 본궁이 이른 대로 규수를 빈의 예우로써 받들어야 할 것이야. 알겠는가?"

"예에. 명 받잡겠나이다, 중전마마."

홍 상궁이 공손히 대답하자, 중전은 다시 나를 보았다.

"규수. 궐의 법도상 가례 절차를 모두 마치기 전까지는 빈의 예우가 불가하네만, 자네의 입궐례 또한 기존의 법도와는 다른 것이 사실이니 괘념치 말고 빈의 예우를 받게. 무엇보다 자네는 대비마마의 외척이지 않은가? 그러니 입궐례 때부터 빈의 예우를 한다 하여 문제될 것은 없을 걸세. 참. 자네의 궁호(宮號)는 내년 가례가 모두 치러진 후에 정해질 것이고, 작호(爵號, 빈호)는 오늘 전하께서 입궐례에 맞추어 내리신다 하셨네."

"제 작호를 전하께서요?"

"이례적인 일이긴 하지만, 전하께서 꼭 그리하고 싶다 하시더군. 다른 이들이야……."

일부러 말을 늦추며 중전이 주변을 물러가라는 듯 손짓했다. 그러자 중궁전 박 상궁을 비롯해 홍 상궁과 다른 나인들이 모두 방을 빠져나갔다. 나와 단둘이 남게 된 중전이 말을 이었다.

"……자네가 대비마마의 외척이라 전하께서 그리 하신다고 생각하겠지만."

여기까지 말한 중전이 말끝을 흐리며 숨을 가다듬었다.

"창덕궁의 중건이 끝나기 전까지 당분간 자네가 거처하게 될 곳도 정해놓았네."

"어디인가요?"

중전은 웃으면서 내게 말했다.

"양화당일세."

난 중전의 입에서 나온 말에 놀라지 않을 수가 없었다.

양화당. 그곳의 원래 주인은 인빈 김 씨였다. 정원군의 어머니인 그녀는 선조가 승하한 후, 정원군의 일가와 함께 궐 밖에 나가서 살고 있었다. 그러니 자연히 양화당은 주인을 잃었을 것이다.

또한 양화당은 이 행궁에서 중궁전과 가장 가까운 전각이었다. 시시각각 모든 움직임이 중전의 귀에 전해질 수 있는 그런 위치에 있었다.

예전에 인빈은 그 양화당에서 중궁전을 비롯한 선조의 후궁들의 전각을 관리해왔다. 의인왕후 시절, 인빈이 실세였을 때는 양화당이 거의 중궁전이었을 것이다.

"마음에 들지 않는 것인가?"

"그건 아닙니다. 단지 양화당이 저 혼자 지내기에는 너무 크지 않을까 싶어서요."

"자네도 참, 어찌 자네 혼자 그곳에서 지낼 것이라 여기는가? 가례를 올린 후에는 전하께서 종종 양화당을 찾지 않으시겠는가? 혹여 옛 일이 생각나 양화당 생활이 불편한 것이라면 내 다른 곳을 알아봐주겠네. 허나 그 전까지지는 양화당에서 머물러야 할 것이야."

"아, 아닙니다. 양화당에서 지내겠습니다."

중전이 미소를 띠며 고개를 끄덕였을 때였다. 문밖에서 박 상궁의 목소리가 들렸다.

"중전마마, 대전에서 최 내관이 왔사옵니다."

"들라 하게."

박 상궁에게 답을 한 중전이 나에게 말했다.

"자네의 작호가 내려진 모양이군."

곧 최 내관이 들어와 중전에게 인사를 올리며 아뢰었다.

"중전마마. 전하께서 내리신 노 규수의 작호와 궁호이옵니다."

최 내관의 말에 중전이 놀란 얼굴로 최 내관에게 물었다.

"궁호라니? 전하께서 궁호까지 내리셨단 말인가?"

"예, 그러하옵니다. 전하께서 노 규수의 작호와 궁호, 둘 다 직접 지으셨나이다."

"궁호는 후에 대비께서 지으실 것이라 여기었는데……."

"전하께서 미리 대비마마께 양해를 구하신 줄 아옵니다."

후궁의 작호와 궁호는 내명부의 어른인 대비와 중전이 상의하여 결정한다. 정해진 작호는 입궐례에 공표되며, 궁호는 가례 날 공표되는 것이 일반적인 관례였다. 그러니 작호와 궁호, 둘 다 혼이 지었다는 것은 파격적인 행보였다. 원칙적으로 왕은 내명부의 일이라고 할 수 있는 후궁의 일에는 관여할 수 없기 때문이었다.

최 내관은 붉은 끈이 둘러쳐진 접은 비단을 중전에게 공손히 올렸다. 중전은 최 내관을 물러가게 한 후 그것을 펼쳐보았다. 나는 혼이 직접 지었다는 작호와 궁호가 궁금해 중전의 얼굴을 쳐다보았다. 그런데 비단에 적힌 글을 본 중전의 미간에 주름이 잡혔다. 그녀는 잠시 불편한 얼굴을 하더니, 나를 의식했는지 바로 표정을 바꾸며 내게 비단을 건네주었다.

"보게나. 자네의 빈호는 원빈, 궁호는 자미궁이네."

나는 비단 안에 적힌 글자를 보고서 중전의 심기가 불편해진 이유가 빈호 때문이라고 생각했다. 원빈(元嬪)이라는 빈호에 사용된 으뜸 원(元)이라는 한자는 감히 후궁이 쓸 수는 없는 한자였다. 역사적으로 여인의 칭호에 '원'자가 들어가는 것은 왕의 정실부인임을 뜻했다. 조선시대에는 '원'자가 그런 의미로 잘 쓰이지 않았지만, 여전히 중전이 낳은 맏아들에게만 원자(元子)라는 칭호를 부여하는 식으로 그 의미를 계승하고 있었다.

"송구하옵니다."

서둘러 사과의 말을 올리는 나를 보며 중전은 누가 보더라도 억지스런 미소를 짓는다.

"송구하다니? 무엇이 송구하단 말인가?"

"감히 받잡기 어려운 빈호인지라……."

"아, 빈호 때문인가? 나는 충분히 자네에게 어울린다 여기네만."

"예?"

"그렇지 않은가? 지난날 자네는 복중에 전하의 아이를 품고서 목숨을 걸고 선왕전하께 거짓을 고하였네. 오로지 전하를 구명하기 위해 말일세. 그 덕에 오늘날 전하께서 무탈하게 보위에 오르시지 않았는가? 또한 오해 말게나. 자네의 빈호를 지으신 것은 전하이시나, 전하께서 빈호를 내리시기에 앞서 그에 대해 본궁의 의견을 물으셨네. 본궁 역시 합당하다 말씀을 올리었고."

중전은 이미 내게 '원빈'이라는 빈호가 내려지는 것을 알고 있었다고 말한다. 중전의 심기가 불편해진 이유는 빈호 때문이 아닌 것 같았다. 그렇다면 남은 이유는 단 한 가지뿐이었다. 나는 원빈이라는 한자 옆에 쓰인 궁호를 눈으로 읽어 내렸다.

자미궁(紫薇宮). 있는 그대로 뜻을 해석하면 백일홍나무라는 뜻이다. 그런데 단순히 백일홍나무를 의미하는 자미(紫薇)라는 글자가 중전의 심기를 불편하게 만들었다고는 상상하기 어려웠다.

중궁전을 나오는 길에 나는 계단석 밑에 서 있는 한 여인과 마주쳤다. 빼빼 마른 몸집에 두 눈을 땅에 내리깔고 있던 그녀는 중궁전에서 나오는 나를 보자 내 곁에 서 있던 홍 상궁에게 나지막이 물었다.

"이 규수가 오늘 입궐례를 치렀다는 규수인가?"

홍 상궁은 싸늘한 어투로 대꾸했다.

"오늘 전하께서 빈호를 내리셨사옵니다. 숙원마마."

홍 상궁의 말은 숙원인 그녀가 빈인 내게 예를 올리라는 뜻이었다. 그러자 숙원이 두 손을 모으며 내게 고개를 숙였다.

"인사 올리옵니다. 마마."

홍 상궁과 그녀의 짧은 대화를 들은 나는 그녀가 혼의 후궁 중 하나인 숙원 신 씨라는 걸 알았다.

신 숙원은 인빈의 질녀였다. 내가 제주에서 유배 중이던 시기, 중병으로 누워 지내던 선조는 인빈과 혼을 화합시키기 위해 두 사람을 사돈 관계로 만들려고 했다. 이는 선조가 조정에서도 종종 사용하던 방법이었다. 서로 대립각을 세우는 신하들을 사돈 관계로 엮는 것.

이러한 이유로 선조는 인빈의 질녀인 신 씨를 나인으로 입궐시켜 혼의 후궁으로 삼으라고 동궁전으로 보냈다. 하지만 그녀는 당초의 목적과는 다르게 아무 첩지도 받지 못하고 몇 년을 보냈다. 들리는 말로는 당시 세자빈이던 중전이 인빈의 질녀인 그녀를 탐탁찮게 여겼고, 선조가 병중이라 시기적으로 옳지 않다는 이유를 들어 첩지를 내리지 못하도록 인목왕후를 설득했다고 한다.

그녀가 숙원의 첩지를 받은 것은 선조가 승하하고 혼이 즉위한 뒤의 일이었다. 중전은 끝까지 그녀에게 첩지를 내리고 싶지 않아 했다고 한다. 그러나 혼의 즉위 초, 정적들과 화합하는 행보를 보여야 하는 상황에서 선조가 보낸 여인이자 인빈의 질녀인 그녀를 끝까지 무시할 수는 없는 일이었다. 결국 신 씨는 숙원의 첩지를 받아 명분은 얻게 되었지만, 합방도 치르지 못한 그녀의 처량한 신세를 모르는 이는 행궁 안팎으로 아무도 없었다.

"저……."

"가시지요, 마마."

그녀와 말도 섞기 전에 홍 상궁이 나서서 길을 재촉했다. 일개 상궁이 숙원인 그녀를 무시했다. 그런데도 신 숙원은 단 한 마디도 대꾸하지 않은 채 가만히 고개를 숙이고만 있었다. 일개 상궁의 태도조차 이러하다면 궐에서의 그녀의 위치는 불 보듯 뻔한 것이었다.

나는 홍 상궁과 함께 중궁전을 떠나오면서, 중궁전 박 상궁이 신 숙원에게 하는 말을 엿들었다.

"숙원마마. 중전마마께서 오늘도 뵙기를 원치 않으신다 하십니다. 다음에 오시지요."

"알겠네, 박 상궁……."

중전은 숙원의 배알을 일방적으로 거절했다. 그 이유가 단순히 그녀가 싫어서인지, 아니면 내게 내려진 작호로 인해서 심기가 불편해져서인지는 알 수 없었다. 난 중궁전에서 있었던 일을 떠올리고 홍 상궁에게 말을 꺼냈다.

"홍 상궁."

"예, 원빈마마."

처음으로 듣는 원빈이라는 호칭은 어색했다. 적응하는 데 상당한 시일이 걸릴 듯싶었다. 아마 내년 봄에 가례를 마치기 전까지는 적응이 되리라 여기며, 난 홍 상궁에게 조심스레 물었다.

"이 행궁에 백일홍 나무가 있나요?"

"소인이 알기로 이곳에는 백일홍 나무가 없고, 왜란이 나기 전 법궁(法宮, 경복궁)에는 있었사오나 현재는 모두 불타 죽은 것으로 알고 있사옵니다."

홍 상궁의 설명이 애초에 내가 궁금해했던 주제에서 멀어지고 있다는 생각이 들었다. 나는 단도직입적으로 물었다.

"자미라는 궁호를 쓴 여인이 있었나요?"

홍 상궁이 잠시 무언가를 생각하는 듯 입을 다물었다. 그러나 홍 상궁의 얼굴은 기억을 더듬는다기보다는 답을 알면서도 함부로 말을 꺼내지 못하는 것에 더 가까워 보였다. 이를 알아챈 나는 다시 한 번 강조하듯 물었다.

"알고 있다면 말해주세요."

홍 상궁이 입을 열었다.

"자미라는 궁호를 쓴 후궁은 없었사옵니다만, 자미라는 당호를 쓴 분은 소인이 알기로 단 한 분이 계셨던 것으로 아옵니다."

"그게 누구죠?"

홍 상궁이 다시 뜸을 들였다. 난 그녀가 앞서 답을 주저했던 이유가 그 여인과 관련이 있다고 판단했다. 홍 상궁이 고개를 숙이며 대답했다.

"주상전하의 모후이셨던 공빈마마이십니다. 선대왕 시절 공빈마마의 당호가 자미당이셨던 걸로 기억하옵니다."

그제야 난 중전이 비단에 적힌 자미궁 글자를 보고 떠올린 것이 공빈임을 짐작할 수 있었다. 그러나 짐작뿐이었다. 그것이 왜 그녀의 심기를 불편하게 했는지는 알 수 없었다.

밤이 찾아오고 나는 양화당에 우두커니 홀로 앉아있었다. 아무리 생각해도 양화당에서 지내는 것은 적응이 되지 않았다. 6년 전에 양화당은 내게 그저 궐에서 살아가기 위한 일터였다. 명이를 가진 걸 알았을 때는 그곳이 호랑이굴처럼 느껴졌다. 그러나 6년 후 양화당은 내 처소가 되었다. 비록 창덕궁으로 옮겨가기 전까지라고 해도 난 이제 양화당의 주인이 된 것이다.

기쁜 마음은 들지 않는다. 그저 나 혼자 쓰기에는 넓은 이 방이 불편하게 느껴져 몸이 움츠러든다. 잠시 머물렀던 노 진사 별당도 혼자 쓰기에는 크다고 느꼈지만, 양화당은 별당의 네 배는 더 되는 크기다.

나는 팔로 무릎을 끌어안은 채 그 위에 턱을 얹었었다.

'혼은 지금 어디에 있을까?'

같은 궁궐에서 지내고 있다는 것을 믿을 수가 없다. 입궐하고 반나절이나 흘렀는데도 그의 얼굴조차 보지 못해서 더욱 그런 것 같다. 아니면 지금 내가 이 넓은 양화당을 홀로 차지하고 있어서 그의 빈자리를 더욱 느끼는지도 모른다.

입궐만 하면 함께 지내게 될 거라고 생각하지는 않았다. 국상으로 가례가 미뤄진 이상 합궁은 무리였다. 입궐례는 마쳤다지만, 합환례를 올리기 전까지는 혼의 얼굴을 공식적으로 마주하는 것 또한 불가능하다. 그 역시 그것을 알기에 나를 찾아오지 못하는 게 아닐까?

"원빈마마. 홍 상궁이옵니다."

문이 열리고 홍 상궁이 들어오자 난 고개를 들었다. 홍 상궁의 뒤로 여러 명의 나인들이 들어왔다. 나인들은 익숙한 움직임으로 이부자리를 깔고, 내가 갈아입을 흰 적삼도 내왔다. 두 명의 나인이 옷을 갈아입히기 위해 다가오자 나는 정중히 거절하며 말했다.

"혼자서도 할 수 있어요."

그러자 홍 상궁이 나섰다.

"원빈마마. 이곳은 궐이옵니다. 사가에서는 그리하셨을지 몰라도 궐에서는 아니 되옵니다."

홍 상궁이 한 말은 이해했다. 그러나 누군가의 시중을 받는 건 아직 내게 어색한 일이다. 내가 시간을 끌며 망설이는 기색을 보이자, 홍 상궁이 재빨리 나인들에게 눈짓을 보냈다. 그녀들은 늘 해왔던 일처럼 익숙하게 내가 입고 있던 저고리와 치마를 벗기고는, 그 안에 입고 있던 적삼까지 새것으로 갈아입혔다. 낯선 이의 도움을 받아 옷을 갈아입는다는 어색함만 있을 뿐, 큰 불편함은 느낄 수 없을 정도로 순식간의 일이었다.

그런데 갈아입은 새 적삼이 문제였다. 원래 입었던 적삼보다 재질은 더 좋아보였지만, 속살이 비칠 정도로 얇았던 것이다. 나는 추위에 떨며 서둘러 이부자리 안으로 들어가 이불로 몸을 꽁꽁 싸맸다. 아직 온돌의 온기가 스며들지 않은 새 이불은 차갑기만 했다. 그래도 덮지 않고 있는 것보다는 낫다고 생각했다.

이제 홍 상궁과 나인들이 물러가기만을 기다리는데, 또 다른 나인 하나가 안으로 들어왔다. 그 나인의 손에는 주안상이 들려 있었다. 상이 내 가까이에 놓이는 것을 보며 난 어리둥절한 표정을 지었다.

"웬 주안상이죠?"

내 물음에 홍 상궁이 주변에 있던 나인들을 모두 물러가게 하고는 작은 목소리로 말했다.

"오늘 밤 전하께서 양화당에 납신다 하시옵니다."

나는 믿을 수가 없다는 눈으로 홍 상궁을 쳐다보았다. 국상 때문에 우린 아직 합환례를 올리지 못했다. 그걸 모를 리 없을 텐데도 불구하고 혼이 내 처소를 찾는다니? 우리는 공식적으로 만나는 것은 물론 합궁도 불가능했다.

물론 합방할 때 꼭 궁궐 법도에 따라야 하는 중전을 제외하면, 왕은 졸곡제(卒哭祭)가 끝나고 나서부터는 여인들과 합방할 수 있었다. 단, 나와 같이 간택후궁으로서 입궐례만 마친 경우에는 아직 합방이 불가능했다.

"전하께서요?"

"예. 대전내관을 보내시어 은밀히 채비하라 이르셨사옵니다."

'은밀히 채비하라'라는 말에 간신히 이불 속에서 떨쳐낸 추위가 다시 몸에 찾아온 기분이다. 아무리 그래도 정말 혼이 그런 말을 전했는지 아리송하다.

궁궐에 들어온 첫날. 나 역시 그를 만나려면 몰래 만나야 한다는 것쯤은 잘 안다. 그래도 내게 직접 내관을 보내 전한 것도 아니고, 상궁에게 전해 준비하게 하다니!

홍 상궁이 물러가고 혼자 남은 나는 내가 앉은 이부자리를 돌아보았다. 추위를 피한다고 꽁꽁 싸맸던 이불 밖으로 자리를 지키고 있는 두 개의 베개가 눈에 들어왔다. 이 이부자리가 처음부터 나만을 위한 것이 아니었다는 걸 그제서 깨달았다. 나는 입술을 모은 채 그 사이로 짧은 한숨을 내쉬고는 베개에 머리를 대고 누웠다. 그리고 아직 주인이 오지 않은 남은 베개를 물끄러미 쳐다보았다.

'누구에게 전했으면 어때. 앞으로 그렇게 하는 게 당연해질 텐데.'

입궐한 첫날부터 혼을 만날 수 있다는 생각에 다른 생각들은 모두 접어버리기로 결심했다. 나는 입가에 미소를 띠고 베개에서 풍기는 좋은 향기를 맡으며, 점점 잠속으로 빠져 들었다.

문이 열리는 소리를 들었던 것 같다. 나는 실눈을 뜨고 천장을 응시했다. 천장에 비친 검은 그림자가 밀물처럼 내가 있는 곳을 향해 가까워지는 것이 보였다. 나는 누운 상태에서 고개를 문 쪽으로 돌렸다. 잠이 덜 깬 내 눈에 흐릿한 사람의 형체가 잡혔다. 나는 눈을 비비며 몸을 일으켜세웠다.

혼이었다. 흰색 단령을 입은 혼이 천천히 나를 향해 걸어왔다. 그는 잠에서 깬 나를 보고 다정한 미소를 지으며 자리에 앉았다.

"자고 있었느냐?"

"잠깐 잠들었었나 봐."

"잠깐이었다니, 다행이로구나."

'다행?'

혼은 그가 하는 말을 이해하지 못해 어리둥절해하는 나를 두고 입고 있던 단령을 벗었다. 단령 안에 감춰진 그의 저고리와 바지가 드러나자, 난 눈을 동그랗게 떴다.

"혼아?"

그는 벗은 단령을 한쪽에 놓아두고는 나를 보며 물었다.

"왜 그러느냐?"

"불은 꺼야지."

스스로 말해놓고도 민망해지는 말이다. 하지만 혼은 내가 느낀 민망함을 전혀 모르는지 되려 나에게 묻는다.

"불을 끄라니?"

"그게……. 밖에 홍 상궁도 있을 거고, 최 내관도 있지 않아?"

다른 사람을 신경 쓰고 있었던 건 아니었다. 하지만 적어도 그들의 존재가 불을 끌 이유는 되어줄 것 같았다. 그런데 돌아온 혼의 대답은 또다시 나를 어리둥절하게 만든다.

"분명 최 내관을 보내 채비하라 일렀거늘, 피곤하여 출궁하기 싫은 것이냐?"

"출궁?"

그의 입에서 나온 말이 낯설기만 하다. 나는 오늘 출궁이라는 단어를 들은 기억이 없었다. 여전히 모르겠다는 얼굴을 한 나를 보며, 혼이 뒤늦게 사태 파악에 나섰다. 그때까지도 존재감 없이 방 한구석에 내

버려져 있던 주안상이 첫 번째로 그의 시야에 들어왔다. 그 다음은 두 사람이 누울 수 있도록 준비된 이부자리. 마지막으로 혼은 그 이부자리 위에 앉아있는 속이 비칠 정도로 얇은 적삼 차림의 나를 보았다. 그제야 무언가 깨달았다는 표정으로 혼이 고개를 크게 끄덕인다.

"네 뜻이 정 그러하다면 오늘 밤은 궐 밖에 나가는 대신 양화당에 머물러야겠구나."

그의 입가에 장난스런 미소가 걸렸다.

난 출궁 준비를 하라고 혼이 보낸 내관의 말을 홍 상궁이 잘못 해석하면서 오해가 생겼다는 걸 깨달았다. 이 모든 오해가 홍 상궁으로부터 시작했는지는 몰라도, 이제 상황을 감당해야 하는 것은 나 혼자가 되어버렸다.

혼은 태연스러운 얼굴로 나를 보며 옷고름을 풀기 시작했다. 방 안을 환히 밝힌 등잔불 아래 풀어진 그의 저고리 사이로 속적삼이 드러났다. 이를 본 내 얼굴이 화끈 달아올랐다. 난 재빨리 두 손을 뻗어 그의 옷고름을 움켜잡으며 소리쳤다.

"아니야! 나갈 거야! 나 출궁할 거라고!"

잔뜩 붉어진 얼굴로 어찌할 줄을 몰라 하는 나를 보며 혼이 웃음을 터트렸다. 그의 웃음소리는 그후로도 한동안 양화당을 울렸다.

또각또각.

우리가 나란히 앉은 말은 달리지 않고 천천히 움직이고 있었다. 말 위에서 잔뜩 토라진 얼굴을 한 나는 어깨에 걸친 장옷을 단단히 여미며 허리에 힘을 주었다. 최대한 훈의 가슴에 등을 기대지 않기 위해서였다. 그러나 이런 자세는 말 위에선 상당히 힘들고 부담이 되었다.

"화가 풀리지 않았느냐?"

입이 뿌루퉁하게 나와 앞만 응시하는 나를 보며 훈이 묻는다. 그러나 나는 그에게 답하지 않았다. 홍 상궁의 착각으로 벌어진 내 오해를 두고 훈은 한참동안 웃으며 나를 놀려댔다. 그 때문에 토라진 나는 지금까지도 마음을 풀지 않고 있었다.

"아직도 토라진 것이야?"

"흥!"

일부러 들으라고 콧바람 소리를 내며 팔짱을 끼는 나를 보며 훈은 웃음을 터트린다. 나는 그런 그가 더욱 얄미워져 그의 가슴을 팔꿈치로 살짝 쳤다. 그만 웃으라는 의사 표시였다. 내 뜻이 제대로 전달되었는지 웃음소리가 그쳤다. 그러나 그는 그러자마자 고삐를 잡아당기며 말했다.

"오랜만에 달려보자꾸나."

"아, 안 돼!"

난 고삐를 잡아 쥔 그의 손을 붙잡았다. 그러자 훈이 또 한 번 웃음을 터트렸다.

"하하하. 경민아, 너는 세월이 흘러도 어찌 이리 어린아이 같으냐?"

난 또 다시 그의 장난에 당한 것이다. 매번 속을 때마다 다짐하고 다짐해도 결국은 속게 된다. 정작 속은 건 나인데 그가 얄미워졌다.

"신첩이 어린아이 같아서 퍽이나 좋으시겠사옵니다."

여전히 나의 토라진 얼굴이 풀린 기색이 없자, 혼은 갑자기 나를 꽉 끌어안았다. 이번에도 살짝 놀랐지만, 난 애써 담담한 척 앞만 내다보았다. 그러자 혼이 내 귓가에 대고 낮고 고혹적인 목소리로 속삭였다.

"경민아, 과인의 원빈은 지금 어디에 있느냐?"

살짝 고개만 튼다면 금방이라도 닿을 그의 입술이 눈앞에 아른거린다. 나는 무겁게 침을 삼켰다. 이번에는 기필코 그의 장난에 넘어가지 않겠다는 각오도 했다. 난 콧방귀를 뀌며 혼에게 퉁명스럽게 말했다.

"신첩은 알지 못하겠사옵니다. 그러니 친히 알려주시옵소서."

내 말이 끝난 바로 그 순간이었다. 지나는 사람은 우리뿐인 길 한복판에서 혼이 말을 세웠다. 놀란 내가 뒤를 돌아보는 순간 그의 입술이 내 입술을 덮쳤다. 당황한 나는 그의 품 안에서 벗어나기 위해 몸을 뒤로 움직였다. 그러나 혼은 이런 나의 행동을 미리 예상했는지, 단단한 팔로 나를 꼼짝 못하게 만든다.

내 입술에 닿은 그의 입술에 작은 승리의 미소가 그려지고, 아쉬움만 남긴 짧은 입맞춤이 끝났다. 혼은 나를 지그시 바라보며 방금 전 입을 맞췄던 내 입술을 한 손으로 부드럽게 쓸었다.

"여기 있구나. 과인의 원빈이."

그의 이 한마디를 듣는 순간, 얄미움으로 가득 차 있던 내 마음이 깨끗하게 비워졌다. 이제 내 시선은 그의 입술에 꽂혔다. 달짝지근한 뒷맛을 남긴 짧은 입맞춤의 아쉬움이 여지없이 드러난 것이다. 혼도 이런 내 시선을 읽었는지 손끝으로 내 턱을 살짝 들어 올렸다. 그의 입술이 다시 가까워지는 순간, 난 살포시 두 눈을 감았다.

"전하."

갑자기 들려온 최 내관의 목소리에 난 감았던 눈을 번쩍 떴다. 그리고는 도둑이 제 발 저리듯 혼의 품에서 떨어지려고 했다. 그러나 혼은 나를 놓아주지 않았다. 그는 내가 어깨에 걸치고 있던 장옷을 내 머리 끝까지 끌어올려 나를 덮어버리고는 품으로 끌어안았다. 난 장옷에 얼굴을 숨긴 채, 새가슴처럼 파닥파닥 뛰는 가슴을 진정시키려 애썼다. 이런 나와는 달리 혼은 태연스럽게 최 내관과 대화를 주고받는다.

"알아본 것은 어찌 되었느냐?"

"예, 전하. 소인이 돈화문(敦化門, 창덕궁의 정문)으로 가보니 그곳을 지키는 무예별감(武藝別監, 궁궐 문 옆에서 숙직하는 군관)의 수가 많았사옵니다. 이대로 돈화문으로 입궐하시오면 두 분 마마를 알아보는 이들이 많을 것이오니, 다른 문으로 입궐하시는 것이 좋을 듯하옵니다."

"그렇게 하마."

조금 뒤 최 내관이 사라진 것을 알아챈 난 장옷 사이로 고개를 들었다.

"돈화문? 창덕궁으로 가는 거야?"

"그렇다."

"이 시간에 왜?"

"낮에는 보는 이가 많지 않느냐? 그러니 편히 둘러보기 어렵겠지."

"그럼 창덕궁을 둘러보려고? 아직 공사가 끝나지 않았잖아?"

"공사가 끝난 곳도 있다."

혼이 나를 보며 의미심장한 미소를 지었다.

창덕궁의 후원. 아기자기한 정자들과 크고 작은 연못들이 곳곳에 가득한, 조선왕조 왕실 가족들의 쉼터. 아직 공사가 덜 끝난 전각들과 다르게 후원의 공사는 모두 마무리가 되어 있었다. 혼은 창덕궁 후원에서도 유일하게 전각이 세워진 곳으로 나를 데려왔다.

어수당(魚水堂).

후원에서도 꽤 큰 규모의 별당인 어수당은 달빛을 받아 흡사 용궁을 보는 듯한 느낌을 전해주고 있었다. 이 별당의 오른편으로는 큰 연못이, 왼편으로는 작은 연못이 있었다. 나는 어수당의 주변을 둘러보며 오래전 아빠와 창덕궁에 왔던 추억을 떠올렸다. 추억 속의 후원과 지금 내가 있는 1609년의 후원은 두 개의 연못이 그대로 있다는 점을 제외하고는 크게 달랐다.

내 기억에 어수당 오른편에 있는 큰 연못의 이름은 애련지(愛蓮池). 연꽃을 사랑한다는 의미를 지닌 이 연못의 이름을 지은 것은 숙종이라고 했다. 이 애련지에 꼭 어울리는 정자 애련정(愛蓮亭)의 모습이 보이지 않는다. 애련정이 숙종 때 지어진 건물이었던 탓일까? 숙종은 지금으로부터 70여 년 뒤의 왕이다. 그걸 감안하고 본다 하더라도 내가 미래에서 본 애련지와 지금의 애련지는 차이가 많이 난다. 지금 내가 보는 애련지의 한가운데에는 자그마한 섬이 있다. 그리고 그 섬에는 아주 작은 정자가 세워져 있다. 하지만 미래에서 보았던 애련지에는 섬도, 그 위의 정자도 없었다.

혼이 먼저 말 위에서 내린 다음 내 손을 잡아 말 위에서 내려올 수 있도록 도와주었다. 이제 우리는 어수당 앞에 섰다. 나는 어수당의 현판을 올려다보며 생각에 잠겼다. 내 기억 속 미래에서는 이 자리에 아무것도 없다. 몇 그루의 나무를 제외하고는 건물이 있었다는 흔적조차 남아있지 않았다.

"무엇을 그리 생각하느냐?"

혼이 그런 나를 보고 물었다. 난 고개를 저으며 혼을 돌아보았다.

"아니, 아무것도. 그런데 여기는 왜 온 거야?"

내 물음에 혼이 다짜고짜 내 손부터 잡는다. 그리고 어수당 쪽으로 이끌며 말한다.

"따라오면 알게 되느니."

혼의 얼굴에 아이와 같은 천진난만한 웃음이 가득하다. 그는 내가 잔뜩 기대하는 얼굴이 되길 바라는 것 같았다. 나는 아직 그가 내게 보여주려는 것이 무엇인지 알 수 없었다. 그저 호기심 가득한 눈으로 그를 따라 어수당의 계단석을 올랐다.

어수당 앞에서 혼은 날 잡았던 손을 놓고는 굳게 닫혀 있던 문을 두 손으로 힘껏 잡아당겨 열었다. 열린 문 안으로 달빛이 빗살무늬를 그리며 쏟아졌다. 나는 그 빛을 통해 내부를 살폈다. 하지만 어수당의 규모가 너무 컸기 때문에, 문으로 들어오는 달빛만으로는 컴컴한 건물 안을 모두 살피는 것은 불가능해 보였다.

"여기에 뭐가 있어?"

혼이 한쪽 눈을 찡긋해 보이더니 어수당 안으로 성큼 발 하나를 옮긴다. 나도 그를 따라 안으로 들어섰다. 그런데 혼이 내게 보여주려는 것은 단순히 어수당뿐만이 아닌 모양이다. 그는 익숙한 걸음으로 쭉쭉 걸어 들어가더니 어느 곳에서 걸음을 잠시 멈췄다. 그가 서 있는 곳 앞에는 혼의 키를 훌쩍 넘는 거대한 병풍이 서 있었다. 혼은 뒤따르는 날 잠시 돌아보더니, 병풍을 돌아 그 뒤로 들어갔다.

그 뒤에는 또 다른 문이 하나 숨겨져 있었다. 문의 위쪽에는 자그마한 현판이 하나 달려 있었다. 병풍 틈새로 희미하게 들어오는 달빛에 의지해 난 그 현판에 쓰인 글자를 읽었다.

교화당(蕎花堂).

나는 그 의미를 곱씹으며 고개를 갸웃거렸다. 그때 혼이 교화당 안으로 들어가는 문을 열었다. 그 안에는 두 사람이 나란히 서서 겨우 지나갈 정도의 복도가 기역 자 모양으로 나 있었다. 다행히도 복도 왼편의 창문은 모두 열려 있어, 창문을 통해 들어온 달빛이 좁은 복도를 푸른빛의 비단으로 뒤덮고 있었다. 나는 그 비단이 구겨지기라도 할까 발걸음을 내딛는 것조차 조심스러워졌다.

내가 망설이며 걸음을 내딛길 주저하는 사이, 혼은 복도 끝에 있는 문을 열고 그 안으로 들어가버렸다. 그의 뒤를 따르려던 나는 열린 창문 밖으로 보이는 작은 연못에 시선을 빼앗기고 멈춰서고 말았다. 달빛이 반사되는 연못은 마치 물의 요정이 톡톡 튀어나올 듯 아기자기한 느낌을 주고 있었다.

'예쁘다.'

밤의 창덕궁을 보는 건 처음이었다. 밤에 보는 궁궐이 이런 색다른 느낌을 주리라고는 생각지 못했다. 선조와 의인왕후가 승하하고 혼이 즉위식을 치른 행궁은 왜란 후 모든 궁궐이 불타버렸기에 어쩔 수 없이 종친의 집을 빌려 궁으로 사용하던 곳이었다. 그 행궁에도 후원은 있었지만 창덕궁의 후원과는 결코 비교할 수가 없었다. 이곳이 진짜 궁궐의 후원이었다. 처음부터 오로지 왕을 위해 지어진 공간이었다.

한참 동안 연못에 시선을 빼앗기고 있던 나는 문득 '교화당'의 의미를 되새겼다. 교화를 떠올리게 하는 이미지는 아직까지 보지 못했다. 그냥 의미만 차용해서 이름을 지은 건물인 걸까? 나는 그 답을 찾기 위해서라도 혼이 지나간 복도의 끝으로 향했다.

"혼아, 여기 이름이 왜 교화당인 거야?"

난 혼이 열고 들어간 문으로 들어가며 물었다. 그러나 교화당 안으로 들어가자마자 나는 또 다른 어둠에 맞닥트렸다. 그곳에서 혼을 찾는 것은 불가능해 보였다.

"혼아, 어디 있어?"

난 혼을 불렀다. 그때 닫혀 있던 오른편 창문이 소리를 내며 활짝 열리고 달빛이 쏟아져들어왔다. 그곳에 혼이 있었다. 혼이 창문을 열었던 것이다. 혼은 열린 창문 밖을 잠시 내다보더니 내 쪽으로 몸을 돌리며 말했다.

"너를 이리로 데려온 이유이다."

그는 내게 한 손을 내밀었다. 내게 가까이 오라는 의사 표현이었다. 나는 달빛이 그와 나 사이에 놓은 은빛 길을 따라 혼에게 다가가 그의 손을 잡았다. 그리고 그가 열어둔 창 바깥을 내다보고는 놀란 입을 다물지 못했다.

"이건……."

달빛이 비추는 야트막한 언덕. 그 언덕엔 새하얀 꽃, 아니다. 달빛을 받아 신비로운 푸른빛으로 반짝이는 메밀꽃이 한가득 피어 있었다.

"왜 이곳이 교화당이라 불리는지 알겠느냐?"

교화(蕎花). 메밀꽃을 뜻하는 글자다.

"응. 알 것 같아……."

마법 같은 풍경에 나는 넋을 잃어버렸다. 혼은 그런 나를 향해 말했다.

"이 교화당은 네게 주는 나의 선물이니라."

그 말에 난 메밀꽃에서 눈을 떼고 혼을 바라보았다. 혼의 까만 두 눈동자는 달빛을 머금고 은빛으로 변해 있었다. 그 은빛 눈동자는 오로지 나만을 바라보고 있었다. 하지만 왠지 모를 서글픔이 느껴졌다.

"네가 제주로 유배를 떠난 후, 난 네게 했던 약조를 지키지 못하였었지. 매년 메밀꽃이 필 무렵이 오면 너를 향한 그리움과 지키지 못한 약조가 나를 끝없이 괴롭게 하였다."

그가 내게 했던 약조를 나 역시 기억한다. 첫눈이 내리던 행궁의 후원에서, 그는 매년 메밀꽃을 보러 나를 압구정에 데려가 준다고 했었다. 그러나 그 다음 해 메밀꽃이 피는 계절이 돌아오기도 전에 나는 제주로 유배를 떠나버렸다. 그리고 그 약속은 5년이 지나도록 지켜질 수 없었다.

"허나, 이제라도 내 반드시 약조를 지킬 것이다. 앞으로 매년 이곳에서 너와 함께 메밀꽃을 보도록 하마. 이 교화당은 그런 약조의 의미로 지었느니라."

혼은 두 팔로 나를 소중히 끌어안았다. 나는 그의 넓은 가슴에 머리를 기대고 눈을 감았다.

어디선가 가을바람이 불어와 창밖 언덕에 핀 메밀꽃의 향을 가득 실어 교화당으로 전해주었다. 나는 그 향을 맡으며 압구정에서 혼과 함께 맡았던 메밀꽃의 향을 생생히 기억해냈다. 세월이 흘렀음에도 그때 맡았던 향과 지금 맡은 향은 결코 다르지 않았다.

《광해의 연인》2권 마침.
3권에 계속